~~Carolin~~

HEYNE <

Das Buch

»Es ist immer noch ein Schock, wenn mich jemand mit meinem richtigen Namen anspricht. Im Lauf der Jahre hatte ich viele Namen, meistens waren es Abwandlungen meines eigenen: Margaret, Melody, Maggie. Falsche Biografien, die von der Studentin bis zur selbständigen Fotografin reichten, kürzlich auch Innenarchitektin und Life Coach von Filmstars, alles ausgefeilte Erfindungen. Rollen, die ich nahezu perfekt spielte. Aber heute bin ich als ich selbst hier, jemand, der ich schon lange nicht mehr war. In diesem Fall hatte ich keine Wahl, denn als Einstieg in diesen Job brauchte ich eine Maklerlizenz, und das ging nicht ohne Sozialversicherungsnummer und Fingerabdruck. Aber es ist in Ordnung, denn diesmal will ich mich zu erkennen geben. Ron Ashton – Bauunternehmer, Lokalpolitiker und Kandidat für den Senat des Bundesstaates – soll wissen, wer ihm alles genommen hat. Nicht nur sein Geld, sondern auch seinen guten Ruf, an dem er jahrelang gearbeitet hat.«

Die Autorin

Julie Clark wuchs in Santa Monica auf. Während sich ihre Freunde auf Surfbrettern in die Wellen stürzten, las sie lieber Bücher am Strand. Nach dem Studium arbeitete sie in Berkeley an der University of California. Dann kehrte sie zurück nach Santa Monica, wo sie heute mit ihren beiden Söhnen und einem Goldendoodle lebt und als Lehrerin tätig ist. Mit ihrem gefeierten internationalen Debüt »Der Tausch« stand sie wochenlang auf Platz 1 der SPIEGEL-Bestsellerliste. »Der Plan« ist ihr zweiter Nr.-1-Bestseller.

Lieferbare Titel

978-3-453-42497-5 – Der Tausch – Zwei Frauen.
Zwei Tickets. Und nur ein Ausweg.
978-3-453-42645-0 – Der Plan – Zwei Frauen. Ein Ziel.
Ein gefährliches Spiel.
978-3-453-42623-8 – Der Tausch – Zwei Frauen.
Zwei Tickets. Und nur ein Ausweg.

JULIE CLARK

DER PLAN

THRILLER

Aus dem Amerikanischen
von Astrid Gravert und Katja Hald

WILHELM HEYNE VERLAG
MÜNCHEN

Die Originalausgabe *The Lies I Tell* erschien erstmals 2022
bei Sourcebooks Landmark, Naperville, Illinois.

MIX
Papier | Fördert gute Waldnutzung
FSC® C014496
FSC www.fsc.org

Penguin Random House Verlagsgruppe FSC® N001967

Vollständige Taschenbuchausgabe 06/2023

Redaktion: Lars Zwickies
Umschlaggestaltung: zero-media.net, München,
unter Verwendung von Arcangel (Lillian Polley), FinePic®, München
Satz: Uhl + Massopust, Aalen
Druck und Bindung: GGP Media GmbH, Pößneck
Printed in Germany
ISBN: 978-3-453-42743-3

www.heyne.de

Für Pap-Pap, der mir gesagt hat,
dass ich es kann.
Für Mum, die mir gezeigt hat,
dass ich es kann.

KAT

Gegenwart – Juni

Sie steht auf der anderen Seite des Raumes in einer kleinen Traube von Gästen. In einer Ecke spielt ein Jazzquartett, die hüpfenden, gleitenden Töne tanzen um uns herum, eine leise Untermalung, die von Geld und Klasse zeugt. *Meg Williams*. Ich nehme einen Schluck Wein, genieße den teuren Jahrgang in dem schweren Kristallglas und beobachte sie. Es gibt nur wenige Fotos von ihr – ein körniges Bild als Oberstufenschülerin aus einem Highschool-Jahrbuch und ein weiteres aus einem YMCA-Mitarbeiterverzeichnis von 2009 –, aber ich habe sie sofort erkannt. Mein erster Gedanke: *Sie ist wieder da*. Mein zweiter: *endlich*.

Sobald ich sie sah, steckte ich meinen Presseausweis in die Handtasche und bewegte mich unauffällig am Rand des Raums entlang. In den letzten drei Monaten habe ich alle Wahlkampfveranstaltungen von Ron Ashton besucht, hielt die Augen offen und wartete darauf, dass Meg auftauchte. Ich war von einem Google Alert alarmiert worden, den ich vor zehn Jahren erstellt hatte – nach einer Dekade der Stille klingelte es im April, als eine neue Website erschien: *Meg Williams, Immobilienmaklerin*. Ich wusste immer, dass sie zurückkommen würde. Dass sie es unter ihrem richtigen Namen tat, sagte mir, dass sie nicht vorhatte, sich zu verstecken.

Als sie eintrat und lächelnd ihren Mantel an der Tür abgab, wurde mir für einen Moment schwindelig. Man kann sich auf etwas vorbereiten, es sich hundertmal auf unterschiedliche Weise vorstellen, und trotzdem verschlägt es einem den Atem, wenn es tatsächlich geschieht.

Ich habe einmal mit ihr gesprochen, vor zehn Jahren, aber sie wusste sicher nicht, dass ich diejenige war, die an jenem Tag ans Telefon ging. Es war ein Dreißig-Sekunden-Gespräch, das mein Leben veränderte, und es wäre eine Untertreibung zu sagen, dass ich Meg zum Teil dafür verantwortlich mache.

Scott, mein Verlobter, wird sicher einwenden, dass der Preis – finanziell wie emotional – zu hoch sei. Dass wir es uns nicht leisten können, dass ich bezahlte Jobs nicht annehme, um einer Geschichte nachzujagen, die es vielleicht niemals geben wird. Dass es all die Arbeit, die ich in meine Heilung gesteckt habe, zunichtemachen wird, wenn ich mich wieder mit jener Zeit, jenen Ereignissen und jenen Menschen beschäftige. Er versteht nicht, dass diese Story mich endlich befreien wird – nicht nur davon, Artikel zu schreiben, für die ich lediglich ein paar Cent pro Wort bekomme, sondern auch von den Dämonen, die Meg mir vor langer Zeit geschickt hat.

Ich geselle mich zu einem größeren Kreis von Menschen, lausche ihrem Gespräch und nicke immer wieder zustimmend, während ich Meg im Auge behalte. Beobachte, wie sie herumgeht und mit Leuten spricht. Beobachte, wie sie ihn beobachtet. Ich habe Hunderte von Stunden damit verbracht, ihre letzten paar Jahre in Los Angeles zu rekonstruieren, und wie ich es auch betrachte, Ron Ashton steht immer im Zentrum. Ich weiß nicht, was in ihr vorgeht – zumindest noch nicht –, aber ich weiß, sie ist nicht die Art Frau, die eine Gelegenheit zum Abrechnen auslässt.

Sie wirft den Kopf zurück und lacht über irgendetwas, und als Ron sich ihr von hinten nähert, staune ich, dass ich tatsächlich hier bin und diesen Moment miterlebe. Dass ich der einzige Mensch im Raum bin, der weiß, was passieren wird.

Na ja, nicht der einzige Mensch. Sie weiß es ebenfalls.

Ich drehe mich etwas, so als würde ich aus dem großen Fenster sehen wollen, das einen weiten Blick von Downtown bis zum Meer bietet, und beobachte, wie sie sich miteinander bekannt machen. Scherzhaftes Geplänkel, Gelächter. Er beugt sich hinunter, um sie besser zu verstehen, und ich frage mich, wie sie es macht. Wie sie den Menschen vorlügen kann, sie wäre die, die sie vorgibt zu sein, und sie dazu bringt, ihre tiefsten Wünsche zu offenbaren, sich zu öffnen und manipulieren und betrügen zu lassen. Sich bereitwillig täuschen zu lassen.

Ich beobachte, wie eine Visitenkarte ausgehändigt und in die Tasche gesteckt wird. Dann sehe ich weg, in Gedanken bei ihrem Einstieg, der jetzt auch meiner sein wird.

MEG

Gegenwart – Juni

Zweiundzwanzig Wochen vor der Wahl

Es beginnt, wie es immer beginnt.

Ich gleite leise neben dich – keine plötzlichen Bewegungen, kein lautes Trara. Als ob ich immer da gewesen wäre. Immer da hingehörte.

Diesmal ist es eine Spendenveranstaltung, bei der pro Gedeck zehntausend Dollar gezahlt werden. Nach fast zehn Jahren fühle ich mich zwischen den Insignien des Reichtums richtig heimisch – den originalen Kunstwerken an den Wänden, den Antiquitäten, die mehr kosten, als die meisten Menschen im Jahr verdienen, und den Hausangestellten, die ich vorgeblich nicht bemerke und die sich leise durch Häuser wie dieses bewegen, das hoch oben auf einem Hügel über Los Angeles thront, während sich die Stadt glitzernd unter uns erstreckt.

Wenn du meine Zielperson bist, dann habe ich dich sorgfältig ausgesucht. Wahrscheinlich befindest du dich gerade in einer Umbruchphase deines Lebens – ein Jobverlust, eine Scheidung, der Tod eines Familienmitglieds. Oder du steckst in der heißen Phase der Kandidatur für ein Amt, bei der es nicht gut für dich läuft. Psychisch angeschlagene Menschen gehen Risiken ein, denken nicht klar und glauben nur zu gerne jedes Märchen, das ich ihnen auftische.

Für meine Recherchen benutze ich hauptsächlich die sozialen Medien mit ihren Check-ins, Geotags und ihrer schamlosen Selbstdarstellung. Und die Ratespiele, die einige deiner Freunde dort veranstalten. Hunde oder Katzen? Anzahl der Brüder und Schwestern? Die meisten der Fragen scheinen harmlos, aber sieh sie dir beim nächsten Mal genauer an. Nenne fünf Orte, an denen du gelebt hast, oder vier Namen, unter denen du bekannt bist – beides ermöglicht mir, mich dir zu nähern. *John? Ich bin's, Meg! Aus Boise, erinnerst du dich? Ich kannte deine Schwester.*

Es ist kriminell leicht.

Ich verbringe Hunderte von Stunden mit Beobachten und Recherchieren. Mache mir ein Bild von Menschen, die in deinem Leben eine Rolle spielen, um denjenigen zu finden, mit dem ich mich anfreunden kann und der mich zu dir führt. Am Ende weiß ich alles, was ich über dich und die meisten Menschen in deinem Umfeld überhaupt wissen kann. Wenn du zu mir sagst: *Schön, Sie kennenzulernen*, kenne ich dich schon seit Monaten.

Beunruhigt dich das? Sollte es.

»Hast du schon die Krabbenküchlein probiert?« Veronica taucht neben mir auf, eine Cocktailserviette in der Hand. In den sechs Monaten, seit ich wieder in Los Angeles bin, sind wir gute Freundinnen geworden. Wir haben uns in einem Yoga-Kurs in Santa Monica kennengelernt, unsere

Yogamatten lagen hinten direkt nebeneinander, und aus der freundlichen Begrüßung zweier Fremder am Beginn des Kurses ist schließlich eine dicke Freundschaft geworden. Erstaunlich, wie leicht es mithilfe von Instagram Stories ist, zur richtigen Zeit am richtigen Ort neben der richtigen Person zu sein.

»Nein. Ich habe gehört, es gibt zum Dinner Filet Mignon, und ich spare meinen Hunger dafür auf«, erkläre ich.

Mir wird ganz heiß in der Brust, eine zunehmende Anspannung, die ich immer spüre, wenn ich einen neuen Job beginne. Dieser Teil – den Köder auslegen – gefällt mir am besten. Ich genieße den köstlichen Vorgeschmack dessen, was gleich geschehen wird. Egal wie oft ich es mache, ich bekomme nie genug von dem Nervenkitzel, der immer mit diesem Moment verbunden ist.

Veronica zerknüllt ihre Serviette. »Dir entgeht was, Meg.«

Es ist immer noch ein Schock, wenn mich jemand mit meinem richtigen Namen anspricht. Im Lauf der Jahre hatte ich viele Namen, meistens waren es Abwandlungen meines eigenen: Margaret, Melody, Maggie. Falsche Biografien, die von der Studentin bis zur selbstständigen Fotografin reichten, kürzlich auch Innenarchitektin und Life Coach von Filmstars, alles ausgefeilte Erfindungen. Rollen, die ich nahezu perfekt spielte. Aber heute bin ich als ich selbst hier, jemand, der ich schon lange nicht mehr war.

In diesem Fall hatte ich keine Wahl, denn als Einstieg in diesen Job brauchte ich eine Maklerlizenz, und das ging nicht ohne Sozialversicherungsnummer und Fingerabdruck. Aber es ist in Ordnung, denn diesmal will ich mich zu erkennen geben. Ron Ashton – Bauunternehmer, Lokalpolitiker und Kandidat für den Senat von Kalifornien – soll wissen, wer ihm alles genommen hat. Nicht nur sein Geld, sondern auch seinen guten Ruf, an dem er jahrelang gearbeitet hat.

Ich sehe ihn auf der anderen Seite des Raumes, seine breiten Schultern, die alle anderen um einige Zentimeter überragen, die grauen Haare ordentlich gekämmt, im Gespräch mit Veronicas Mann, seinem Wahlkampfmanager.

Veronica folgt meinem Blick und erklärt: »David sagt, die Wahl wird ein knappes Rennen werden. Ron kann sich in den verbleibenden Monaten keinen einzigen Fehltritt leisten.«

»Wie ist er so?«, frage ich. »Unter uns.«

Veronica überlegt einen Moment und antwortet: »Der typische Politiker. Heimlicher Frauenheld. Hält sich für die Reinkarnation von Reagan. David sagt, er ist von ihm besessen. ›Er hört nicht auf, von dem verdammten Reagan zu reden.‹«

Sie lacht kurz auf und schüttelt den Kopf.

»Und was denkst *du*?«

Sie sieht mich amüsiert an. »Ich denke, er ist wie jeder andere Politiker da draußen – krankhaft ehrgeizig. Aber er bezahlt David gut, und die Zusatzleistungen sind toll.« Dann stupst sie mich gegen die Schulter. »Schön, dass du kommen konntest. Ich glaube, hier sind einige Leute, die du kennenlernen solltest. Vielleicht neue Kunden.«

Ich nehme noch einen Schluck Wein. Ich bin heute Abend nur hier, um mir einen ganz bestimmten Kunden zu schnappen. »Das könnte ich brauchen«, sage ich. »Es war hart, wieder von vorne anzufangen.«

»Du wirst es schaffen. Schließlich bringst du jahrelange Erfahrung aus Michigan mit. Ich meine, wie du unseren

Immobilienkauf in der achtzigsten Straße gedeichselt hast … Ich weiß immer noch nicht, wie du die Verkäufer dazu gebracht hast, so weit mit dem Preis runterzugehen.«

Ich unterdrücke ein Lächeln. Kurz nachdem wir uns kennengelernt hatten, hatte Veronica mir nach dem Yoga beim Sushi erzählt, dass sie eine Immobilie als Geldanlage suchten, aber die Maklerin, die sie kontaktiert hatten, fand nichts in ihrer Preisklasse.

»Hat sie euch die Immobilie in Kelton gezeigt?«, hatte ich gefragt, denn ich wusste genau, was sie suchten. »Die Ranch, die für eins Komma sieben auf dem Markt war?«

Veronica bekam große Augen. »Nein, das wäre perfekt gewesen. Ich sollte sie danach fragen.«

»Sie wurde noch am Tag, an dem sie auf den Markt kam, für ein Vielfaches verkauft, es ist also zu spät«, sagte ich. »Eure Maklerin arbeitet für Apex Realty in Brentwood, stimmt's? Wir bekommen immer interne E-Mail-Benachrichtigungen über ihre Deals – zehn Millionen, zwanzig Millionen.« Ich nahm ein Stück Sushi und hielt es zwischen meinen Stäbchen in der Luft. »Ich kann dir sagen, Transaktionen in der Größenordnung zu managen, kann ziemlich aufreibend sein.«

Meine erfundene Biografie besagte, dass ich nach einer erfolgreichen Karriere als Immobilienverkäuferin in Ann Arbor zurück nach Los Angeles gekommen war. Meine neue Website ist mit einer in Michigan verlinkt, mit Angeboten, die ich einfach von *Zillow* und *Redfin* übernommen habe.

Veronica hatte ihre Stäbchen hingelegt und gesagt: »Sie war großartig, als wir das Haus in Malibu gekauft haben, aber vielleicht ist diese Preisgrenze unter ihrer Würde.«

Ich nahm einen Schluck von meinem Zitronenwasser und ließ Veronica darüber nachdenken. Schließlich sagte sie: »Ich würde dich gerne mit der Sache betrauen. Du könntest mal deine Fühler ausstrecken, vielleicht findest du was.«

Ich hatte fast sofort etwas gefunden. Ein einstöckiges traditionelles Haus in einer Straße mit vielen Bäumen in Westchester. Holzfußboden, ein Fenster zur Bucht sowie eine komplett renovierte Küche. Als ich Veronica das vollständige Angebot aushändigte, mit der knappen Beschreibung der Besonderheiten des Hauses und dem Preis, hatte sie abgewehrt: »Das liegt fast fünfhunderttausend über unserem Budget.«

In einem anderen Leben hatte ich einmal einen Kurs in Digital Design belegt. In irgendeiner eingelagerten Kiste liegt noch das Abschlusszeugnis. Zugegebenermaßen ist es eine Fälschung, aber ich hatte genug gelernt, um am Anfang zurechtzukommen, und im Lauf der Jahre noch mehr.

»Ich glaube, ich kann sie deutlich runterhandeln. Lass es uns erst mal ansehen. Es gibt einen Schlüsseltresor, wir können also gleich hinfahren, wenn du willst.«

Das Angebot, das ich ihr ausgehändigt hatte, stimmte – zumindest was die Anzahl der Zimmer, Quadratmeter, Heizungs-, Lüftungs- und Klimaanlage usw. anging. Ich erhöhte nur den Preis. Dann versprach ich, ihn auf wenig mehr als zweihunderttausend über dem tatsächlichen Preis »runterzuhandeln«.

Das funktionierte nur, weil Apps wie *Zillow* und *Redfin* für Leute wie Veronica und David nicht existieren. In ihrer Steuerklasse tut niemand etwas, das delegiert werden kann. An Wirtschaftsprüfer und Buchhalter, die ihre Rechnungen bezahlen. Hausangestellte, die ihre Einkäufe erledigen und ihre Mahlzeiten kochen. Und einen verlässlichen Immobilienmakler, der für sie auf die Suche geht, mit den Verkaufsagenten vereinbart, die Immobilienangebote vorab zu bekommen, Besichtigungen organisiert und die Transaktion für sie abwickelt.

David und Veronica unterschrieben Papiere, als ich sie dazu aufforderte, überwiesen das Geld dorthin, wo ich es ihnen sagte, und wenn sie jemals bemerkten, dass sie nie einen Makler oder Verkäufer kennengelernt hatten, dann war es nur ein flüchtiger Gedanke, der sofort wieder verflog.

Am Ende hatte David erklärt, es sei die einfachste Transaktion gewesen, die er jemals getätigt habe. Warum auch nicht, da doch jeder genau das bekommen hatte, was er wollte? Die Verkäufer bekamen zweihunderttausend mehr als den geforderten Preis. Veronica und David dachten, sie hätten dank meines Verhandlungsgeschicks das Geschäft des Jahrhunderts gemacht. Und ich erwarb einen glänzenden – und unangreifbaren – Ruf in ihrem Freundeskreis.

Das Wichtigste an einem guten Schwindel ist der Eindruck von Legitimität. *Fast* zu sein, was man vorgibt zu sein. Wie am Filmset. Ich bin real. Meine Handlungen sind real. Nur der Hintergrund ist Illusion.

David kommt zu uns und legt den Arm um Veronicas Taille. »Du siehst toll aus, Meg«, sagt er. »Ich hoffe, meine Frau hat dich nicht mit Einzelheiten der Renovierung gelangweilt?«

Ich zwinge mich zu einem Lächeln. »Überhaupt nicht«, erwidere ich. »Wir sprechen gerade über Ron. Wie ich höre, wird die Wahl knapp?«

David nickt. »Unseren internen Umfragen nach sind sie nahezu gleichauf. Die heutige Veranstaltung wird uns einen kräftigen Schub für den Endspurt geben.«

»Du musst erschöpft sein«, erwidere ich. »Veronica sagt, du bist kaum noch Hause.«

David zwinkert Veronica zu. »Danke, dass du ihr Gesellschaft geleistet hast.«

»Es war mir ein Vergnügen.«

Als sich das Gespräch dem jährlichen Urlaub in der Karibik zuwendet, blende ich die beiden aus und beobachte, wie die Gäste sich untereinander vermischen, kleine Trauben bilden und dann in neuen Konstellationen zusammenkommen, während das Quartett in der Ecke einen neuen Song beginnt. Los Angeles ist ganz anders als Pennsylvania, wo ich zuletzt gelebt hatte. Dort hatte ich mich stark umstellen, mich im Auftreten zurücknehmen, dafür sorgen müssen, dass alles an mir zu der Person passt, die ich zu sein vorgebe. Hier sind die Menschen von Natur aus misstrauisch, suchen nach der Ecke, dem Haken, dem Trick. Man geht davon aus, dass niemand genau der oder die ist, die er oder sie zu sein vorgibt.

Ich arbeite hart daran, mich im Freundeskreis anderer Menschen einzunisten, sodass niemand merkt, dass ich keinen eigenen habe. Ich habe seit Jahren keinen wirklichen Freund gehabt, nicht seit der Zeit, bevor ich Los Angeles verließ. Ich versuche, nicht an Cal zu denken oder mich zu fragen, wo er sich gerade aufhält und ob er noch mit Robert zusammen ist. Ich bereue nicht viele Dinge in meinem Leben, aber eines davon ist, wie es mit Cal endete.

Ein Hauch von Angst überkommt mich, als ich wieder darüber nachdenke, wie viel Zeit ich noch habe. Anders als frühere Jobs hat dieser eine Deadline – vierzehn Tage vor der Wahl. Mir bleiben also noch zwanzig Wochen. Einhundertvierzig Tage. Es klingt viel, doch es bleibt nur wenig Spielraum für Fehler oder Verzögerungen. Es gibt bestimmte Etappenziele, die ich auf dem Weg erreichen muss, damit alles funktioniert. Das erste ist die Bekanntmachung mit Ron, und die muss heute Abend geschehen.

Im Rahmen meiner Hintergrundrecherchen habe ich einen Blick in Rons Immobilienbestand geworfen, habe öffentliche Register durchgesehen, um ein Gefühl dafür zu bekommen, über wie viel Eigen- und wie viel Fremdkapital er verfügt. Dank seiner Kandidatur konnte ich auch seine Steuerunterlagen einsehen. Dabei fiel mir auf, wie viele finanzielle Risiken er eingegangen ist und wie viele davon sich zu seinem Vorteil entwickelt haben. Ich muss daran denken, wie er meine Mutter betrogen und unser Eigentum gestohlen hat, und frage mich, wie viele andere Ron auf seinem Weg zum Amt des Senators benutzt und dann weggeworfen hat.

»Meg, hilf uns. Saint John oder Saint Croix?« Veronica sieht mich flehend an.

Ich weiß, dass sie Saint Croix im Auge hat, also sage ich: »Ich war das letzte Mal vor drei Jahren auf Saint John.« Ich schüttele den Kopf, als hätte ich den Aufenthalt in schlechter Erinnerung. »Sosehr ich die Insel liebe, ich war enttäuscht. Ihr wohnt dort im *The Villas*, stimmt's?«

David nickt. »Sie haben sich immer gut um uns gekümmert.«

Ich rümpfe missbilligend die Nase. »Ich glaube, sie haben sich gewerkschaftlich organisiert. Es war definitiv nicht das, was ich mir erhofft hatte.«

»Herrje«, sagt er. »Dann Saint Croix.«

Veronica klatscht in die Hände und sagt: »Ich weiß nicht, warum du nie auf *mich* hörst.«

Von hinten mischt sich eine Stimme in unser Gespräch. »Ich hoffe, ihr drei besprecht die Party nach meinem Wahlsieg.« Ich drehe mich um und sehe Ron Ashton, den Mann, der mein Leben auseinanderriss und meine Mutter in eine Abwärtsspirale stürzte, von der sie sich nie wieder erholte. Seinetwegen musste ich während meines letzten Highschool-Jahrs und auch noch danach im Auto schlafen.

Ich lächle. »Der Mann der Stunde«, begrüße ich ihn und strecke die Hand aus. »Meg Williams.« Ich bin ein bisschen aufgeregt, weil ich ihm die absolute Wahrheit sage. Jahrelang habe ich mir diesen Moment vorgestellt, mich gefragt, ob er mich erkennen oder sich an meinen Nachnamen erinnern würde. Die Gesichtszüge meiner Mutter entfernt in meinen eigenen erkennen würde. Habe mich gefragt, ob ich umdisponieren und aus unserem Treffen ein freudiges Wiedersehen machen müsste, eine zufällige Begegnung, aus der ein naiver Flirt wird. Genug, um über die Holprigkeit unserer früheren Beziehung hinwegzugleiten und ihn zu überzeugen, dass ich damals nichts begriff und jetzt noch weniger. Aber seine Miene ist ausdruckslos, und ich bin erleichtert, dass er mich nicht erkannt hat. Vorerst.

Sein Händedruck ist warm und fest, und ich erwidere ihn den Bruchteil einer Sekunde länger als üblich, bis ich einen Anflug von Interesse in seinen Augen sehe. Er wird sich an diesen Moment erinnern. In Gedanken hierhin zurückkehren und sich fragen, ob er sich anders hätte entscheiden können. Mein Job ist es, dafür zu sorgen, dass die Antwort auf diese Frage Nein ist.

»Meg ist gerade von Michigan nach Los Angeles gezogen«, erklärt Veronica. »Sie ist diejenige, die uns den sensationellen Deal mit der Immobilie in Westchester vermittelt hat.«

Wie ich mir dachte, ist Rons Interesse geweckt. Seinen Social-Media-Accounts zufolge arbeitet er seit fünfzehn Jahren mit demselben Makler zusammen. Einem Mann, gegen den es zwei Beschwerden wegen sexueller Belästigung bei der kalifornischen Makleraufsicht gab. Es sollte leicht sein, die Ursache für seine dritte und letzte zu werden, und dann wäre Ron Ashton fast vier Monate lang ohne Vertretung. Für einen Bauunternehmer ist das ein Problem.

»Immobilien«, sagt er. »Wo bewegen sich ihre Spitzenverkäufe?«

»In Michigan gehörte ich in den letzten Jahren zum oberen einen Prozent«, erkläre ich ihm. »Aber hier in Los Angeles? Geht es nur langsam voran.« Es ist immer gut, ein bisschen Bescheidenheit einfließen zu lassen. Menschen schätzen es, besser zu sein als der andere.

»Haben Sie eine Karte?«, fragt er. »Vielleicht rufe ich Sie an.«

Ich ziehe eine aus meiner Clutch und gebe sie ihm. »Schauen Sie sich meine Website an. Ich bin zwar neu in der Stadt, aber nicht neu in der Branche, und ich kenne Los Angeles gut. Ich würde mich gerne mit Ihnen unterhalten, wenn Sie interessiert sind.« Dann wende ich mich an Veronica und sage: »In Saint Croix müsst ihr unbedingt im *The Riverhead* essen.«

Während Veronica anfängt, Reisepläne zu machen, spüre ich ein Kribbeln im Nacken. Schon seit Langem weiß ich, dass ich es niemals ignorieren sollte. Ich trete einen kleinen Schritt zurück und blicke kurz nach unten, als wollte ich sichergehen, dass ich nicht stolpere. Beim Aufsehen lasse ich den Blick durch den Raum schweifen und prüfe, ob mich vielleicht jemand beobachtet. Doch ich sehe nur einen Raum voller Menschen, die reden und lachen, trinken und den Mann feiern, den sie nach Sacramento schicken wollen.

Ich lächle Veronica an, höre aber nicht mehr zu. In Gedanken gehe ich meine Ankunft noch einmal durch, die Menschen, mit denen ich gesprochen habe – der Hausdiener, das Wahlkampfteam, das den Vordereingang bewacht, verschiedene Gäste. Harmloser Small Talk, wie er für eine Immobilienmaklerin, die neu in der Stadt ist und sich einen Kundenstamm aufbauen will, nötig ist. Sie sind alle beschäftigt, niemand beachtet mich. Vielleicht ist es nur das vertraute Gefühl, wieder in Los Angeles zu sein. Die Luft ist einzigartig, eine Mischung aus Grasgeruch und Autoabgasen und manchmal, wenn man nah genug ist, der salzige Geruch des Meeres. Ich bin weit entfernt von dem Ort, wo ich aufgewachsen bin, aber unter all den Schichten – all den Identitäten, die ich in den vergangenen Jahren angenommen habe – bin ich immer noch die, die ich war, als ich wegging. Eine Frau auf der Flucht, die wusste, dass sie alles sein konnte. Alles tun konnte. Ich musste einem Mann nur erzählen, was er hören wollte.

LOS ANGELES

ZEHN JAHRE FRÜHER

MEG

Ich war zur Gaunerin bestimmt, aber das erkannte ich erst, nachdem ich schon einige Zeit lang eine gewesen war. Davor hatte ich das, was ich tat, als *mich durchschlagen* betrachtet – indem ich mich etwa auf ein Date einließ, nur um eine Einladung zum Essen zu bekommen. Ich versuchte, nicht daran zu denken, was meine Mutter – die schon fast vier Jahre tot war – dazu sagen würde, wenn sie wüsste, was aus mir geworden war. Jemand, der Männer danach beurteilte, ob sie Weichspüler für die Bettwäsche benutzten oder ihre Toilettenartikel – Shampoo, Seife, Zahnpasta – unter dem Waschbecken aufbewahrten, wo ich sie mitgehen lassen konnte. Aber im Oktober 2009 musste ich einsehen, dass diese Art zu leben nicht mehr funktionierte.

Regen prasselte gegen das Fenster des Internetcafés, in dem ich saß und eine heiße Schokolade trank – sättigender als Kaffee – und durch mein Dating-Profil auf *Circle of Love* scrollte. Ich spähte zur Straße, wo der alte Minivan meiner Mutter stand, und versuchte auszurechnen, wie viel Zeit ich noch auf der Parkuhr hatte. Meine Füße schmerzten vom langen Stehen hinter dem Tresen im *Y*, wo ich die Leute, die zu ihrem täglichen Work-out kamen, hereinließ, ihnen ein Handtuch aushändigte und so tat, als würde ich nicht gerade innerlich sterben.

Ich konnte es mir nicht leisten, den Job zu verlieren. Ich duschte dort jeden Tag, bewahrte dort meine Kleidung auf und konnte dort zusammen mit den Handtüchern, die ich waschen musste, eine Ladung von meinen Sachen in die Waschmaschine werfen. Mit meinem Lohn bezahlte ich das Benzin, das mein Auto am Laufen hielt, in dem ich auch schlief. Der Wochenlohn reichte gerade, um meine persönlichen Ausgaben zu decken, plus die Zinsen für die Beerdigungskosten meiner Mutter. Mehrere Tausend Dollar Schulden, die sie mir nie aufbürden wollte. Es gab keinen Platz für Fehler. Ich konnte mir keinen Strafzettel für falsches Parken leisten oder ein Loch im Zahn oder Herpes. Ich war nur einen Harnwegsinfekt vom Obdachlosenheim entfernt.

Aber letzte Nacht hatte mir Angst gemacht. Ich hatte in einer ruhigen, baumbestandenen Straße in Mar Vista geparkt, einer von vielen, die ich im Lauf des Monats abwechselnd benutzte. Es war eine meiner liebsten – nicht viele Fußgänger und nur wenige Straßenlaternen.

Ich hatte mich in meinem Nest aus Decken vergraben, versteckt hinter getöntem Glas, das Sonnendach nur einen Spalt weit geöffnet, damit die Fenster nicht beschlugen. Jemand in der Nachbarschaft hörte *Fields of Gold* von Sting, ein Lieblingslied meiner Mutter. Die Musik überflutete mich, während ich einschlief, meine Muskeln entspannten sich, meine Gedanken verloren sich in der Dunkelheit.

Ich war durch ein Geräusch geweckt worden: Jemand versuchte, das Schloss an der Beifahrertür aufzubrechen. Durchs Fenster konnte ich eine große, schemenhafte Gestalt in dunkler Kleidung erkennen, mit einer Kapuze über dem Kopf. Uns trennte nur eine dünne Glasscheibe. Ich hatte instinktiv gehandelt, war vom Rücksitz gesprungen, hatte die Autoschlüssel geschnappt und mich auf die Hupe gestützt, während ich sie in die Zündung steckte, vom Randstein wegfuhr und in meiner Panik fast ein anderes parkendes Auto rammte.

Erst nachdem ich eine Stunde lang ziellos umhergefahren war, hörten meine Hände auf zu zittern, und mein Herz schlug wieder normal. Ich schauderte bei dem Gedanken, was passiert wäre, wenn der Mann das Schloss aufgebrochen hätte, und stellte mir immer wieder neue Schreckensszenarien vor, eins schrecklicher als das andere. Wie mir jemand die Hand auf den Mund legte. Wie ich zu einem abgelegenen Ort gebracht wurde. Wie ich in einen Graben gezerrt werde.

Meine Augen waren sandig vom Schlafmangel, während ich noch einmal mein Dating-Profil las, auf dem nur Name und Alter stimmten. Meg Williams, einundzwanzig. Beruf: Marketing. Likes: Livemusik, essen gehen, Reisen. Ich lache gerne und bin immer auf der Suche nach Abenteuern! Altersspanne: 18–35. Suche Spaß, keine feste Beziehung. Die letzte Zeile ernährte mich. Ich hatte mindestens drei Dates pro Woche und drängte immer auf Abendessen statt Kaffee. Wenn man im Auto lebt, ist Flüssigkeit das Letzte, was man braucht. Ich nahm jede Einladung an und wurde eine Meisterin im Online-Flirten, nährte die Illusion, dass nach einem Abendessen mit Stoffservietten, Aperitifs und Dessertkarte schöne Dinge geschehen könnten.

Durch drei Dates pro Woche sparte ich mindestens fünfzig Dollar, Geld, von dem ich gehofft hatte, dass es mehr werden würde, bis ich genug hätte, um mir eine Wohnung zu leisten. Aber irgendetwas warf mich immer wieder zurück. Kraftfahrzeugsteuer. Steigende Benzinpreise. Ein Strafzettel.

Und so gab ich mich an jenem regnerischen Oktobernachmittag geschlagen und gestand mir ein, dass ich mehr brauchte als alle paar Tage eine Galgenfrist. Ich brauchte einen sicheren Ort zum Wohnen und jemanden, der bereit war, ihn mir zu anzubieten. Das würde ich nicht bei den Männern auf meinem Bildschirm finden, die alle in ihren Zwanzigern und Dreißigern und nur an lockeren Dates interessiert waren. An Affären ohne Verpflichtungen. Und nicht an einer Freundin, die gleich bei ihnen einzog.

Ich musste die Altersspanne notgedrungen erhöhen.

Ich klickte auf meine Angaben und hob das Alter von fünfunddreißig auf vierzig an. War das alt genug? Vierzigjährige Frauen waren abgeschrieben, aber Männer hatten ein längeres Haltbarkeitsdatum.

»Was soll's«, murmelte ich und erhöhte auf fünfundvierzig.

Ich dachte an meine Mutter, eine wunderschöne Frau, die darauf bestanden hatte, für sich selbst zu sorgen, wodurch meine Kindheit zehnmal härter gewesen war als notwendig. Sie nahm niemals Hilfe an, aber da immer irgendein armer Kerl in sie verliebt war, gab es viele Hilfsangebote. Sie sagte Nein, wenn einer von ihnen mir neue Schuhe kaufen oder eine Woche im Sommercamp bezahlen wollte. Sie lehnte es ab, wenn uns eine Bleibe angeboten wurde, auch wenn wir eine brauchten. Autoreparaturen. Ein Essen in einem netten Restaurant oder ein Tag in Disneyland. Ich wollte nicht, dass sie sich verkaufte, nur dass sie hin und wieder in Dinge einwilligte, die unser Leben ein bisschen schöner gemacht hätten.

Aber sie fand, dass Frauen auf eigenen Füßen stehen sollten. Sie wollte einen echten Partner, nicht jemanden, der sie aushielt. Eine solche Partnerschaft glaubte sie mit Ron Ashton gefunden zu haben. Seinen verdorbenen Kern sah sie erst, als es zu spät war.

Auf einer neuen Seite wurden Profile von Männern hochgeladen, die zwei- oder dreimal so alt waren wie ich, viele schon völlig ergraut, und mir stockte der Atem bei der Vorstellung, einem von ihnen am Tisch gegenüberzusitzen und eine Anziehung zu heucheln, die ich niemals empfinden würde.

Ich klickte die Profile eines nach dem anderen an. Zu alt. Zu abstoßend. Normalerweise, wenn ich jemanden für ein Date anschrieb, versuchte ich, etwas zu finden, das wir gemeinsam hatten, und wenn es nichts gab, dachte ich mir etwas aus. *Ich liebe Steely Dan!* Eine schnelle Google-Suche zeigte ihren Konzertplan. *Ich bin letzten August sogar nach Vegas gefahren, um ihre Show zu sehen. Wahnsinn!* Am Ende des Abends, wenn der Typ ganz nett zu sein schien, spielte es keine Rolle mehr, was die Wahrheit war.

Aber die Männer, die jetzt auf meinem Bildschirm erschienen, gehörten einer komplett anderen Generation an. Eine persönliche Beziehung mit ihnen würde wahrscheinlich Barry Manilow einschließen sowie eine tiefe Zuneigung für Tom Brokaw.

Ich nahm einen Schluck von meiner heißen Schokolade, klickte das nächste Profil an und verschluckte mich beinahe, als ich das Gesicht auf dem Bildschirm sah. »O mein Gott.«

Cory Dempsey. Mr. Dempsey, Mathematiklehrer an meiner ehemaligen Highschool. Seine blauen Augen waren auf dem Bildschirm genauso lebhaft, wie ich sie in Erinnerung hatte, um die Ohren kringelten sich dieselben unordentlichen braunen Haare. Die Mädchen schwärmten für ihn, und die Jungen wollten so sein wie er. In seinem Profil war sein Alter mit achtundvierzig angegeben, aber er hatte immer jünger gewirkt – mehr wie die Schüler als die anderen Lehrer. Engagiert und dynamisch, vom zwölften Jahrgang immer zum beliebtesten Lehrer gewählt, auch von meinem.

Dass aber überall an der Schule über ihn getuschelt wurde, lag nicht daran, dass er so ein großartiger Lehrer war. Auf der Mädchentoilette, in den Ecken der Cafeteria, auf den Tribünen beim Football.

Mr. Dempsey ist so heiß.

Nach der Mathestunde hat Mr. Dempsey richtig mit mir geflirtet. Ich wette, ich hätte ihn anmachen können.

O mein Gott, hör auf. Du bist nichts Besonderes, er flirtet mit jeder.

Ich las noch einmal sein Profil. Cory Dempsey. Beruf: Schulleiter.

Familienstand: Single, nie verheiratet gewesen.

Likes: Basketball, Fantasy Football, Surfen, die Jugend von heute ermutigen, das Beste aus sich zu machen.

Natürlich musste ich sofort an Kristen denken. Wir waren nicht direkt Freundinnen gewesen – sie war beliebt und ich der Niemand, der in Englisch neben ihr saß. Aber sie hatte mich immer in Gruppenprojekte einbezogen und mich auf dem Flur gegrüßt, während alle anderen Blicke über mich hinwegglitten, als wäre ich unsichtbar.

Für alle anderen war ich die *Pennerin*, weil ich meine Bücher in einer Plastiktüte bei mir trug, denn ich konnte die Kosten für einen Rucksack nicht rechtfertigen. Aber Kristen hatte mich immer verteidigt. »Sei kein Arschloch«, sagte sie einmal zu Robbie Maxon. »Letzte Woche habe ich gesehen, wie du im Chemieraum in der Nase gebohrt hast.«

Sie hatte das Gespräch so meisterhaft von mir abgelenkt, dass niemand bemerkte, wie ich mich entfernte, dankbar für ihre Freundlichkeit, während meine schwere Einkaufstüte mir in die Schulter schnitt.

»Warum bist du so nett zu mir?«, hatte ich sie einmal gefragt, als wir allein auf der Toilette gewesen waren, Schulter an Schulter an den Waschbecken. Ich wusch mir die Hände, während sie Lipgloss auftrug. Unsere Blicke trafen sich im Spiegel, und sie sagte: »Das ist der Mädchen-Kodex. Wir müssen aufeinander aufpassen, niemand anders wird es tun.«

Und dann, mitten im Schuljahr, war Kristen einfach verschwunden. Einen Tag saß sie noch neben mir, machte Witze mit ihrer besten Freundin Laura Lazar, und am nächsten war sie weg. Zuerst dachte ich, sie wäre krank. Aber nach ein paar Wochen wurde klar, dass sie nicht zurückkommen würde. Niemand schien zu wissen, wohin sie gegangen war oder warum.

Natürlich gab es Vermutungen.

Sie geht jetzt auf ein Internat in der Schweiz.

Sie hat einen Platz an der Miss Porter's School ergattert.

Ihre Oma ist krank geworden, deshalb ist die Familie nach Florida gezogen.

Sie ist schwanger und in eines dieser Heime für unverheiratete Mädchen gekommen.

Laura Lazar hatte sich geweigert, darüber zu sprechen, und behauptete, sie wisse es nicht. Aber ich merkte, dass sie log. Laura wusste, warum Kristen gegangen war, und ich glaube, ich wusste es auch.

Als ich auf die Highschool ging, hatte ich bereits gelernt, mich einzufügen und nicht aufzufallen. Ecken zu finden, in denen niemand die ausgefransten Ränder meiner Secondhandklamotten bemerkte oder die Tatsache, dass meine Haare für gewöhnlich schon am Tag zuvor eine Wäsche nötig gehabt hätten. Und ich sah Dinge, die andere nicht sahen.

Zum Beispiel wie Kristen um die Mittagszeit mit geröteten Wangen und leicht zerzausten Haaren aus Mr. Dempseys Klassenzimmer schlüpfte und an ihrem Rocksaum zupfte. Oder wie sie eines Nachmittags über die Schulter blickte, bevor sie auf den Beifahrersitz seines Autos glitt.

Nichts Offensichtliches, aber es reichte, dass ich bemerkte, wie still sie geworden war. Wie viel Mühe es ihre Freunde kostete, sie in ihre Gespräche zu verwickeln.

Doch was auch immer zwischen Mr. Dempsey und Kristen vorgefallen war, es ging mich nichts an. Und nach einer Weile nahm ich einfach an, was alle dachten – dass Kristen weggezogen war. Und damit hatte es sich.

Jetzt war ich nicht mehr unsichtbar, versteckte mich nicht mehr in Ecken. In den drei Jahren, seitdem ich die Highschool verlassen hatte, hatte ich mich in eine Frau verwandelt, die sich behaupten konnte. Ich wusste, wie man einen Raum in einem Outfit betrat, das Aufmerksamkeit erregte. Wie man in einem teuren Restaurant Wein bestellte und wofür die kleine Gabel war. Ich wusste, wie man Make-up auftrug, sodass es natürlich aussah, und wie man Lippenstift auf den Zähnen vermied. Falls ich Mr. Dempsey auf der Straße begegnen würde, dann wäre ich eine Frau, die er bemerken, aber nicht erkennen würde.

Hatte Mr. Dempsey etwas mit Kristens plötzlichem Verschwinden zu tun? Möglich. Könnte ich das ausnutzen? Sicher.

Ich stellte mir vor, wie ich ihm eine Nachricht schickte. *Hallo, Mr. Dempsey! Mein Name ist Meg Williams, Wolverine-Klasse 2006! Rawr!*

Der Typ neben mir spielte irgendein PC-Game, hämmerte auf seiner Maus herum und erntete dafür einen vernichtenden Blick von dem Mann hinter dem Tresen. Ich blickte wieder auf meinen Bildschirm und stellte mir das erste Date mit Mr. Dempsey und die typischen Fragen vor, die man immer gefragt wurde – über meine Familie, wo ich aufgewachsen war, was ich mit meinem Leben anfing. *Meine Mutter zog mich alleine groß, bis sie an Krebs starb, weil sie sich die Behandlung nicht leisten konnte. Ich schlafe derzeit in meinem Auto und lebe knapp unterhalb der Armutsgrenze. Ich liebe Bruce Springsteen und die Dodgers.*

Ich konnte ihm nicht einfach irgendeine Nachricht schreiben und das Beste hoffen. Wenn er Nein sagte, war's das. Ich musste zuerst alles über ihn in Erfahrung bringen. Woran er glaubte. Was ihn abstieß. Was ihm am wichtigsten war. Sodass ich in all diesen Dingen mit ihm übereinstimmen konnte.

Draußen peitschte noch immer der Regen gegen die Scheiben, und ich stellte mir das Geräusch vor, das er in der Nacht auf dem Dach meines Autos machen würde, während ich versuchte zu schlafen, immer noch unruhig und angespannt. Dann stellte ich mir vor, wie es in einem Haus mit Schlössern an Fenstern und Türen wäre. Den Regen auf dem Dach eines Hauses statt eines Autos zu hören. Fernzusehen oder sich mit jemandem zu unterhalten.

Ich loggte mich aus, kehrte auf die Homepage von *Circle of Love* zurück und klickte auf *New Account*.

Das erste Fake-Profil, das ich erstellte – Deidre. Alter: dreiundvierzig, ein bisschen New Age, ignoriert das Älterwerden –, funktionierte nicht. Auf ihre Nachricht – *du scheinst ein Mann zu sein, den ich gerne näher kennenlernen würde* – kam nicht einmal eine Antwort, also war ich zwei Tage später wieder im Internetcafé, um es noch einmal zu versuchen.

Sandy. Alter: zweiunddreißig. Familienstand: nicht verheiratet. Beruf: Bedienung. Likes: Sonnenuntergang in den Bergen, Wodka Tonic um fünf Uhr nachmittags, Ausflüge nach Mammoth. Sandys Nachricht an Mr. Dempsey: *Du bist heiß*. Sandy wollte Sex.

Innerhalb von Minuten sprang das Symbol unter Sandys Nachricht von *Ungelesen* auf *Gelesen*. Ich beugte mich vor. Drei Punkte zeigten an, dass Mr. Dempsey gerade antwortete.

Eine Minute. Zwei Minuten. Ich überlegte, was er wohl schrieb – würde er flirten, mir Komplimente machen? Es spielte keine Rolle, dass ich nicht aussah wie Sandy. Ich brauchte sie nur für kurze Zeit.

Schließlich erschien seine Nachricht. *Danke, aber ich suche etwas Festeres. Ich wünsche dir Glück!*

Ich starrte auf den Bildschirm, analysierte seine Worte

und dachte über meinen nächsten Schritt nach. Ich dachte wieder an Kristen, die erst siebzehn gewesen war. Würde seine Antwort anders ausfallen, wenn ich Sandy zehn Jahre jünger machte?

Neue Bildsuche, anderes Foto. Blond, lachend, hinter ihr der Sonnenuntergang. Ich war Goldlöckchen, wenn Goldlöckchen eine einundzwanzigjährige obdachlose Frau mit einer Vorliebe für fließendes Wasser war und bereit, für diesen Komfort mit einem Mann zu schlafen.

Amelia. Alter: einundzwanzig. Familienstand: nicht verheiratet. Beruf: Studentin (Hauptfach Früherziehung), zurzeit pausierend, aber hoffentlich bald wieder auf dem richtigen Weg. Likes: Surfen, Liebesromane. Suche eine ernsthafte Beziehung.

Meine Nachricht an Mr. Dempsey lautete: *Vielleicht können wir zusammen surfen?* Ich klickte auf *Senden* und meldete mich ab, in dem Bewusstsein, dass dies für eine Weile mein letzter Versuch sein müsste, Mr. Dempsey zu kontaktieren. Ein Teil von mir fragte sich, welcher Schulleiter ein Dating-Profil hatte, das jeder Schüler sehen konnte.

Es wurde mir beinahe sofort klar: Einer, dem es egal ist. Einer, der es vielleicht sogar darauf angelegt hat.

An diesem Abend parkte ich zum Schlafen auf einem gut beleuchteten Parkplatz, obwohl ich dort wahrscheinlich nicht mehr als insgesamt drei oder vier Stunden schlief. Jedes Geräusch – eine Autotür, die zugeschlagen wurde, eine Sirene, Schritte – riss mich aus dem Schlaf, und es war geradezu eine Erleichterung, am nächsten Morgen auf den Parkplatz des Fitnessstudios zu fahren. Ich hatte immer die Frühschicht, machte Licht, nahm die Handtücher aus dem Trockner und faltete sie. Dadurch war ich von der Straße, bevor sich jemand beschweren konnte, dass ich im Auto schlief. Zusätzlich zu dem Luxus, dass ich dort duschen und meine Wäsche waschen konnte, liebte ich die Ruhe am frühen Morgen. Keine nervigen Verkaufsgespräche für Mitgliedschaften, keine lärmenden Kids oder Yoga-Mamis mit riesigen Kinderwagen und Wasserflaschen ohne Kohlensäure. Nur die frühmorgendlichen Fitnessfanatiker, die noch halb schliefen, wenn sie ihre Karte durch das Lesegerät zogen und sich eines meiner Handtücher schnappten.

Ich starrte auf die Fensterscheibe vor mir, und die dunkle Straße dahinter warf mein Spiegelbild zurück. Meine nassen Haare waren zu einem ordentlichen Pferdeschwanz zusammengebunden. Das weiße Poloshirt mit dem *Y*-Logo war hell und deutlich, aber die Umrisse meiner Gesichtszüge blieben verschwommen, so wie ich mich die meiste Zeit fühlte. Als würde ich mich langsam im Raum auflösen und als würden bald nur noch meine Autoschlüssel und ein Stapel gefalteter Handtücher von mir übrig sein.

Ich stellte den Computer an und loggte mich ohne große Erwartungen auf dem Dating-Portal ein. Doch zusätzlich zu dem *Gelesen*-Symbol erschien auch eine Antwort.

Wo surfst du gerne?

Ich blickte über die Schulter, als würde gleich jemand hinter mich treten und sehen, was ich tat. Von jenseits des dunklen Bürobereichs erklangen das entfernte Hämmern der Laufbänder und das Klacken von Gewichten, aber vorne war alles still. Ich war elektrisiert.

Ich startete eine schnelle Google-Suche nach den *besten Spots zum Surfen in Los Angeles* und überlegte, was für ein

Mensch Amelia sein könnte. Was ihr wichtig sein könnte und wovon sie träumte. Dann begann ich, ihre Biografie auszugestalten. Amelia Morgan, geboren und aufgewachsen in Encino. Vielleicht hatte sie ein paar Semester an der California State in Northridge studiert, bevor sie abbrechen musste. Jemand, von dem Mr. Dempsey dachte, dass er ihr helfen könnte.

Der Cursor blinkte im leeren Antwortfeld, und ich spürte das Gewicht, das darauf lastete, die Notwendigkeit, die perfekte Antwort zu geben. *Zuma*, schrieb ich zurück. Ein Strand am nördlichen Rand des L.A. County würde für ein Mädchen, das im Valley aufgewachsen war, am meisten Sinn ergeben. Außerdem war es unwahrscheinlich, dass Mr. Dempsey – Cory – regelmäßig dort war. *Die besten Wellen in Malibu*, ergänzte ich.

Ich klickte auf *Senden* und spürte den Nervenkitzel. Verpasste Gelegenheiten waren mir nicht fremd. Einen Moment stehst du vielleicht an der Schwelle zu einem ganz anderen Leben, im nächsten steckst du Vierteldollarmünzen in eine Autowaschanlage, damit man deinem Minivan nicht ansieht, dass jemand darin schläft.

Ich schaute mir noch einmal sein Profilbild an. Ein leicht schiefer Zahn verlieh seinem umwerfenden Lächeln ein bisschen Charakter. Kräftige Schultern vom jahrelangen Surfen. Viel besser als alle meine anderen Optionen.

»Hey, Kleine«, sagte mein bester Freund Cal, als er um 8.30 kam. »Robert und ich waren gestern in *Ricochet*, mein Gott, du musst ihn unbedingt sehen. Vielleicht können wir am Wochenende in eine Frühvorstellung gehen.«

Ich warf einen Blick über die Schulter, dorthin, wo unser

Manager Johnny mit geschürzten Lippen wie ein Sonntagsschullehrer saß und auf seinem Computer herumtippte.

»Ich bin das ganze Wochenende verplant«, antwortete ich.

»Schade. Lust auf Mittagessen heute?«

»Das passt.«

Cal klopfte mit den Fingerknöcheln auf den Tresen und sagte: »Bleib Gold, Ponyboy.«

Cal war mindestens zehn Jahre älter als ich – *ab einem bestimmten Alter gibt ein Mensch sein wahres Alter nicht mehr preis* – und der Einzige, der wusste, dass ich in meinem Auto lebte. Er fand Wege, mir ein bisschen zu helfen, ohne mich in Verlegenheit zu bringen. Wenn er und sein Freund Robert verreisten, baten sie mich immer, ihr Haus zu hüten, obwohl sie weder Pflanzen zu gießen noch Tiere zu füttern hatten. Außerdem lud er mich mindestens einmal die Woche zum Mittagessen ein, angeblich als Dank dafür, dass ich neue Mitglieder dazu brachte, sich für Trainingsstunden bei ihm anzumelden. Er bestellte immer zu viel und überließ mir dann die Reste. Wie ich hatte Cal im *Y* zunächst am Empfangstresen gearbeitet, während er abends Kurse belegte, um seinen Trainerschein zu machen. Er drängte mich ständig, auch etwas Brauchbares zu lernen. *Das Community College wurde für Leute wie uns erfunden.* Wahrscheinlich hätte ich es tun können, ich wusste nur nicht, was ich belegen sollte. Wie sollte ein Mensch mehr aus sich machen, wenn er absolut keine Vorstellung davon hatte, was das sein könnte? Was sollte ich belegen? Buchhaltung? Kosmetik? Schweißen?

»Meg«, rief Johnny aus dem Büro. »Denk dran, die Handtücher zuerst in drei Teile zu falten und dann in zwei.«

Ich ließ die *Circle-of-Love*-Website den ganzen Morgen auf dem Computer vor mir geöffnet, versteckt hinter ein paar anderen Fenstern. Ungefähr um elf las ich noch einmal Corys letzte Nachricht. *Du bist eine wunderbare Ablenkung, aber ich hätte beinahe ein Elterngespräch verpasst.*

Amelia und Cory hatten den ganzen Morgen hin- und hergeschrieben, und er fing sofort an zu flirten. Ich kann nicht glauben, dass ich schon seit einer Ewigkeit an den Stränden von L.A. surfe und dich noch nie getroffen habe. In den Stunden seit dieser ersten Nachricht hatte er viel von sich preisgegeben. Ich sammelte die Informationen und versuchte, mehr herauszufinden.

Ich begann mit einer einfachen Frage. Was ist das Wichtigste in deinem Leben?

Seine Antwort war erwartungsgemäß kitschig. *Meine Familie.* Noch vor persönlichem Erfolg oder Reichtum, vor Gesundheit, vor allem anderen.

Am meisten bedauerte er, sich vor dem Tod seines Großvaters nicht mit ihm versöhnt zu haben. *Es war schmerzlich, aber ich habe viel daraus gelernt. Aber lernen wir nicht ständig etwas dazu und wachsen? Und ich glaube, aus den besonders harten Lektionen lernen wir am meisten.*

Als ich ihn nach seinem Job fragte, schrieb er: *Junge Menschen zu motivieren ist sowohl spannend als auch ein Privileg.*

Ich erfuhr außerdem kleinere Details, Dinge, die mir dabei helfen würden, eine Verbindung zu ihm aufzubauen. Er hatte eine Katzenhaarallergie. Er verstand nichts von Hockey, tat aber so. Er verabscheute alles, was Ingwer enthielt, und liebte schwarzen Kaffee. Er bezeichnete sich als entschiedenen Optimisten.

Amelia gab auch etwas von sich preis. So erzählte sie Cory, dass sie im zweiten Jahr das College verlassen hatte, um ihren Eltern bei der Pflege ihres Bruders zu helfen, der an Leukämie litt (*jetzt geht es ihm wieder gut, aber der Weg zurück aufs College war hart!*). Wie sie ihren Job als Bedienung verloren hatte, weil sie eine Kollegin anschwärzte, die Essen stahl, nicht ahnend, dass diese Kollegin die Freundin des Geschäftsführers war. Ich war erstaunt, wie mühelos die Geschichten mir einfielen. Sie kamen mir vollständig ausgeformt in den Sinn, ich musste sie nur erzählen. *Einfach unglaublich, wie einfach es ist, sich mit dir zu unterhalten,* schrieb ich jetzt. Die meisten Typen hier stellen drei oberflächliche Fragen und kommen dann direkt zur Sache.

Es gefiel mir, Amelia zu sein. Meine Probleme abzulegen und ein anderer Mensch zu werden, war befreiend. Amelia hatte Möglichkeiten, die ich nicht hatte, und mit ein paar Tastenanschlägen könnte sie sogar noch mehr haben. Heute hatte sie vielleicht keinen Job, aber morgen könnte sie einen finden, einfach weil ich es sagte.

»Was machst du da?« Johnnys Stimme direkt über meiner Schulter ließ mich zusammenzucken. Ich schloss schnell die Dating-Seite, aber er hatte sie schon gesehen. »Nichts Privates am Computer. Wenn ich dich noch mal erwische, werde ich das melden müssen.«

»Tut mir leid«, sagte ich. »Wird nicht noch mal vorkommen.« Ich hasste mich dafür, dass ich zu Kreuze kroch, aber ich brauchte den Job. Ich schloss den Tab und starrte wieder aus dem Fenster. Als Johnny eine neue Ladung frisch gewaschener Handtücher vor mir auf den Tresen warf, schenkte ich ihm ein strahlendes Lächeln und begann, sie zusammenzufalten.

Nach der Arbeit fuhr ich zur öffentlichen Bibliothek in Santa Monica, weil ich nicht schon wieder Geld für eine Sitzung im Internetcafé verschwenden wollte. Wenn ich am Wochenende etwas essen wollte, musste ich mindestens ein Date vereinbaren. Als ich den großen Raum mit den überdimensionalen Rückgaberegalen und dem Ausleihtresen betrat, der sich über eine ganze Wand erstreckte, wanderten meine Gedanken in die Vergangenheit. Bibliotheken waren immer meine Zuflucht gewesen. Meine Mutter ging jedes Wochenende mit mir hin, und wir verbrachten dort Stunden mit Lesen, isoliert von der Außenwelt. Sie füllte ihre größte Handtasche mit Snacks – Müsliriegel, Chips und Kekse –, und wir machten es uns gemütlich, sobald die Bibliothek öffnete, belegten die besten Stühle im zweiten Stock, der einen Blick auf die Straße unten bot. Wir suchten abwechselnd nach Büchern, aßen heimlich und lasen den ganzen Tag, gingen erst, wenn die Ansage ertönte, dass die Bibliothek gleich geschlossen würde.

Ich näherte mich der Bibliothekarin am Tresen und zeigte ihr meinen Bibliotheksausweis. Sie deutete auf die Computer und sagte: »Suchen Sie sich einen aus.«

Es waren nur zwei andere Besucher online – ein älterer Mann, möglicherweise obdachlos, und ein Teenager, der in der Schule hätte sein müssen. Ich wählte einen Computer am Ende der Reihe und loggte mich in Amelias Account ein.

Es gab keine neuen Nachrichten von Cory, und ich war überrascht, dass ich einen Anflug von Enttäuschung verspürte. Wie schnell ich süchtig nach dem Nervenkitzel geworden war, den eine Nachricht von ihm in mir auslöste.

Dann loggte ich mich in meinen eigenen Account ein.

Ich tauschte gerade mit drei oder vier Männern regelmäßig Nachrichten aus, jeder von ihnen eine etwas andere Version derselben Person. Jason, der Risikokapitalgeber, bei dem jeder Satz mit dem Wort *ich* anzufangen schien. Sean, ein Hypothekenmakler in Manhattan Beach. Und Dylan, der Party-Promoter.

Bis dahin waren meine Kriterien ziemlich einfach gewesen: Sie mussten einen Job haben, sie mussten mir ungefähr drei Fragen über mich stellen, und sie durften nicht aussehen wie der Unabomber. Ich sorgte immer dafür, dass wir uns an einem öffentlichen Ort trafen, und ich ging nie mit jemandem nach Hause, mit dem ich mich nicht sicher fühlte. Manchmal merkte ich es jedoch erst, wenn es zu spät war. Finger, die mir durchs Haar fuhren und dabei zu fest zogen. Hände, die zu hart zupackten. Blutergüsse an Stellen, die sich leicht verhüllen ließen. Das passierte nicht oft, aber wenn, dann gelang es mir, es nicht ins Bewusstsein dringen zu lassen. Ich ging in Gedanken woandershin, bis es vorbei war.

Ich starrte Jasons letzte Nachricht an, eine Einladung in ein Restaurant in Venice, das gerade erst eröffnet hatte, und stellte mir einen endlosen Abend vor, den ich damit verbringen würde, seinem Ego zu schmeicheln. Ich schloss den Account, ohne zu antworten.

Dann ging ich auf die Website des Community Colleges, damit ich Cal zumindest sagen konnte, dass ich es mir angesehen hatte. *Buchhaltung. Kunstgeschichte. Betriebswirtschaftslehre*. Die Wörter begannen zu verschwimmen, bis mein Blick an *Digital Design* hängen blieb. Der sechsmonatige Kurs vermittelt die Grundlagen des HTML-Codes, Webdesign und Bildbearbeitung. Schüler erlangen wertvolle

Fertigkeiten für jede Branche; oder es ermöglicht ihnen, selbstständig zu arbeiten. Ich schaute mir die Beispielbilder für den Photoshop-Kurs an. Eins davon zeigte eine Familie in einem Park mit ein paar Leuten im Hintergrund. Das zweite Bild war dasselbe Foto, nur diesmal waren die Leute hinten herausgeschnitten, als wären sie nie da gewesen.

Ich klickte auf das Feld *Kursgebühren* und atmete schwer aus. Einschließlich der Anmeldegebühr kostete der ganze Kurs mit Abschlusszeugnis zweihundert Dollar. Darüber hinaus könnten noch Kosten für notwendiges Material anfallen. Und wenn ich den Kurs abschloss, würde ich die nötige Ausrüstung brauchen. Einen Computer. Software. Für jemanden, der nach Abzug der Steuern weniger als hundertfünfzig Dollar die Woche verdiente – das meiste davon war bereits in dem Moment weg, in dem es auf mein Konto kam –, konnten zweihundert Dollar genauso gut zwei Millionen sein. Ich schloss das Fenster und spürte schmerzliches Bedauern, wie immer, wenn sich eine Tür schloss.

Ich loggte mich aus und winkte der Bibliothekarin zu, als ich ging. Ich hatte noch vier Stunden bis zum Sonnenuntergang, um einen Parkplatz für die Nacht zu finden.

Stattdessen machte ich einen Abstecher nach Brentwood, wo mir die Straßen so vertraut waren wie ein alter Freund. Das Einkaufszentrum, wo meine Mutter mir immer Eis gekauft hatte und, wenn ich Glück hatte, ein Buch aus dem dortigen Buchladen. Die Ecke, an der ich vom Fahrrad gefallen war und mir das Knie aufschlug. Der große Baumstamm, den ein starker Sturm gefällt hatte, als ich sieben war, und der einen ganzen Tag lang den Verkehr auf dem San Vicente Boulevard aufhielt.

Ich bog links in den Canyon Drive ein, steuerte ganz automatisch. Die Häuser standen auf großen Grundstücken, lagen ein gutes Stück von der breiten Straße entfernt, einige hinter hohen Toren, durch die man kaum hindurchsehen konnte. Als würde ich von einem starken Magneten angezogen, schlängelte ich mich langsam zurück an den Ort, an dem alles begonnen hatte.

Ich parkte südlich vom Haus, an einer Stelle, von der aus ich es gut betrachten konnte. Die vertrauten Konturen von dunklem Holz und weißem Putz. Den runden Turm, in dem sich die Wendeltreppe befand, die zu einer winzigen Kammer im dritten Stock führte. Das große Fenster des Wohnzimmers, wo der Großvater meiner Mutter seine Tage Pfeife rauchend und in Sorge um seinen Sohn – ihren Vater – verbracht hatte, der mehr Zeit in der Entzugsklinik zubrachte als außerhalb davon.

»Die Eingangstür ist aus Eiche, geschlagen in einem Wald in Virginia«, rezitierte ich in der Stille des Autos. »Ein Baum, der wahrscheinlich die Siedler von Jamestown begrüßt hat, bevor er hierherkam, um für unsere Sicherheit zu sorgen.« So begann der Monolog, den meine Mutter mir immer zum Einschlafen hielt. Als Gutenachtgeschichte führte sie uns beide in Gedanken durch das Haus, zu dem wir uns zurücksehnten. Ich schloss die Augen und stellte es mir vor. Die verputzten Wände, die noch die Abdrücke der Reibebretter trugen, mit denen die Handwerker sie geglättet hatten. Die breiten Holzbalken, die sich über die gesamte Decke des großen Zimmers erstreckten. Die vierte Stufe, die immer knarrte, wenn man in der Nähe des Geländers darauf trat. Der Abstellraum mit der Klapptür, die zum Dachboden führte, und die Wand, an der nicht nur die

Körpergröße meiner Mutter, sondern auch ein paar Monate lang meine Größe mit Bleistift festgehalten worden war.

Meine Mutter Rosie war geboren worden, kurz bevor ihre Eltern die Highschool abgeschlossen hatten. Da ihre Mutter schon früh verschwunden und ihr Vater in Drogen- und Alkoholmissbrauch versunken war, kam Rosie in die Obhut ihrer Großeltern – meiner Urgroßeltern –, die wir beide Nana und Pop nannten. Sie waren die einzigen verlässlichen Bezugspersonen, die sie jemals hatte.

Es waren Nana und Pop, die immer zum Tag der offenen Tür an ihrer Schule gingen. Die ihr Fahrradfahren beibrachten. Die aufblieben und warteten, als sie während der Highschool ihre ersten Dates hatte, die sie großzogen wie ihr eigenes Kind.

Meine Mutter verliebte sich nur zweimal in ihrem Leben. Das erste Mal in einen Hockeyspieler am College, der nach Europa ging und nie zurückkehrte. Aus dieser Beziehung hatte sie mich und eine Reihe von Grundsätzen behalten, die meine Kindheit bestimmten:

Man sollte sich nicht für Bequemlichkeit und Komfort entscheiden. Wir können alles, was wir fürs Leben brauchen, selbst verdienen. Wir brauchen keinen Mann, der uns aushält.

Wenn das Geld knapp ist, arbeiten wir härter.

Wenn zwei Frauen zusammenarbeiten, haben sie eine Macht, die man nicht unterschätzen sollte.

Um uns über die Runden zu bringen, hatte sie mehrere Jobs gleichzeitig. Sie mietete Einzimmerwohnungen, wenn wir die Kaution aufbringen konnten. Und wenn das nicht ging, wohnten wir bei Nana und Pop. Die Zeiten, die wir bei ihnen verbrachten, waren in meiner Erinnerung die schönsten meines Lebens. Nana zeigte mir, wie man Chocolate Chip Cookies ohne Backmischung backte und wie man einen Gemüsegarten anlegte. Pop brachte mir Cribbage und Poker bei.

Das zweite – und letzte – Mal verliebte meine Mutter sich, nachdem Nana und Pop gestorben waren. Der Mann hieß Ron Ashton.

Auf der anderen Straßenseite öffnete sich ein Tor automatisch, und eine Frau kam zu Fuß heraus. Eine Hausangestellte mit einer Plastiktüte voller Lappen und Putzutensilien. Sie beäugte mich misstrauisch und überlegte offenbar, ob sie zurückgehen und ihre Arbeitgeber darüber informieren sollte, dass vor dem Nachbarhaus eine Frau saß und es anstarrte. Ich lächelte ihr zu und hielt mein Handy ans Ohr, als hätte ich angehalten, um einen Anruf entgegenzunehmen. Dann richtete ich meine Aufmerksamkeit wieder auf das Haus, das im Besitz unserer Familie hätte bleiben sollen. Das Ron Ashton uns stahl.

Corys Nachricht traf am nächsten Morgen kurz nach acht ein. Ich würde dich gerne treffen. Heute um vier? *Rocketman Coffee* in der Main Street?

Hinter mir liefen die Wäschetrockner, meine Finger schwebten zögernd über der Tastatur. Als würde ich gerade ein Lied zu spielen lernen, ließ ich mich von meinen Instinkten leiten. Und sie sagten mir, ich solle erst einmal tief durchatmen. Nicht innerhalb von Sekunden antworten. Manchmal war es am wirkungsvollsten, gar nichts zu tun.

Ich wartete fast bis zum Mittag. Heute um vier passt mir!

Ich freue mich. Ich spürte eine leichte Erregung, denn ich wusste, dass ich vom Moment an, in dem ich den Coffeeshop betrat, klar im Vorteil war.

Als meine Schicht zu Ende war, duschte ich und zog eine Jeans an, die meine Kurven betonte. Ich schlüpfte in ein eng anliegendes Tanktop mit V-Ausschnitt und zog einen weichen Wickelpullover darüber. Amelia war Surferin und eine Studentin, die schwere Zeiten durchlebt hatte. Ich wollte sicherstellen, dass ich ihren Platz einnehmen konnte, wenn sie nicht auftauchte.

Ich parkte ein paar Straßen vom *Rocketman Coffee* entfernt und wartete im Auto, um Cory etwas Zeit zu geben. Währenddessen nahm ich mein Handy aus der Tasche, klappte es auf und rief Cal an.

Er ging beim zweiten Klingeln ran. »Hey.«

»Würdest du mir einen Gefallen tun?«

»Immer«, sagte er.

»Kannst du mich in ungefähr einer Stunde auf dem Handy anrufen? Du musst nichts sagen oder dranbleiben. Das Handy muss nur klingeln.«

Er lachte. »Hast du ein Date, das du platzen lassen willst?«

Ich beobachtete, wie eine Frau einen schicken Kinderwagen die Stufen vor ihrem Apartment hinuntermanövrierte, das Kind festgeschnallt. »So was in der Art«, antwortete ich. »Machst du es?«

»Klar. Ich stelle den Wecker, damit ich es nicht vergesse.«

»Danke.«

Ich legte auf und schloss das Auto ab. Mein Herz pochte. Wenn das hier nicht funktionierte, würde ich wieder ins Internetcafé gehen und die Liste von Männern durchgehen müssen, die alt genug waren, um mein Vater zu sein. Ich würde wieder im Minivan landen und durch dunkle Gegenden fahren, auf der Suche nach einem sicheren Parkplatz zum Übernachten. Nervös holte ich Luft und atmete langsam aus.

Ich betrat den Coffeeshop und entdeckte ihn an einem der hinteren Tische, einen großen Becher mit, wie ich wusste, schwarzem Kaffee vor sich.

Ich fühlte mich plötzlich so mächtig, als wäre ich der Regisseur eines Theaterstücks, der das Sagen hatte und das Tempo bestimmte. Obwohl ich eine Fremde für ihn war, wusste ich, was er mochte und was nicht. Ich wusste, was er wollte und was ihm wichtig war.

Es bestand die geringe Chance, dass er sich von der Northside High an mein Gesicht erinnerte. Für den Fall plante ich, mich darauf einzulassen und eine Schwärmerei zu gestehen. *So peinlich!*

Ich bestellte eine Tasse schwarzen Kaffee und trug sie in seine Richtung, setzte ein freundliches Gesicht auf, als ich mich seinem Tisch näherte.

»Roger?«, sagte ich und hielt den Atem an, wartete auf ein Aufblitzen des Wiedererkennens in seinen Augen.

Aber da war nichts. »Nein, tut mir leid«, erwiderte er mit einem freundlichen Lächeln. Aus der Nähe sah ich, dass seine goldbraunen Augen von dicken Wimpern umrahmt waren. Um seinen Hals verlief ein leichter Bräunungsstreifen vom Neoprenanzug.

Ich sank auf den Platz am Tisch neben ihm. »Wie peinlich. Blind Date«, erklärte ich.

Er lächelte. »Ebenfalls.«

»Es wird niemals leichter, stimmt's?«

Er zuckte mit den Achseln, und ich beließ es dabei, nippte an meinem Kaffee und wartete ab.

Nach ungefähr zwanzig Minuten warf er immer häufiger einen Blick auf sein Handy und prüfte, ob er einen Anruf verpasst oder eine Textnachricht bekommen hatte. Ich tat das Gleiche, ließ den Blick zwischen der Tür und meinem Handy vor mir auf dem Tisch hin- und herwandern. Irgendwann schenkte ich ihm ein unbehagliches Lächeln, das er erwiderte. Meine Anspannung wuchs. Ich war in Sorge, dass er gehen würde, bevor Cal anrief, und überlegte, wie ich ihn aufhalten könnte. Gerade als ich etwas über das Wetter machen wollte, klingelte mein Handy.

»Hallo?«, sagte ich.

»Hier ist der versprochene Anruf. Ich muss mich beeilen, aber erzähl mir morgen alles.«

Cal legte auf, doch ich redete weiter. »Oh, ich verstehe.« Ich schloss die Augen, als würde ich gegen eine schreckliche Enttäuschung ankämpfen, ließ die Schultern sinken. »Ich verstehe. Nein, es ist in Ordnung, wirklich.« Ich ließ meine Stimme zittern, und aus dem Augenwinkel sah ich, dass Cory zuhörte. »Also dann, herzlichen Glückwunsch.« Wieder eine Pause. »Ja, danke.«

Ich beendete das Gespräch und starrte auf meinen kalten Kaffee, als ob ich nicht wüsste, was ich als Nächstes tun sollte. Schließlich sah ich auf, verlegen und verletzt. »Er ist wieder mit seiner Freundin zusammen«, sagte ich.

Cory deutete auf mein Handy. »Zumindest hat er Sie angerufen.«

»Es ist unmöglich, in Los Angeles jemanden kennenzulernen«, sagte ich und nahm damit einen Faden aus einer von Corys gestrigen Nachrichten an Amelia auf.

»Wem sagen Sie das. Wie der Versuch, im Lotto zu gewinnen.«

»Lotto zu spielen macht Spaß«, sagte ich. »Dating… weniger.«

Cory lachte. »Darf ich Sie zu einem weiteren Kaffee einladen? Vielleicht können wir den Tag noch retten.«

Glück und eine zweite Chance. Daran will jeder glauben.

Unsere Schultern berührten sich leicht, als wir die Main Street entlanggingen und Cory mir von seinem Job als Schulleiter erzählte. »Die Jugendlichen haben eine Energie, die man nirgendwo sonst findet«, sagte er. »Es ist ansteckend. Ihre Leidenschaft. Ihr Potenzial.«

Ich dachte daran, wie er mit Amelia über seinen Job gesprochen hatte. »Was für ein Privileg, solch einen Einfluss auf junge Menschen zu haben«, sagte ich und fragte mich, ob er seine eigenen Worte wiedererkennen würde. Ich fütterte ihn absichtlich in kleinen Häppchen damit, um eine Verbindung aufzubauen, die er mehr spüren als sehen sollte.

Er sah mich begeistert an. »Genau.«

Ich staunte, wie leicht es war. Als hätte er das Drehbuch geschrieben, und ich müsste nur meine Dialogzeilen lesen. Ich spielte mit dem Deckel meines Kaffeebechers, während wir darauf warteten, dass die Ampel grün wurde. Als das geschah, sagte ich: »Ich wollte auch mal Lehrerin werden. Grundschule.«

Wir traten vom Bordstein und gingen in Richtung Strandpromenade. »Was ist passiert?«, fragte er.

Ich zuckte mit den Achseln. Die besten Lügen waren die, die etwas Wahrheit enthielten. »In meinem letzten Highschooljahr wurde meine Mutter krank. Ich hatte keine Zeit, mich bei Colleges zu bewerben. Ich hatte genug mit der Schule und der Pflege meiner Mutter zu tun.«

Wir kamen an einem Abfalleimer vorbei, in den wir unsere leeren Becher warfen. Am Rand des Fahrradwegs ließen wir einen Strom von Radfahrern passieren. Dann nahm Cory meine Hand, und wir überquerten ihn. Wir setzten uns auf eine Bank, von der aus man den Strand und das Meer sehen konnte. »Wurde sie wieder gesund?«

»Nein.« Ich machte eine Pause. Das Gewicht des Wortes hing schwer in der Luft. »Es war ein unglaublich schweres Kapitel in meinem Leben. Aber es war auch ein Geschenk.«

Cory blickte mich interessiert an. »Inwiefern?«

Ich tat so, als würde ich über die Antwort nachdenken, aber der Text war bereits fertig, eine schillernde Reproduktion dessen, was er gestern Amelia geschrieben hatte. »Ich habe gelernt, dass ich es aushalte, wenn das Schlimmste passiert. Das Leben ist voller schwerer Erfahrungen. Wir können entweder darunter leiden oder daraus lernen.«

Die Art, wie er sich vorbeugte, seine Augen überrascht und bewundernd zugleich leuchteten, verriet mir, dass ich ins Schwarze getroffen hatte. »Nicht viele in Ihrem Alter sind schon so weise«, sagte er.

Ich zuckte mit den Achseln, als hätte ich das schon oft gehört. »Optimismus ist eine Entscheidung.«

»Genau das sage ich auch immer.« Er war sichtlich erfreut. »Ich habe das erst begriffen, als ich schon viel älter war.«

Ich sah ihn skeptisch an. »Sie sind noch nicht so alt.«

Er verzog das Gesicht. »Achtundvierzig.«

Ich stieß ihn mit der Schulter an. »Ich mag ältere Männer.«

Er lachte in sich hinein. »Gut zu wissen.« Wir schwiegen eine Weile. »Wo sind Sie aufgewachsen?«, fragte er.

»Grass Valley. Eine winzige Stadt in der Sierra«, sagte ich. »Sie haben wahrscheinlich noch nie davon gehört. Zwölftausend Einwohner. Jeder kennt jeden. Nachdem meine Mutter gestorben war, konnte ich nicht schnell genug von dort wegkommen.« Ich sah ihn prüfend an, suchte nach einer Spur von Skepsis in seinem Gesicht, aber es war offen und vertrauensvoll. Er glaubte mir.

»Was hat Sie nach Los Angeles verschlagen?«

»Ein Mann«, gestand ich. »Die älteste Geschichte der Welt. Aber ich bin hier glücklich. Ich mache einen Kurs in Digital Design am City College in Santa Monica. Im Moment wohne ich in einem Studentenwohnheim, aber sobald ich fertig bin, finde ich hoffentlich eine Wohnung und mache mich selbstständig.«

Er sah mir in die Augen und fragte: »Glauben Sie an das Schicksal?«

Ich glaubte, dass man selbst für Gelegenheiten sorgen musste. Ich glaubte, dass man sich vom Leben nehmen musste, was man wollte, und wenn man dabei jemanden verletzte, musste es dafür einen guten Grund geben, denn ich glaubte auch an Karma. »Heute ja«, antwortete ich.

Er beugte sich vor und küsste mich. Seine Lippen fühlten sich weich an, und ich schloss die Augen vor den Lachfalten um seine Augen und dem angegrauten Haaransatz.

»Wann kann ich dich wiedersehen?«, flüsterte er.

Eine Frau mit Rollerblades sauste auf dem Fahrradweg an uns vorbei, der Sound aus ihren Kopfhörern hing wie ein Flüstern in der Luft. Ich blickte zum Meer, wo die Sonne gerade am Horizont versank. In diese Rolle zu schlüpfen war so leicht gewesen, wie einen alten Mantel anzuziehen, der nach jahrelangem Tragen die Form meines Körpers angenommen hatte. »Wie wär's mit Donnerstag?«

KAT

Als die Geschichte von Cory Dempsey ans Licht kam, arbeitete ich für die *L.A. Times*. An den Job war ich durch Glück gekommen. Eine Freundin meiner Mutter schuldete ihr noch einen Gefallen und brachte mich als Praktikantin bei dem berühmten investigativen Journalisten Frank Durham unter. Es war meine erste große Geschichte, und ich brannte darauf, mich zu beweisen. Ich begleitete ihn auf Pressekonferenzen, zur Polizeiwache und zu Treffen mit Leuten, die nah an der Sache dran waren. Ich war sogar dabei, als Frank sich mit Corys Familie traf, ein seltenes Interview, das unter strikten Auflagen gewährt wurde.

Da hörte ich auch zum ersten Mal Meg Williams' Namen. Nicht im Verlauf des Interviews selbst – zwei Eltern, die sich bemühten, auf der richtigen Seite der öffentlichen Wahrnehmung zu stehen und jegliche Verantwortung für das, was ihr Sohn jenen Mädchen angetan hatte, von sich zu weisen. Aber in der Ecke, wo ich saß und mir Notizen machte, hörte ich einige Dinge von dem Cousin und der Cousine, die Mr. und Mrs. Dempsey von San Diego heraufgefahren hatten. Bruchstücke eines im Flüsterton geführten Gesprächs, das nicht für mich bestimmt war. Schließlich war ich nur eine junge Assistentin mit Kopfhörern, die darauf wartete, dass ihr Chef das Interview beendete, um seine Notizen abzutippen.

»Angeblich ist das alles passiert, als Cory mit seiner Freundin zusammenlebte. Direkt vor ihrer Nase«, sagte der Cousin, etwa Ende zwanzig.

»O Gott. Kannst du dir vorstellen, wie es sein muss, wenn du herausfindest, dass dein Freund so was mit einem jungen Mädchen gemacht hat?«, gab die Cousine zurück.

Ich blickte starr auf mein Notizbuch, schrieb *Freundin, mit der er zusammenwohnte*, und kreiste die Wörter ein. Dann hörte ich weiter zu, wobei ich meinen Kopf zu einem imaginären Rhythmus bewegte.

»Wenn es Cory wäre? Ja.«

»Wer hat dir erzählt, dass er eine Freundin hatte?«

Der Cousin verzog das Gesicht. »Nate.«

Nate Burgess, Corys engster Freund. Seine Kontaktdaten waren unter den Informationen, die Frank mir gegeben hatte. Ich fügte Nates Namen dem Netz hinzu, das ich in meinen Notizen zu zeichnen begonnen hatte.

»Was hat Nate noch gesagt?«

»Nicht viel über die Schülerinnen. Behauptet, er hatte keine Ahnung.«

Die Frau lachte höhnisch. »Klar.«

Aus dem Augenwinkel sah ich, wie der Blick des Mannes mich traf, worauf er die Stimme senkte.

»Aber er hat etwas Interessantes gesagt. Über die Freundin, Meg.«

Ich notierte den Namen *Meg* und hielt den Atem an.

»Nate sagt, sie ist vor sieben Monaten aus dem Nichts aufgetaucht, in Corys Leben eingedrungen und hat ihn dazu gebracht, ihr Zugriff auf alles zu geben.«

»Lass mich raten, sie war jung und heiß.«

»Wahrscheinlich, aber die Sache ist die – Nate behauptet, dass alles, was Meg Cory über sich erzählt hat, eine Lüge gewesen ist. Dass sie ihn von Anfang an im Visier hatte und ihr Wissen über das, was er mit seinen Schülerinnen machte, benutzte, um sein Bankkonto leer zu räumen und zu verschwinden.«

»Dann ist sie keine Trickbetrügerin, sondern eine Heldin.«

Als ich wieder mit Frank im Auto saß, kam ich darauf zu sprechen. »Corys Cousin denkt, dass Corys Freundin Meg ihn hereingelegt hat. Dass sie das alles geplant hat.«

Ich sah Frank an. Seine weißen Haare standen ihm auf eine Art vom Kopf, die ihm bei den anderen Journalisten den Spitznamen Einstein eingebracht hatte. Er war eine lebende Legende, und ich hatte Glück, dass ich von ihm lernen durfte. Aber es war nicht leicht, und ich musste ständig um Aufträge kämpfen, die darüber hinausgingen, langweilige Hintergrundrecherchen zu betreiben und Mittagessen für meine männlichen Kollegen zu bestellen.

Er grunzte und sagte: »Das kann sein, aber wir schreiben eine Geschichte über einen übergriffigen Schulleiter.«

»Aber sie glauben, dass Meg das Ganze ins Rollen gebracht hat. Dass eine Frau ihn reingelegt hat, könnte ein interessanter Aspekt sein.«

Frank schüttelte den Kopf. »Daraus kannst du schon früh lernen, dass nicht jede tolle Geschichte auch erzählt wird«, sagte er. »Zeitungen sind eine aussterbende Branche. Sex und Skandale verkaufen sich gut. Darüber schreiben wir.«

Ich war anderer Meinung, wollte aber nicht mit ihm

streiten. Doch ich wollte die Sache auch nicht fallen lassen. Meine Mutter hatte mich gewarnt: *Als Frau im Nachrichtengeschäft musst du härter arbeiten, klüger sein und größere Risiken eingehen, um zu beweisen, dass du genauso gut bist wie Männer.*

Als wir zurück im Büro der *Times* waren, wartete ich, bis Frank sich einen Kaffee holte, und durchsuchte dann seine Notizen, bis ich die Nummer von Corys Eltern fand.

»Guten Abend, Mrs. Dempsey, hier spricht Kat Roberts von der *L.A. Times*. Wir sind uns heute begegnet, als Frank bei Ihnen war. Als wir unsere Notizen noch einmal durchgegangen sind, haben wir festgestellt, dass wir nicht den vollen Namen von Corys letzter Freundin haben.«

»Wir haben sie nie getroffen, aber ihr Name war Meg Williams«, sagte Corys Mutter. »Ich bin mir nicht sicher, ob Meg eine Kurzform oder ob es ihr richtiger Name ist. Sie ist ausgezogen, bevor alles herauskam. Könnten Sie uns informieren, wenn Sie sie finden?«

»Natürlich«, sagte ich. »Wir bleiben in Verbindung.«

Frank kam mit einem Kaffee in der Hand zurück. »Was wirst du zuerst in Angriff nehmen?«

Ich schloss mein Notizbuch. »Ich werde einen Faktencheck zu den Aussagen aus dem Interview machen.«

Er nickte und ließ sich zum Schreiben nieder. Es wurde schließlich eine vierteilige Serie über öffentliche Schulen und die Strukturen, die es Männern wie Cory Dempsey ermöglichten, ihre Taten zu begehen.

An diesem Abend begann meine Suche nach Meg Williams, der Frau, die Cory Dempseys Leben in die Luft gejagt hatte und dann verschwunden war. Die Frau, die bald auch mein Leben zerstören würde.

MEG

Ich merkte sofort, dass für Cory die Vorfreude auf Sex genauso aufregend war wie der Akt selbst. Ich befeuerte sie noch, indem ich ihm schon frühzeitig – ein bisschen verlegen – erzählte, dass ich erst mit einem anderen Mann zusammen gewesen sei, dem Freund, dem ich nach L.A. gefolgt sei, und dass wir uns vor mehr als einem Jahr getrennt hätten,

»Ich hoffe, es ist okay, dass ich nicht viel Erfahrung habe«, sagte ich.

Wir saßen auf der Couch, Corys Hemd lag zerknüllt auf dem Boden, wo er es vor ein paar Sekunden hingeworfen hatte, als ich plötzlich innehielt. »Ich empfinde Dinge für dich, die ich noch nie empfunden habe, aber ich brauche Zeit. Das alles hier ist neu für mich.«

»Natürlich«, erwiderte er. »Es gefällt mir, dass du noch wenig Erfahrung hast.« Er fuhr mit dem Finger an meinem Kiefer entlang und den Hals hinunter. »Ich kann dir eine Menge beibringen, dir zeigen, wie ich es gerne mag.«

Ich sah ihn ungläubig an, als könne ich mein Glück nicht fassen. »Im Ernst?«

Er zog mein Kinn nach oben und küsste mich leicht auf die Lippen. »Im Ernst.«

Wenn ich nicht danach gesucht hätte, wäre mir sein verborgener Hunger nach einem jungen unerfahrenen und unsicheren Mädchen wohl entgangen. Ich wusste, solange ich an dieser Rolle festhalten konnte, hatte ich Macht über ihn.

In der dritten Woche unserer Beziehung hatte ich mit den Kursen begonnen und verbrachte mindestens vier Nächte in der Woche in Corys Haus, einem kleinen Bungalow in Venice. Ich füllte meine Rolle vollkommen aus, tat so, als ob ich Probleme hätte, damit Cory mir helfen konnte, sie zu lösen: *Du hast eben die Halteverbotsschilder übersehen.* Mir Ratschläge gab, die ich nicht brauchte: *Stell dich dem Lehrer gleich vor. Sie werden dich besser benoten, wenn sie dein Gesicht im Kopf haben.*

Oberflächlich betrachtet war Cory aufmerksam und fürsorglich, aber seine Zuneigung war mit Kontrolle verknüpft. Er wollte meine Arbeits- und Unterrichtszeiten wissen, mit wem ich die Pausen verbrachte oder mit wem ich mich an den Abenden herumtrieb, die ich nicht mit ihm verbrachte.

Ich versuchte, möglichst nah an der Wahrheit zu bleiben, aber es war schwierig, ihm näherzukommen und gleichzeitig vor ihm geheim zu halten, dass ich in den Nächten, in denen wir nicht zusammen waren, in meinem Auto schlief.

Das tat ich jedoch nicht, weil ich so scharf darauf war, drei Tage die Woche in meinem Auto zu übernachten, sondern um Corys Sehnsucht zu schüren, ständig mit mir zusammen zu sein.

Also erfand ich eine neurotische Mitbewohnerin namens Sylvie, die gerne kiffte. »Es ist ekelhaft dort«, erklärte ich ihm. »Ich kann nicht glauben, dass du nicht riechst, wie meine Kleidung nach Gras stinkt.«

Ständig beklagte ich mich über Sylvie und sorgte dafür, dass sie auch für Cory zum Problem wurde. Ich war zu müde, um mit ihm essen zu gehen, weil Sylvie am Abend zuvor Besuch bis nachts um zwei gehabt hatte. Ich kam zu spät zum Lunch mit ihm, weil Sylvie mich ausgesperrt hatte. Ich wartete darauf, dass er eine Lösung anbot: *Zieh bei mir ein.*

Aber Cory biss nicht an, sondern erzählte mir Geschichten von seinem Zimmergenossen Nate im College, der einmal mehr als vierundzwanzig Stunden lang ein Mädchen zu Besuch gehabt hatte, sodass Cory im Gemeinschaftsraum schlafen musste. Oder wie Nate einmal versehentlich eine Pflanze angezündet hatte, die auf ihrer Fensterbank vertrocknet war.

Die Nächte in meinem Auto wurden beinahe unerträglich. Ich wälzte mich hin und her, meine Decken waren verglichen mit Corys feiner Bettwäsche kratzig. Ich versuchte, bei den kalten Herbsttemperaturen zu schlafen, und musste warten, bis es hell wurde, um eine Toilette zu suchen.

Deshalb tauchte ich an einem Dienstagabend Mitte November mit einer großen Reisetasche, zerzausten Haaren und roten Augen vor seiner Wohnung auf.

»Was soll das?«, fragte er, als ich meine Tasche an der Haustür fallen ließ.

»Ich bin aus dem Wohnheim geworfen worden«, erklärte ich und ließ meine Stimme zittern.

»Was? Was ist passiert?«

»Die verdammte Sylvie ist passiert.«

Er führte mich ins Wohnzimmer, setzte mich aufs Sofa

und schenkte mir ein Glas Wein ein. Ich sah ihn dankbar an und nahm einen Schluck. »Jemand hat gesagt, er habe Marihuanageruch bemerkt, der aus unserem Zimmer kam. Der Hausmeister hat alles durchsucht und einen Vorrat Gras im Kühlschrank gefunden. Sylvie hat Stein und Bein geschworen, dass es nicht ihr gehörte. Natürlich sagte ich dasselbe.« Ich schloss die Augen und versuchte, mir die Szene vorzustellen. Wie ich unbedingt wollte, dass man mir glaubte. Wie sehr es alle meine Pläne zerstört hätte, wenn sie wahr gewesen wären. »Wir hatten Glück, dass wir nicht vom College geflogen sind. Aber sie haben uns beide aus dem Wohnheim geworfen. Sylvie wird einfach zurück zu ihren Eltern ziehen, aber ich werde mir etwas anderes einfallen lassen müssen. Und zwar schnell, wenn ich nicht in meinem Auto wohnen will.«

Sobald ich die Worte ausgesprochen hatte, bereute ich sie. *Zu nah.*

Cory nahm mich in die Arme, und ich lehnte mich an ihn, zählte seine Herzschläge und wartete.

»Zieh hier ein«, sagte er.

Ich wich zurück und machte große Augen. »Auf keinen Fall«, sagte ich. »Es ist zu früh.«

»Du wohnst doch praktisch schon hier«, argumentierte er. »Es geht nur um etwas zusätzliche Kleidung und einen Schlüssel an deinem Schlüsselbund.«

Erleichterung machte sich in mir breit, trotzdem schüttelte ich den Kopf und erklärte mit fester Stimme: »Meine Mutter hat mir beigebracht, selbst für mich zu sorgen, mich nicht von einem Mann aushalten zu lassen, der bereit ist, Sex gegen Annehmlichkeiten zu tauschen.«

Er sah verletzt aus. »So siehst du mich?«

»Natürlich nicht«, antwortete ich. »Aber Gefallen rufen Erwartungen hervor, und die sorgen für Ärger. Was wir haben, ist noch ganz frisch. Ich will es nicht zerstören.«

»Du weißt, das wird nicht passieren.«

Ich schwieg lange und tat so, als würde ich über sein Angebot nachdenken, dachte an das eine Mal, als meine Mutter »ja« gesagt hatte. Ron Ashton war derjenige gewesen, auf den sie gewartet hatte. *Er ist anders*, hatte sie mir gesagt. *Eine gesunde Beziehung beruht nicht nur auf Liebe. Jeder steuert etwas bei, dadurch entsteht eine Partnerschaft. Eine gemeinsame Sache*.

Meine Mutter steuerte eine millionenschwere Immobilie bei. Ron nur Lügen.

»Ich bestehe darauf, Miete zu zahlen«, sagte ich schließlich.

»Ich will dein Geld nicht.« Cory schob seine Hände um meine Taille und hob mit den Fingern den Saum meiner Bluse, seine Daumen streiften dabei meine bloße Haut. »Es wird gut für unsere Beziehung sein, wenn du immer hier bist. Wir können Vertrauen aufbauen, einige Mauern einreißen.«

Ich hatte fast einen Monat durchgehalten. War an die Grenze zur Intimität gegangen und hatte mich dann immer wieder zurückgezogen. Die Zeit zum Abkassieren war gekommen. Was ich brauchte, war Sicherheit. Stabilität. Alles hatte einen Preis.

Ich atmete schwer aus, überlegte. »Okay.«

In der Nacht wartete ich, bis er eingeschlafen war, schlich dann aus dem Schlafzimmer – *unserem* Schlafzimmer – hinüber zum Computer und loggte mich in meinen *Circle-of-*

Love-Account ein. Ich überging neue Nachrichten von diversen Männern, die an einem Treffen interessiert waren, und klickte auf das Icon für Einstellungen oben rechts in der Ecke. Dann scrollte ich nach unten und ließ meinen Cursor über der Schaltfläche *Profil sperren* schweben, bevor ich zu *Profil löschen* ging und darauf klickte.

Dann löschte ich auch Amelias Profil.

Die Stille des Hauses erschien mir wie ein Gebet, als ich mir die Bedeutung dieses Moments bewusst machte. Kein erzwungenes Lächeln, Flirtgeplänkel oder geheuchelte Begeisterung mehr. Als ich an jenem Abend vor Corys Computer saß, gab ich mir das Versprechen, nie wieder in einem Auto zu schlafen.

Dann ging ich zurück ins Bett.

»Zieh den schwarzen Rock und die roten Stiefel an, die ich dir gekauft habe.«

Cory und ich wollten uns auf einen Drink mit Nate treffen.

Ich sah an mir hinunter und betrachtete das Outfit, das ich gewählt hatte, eine schicke dunkle Jeans und ein Wickeltop, und verkniff mir ein Seufzen. Der schwarze Rock kniff an der Taille, die Stiefel quetschten meine Zehen ein. Aber ich lächelte. Kleine Zugeständnisse nährten seinen Glauben, dass ich ein gefügiger junger Geist war, der Führung brauchte. »Klar. Warte einen Moment.«

»Beeil dich«, sagte er. »Ich will nicht zu spät kommen.«

Ich hatte mich schon einige Male mit Männern von *Circle of Love* in der Bar verabredet. An diesem Abend war sie mit Menschen gefüllt, die sich dort nach der Arbeit trafen –

Männer mit gelockerten Krawatten, Frauen in leicht ramponierter Businesskleidung, die an der Bar Schnaps tranken.

Nate saß an einem Ecktisch unter einem Großbildfernseher, auf dem ein Spiel der San Francisco 49ers ohne Ton lief. Er stand auf und schüttelte meine Hand. »Die berüchtigte Meg.«

»Ich könnte dasselbe von dir sagen.« Nates Blick wanderte an mir rauf und runter, bevor er meine Hand wieder losließ.

Wir setzten uns, und Cory bestellte bei einer Kellnerin, die gerade vorbeilief, zwei Bier.

»Ich möchte lieber ein Glas Wein«, sagte ich.

Cory legte den Arm auf die Rückenlehne der Sitzbank. »Du kannst in einer Sportbar keinen Wein trinken. Sie nimmt ein Bier«, sagte er noch einmal und ließ die Kellnerin gehen.

Nate hob sein halb leeres Halbes und nickte uns wortlos zu.

Ich schlug die Beine übereinander und sah, wie Nate auf meinen Rock starrte, der bis zur Mitte des Oberschenkels hochrutschte. Um uns herum brach Jubel aus, als die 49ers einen Touchdown erzielten.

»Erzähl mal, Meg«, sagte Nate. »Was machst du so?«

»Sie studiert«, antwortete Cory.

Nate hob die Augenbrauen und sagte: »Du lebst den Traum, was?«

Cory lachte und stellte klar: »Am College, du Arsch. Sie ist am City College.«

»Ich studiere Digital Design«, erklärte ich.

»Cory sagt, du bist bei ihm eingezogen.« Sein Tonfall

war beiläufig, aber ich spürte seinen bohrenden Blick, der meine Motive hinterfragte.

Ich zuckte mit den Achseln und versuchte, die Sache herunterzuspielen. »Ich bin aus dem Wohnheim geworfen worden. Und da ich ohnehin die meiste Zeit bei ihm bin, dachten wir, es wäre vernünftig.«

»Ich wusste nicht, dass das City College Wohnheime hat.«

Während Corys Aufmerksamkeit sich dem Spiel im Fernsehen zuwandte, hielt ich Nates Blick stand. »Wohnungen in der Westside sind teuer. Wo sollen Studenten sonst wohnen?«

Er nahm einen Schluck Bier und deutete auf Cory. »Wie auch immer, Glückwunsch, dass du dir den geschnappt hast«, sagte er. »Er lässt sich schwer festnageln, obwohl du genau sein Typ bist.«

»Was für ein Glück.«

Cory wandte sich wieder uns zu, und die beiden begannen, über die Arbeit, gemeinsame Freunde und Nates zahlreiche Dating-Anfragen zu sprechen.

Im Verlauf des Abends erwischte ich Nate immer wieder dabei, wie er mich anstarrte, als wolle er mir auf die Schliche kommen. Aber ich gab ihm keine Gelegenheit dazu. Ich lächelte, trank mein Bier und hielt den Mund.

Es braucht Zeit, im Leben eines anderen Menschen Wurzeln zu schlagen. Man muss Routinen einführen – Brunch am Sonntag, ein Lieblingsrestaurant für besondere Anlässe. Rituale, die dich an den anderen binden. Das Leben mit Cory bestand zu achtzig Prozent aus Routinen, und falls er bemerkte, dass wir ausschließlich mit seinen Freunden verkehrten, sagte er jedenfalls nie etwas.

Aber Nate bemerkte es. »Wo sind deine Freunde, Meg?«, fragte er mich eines Abends. »Warum begleiten sie dich nie?«

»Damit sie dich nicht einen ganzen Abend lang ertragen müssen«, schoss ich zurück.

Er starrte mich unverwandt an. »Ich finde es nur seltsam. Ein Mädchen in deinem Alter, ohne Clique. Wo ist deine Clique, Meg?«

»Man merkt dir dein Alter an, Nate. Es heißt ›Frau‹, nicht ›Mädchen‹.«

Cory lachte, Nate ebenfalls. Aber Nate fixierte mich den Bruchteil einer Sekunde zu lange, und ich wusste, ich musste ihn im Auge behalten.

Die meisten Männer sind großzügige, schlichte Kreaturen. Man muss nur wissen, was ihnen wichtig ist, und es ihnen geben. Um das herauszufinden, begann ich, Corys Sachen zu durchforsten, wenn er nicht zu Hause war, auf der Suche nach Dingen, die er vor mir verborgen hielt. Das Taschenmesser mit Gravur von seinem Großvater in seiner Unterwäscheschublade. Eine undatierte Geburtstagskarte von seiner Mutter, auf der stand: *Wir würden uns freuen, wenn du zu Dads Siebzigstem kommst. Er wird es vielleicht nicht über die Lippen bringen, aber ich weiß, er hat dir verziehen.*

Ich arbeitete mich langsam durch eine Schublade nach der anderen, um zu sehen, ob er bemerken würde, dass die Sachen etwas anders eingeräumt waren. Hin und wieder entwendete ich etwas, um zu sehen, was passieren würde. Ein paar Zwanzig-Dollar-Scheine von einem Stapel Bargeld, das er in der Sockenschublade aufbewahrte. Auch wichtigere Dinge wie einen Ersatzautoschlüssel, den ich in einer Küchenschublade fand – der schwarze Schlüsselanhänger passte wie angegossen in meine Handfläche. Aber es geschah nie etwas. Ich gab das Geld aus und bewahrte den Autoschlüssel in meiner Handtasche auf, zur Erinnerung daran, dass meine Zeit hier einen Zweck hatte.

Als ich gerade den Inhalt von Corys Nachttischschublade aufs Bett geschüttet hatte, wurde ich durch das Klingeln meines Handys aufgeschreckt. »Hey Baby«, sagte ich. »Ich komme gerade aus der Dusche.«

»Ich bin froh, dass ich dich erreiche«, sagte Cory. »Ich habe meinen Budgetplaner auf meinem Schreibtisch liegen lassen und brauche ihn für ein Meeting am Nachmittag. Kannst du ihn mir auf dem Weg zum Unterricht vorbeibringen?«

Ich begann, die Sachen, so gut es ging, wieder an ihre ursprüngliche Stelle in der Schublade zu räumen. »Klar. Ich muss mir nur etwas anziehen und die Haare trocknen. Zwanzig Minuten?«

»Bis dahin ist Mittagszeit, und ich bin vielleicht schwer zu finden. Leg ihn einfach in mein Büro.«

»Alles klar.«

Ich parkte in einer Nebenstraße und ging das kurze Stück zur Highschool. Jugendliche strömten aus den Türen, die sich für die Mittagspause öffneten. Ich unterschrieb auf einem Klemmbrett und heftete ein Besucherschild an meine Bluse, bevor ich das Sekretariat wieder verließ und mich zum nördlichen Teil des Schulhofes aufmachte.

Als ich um die Ecke des Geschichtsgebäudes bog, blieb ich stehen, um mir das Treiben in Ruhe anzusehen. Es wimmelte von Schülern, die ihre Rucksäcke neben sich auf den

Boden geworfen hatten. Obwohl es nicht meine Highschool war, versetzten mich die Gesprächsfetzen zurück in meine Zeit an der Northside High, wo ich mir immer einen Weg in eine ruhige Ecke gebahnt hatte, um mein Sandwich zu essen und die anderen zu beobachten.

Vertraut kam mir auch der Schwarm von Mädchen vor, die Cory umringten, als ich ihn schließlich entdeckte. Sie warfen die Haare zurück, rückten näher an ihn heran, wenn sie sprachen, ein dunkelhaariges Mädchen legte zum Nachdruck eine Hand auf seinen Unterarm. Ich erwartete, dass er einen Schritt zurücktrat, um eine professionelle Distanz zu wahren. Etwas Zustimmendes sagte und dann seine Runde über den Schulhof fortsetzte. Stattdessen sonnte er sich in der Aufmerksamkeit. Sog sie auf.

Ich fragte mich, ob eines der Mädchen davon träumte, mit derangierter Kleidung aus Corys Büro zu schleichen. Auf den Beifahrersitz seines Autos zu gleiten.

Ich setzte ein Lächeln auf und näherte mich ihnen. Als Cory mich sah, war er offenbar überrascht und trat schließlich einen Schritt zurück. »Meg«, sagte er.

Ich gab ihm den Planer und sagte: »Bitte, wie gewünscht.«

»Ach, das ist ja süß«, sagte eines der Mädchen. »Sie bringt ihm seine Hausaufgaben.«

Cory blickte schnell zu ihr und dann wieder zu mir. »Ich hab dir doch gesagt, du sollst ihn in mein Büro legen.«

»Ich wollte nicht den ganzen Weg hierherkommen, ohne dich zu sehen.« Ich trat einen Schritt näher und beugte mich vor, als wollte ich ihn küssen, aber er trat noch einen Schritt zurück. Das Mädchen, das kurz zuvor die Hand auf seinen Arm gelegt hatte, warf mir einen triumphierenden Blick zu.

Schließlich sagte ich: »Also, ich muss weiter. Sehen wir uns zu Hause?«

Cory lächelte mich erleichtert an. »Klar.«

Ich drehte mich um und lief über den Schulhof zurück. In Gedanken ging ich die Szene noch einmal durch, speicherte Eindrücke ab. Ideen. Vermutungen. Dann überlegte ich, wie ich reagieren wollte.

Ein Streit wäre das Beste, dachte ich. »Die Art, wie du mich weggeschickt hast, war verletzend«, sagte ich nach dem Abendessen.

»Du übertreibst«, schoss Cory zurück. »Ich bin eine Autoritätsperson. Ich kann nicht in der Mittagspause mitten auf dem Schulhof meine Freundin küssen.«

»Es schien, als wäre es dir peinlich.« Ich dachte daran, wie nah er bei den Mädchen gestanden und ihre Sehnsüchte auf subtile, aber eindeutige Weise genährt hatte. »Es kam mir vor, als wolltest du nicht mal, dass sie wissen, dass ich deine Freundin bin.«

»Es geht sie nichts an, wer du für mich bist«, erwiderte er und fuhr sich mit der Hand durchs Haar. »Aber wie dem auch sei, ich werde mein Handeln dir gegenüber weder rechtfertigen noch erklären. Du hättest tun sollen, worum ich dich gebeten habe, und den Planer in meinem Büro abgeben.«

Da Cory in die Offensive ging, war es Zeit nachzugeben. Ich hatte meine Eifersucht zum Ausdruck gebracht. Das reichte.

An dem Abend wandte ich mich im Bett jedoch von ihm ab. Er murrte frustriert, bedrängte mich jedoch nicht. Ich starrte die Wand an und lauschte, wie seine Atmung sich verlangsamte, während er einschlief. Ein zufriedenes Lächeln umspielte meine Mundwinkel. Jeder wünscht sich jemanden, der um ihn kämpft.

Als ich bei Corys Schreibtisch angekommen war, hatte ich mich zu einer Meisterin darin entwickelt, Schubladen durchzugehen, ohne dass er es bemerkte. Alle Sachen bis in die Ecken durchzusehen und danach zu beurteilen, welchen Wert sie für mich hatten, und dann weiterzumachen.

Ich fand heraus, dass er neunhunderttausend Dollar für sein winziges Haus mit zwei Zimmern bezahlt hatte. Er besaß drei verschiedene Konten bei der Chase Bank – Spar-, Kreditkarten- und Haushaltskonto, auf dem ungefähr dreißigtausend Dollar waren.

Ich stellte fest, dass sein Computer nicht passwortgeschützt war und sein persönlicher E-Mail-Posteingang hauptsächlich eine Flut von weitergeleiteten Witzen und krassen sexuellen Anspielungen von Nate enthielt.

Interessant war auch, was fehlte. Cory hatte nur sehr wenige Fotos von seiner Familie, die er doch laut seinem Profil bei *Circle of Love* liebte, und nur sehr wenig Mailverkehr mit ihnen. Die wenigen E-Mails, die es gab, waren Einladungen zu Familienfeiern, die Cory immer absagte, und ich fragte mich, was zu der offensichtlichen Distanz zwischen ihnen geführt haben könnte.

Als ich mit der untersten Schublade fast fertig war und kaum noch registrierte, was ich sah – Autoversicherungspapiere, Gebäudeversicherung –, entdeckte ich es. *Northside*. In verblasster Bleistiftschrift, als ob er gehofft hätte, das Wort würde irgendwann ganz verschwinden.

In einem hübschen weißen Umschlag, Absender war eine

Anwaltskanzlei, befanden sich Papiere, die die Bedingungen einer Vereinbarung skizzierten, die Cory mit Northside und dem Distrikt getroffen hatte.

Ich brauchte ein paar Minuten, um mich mit der juristischen Sprache vertraut zu machen, aber aus dem Datum auf dem Deckblatt ging hervor, dass die Vereinbarung sechs Monate nachdem Kristen die Schule verlassen hatte, zustande gekommen war. Ich hatte Cory nie gefragt, warum er vom Unterrichten in die Verwaltung gewechselt war. Ich hatte einfach angenommen, dass es sich um eine übliche Beförderung handelte. Als ich weiterlas, ergab sich jedoch ein anderes Bild – das eines Mannes, der seine Position als Lehrer missbraucht hatte, eines jungen Mädchens, das dadurch traumatisiert wurde, und eines Distrikts, der alles unbedingt vertuschen wollte.

Die Vereinbarung selbst las sich kalt und distanziert. Nur Fakten. Doch die letzte Seite war eine Erklärung des Opfers, die meine naiven Vermutungen, was mit Kristen geschehen war, zerstörten. Ja, am Anfang war es einvernehmlich gewesen. Aber dass sie nicht ins Auto gezwungen oder in den Klassenraum gezerrt werden musste, bedeutete noch lange nicht, dass sie auch dort bleiben wollte.

Ich dachte an die Mädchen auf dem Schulhof, die die Macht ihrer Jugend und Schönheit testeten und keine Ahnung hatten, wie schnell ihnen diese Macht entrissen und in eisernem Griff gehalten werden konnte, außerhalb ihrer Reichweite.

Ich blätterte zurück zu der Vereinbarung und las sie mit anderen Augen. Wenn er sich zu einer Therapie verpflichtete und ohne Aufsehen ginge, würde Cory ein Empfehlungsschreiben für eine Verwaltungsposition an einer anderen Highschool erhalten und keine offizielle Anklage.

So viel war das Leben eines jungen Mädchens wert. Ein paar Sitzungen bei einem Therapeuten und eine Beförderung.

KAT

Frank lud einen Stapel Jahrbücher auf meinem Schreibtisch in der Nachrichtenredaktion ab und sagte: »Geh die mal für die Hintergrundrecherche durch – Zitate über Cory Dempsey, Auszeichnungen, Vereine, die er unterstützt hat. Nicht nur überfliegen, ich möchte, dass du es gründlich machst, Seite für Seite.«

Ich griff nach dem obersten Exemplar und starrte das Cover an. *Northside High 2005–2006,* dazu das Bild von einer Brandungswelle und einem Sonnenuntergang. Ich seufzte und dachte an meine eigenen Highschool-Jahre, mein eigenes Abschlussjahrbuch, das nur vier Jahre älter war als dieses. Ich schlug es auf und schaute mir die Fotos der Jugendlichen an, die genauso aussahen wie die, mit denen ich zur Schule gegangen war. Menschen, die Spaß hatten, während ich damit beschäftigt gewesen war, dem unerfüllten Ehrgeiz meiner Mutter gerecht zu werden. Wiedergutzumachen, dass ein positiver Schwangerschaftstest ihre Karriere bei der *Washington Post* schon nach zwei Jahren beendet hatte, zumindest den – unmöglichen – Versuch zu unternehmen.

Ich stürzte mich so beherzt in die Aufgabe, dass ich für die Schülerzeitung nicht nur schrieb, sondern auch ihre

Herausgeberin wurde. Ein Notizbuch statt einer Wasserflasche voller Wodka mit zu Footballspielen nahm und vor den Umkleideräumen nach O-Tönen statt einer Affäre jagte.

Meine wahre Leidenschaft waren fiktive Geschichten – ich füllte ganze Seiten mit Kurzgeschichten und Dialogen, die mir zu den ungewöhnlichsten Zeiten in den Kopf kamen. Ich träumte davon, auf Lesereisen zu gehen und für Literaturpreise nominiert zu werden – vielleicht sogar einen zu gewinnen. Mein Lieblingslehrer am College hatte mir eine Empfehlung geschrieben, die mir einen der begehrten Plätze im Studiengang für kreatives Schreiben an der University of Iowa verschafft hatte, doch meine Mutter hatte Nein gesagt und mich überzeugt, dass Journalismus das solidere Fachgebiet sei. *Literatur ist was für Teenager und gelangweilte Hausfrauen.* Ich landete schließlich an der Medill School of Journalism der Northwestern University. Über zweihunderttausend Dollar Ausbildungsdarlehen und zwei Jahre meines Lebens, um für Frank Durham Jahrbücher durchzusehen.

Ich blätterte die Porträts der Schülerinnen und Schüler durch, überflog Namen und Gesichter – Fliegen, Perlenketten und schulterfreie Abendkleider – und hielt inne, als ich zu Kristens Bild kam. Es war wahrscheinlich am Anfang des Schuljahres aufgenommen worden, direkt nach den Sommerferien. Ich stellte sie mir am Strand vor, als Mittelpunkt einer großen Gruppe lachender Mädchen, die mit Surfern und Rettungsschwimmern flirteten.

Ich starrte ihr lächelndes Gesicht an, die Art, wie ihre Haare über die Schultern zurückgeworfen waren. Ihr Spruch war ein Zitat von Charlotte Brontë. *Ich versuche, nicht nach vorne zu schauen oder zurückzublicken, sondern immer nach oben.* Ich fragte mich, warum sie es ausgewählt hatte und ob es jetzt eine andere Bedeutung für sie hatte.

Auf der Seite daneben war ein Schnappschuss von ihr zu sehen, Arm in Arm mit einem anderen Mädchen. Darunter stand: *Kristen Gentry und Laura Lazar.* Ich notierte mir Lauras Namen und blätterte weiter. Seite für Seite Schüler, jeder glich dem anderen. Bis ich einen Namen las, den ich gerade nicht suchte. *Meg Williams.* Da war sie, blickte mit einem leichten Lächeln auf den Lippen in die Kamera. Sie sah nicht bemerkenswert aus, eher wie jemand, den man sah und sofort wieder vergaß.

Ich blickte mich in der Nachrichtenredaktion um. Alle waren beschäftigt – sie telefonierten, ließen die Finger über die Tastaturen fliegen oder lehnten an einem Türpfosten und quatschten mit Marty von der Lokalredaktion. Dann dachte ich an mein Team, zu dem außer mir noch drei Männer gehörten, und wir alle brannten darauf, etwas Wichtiges beizutragen. Unsere Namen unter einer von Franks Geschichten zu lesen. *Zusätzliche Berichterstattung von Kat Roberts.*

Ich wandte mich wieder meinem Computer zu, loggte mich in eine der Suchmaschinen ein, die wir verwendeten, um Quellen aufzuspüren, und gab Laura Lazars Daten ein. Sekunden später hatte ich ihre aktuelle Telefonnummer und Adresse.

Wir trafen uns in ihrer Mittagspause. Sie arbeitete als Aushilfe in einem großen Bürogebäude in Westwood. »Ich hab nur fünfundvierzig Minuten Zeit«, hatte sie am Telefon gesagt. »Das reicht nur für einen Salat aus dem Café in der Lobby. Ich hoffe, das ist okay.«

Wir setzten uns einander gegenüber an einen wackeligen Metalltisch auf dem Gehweg vor dem Gebäude, die Autos auf dem Wilshire Boulevard rasten an uns vorbei. Laura war größer, als ich erwartet hatte, und trug einen Anzug, den sie wahrscheinlich auch bei Vorstellungsgesprächen anhatte. Wir entfernten die Plastikdeckel von unseren abgepackten Salaten und begannen zu essen. »Sie waren auf der UCLA?«, fragte ich.

»Ich habe gerade meinen Abschluss in Kommunikationswissenschaften gemacht.« Sie verdrehte die Augen. »Ich hätte zur Grad School gehen sollen. Die Jobangebote sind bescheiden.«

»Ich habe Ihnen gesagt, dass ich mit ehemaligen Schülerinnen über Cory Dempsey sprechen wollte, aber ich hoffte, Sie könnten mir auch ein paar Hintergrundinformationen zu einem Nebenprojekt liefern.«

Misstrauisch sah sie von ihrem Essen auf. »Ich werde nicht über Kristen sprechen«, sagte sie.

»Tatsächlich wollte ich über eine andere Mitschülerin von Ihnen reden. Meg Williams.«

Laura sah erleichtert aus und spießte ein Stück Gurke mit der Gabel auf. »Wow, an sie habe ich lange nicht mehr gedacht. Was wollen Sie wissen?«

»Manche Leute denken, dass sie diejenige war, die Cory Dempsey entlarvt hat. Ich würde es gerne beweisen.«

Laura hörte auf zu kauen, ihre Gabel schwebte in der Luft, und ein Lächeln huschte über ihr Gesicht.

»Das ist nicht Ihr Ernst. Wie sollte sie das angestellt haben? Und warum?«

»Ich hoffte, das könnten Sie mir sagen. Menschen, die ihm nahestehen, denken, dass sie ihn gezielt aufs Korn genommen hat. Dass es Absicht war.«

Sie legte ihre Gabel hin und lachte kurz. »Um ehrlich zu sein, ich kannte sie nicht besonders gut. Meg war eine Einzelgängerin, schlich immer am Rand des Geschehens herum. Kristen war freundlich zu ihr, aber Kristen war zu allen freundlich. Sie nannte es *Mädchen-Kodex*.«

»Glauben Sie, dass Meg auch ein Opfer von Cory war?«

Laura schüttelte den Kopf. »Das bezweifle ich. Sie war eine graue Maus, überhaupt nicht sein Typ. Ihm gefiel Feuer. Persönlichkeit. Mädchen wie Meg ignorierte er meistens.«

»Glauben Sie, Kristen hätte sich ihr anvertraut?«

»Wenn sie es getan hat, hat sie jedenfalls nie mit mir darüber gesprochen.«

»Was hätte Kristen ihr über Cory erzählt?«

Laura sah mich scharf an und nahm einen Schluck von ihrem Wasser. »Ich habe Ihnen gesagt, dass ich nicht über Kristen rede.«

Ich stellte mein Aufnahmegerät ab und setzte die Kappe auf meinen Stift. »Ich will nicht über Kristen schreiben. Wir können dieses ganze Gespräch als inoffiziell betrachten. Das heißt, ich kann Ihre Aussagen nicht zitieren oder paraphrasieren. Ich werde nicht mal jemand anderem als meinem Herausgeber sagen, dass dieses Gespräch überhaupt stattgefunden hat. Aber was auch immer Kristen passiert ist, ich glaube, Meg wusste davon. Und das war der Grund, warum sie es getan hat. Es könnte erklären, warum sie bei Cory einzog und sich ihm aussetzte.«

Ich wartete, ließ Laura nachdenken. Ich hatte bereits entschieden, dass ich sie nicht drängen würde. Eine Frau zu zwingen, über sexuellen Missbrauch zu sprechen – selbst wenn sie selbst nicht das Opfer war –, war eine Grenze, die ich nicht überschreiten würde. »Aus den Gerichtsakten geht nicht hervor, was genau er ihr angetan hat«, sagte ich. »Berichte aus zweiter Hand sind meine einzige Option. Wenn es Rache war, hätte ich gerne ein klareres Bild. Rache wofür?«

»Inoffiziell?«

»Inoffiziell«, versicherte ich.

Laura ließ ihre Gabel auf den halb gegessenen Salat sinken und schob den Behälter weg. »Es begann im September«, sagte sie. »Zuerst nur Kleinigkeiten. Nachhilfe in der Mittagspause. Dann kleine Geschenke – ein geflochtenes Armband, eine hübsche Halskette –, nichts Teures, aber auch nicht gerade passend.« Laura spielte mit dem Strohhalm in ihrem Becher, stocherte im Eis herum und fuhr dann fort. »Es gab Bevorzugung. Insiderwitze. Ich glaube, sie fühlte sich von der Aufmerksamkeit geschmeichelt. Mr. Dempsey sah gut aus, und er wählte sie. Welches Schulmädchen wird nicht gerne ausgewählt? Bald dachte sie sich Entschuldigungen aus, um nach dem Unterricht länger zu bleiben. Er schrieb ihr eine SMS, und plötzlich fiel ihr ein, dass sie noch zu einer Arbeitsgruppe musste.« Der Wind frischte auf, und Lauras Serviette wehte vom Tisch auf die viel befahrene Straße. Wir beobachteten, wie sie über vier Fahrbahnen flatterte, bevor ein Bus sie erwischte. »Ich sagte ihr, dass ich es gruselig fände. Wir stritten uns ein paarmal deswegen, also ließ ich es irgendwann sein und hoffte, sie würde es beenden. Aber im Oktober machte sie dann mit ihrem Freund Schluss. Sie aß nicht mehr mit uns zu Mittag und ging nicht mehr zu Footballspielen. Sie verschwand praktisch, und das in ihrem letzten Schuljahr. Ich meine, sie war zwar da, aber irgendwie nicht, verstehen Sie?«

»Hat sie dir – ich glaube, wir können jetzt Du sagen, oder? – jemals erzählt, was im Einzelnen passiert ist?«

»Erst hinterher.« Sie kreuzte die Arme vor der Brust und richtete den Blick auf die vorbeifahrenden Autos. »Was er getan hat, war krank. Oralsex in seinem Büro. In seinem Auto. Er sagte ihr, er wolle ihr beibringen, wie frau es richtig macht, dass es eine Kunst sei, die viele Frauen nie richtig lernten.« Laura sah mir direkt in die Augen, ihre Miene war starr. »Sie fuhren nach dem Unterricht die Küste hinauf, auf Parkplätze von einsamen Stränden. Hatten Sex auf dem Rücksitz. Sie log ihre Eltern an, erzählte ihnen, sie schlafe bei mir, übernachtete aber bei ihm.«

»Haben sie sie nie erwischt?«

Laura lachte spöttisch. »Ihre Eltern waren …« Sie verstummte, als suchte sie nach den passenden Worten. »Abwesend. Ihr Vater war so eine Art Manager, ich weiß nicht, wo genau, aber er verdiente genug Geld, damit ihre Mum jeden Tag shoppen gehen und im Beachclub zu Mittag essen konnte. Keiner von ihnen interessierte sich dafür, was sie tat, solange sie die Rolle der perfekten Tochter spielte. *Wir fragen nicht, und du sagst nichts, verstehst du?*«

»Wie flog ihr Verhältnis auf? Hat Kristen jemandem davon erzählt?«

»Sie rief mich im November plötzlich aus heiterem Himmel an. Weinte. Bat mich, sie zu treffen. Ich nahm an, dass die Beziehung böse geendet hatte. Vielleicht hatte er ihr den Laufpass gegeben oder war zur Vernunft gekommen.«

Laura strich sich eine Haarsträhne aus der Stirn und schob sie hinters Ohr. »Aber sie war schwanger, und zwar von Mr. Dempsey.«

Ich lehnte mich in meinem Stuhl zurück und stellte mir vor, wie Kristen sich gefühlt haben musste: ein siebzehnjähriges Mädchen, gefangen in einer verbotenen Beziehung mit ihrem Lehrer und schwanger von ihm. Der Schock und die Angst vor der Entdeckung, die unwiderruflichen Konsequenzen, die einem so klugen Mädchen wie ihr sofort klar gewesen sein mussten.

Laura seufzte mit abwesendem Blick. »Ich saß neben ihr, als sie es ihren Eltern sagte.« Sie sah mich wieder an. »Weißt du, was sie gesagt haben? ›Du hättest es wissen müssen.‹ Als ob Kristen in einer Prüfung beim Täuschungsversuch erwischt worden wäre oder die Schule hingeschmissen hätte.«

»Was geschah dann?«

»Sie haben sie aus der Schule genommen. Kristens Vater war ein mächtiger Mann, und ich war sicher, er würde seine Anwälte auf Mr. Dempsey hetzen. Ich wartete darauf, dass er seinen Job verlor oder dass sie ihn beurlaubten. Irgendetwas. Aber als er nach den Weihnachtsferien auftauchte, weiter seine Witze riss, den Blick über Kristens leeren Platz gleiten ließ, als wäre nichts passiert …« Sie zuckte mit der Schulter. »Was konnte ich noch tun? Zu diesem Zeitpunkt wollte ich nur noch so schnell wie möglich die Schule verlassen und weg von alldem.«

»Wie geht's ihr jetzt? Hat sie das Kind bekommen? Einen Highschool-Abschluss?«

»Sie sind weggezogen. Tut mir leid, aber inoffiziell oder nicht, ich werde dir nicht sagen, wohin. Sie hatte eine Abtreibung. Hat eine Prüfung als Ersatz für den Highschool-Abschluss gemacht. Ich habe keinen Kontakt mehr zu ihr, und sie ist nicht in den sozialen Netzwerken aktiv.« Laura sah traurig aus. »Sie war begabt. Sie wollte Ärztin werden, und Mr. Dempsey hat ihr das alles genommen. Und es klingt so, als hätte er es wieder versucht.«

»Ja, aber Meg hat ihn aufgehalten.«

Laura schüttelte den Kopf und lachte ungläubig. »Ich hätte niemals gedacht, dass die Pennerin das Zeug dazu hat.« Sie sah mich traurig an. Was ihrer Freundin passiert war, quälte sie immer noch. »Ich hätte mehr tun sollen – den Mund aufmachen. Ich habe es sogar meinen Eltern erst letzten Monat erzählt, als die Nachrichten über Mr. Dempsey auftauchten.«

»Du warst jung«, sagte ich. »Du hast darauf vertraut, dass die Erwachsenen sich darum kümmern. Das Richtige tun. Dass sie es nicht taten, bleibt an ihnen hängen, nicht an dir.«

»Ich bin froh über das, was Meg getan hat. Aber ich hätte es tun sollen.«

»Nächstes Mal«, sagte ich. Unsere Blicke begegneten sich, und einen Moment lang teilten wir über den Tisch hinweg eine traurige Gewissheit. Wir wussten beide, dass es da draußen noch viele andere Männer wie Cory Dempsey gab.

MEG

Ich ging ins Badezimmer, riss Kleidung aus Schubladen und dem Schrank und stopfte sie in eine Reisetasche. Mir blieben zwei Stunden, bis Cory nach Hause kommen würde. Bis dahin wollte ich verschwunden sein.

Im Wohnzimmer nahm ich meine Notizbücher vom Esstisch, blickte mich kurz um und überlegte, ob ich etwas vergessen hatte. Ich stopfte ein paar Rollen Toilettenpapier aus dem Badezimmer in eine Plastiktüte, außerdem ein ganzes Brot und Erdnussbutter aus der Speisekammer und nahm dann ein Messer aus der Schublade.

Durchs Fenster sah ich mein Auto auf der Auffahrt und spürte bereits die Kälte in meine Knochen kriechen, die Verspannung in meinen Schultern.

Wieder einmal wurde ich aus meinem Zuhause vertrieben. Vor fünf Jahren war es Ron Ashton gewesen, der Versprechen gemacht hatte, die sich als Lügen entpuppten. *So läuft es bei Finanzierungen.*

Und jetzt passierte es wieder. Ein weiterer Mann, der sich nahm, was er wollte, während wir uns darum rissen, es ihm recht zu machen. Ich erinnerte mich daran, was Ron zu meiner Mutter sagte, als sie ihn zur Rede gestellt hatte. Als ihr klar wurde, dass sie keine rechtlichen Mittel hatte, um etwas daran zu ändern. *Es gibt Gewinner und Verlierer im Leben, Rosie. In diesem Fall bist du die Verliererin. Akzeptiere den Verlust und sei nächstes Mal klüger.* Seine Grausamkeit hatte sie tief erschüttert.

Dann sah ich, wie sich Kristens und mein Blick im Spiegel trafen. *Wir müssen aufeinander aufpassen, niemand sonst wird es tun.*

Langsam ging ich denselben Weg zurück, legte meine Sachen wieder dorthin, wo ich sie aufgelesen hatte. Die Notizbücher auf den Tisch, die Kleidung in die Schubladen, die Lebensmittel in die Speisekammer.

Wegen Kristens *Mädchen-Kodex* musste ich hierbleiben und dafür sorgen, dass Cory bezahlte.

Es scheint vielleicht unmöglich, dass ich bei ihm blieb, nachdem ich entdeckt hatte, was er getan hatte. Zugegeben, die erste Woche war hart. Aber jedes Mal, wenn ich nahe dran war zu gehen, jedes Mal, wenn er die Hand nach mir ausstreckte und ich mir einen angewiderten Gesichtsausdruck verkneifen musste, warf ich einen Blick in die Zukunft und stellte mir vor, wie Corys Leben aussehen würde, wenn ich mit ihm fertig war.

Nach einer Weile wurde es leichter. Ich spielte die Rolle, die er von mir erwartete. Erinnerte mich daran, dass ich schon Härteres getan hatte, und muss heute zugeben: Ich war gut. Verstellen und Manipulieren waren wie eine zweite Haut, die ich einfach überstreifte. Man könnte mich dafür verurteilen, dass ich blieb. Ihn fest umarmte, statt ihn wegzujagen. Aber an Corys heutiger Lage wird offenbar, dass es viel leichter ist, einem Feind ein Messer in den Rücken zu stechen, wenn man ihn dabei umarmt.

Es ist erstaunlich, was eine ausgedruckte Anzeige von *Craigslist*, an der richtigen Stelle platziert, bewirken kann. *Zu Verkaufen – MacBook Pro von 2006 – 500 Dollar Verhandlungsbasis.*

»Was ist das?«, fragte Cory und kam damit in die Küche, wo ich gerade das Abendessen gekocht, ein Glas Wein getrunken und auf ihn gewartet hatte.

Ich wendete die Schweinekoteletts in der Pfanne und sagte: »Ich kann nicht ewig im Computerraum arbeiten. Ich brauche ein eigenes Gerät.«

Cory legte die Anzeige auf den Tresen und sagte: »Aber einen gebrauchten? Was du kurzfristig sparst, kostet dich auf lange Sicht mehr. Investiere in einen guten Computer, der hält jahrelang.«

Ich sah ihn verärgert an. »Wäre es nicht schön, wenn ich mal eben dreitausend Dollar übrig hätte?«, erwiderte ich. »So kommen Menschen in der realen Welt an die Dinge, die sie brauchen.« Als er nicht antwortete, sagte ich: »Vermutlich kann mir mein Arbeitskollege Liam einen organisieren.«

»Ich nehme an, das heißt einen gestohlenen?«

Ich zuckte mit den Achseln und nahm noch einen Schluck Wein.

»Ich werde nicht zulassen, dass du das tust«, sagte er.

»*Zulassen*?« Ich stellte mein Glas hin. »Ich schätze deinen Rat, aber ich habe lange allein gelebt. Du musst mir nicht sagen, was ich zu tun habe.«

Ich verließ den Raum, bevor weitere Lösungsvorschläge gemacht werden konnten, und ließ *gebraucht* und *gestohlen* als einzige Optionen im Spiel. Im Verlauf der vergangenen beiden Monate hatte ich gemerkt, dass Cory unbedingt den Problemlöser spielen wollte. Den großen Weisen, der das Durcheinander in Ordnung brachte, das ich zu diesem Zweck produziert hatte – das überzogene Bankkonto, ein Chaos bei der Zulassungsstelle des City College, einen Notenstreit mit einem uneinsichtigen Professor –, und sein Tonfall war dabei immer leicht herablassend und selbstgefällig gewesen. Zufrieden, dass ich so war, wie er glaubte – jung, naiv und vollkommen von ihm abhängig. Cory liebte es, der Held zu sein. Ich brauchte nichts weiter zu tun, als ihm den Raum dafür zu geben.

Drei Tage später kam Cory mit einem nagelneuen MacBook Pro nach Hause. »Das hättest du nicht tun sollen«, sagte ich und bestaunte den Karton. Meine Freude war echt, hauptsächlich weil es so leicht gewesen war zu bekommen, was ich wollte.

Cory schob mir eine weitere Tüte zu und sagte: »Und eine Tasche, um ihn zu transportieren. Betrachte es als vorgezogenes Weihnachtsgeschenk.«

Ich zog eine gepolsterte Lederhülle mit einem langen Gurt heraus, sodass sie quer über den Körper getragen werden konnte, außerdem einen Beutel mit Reißverschluss für das Ladekabel.

Mit Tränen in den Augen sah ich zu ihm hoch. »Mein ganzes Leben lang musste ich mir die wesentlichen Dinge zusammenbetteln. Und jetzt …« Ich verstummte, stellte mir die Möglichkeiten vor, die vor mir lagen. »Du hast mir eine Zukunft gegeben.« Das war nicht gelogen.

Er zog mein Kinn hoch und sah mir in die Augen. »Ich bin sicher, dir fällt etwas ein, um dich bei mir zu bedanken.«

Gerade als er nach seiner Gürtelschnalle griff, klingelte es an der Tür. »Verdammt. Ich hab ganz vergessen, dass Nate und ich heute Abend verabredet sind.« Er durchquerte den Raum, um die Tür zu öffnen.

»Drüben bei *Flynn's* ist heute Happy Hour«, sagte Nate beim Eintreten, und dann zu mir: »Schnapp dir deinen falschen Personalausweis und komm mit, Meg.«

Ich ignorierte ihn und schaute weiter auf den Bildschirm meines neuen Computers.

»Wie konntest du dir das leisten?«, fragte Nate.

»Cory hat ihn mir gekauft.«

Nate hob die Augenbrauen und sagte: »Wirklich?«

Cory griff nach seinen Schlüsseln, küsste meine Stirn und flüsterte: »Warte auf mich. Und zieh das schwarze Nachthemd an, das ich dir gekauft habe.«

Ich glitt von der Couch und folgte ihnen zur Tür. Während ich sie schloss, hörte ich, wie Nate sagte: »Das ist ein ziemlich teures Geschenk für jemanden, den du kaum kennst.«

Ich zögerte, lauschte angestrengt, um Corys Antwort zu verstehen. »Das würde ich nicht sagen. Wir sind jetzt schon ein paar Monate zusammen.«

»Aber was weißt du eigentlich über sie? Sie tauchte aus dem Nichts auf, in einem Coffeeshop.«

Cory lachte. »Bei Meg bekommst du, was du siehst«, erwiderte er. »Kleinstadtmädchen, Kleinstadthorizont.«

Ich schloss leise die Tür, schob den Riegel vor und ging zurück zu meinem neuen Computer. Dabei summte ich leise vor mich hin.

Meine Englischlehrerin in der Highschool brachte einmal eine Romanautorin mit in den Unterricht, um mit uns über kreatives Schreiben zu sprechen. Sie erzählte, dass sie immer genau wisse, wie ihre Bücher enden würden, aber sie wisse nicht immer, wie sie dort hinkomme. Teil der Kunst – und das Spannende daran – sei es, genau das herauszufinden.

Ich lebte in derselben Art von Ungewissheit, und es gefiel mir. Die Umrisse eines Plans zu haben und auf passende Gelegenheiten zu warten. Ich lernte, aufmerksam zu sein und die Dinge im Hinblick darauf zu betrachten, ob ich sie ausnutzen konnte, suchte und wartete auf meine Chance. Und ich war gut darin – im Planen. Ich stellte Fallen und vertraute darauf, dass Cory hineintappen würde.

Nicht alles, was ich probierte, funktionierte. Als ich Cory von einer Spendensammlung für einen *Freund der Familie* erzählte, der nach einem Brand sein Haus wiederaufbauen müsste, lehnte er ab. Ein anderes Mal knackte ich mit einem Schraubenschlüssel die Halterung des Toilettendeckels, nachdem ich ein YouTube-Video gesehen hatte, das zeigte, wie ich es für zwei Dollar wieder reparieren konnte. Als ich Cory erzählte, dass ich einen Klempner beauftragt hätte und dass er mir zweihundert Dollar zum Begleichen der Rechnung geben müsse, reparierte Cory es selbst.

Aber aus jedem Versuch lernte ich etwas. Ich lernte, die Schwachstellen eines Plans zu erkennen, vorauszusehen, wann die Antwort Nein sein könnte, und dann diese Möglichkeit auszuschließen. Ich wurde besser. Ich wurde klüger. Die Schlinge, die ich um Cory gelegt hatte, wurde immer enger.

Ich fand die Fotos kurz nach Neujahr. Ich war spät dran zum Unterricht und beeilte mich. Als ich den Lichtschalter im Abstellraum anknipste, summte die Birne, knallte dann, und es war dunkel. »Mist«, sagte ich.

Cory bewahrte Glühbirnen im Schrank über dem Kühlschrank auf, aber sie waren so weit hinten, dass ich nicht rankam. Ich zog einen Stuhl heran und stellte mich darauf. Nachdem ich eine alte Bratpfanne und ein paar Dosen Ginger Ale zur Seite geschoben hatte, sah ich einen kleinen weißen Umschlag hinter der Popcornmaschine, die wir nie benutzten. Ich öffnete ihn und drehte ihn um. Der Klebstoff auf der Klappe wurde schon gelb.

Der Umschlag enthielt fünf Fotos, eine Reihe von Schnappschüssen von Kristen und Cory im Bett. Schwarzweiß, beide waren mehr oder weniger unbekleidet. Ich setzte mich und schaute mir die Fotos genau an.

Sie sah jünger aus, als ich sie in Erinnerung hatte, ihr Lächeln wirkte hohl und schwach. Wusste sie da schon, dass die Dinge außer Kontrolle geraten waren? Ich versuchte, mir vorzustellen, was sie in dem Moment dachte, als der Auslöser klickte. Vielleicht machte sie sich Sorgen, wo diese Fotos landen würden, und zugleich wusste sie, dass sie sich nicht weigern konnte.

Ich kämpfte gegen die Wut an, die in mir tobte – darüber, was das bedeutete, wie sie gelitten haben musste. Aber Gefühle würden nichts nützen, diese Fotos schon.

Ich steckte sie wieder in den Umschlag und schob ihn hinter die Popcornmaschine. Dann setzte ich mich wieder hin und überlegte, was ich mit ihnen anfangen könnte.

Mein Handy vibrierte in meiner Tasche. Ich zog es heraus und sah eine Textnachricht von Cal.

Ich sehe dich gar nicht mehr. Ich vermisse unsere Mittagessen.

Ich arbeitete immer noch frühmorgens im Y. Das Geld verringerte langsam die Schulden für die Beerdigung meiner Mutter. Doch seit ich das College besuchte, überschnitten unsere Schichten sich kaum noch. Gleichzeitig ging ich ihm aus dem Weg, denn ich wollte Cal nicht zu sehr an meinem Leben mit Cory teilhaben lassen, aus Angst, Cal würde etwas sagen, das mich bloßstellte.

Bin sehr beschäftigt mit Unterricht, schrieb ich. Wir holen es bald nach.

Aber ich wusste, das würde nicht geschehen. Ich würde in sicherem Abstand zu meinem einzigen Freund bleiben, und am Ende würde ich ihn verlieren.

Ich glaube, es war das erste Mal, dass es mir bewusst wurde. Um zu tun, was ich tun musste, musste ich mich von allem zurückziehen, was mit der Realität zu tun hatte. Mit der Wahrheit.

Cory bestand darauf, alles zu bezahlen – die Haushaltsrechnungen, Lebensmittel, Restaurant- und Barbesuche. Hin und wieder bot ich an, mich zu beteiligen – nur als Test, um nach Schwachstellen seiner Großzügigkeit zu suchen. Aber es war leichter für ihn, mich zu kontrollieren, wenn er das Geld kontrollierte.

Ich musste die Erzählung umdrehen.

Als wir wieder einmal mit Nate in einer Bar waren, sah ich eine Gelegenheit. Wir hielten uns schon seit einigen Stunden dort auf, als Cory signalisierte, dass er nach Hause wollte. Er zog seine Kreditkarte aus der Brieftasche und gab sie mir. »Bezahl schon mal, ich geh solange aufs Klo. Unterschreib und gib zehn Dollar Trinkgeld.«

Der Spiegel hinter der Bar war mit Valentinsherzen umrahmt. Darin sah ich, wie Nate sich zu einer Frau beugte, die rechts von mir saß, und die Hand ausstreckte, um mit einer ihrer Haarsträhnen zu spielen.

»Ich habe einen Freund«, sagte sie und wich zurück.

»Ich würde dir gern noch einen Drink ausgeben«, sagte er. »Ganz freundschaftlich.« Er gab dem Barkeeper ein Zeichen.

Als dieser an mir vorbeikam, gab ich ihm Corys Kreditkarte. »Machen Sie bitte unsere Rechnung fertig?«, fragte ich.

Ich starrte zur Tür der Herrentoilette und wünschte inständig, der Barkeeper würde sich beeilen. Als er zurückkam, stellte er zwei Bier vor Nate und seine Freundin und gab mir dann Corys Karte und die Quittung.

Ich unterschieb mit einem Schnörkel, schob die Karte in meine Handfläche und wartete.

»Ich werde das nicht trinken«, sagte die Frau neben mir.

»Ich wette, ich kann dich umstimmen«, erwiderte Nate.

»Nein heißt nein«, murmelte ich bei mir und legte meinen Unterarm auf die Bar, den Ellbogen nur ein paar Zentimeter von ihrem vollen Bierglas entfernt.

Als ich Cory zurückkommen sah, drehte ich mich zu ihm und stieß dabei mit dem Ellbogen gegen das volle Glas, sodass es umkippte und Bier am Rücken der Frau herunterlief. Das Chaos nutzte ich, um die Karte in meine Hosentasche zu schieben.

»Es tut mir so leid«, sagte ich zu ihr und griff nach Servietten.

»Herrgott, Meg.« Cory riss sie mir aus der Hand und wischte schnell auf, während die Leute ihre Stühle von der großen Pfütze wegschoben, die sich auf dem Boden bildete.

Als der Barkeeper übernahm und den Rest des Biers mit einem Handtuch von der Bar aufwischte, schlüpfte ich in meinen Mantel.

»Ich fahre dich nach Hause«, sagte Nate zu der Frau.

»Es geht schon«, sagte sie und hielt die Arme steif zur Seite. »Ich bin mit dem Auto hier.«

»Es tut mir wirklich leid«, sagte ich noch einmal zu ihr. Dann sah ich Nate an und zuckte leicht mit den Schultern. *Pech.*

Als wir zur Tür gingen, rief Nate uns nach: »Vergiss nicht, Cory seine Kreditkarte wiederzugeben, Meg.«

Ich warf einen Blick über die Schulter. Nate starrte zurück, mit zusammengekniffenen Augen, lauernd.

Ich griff in die Hosentasche und gab Cory die Karte zurück, während mir die kalte Luft von draußen ins Gesicht schlug. Durchs Fenster sah ich Nate allein an der Bar sitzen, mit einem neuen Getränk vor sich.

Der Plan wäre ohnehin schiefgegangen – wenn nicht gleich, dann in den folgenden Tagen. Cory hätte irgendwann seine Karte zurückverlangt, und ich hätte sie ihm geben müssen. Dennoch war der Abend ein Erfolg, weil er mir gezeigt hatte, dass ich mir nicht einfach nehmen konnte, was ich wollte. Wie beim Laptop musste ich mir etwas einfallen lassen, damit Cory es mir freiwillig gab.

Am nächsten Morgen verkündete Cory, dass er nach der Lehrerkonferenz am Nachmittag den Einkauf erledigen werde. Er bat mich, eine Liste zu machen und sie ihm später am Tag zu schicken. Als er an dem Abend nach Hause kam, war er gereizt und erschöpft. »Im Supermarkt war die Hölle los«, sagte er und stellte die Tüten auf den Tresen.

Ich küsste ihn auf die Wange und sagte: »Geh duschen, ich räume alles ein.«

»Die Lehrerkonferenz war ein Desaster«, fuhr er fort, als hätte ich nichts gesagt. »Mein Fachleiter für Mathe ist vollkommen unfähig. Uns sind wichtige Fördermittel entgangen, weil er vergessen hat, die Anträge einzureichen.«

Ich nahm ein Bier aus dem Kühlschrank und gab es ihm. »Geh. Entspann dich. Das Abendessen ist in dreißig Minuten fertig.«

Während ich die Einkäufe einräumte – fair gehandelter organischer Kaffee, Milch aus Weidehaltung und zwei Filets Mignons für je zwölf Dollar –, rechnete ich zusammen, was dieser Einkauf mitten in der Woche gekostet hatte. Zweihundert Dollar vielleicht? So viel, wie meine Mutter und ich in einem ganzen Monat für Lebensmittel ausgegeben hatten.

Ich würzte die Steaks und schob sie unter den Grill. Dann zauberte ich aus Römersalat, ein paar roten Paprika, Karotten und Gurken – alles selbstverständlich bio – einen Salat, während die Steaks garten. Als Cory in Jogginghose mit nassen Haaren aus dem Badezimmer kam, hatte ich den Tisch gedeckt, die Kerzen angezündet und den Wein eingeschenkt.

Wir setzten uns einander gegenüber an den Tisch, und ich ließ ihn von seinem Tag erzählen, äußerte Verständnis für die Schwierigkeiten, die die Leitung einer Schule mit sich brachte. Mittelkürzungen, Probleme im Kollegium, schwierige Schüler, die vielleicht den Abschluss nicht schaffen würden.

»Du hast so viel um die Ohren«, sagte ich zu ihm. »Tust so viel für andere. Mich eingeschlossen.«

Er nickte und nahm Messer und Gabel.

»Lass mich dir helfen«, fuhr ich fort. »Es kommt mir so vor, als würde ich nur nehmen. Ich wohne hier kostenlos, ich esse hier kostenlos, du kaufst mir teure Computer und liebst mich… Lass mich etwas für dich tun.«

»Du tust genug für mich«, erwiderte er und zwinkerte mir zu.

Ich richtete mich in meinem Stuhl auf und sagte: »Um ehrlich zu sein, fühle ich mich langsam schlecht deswegen. Ich war immer unabhängig. Habe immer für mich selbst bezahlt und für mich selbst gesorgt.« Ich verschränkte die Arme und blickte ins Wohnzimmer. »Ich weiß, du meinst es gut, und ich schätze alles, was du mir gibst, aber so wurde ich nicht erzogen.« Ich sah ihn wieder an, mit ernster Miene. »Ich komme mir dadurch billig vor.«

»Sei nicht albern«, sagte er.

»Ich muss mich als gleichwertiger Partner fühlen. Ich weiß, du denkst, dass ich jung und naiv bin.« Er wollte etwas sagen, aber ich fuhr fort. »Ich höre, wie du mit Nate über mich redest. Das ist in Ordnung, ihr habt ja auch recht damit. Ich bin nicht so erfahren und weltgewandt wie ihr und verdiene nicht so viel Geld. Aber ich kann etwas beisteuern. Ich kann das Leben für dich leichter machen, wenn du mich lässt.«

Er dachte einen Moment nach. Schließlich sagte er: »Woran hattest du gedacht?«

»Ich könnte die Einkäufe machen. Stell dir vor, wie schön es wäre, wenn du das nicht mehr erledigen müsstest. Einfach nach Hause zu kommen und eine warme Mahlzeit vorzufinden.« Unter dem Tisch zog ich am Saum meines Tops, damit der V-Ausschnitt ein bisschen tiefer wurde. »Ich könnte eine Schürze tragen.«

Ich konnte ihm ansehen, dass er sich vorstellte, wie ich ihn knapp bekleidet bediente. »Wir können es ausprobieren.«

Ich lächelte und beugte mich über den Tisch, um ihn zu küssen.

Die folgende Woche machte ich eine große Sache daraus, eine Liste zu erstellen und zu prüfen, ob unser Vorrat an Grundnahrungsmitteln aufgefüllt werden musste. »Wenn du nach Hause kommst, sind die Schränke voll und das Abendessen fertig.« Ich umfasste Corys Taille und umarmte ihn. »Das fühlt sich gut an«, flüsterte er mir ins Ohr. »Danke.«

Er schob die Hände unter meine Bluse und streichelte meinen Bauch. »Ich werde um sieben zu Hause sein.«

Ich hatte ein wöchentliches Budget von hundert Dollar von meinem eigenen Geld für Lebensmittel festgelegt, doch ich kaufte nicht in Corys Luxusmarkt ein, sondern in dem großen Billigsupermarkt mit den vielen Coupons. Die Sachen, die ich dort kaufte, waren Dinge aus meiner Kindheit. Campbell's Tomatensuppe, Velveeta Käse. Billiges Weißbrot und Instantkaffee. Viel günstiges Hackfleisch und eine Flasche Wein für sieben Dollar. Nichts davon nachhaltig produziert.

Als ich nach Hause kam, warf ich das Hackfleisch in einen Topf, kippte eine Dose Soße darüber und stellte ihn auf den Herd. In einem anderen Topf setzte ich Wasser für die Pasta auf.

Ich wartete, bis Cory nach Hause kam, und empfing ihn an der Tür mit einem Glas Wein. Er nahm einen Schluck und verzog das Gesicht. »Was ist das?«, fragte er.

»Er war im Angebot«, antwortete ich stolz.

Er nahm einen weiteren Schluck und gab mir das Glas zurück. »Das Geld hättest du genauso gut gleich in den Müll werfen können. Ich nehme Wasser.«

»Abendessen in fünf Minuten«, sagte ich. »Zieh dich um.«

Ich hatte zwei große Teller mit Spaghetti und Hackfleischsoße gefüllt und einen Teller mit minderwertigem weißem Brot, gebuttert, gesalzen und knusprig braun gegrillt. Als er zum Tisch kam, sah er die Weinflasche mit Schraubverschluss und die dampfenden Teller mit den Nudeln. Er nahm seine Gabel und probierte einen kleinen Bissen, kaute sorgfältig.

Ich beobachtete ihn gespannt und ängstlich, bis er sagte: »Es schmeckt anders.«

»Gut anders?«

Er nahm einen großen Schluck Wasser und sagte: »So weit würde ich nicht gehen.«

»Ich werde mich verbessern«, versicherte ich ihm. »Ich werde mir Rezepte raussuchen. Vielleicht ein paar von diesen Kochshows im Fernsehen anschauen.« Ich lächelte bei dem Gedanken, machte mich über mein Essen her und fragte mich, wie lange Cory diese Art der Ernährung aushalten würde.

Drei Wochen. Drei Wochen Hotdogs, Tomatensuppe und Velveeta-Käse-Sandwiches. Drei Wochen *Folgers*-Kaffee aus einer großen roten Dose. Drei Wochen, bis er sich schließlich äußerte. »Meg«, sagte er. »Das ist nicht böse gemeint, aber ich kann diesen Müll nicht weiter essen. Mein Natriumspiegel ist wahrscheinlich durch die Decke geschossen, und deine Hosen sitzen auch schon ein bisschen eng.« Er kniff mir fest in die Taille.

Ich schloss verlegen die Augen. »Ich weiß, was du sagen wirst«, begann ich. »Ich war bei deinem Markt, hab neben den Teslas und Audis geparkt. Bin zwischen den Frauen in teuren Yogaklamotten und den Hipstern rumgelaufen und hab den Wagen mit Dingen gefüllt, die du liebst. Mit frisch gepresstem Saft, Bio-Gemüse und teurem Fleisch.« Ich sah zu ihm hoch und ließ meine Augen ein bisschen feucht werden. »Ich hatte aber nicht genug Geld«, flüsterte ich. »Also ging ich wieder zu einem Laden, den ich kenne – mit Coupons und Sonderangeboten. Ich fühle mich so schrecklich.« Ich lachte kurz auf. »Ich wollte das wirklich gerne für dich tun. Ich liebe es, für dich zu sorgen. Dir Essen zu machen.« Ich wusste, dass er es auch liebte. Ich hatte einmal gehört, wie er Nate gegenüber damit angab, wie gut es mit meiner *Erziehung* lief. *Punkt sieben Uhr. Ich komme nach Hause, und sie hat das Essen fertig und ist bereit zum Sex. Jeden Abend.* Ganz sicher eine Übertreibung, aber er liebte diese Vorstellung, und mehr brauchte ich nicht.

»Warum schließen wir keinen Kompromiss«, sagte er. »Du kaufst weiter ein, aber lässt mich bezahlen.«

Ich schüttelte den Kopf. »Aber darum geht es doch«, wandte ich ein. »Ich möchte etwas beisteuern.«

Er lächelte mich gönnerhaft an und sagte: »Es geht nicht ums Geld, es geht um die Tat. Du nimmst mir eine lästige Arbeit ab. Da ist es ganz egal, wer am Ende dafür bezahlt.« Er griff in seine Tasche und holte die Brieftasche heraus.

Ich musste mich anstrengen, einen neutralen Gesichtsausdruck zu bewahren, als er mir seine Bankkarte gab. »Du bist jetzt für alles verantwortlich, was mit dem Haus zu tun hat. Lebensmittel, Baumarkt, alles. Es ist eine große Verantwortung«, dozierte er. »Ich muss mich auf dich verlassen können. Wenn ich dir sage, dass etwas erledigt werden muss, dann hast du dich darum zu kümmern.«

Ich nahm die Karte und fuhr mit dem Finger über seinen Namen darauf. »Lassen sie mich denn eine Karte benutzen, die mir nicht gehört?«, fragte ich.

»Die PIN ist 5427. Und Cory könnte auch ein Frauenname sein. Ich glaube nicht, dass du irgendwelche Probleme haben wirst.«

Ich schüttelte den Kopf und gab sie ihm zurück. »Mir wäre lieber, du würdest bei der Bank anrufen, um mir eine offizielle Vollmacht zu erteilen«, sagte ich. »Als ich noch ein Kind war, gab meine Mutter mir einmal ihre Kreditkarte, um mir neue Schuhe zu kaufen, und der Verkäufer rief den Sicherheitsdienst. Ich musste in einem winzigen fensterlosen Raum warten, bis sie sie erreicht hatten und sie bestätigte, dass ich ihre Erlaubnis hatte. Sie hätte mir etwas Schriftliches mitgeben müssen.«

»Dann mach ich beides«, sagte er. »Ich rufe morgen bei der Bank an, gebe dich als bevollmächtigte Benutzerin an *und* setze eine schriftliche Vollmacht auf.«

Ich hakte einen Finger in seine Gürtelschlaufe und zog spielerisch daran. »Nimmst du mich auf den Arm?«

»Du machst es einem leicht.«

Ich nahm die Karte wieder an mich, steckte sie in meine Tasche und spürte die Erregung, die sich jedes Mal einstellte, wenn ein Plan aufging.

Ich wartete zwei weitere Wochen ab, in denen ich hochwertige Produkte kaufte, bevor ich einen neuen Vorstoß wagte. Dieses Jahr richtete Corys Highschool den jährlichen Roboterwettbewerb aus, und in den Wochen davor hatte er viele Abende und Wochenenden mit der Vorbereitung verbracht. Ich wartete bis zum Tag des Wettbewerbs, da ich wusste, dass Cory dann abgelenkt und dankbar für meine Hilfe sein würde.

»Die Karte funktioniert nicht«, sagte ich, als ich ihn kurz nach der Mittagspause anrief. Ich hatte den Vormittag im *Home Depot* verbracht und für viele Hundert Dollar Topfpflanzen für den Garten gekauft, die jetzt auf der Auffahrt standen.

Im Hintergrund hörte ich Lautsprecheransagen und dumpfes Gebrüll. »Bleib dran«, sagte er. »Ich geh irgendwohin, wo es ein bisschen leiser ist.« Der Lärm entfernte sich etwas. »Okay, was hast du gesagt?«

»Die Bankkarte«, wiederholte ich. »Irgendwas stimmt damit nicht.«

Er klang irritiert. »Musst du sie denn unbedingt jetzt sofort benutzen?«

»Ich hatte den Wagen voller Lebensmittel und eine wütende Schlange hinter mir, während der Kassierer meinen gesamten Einkauf löschte.« Ich senkte die Stimme, um besorgt zu klingen. »Wenn etwas auf deinem Konto vor sich geht, willst du es sicher wissen. In ein paar Stunden kann viel Schaden angerichtet werden. Mir ist das mal passiert, und es stellte sich heraus, dass ein Typ in Florida meine Bankdaten hatte und damit Sexspielzeug im Internet kaufte. Es war ein Albtraum, alles wieder in Ordnung zu bringen.«

»Herrgott, ich kann mich im Moment nicht darum kümmern.«

»Ich bin nach Hause gefahren und hab die Bank angerufen, aber sie lassen mich ohne Passwort nichts unternehmen.«

»Okay«, sagte er und senkte die Stimme. »Es lautet Shazaam. Großes S. Doppel-a.«

»Wenn du nach Hause kommst, ist alles geklärt.«

Ich ging in Corys Arbeitszimmer, setzte mich an seinen Schreibtisch und ging auf die Website seiner Bank. In dreißig Sekunden war ich drin.

Ich sah mich ein paar Minuten lang um. Die Hypothekenrate war gestern abgebucht worden, zusammen mit weiteren Daueraufträgen für Strom und Internet. Ich ging zu *Tageslimit für Barabhebung* und sah, dass es auf fünfhundert Dollar festgesetzt war. Ich klickte auf das Feld und gab das Maximum ein, zweitausendfünfhundert Dollar.

Später am Abend, nachdem er mir ausführlich von dem Wettbewerb erzählt hatte, kamen wir wieder auf das Bankthema zu sprechen. »Was war das Problem?«, fragte er.

»Zu viele Kontobelastungen an einem Tag«, erklärte ich. Ich gab ihm ein Blatt Papier mit Notizen, die ich mir ausgedacht hatte. »Nachdem ich die Pflanzen für den Garten gekauft hatte, haben die Kosten für die Lebensmittel dann das Limit überschritten. Ich hab mit einer Amanda gesprochen und mir ihre Mitarbeiternummer aufgeschrieben, damit du selbst mit ihr reden kannst, wenn du willst. Sie sagte, du müsstest dein Limit erhöhen, damit es zukünftig nicht noch einmal passiert. Also habe ich das für dich erledigt.« Ich schüttelte den Kopf. »Ich hab ungefähr eine

Stunde in der Warteschleife verbracht, um mit jemandem zu sprechen. Das Problem zu lösen hat nur zehn Minuten gedauert.«

»Ich hab die E-Mail gesehen. Danke, dass du dich darum gekümmert hast.«

»Wenn du ein Smartphone hättest, hättest du es innerhalb von fünf Minuten selbst erledigen können.«

»Selbst fünf Minuten hätte ich nicht erübrigen können. Außerdem«, sagte er, »will ich nicht vierundzwanzig Stunden am Tag meine E-Mails checken.«

Ich schenkte ihm Wein nach und lächelte ihn an. »Das kannst du laut sagen.«

An einem Sonntagmorgen, zwei Wochen später, während Cory joggen war, ging ich wieder auf die Chase-Website und brachte es zu Ende. Ich loggte mich schnell ein, ging auf *Benachrichtigungen* und änderte die Einstellung von E-Mail zu SMS. Dann gab ich meine Handynummer ein, speicherte die Änderungen und loggte mich aus.

Prompt erhielt Cory eine E-Mail, die ihn auf die Änderungen bezüglich seines Kontos aufmerksam machte. Ich verschob sie in den Papierkorb und löschte sie dann, um alle Spuren zu beseitigen. Das Ganze dauerte weniger als eine Minute.

Ich ging in die Küche, goss mir eine Tasse Kaffee ein und starrte aus dem Fenster. Tau bedeckte noch das Gras, die Sonne ging gerade über den Dächern der gegenüberliegenden Häuser auf. Ein Grundsatz meiner Mutter schoss mir durch den Kopf: *Wenn zwei Frauen zusammenarbeiten,* ***haben*** *sie eine Macht, die man nicht unterschätzen sollte.*

Ich arbeitete nicht direkt mit Kristen zusammen, aber ich war ihretwegen hier, brachte zu Ende, was sie begonnen hatte. Sorgte dafür, dass ihre Geschichte mit Cory ein gutes Ende nahm.

KAT

Der Anruf wurde an mich weitergeleitet, während Frank beim Mittagessen war.

»Ich muss mit dem Reporter sprechen, der an der Cory-Dempsey-Geschichte arbeitet.« Es war eine Frau.

»Er ist beim Mittagessen, aber ich helfe Ihnen gerne.«

Die Anruferin zögerte, als wäre sie nicht ganz sicher, ob sie fortfahren wollte, deshalb sagte ich: »Ich kann Ihnen versichern, was Sie mir erzählen, bleibt vertraulich.«

»Sie müssen mit Cory Dempseys bestem Freund, Nate Burgess, reden.«

Ich kannte den Namen und wusste, dass er bisher alle Versuche von Frank, ihn zu interviewen, abgeblockt hatte. »Warum? Was, glauben Sie, kann er uns erzählen?«

»Die Fragen, die jeder stellt, wie viele Mädchen, wie oft, wo Cory sie kennengelernt hat … Nate hat die Antworten.«

»Haben Sie das der Polizei erzählt?«, fragte ich.

»Ich erzähle es Ihnen. Sprechen Sie mit Nate, er kann die offenen Fragen beantworten.«

»Woher wissen Sie das?«

»Sagen wir mal, ich hatte in den vergangenen sieben Monaten einen Platz in der ersten Reihe bei Corys und Nates Aktivitäten.«

Mit dieser Aussage hatte sie meine volle Aufmerksamkeit. Ich griff nach meinen Notizen und blätterte die Seiten durch, bis ich das Gespräch zwischen Cory Dempseys Cousin und Cousine fand. *Nate sagt, sie ist vor sieben Monaten aus dem Nichts aufgetaucht, in Corys Leben eingedrungen und hat ihn dazu gebracht, ihr Zugriff auf alles zu geben.*

»Und warum glauben Sie, dass Nate mit uns sprechen wird?«, fragte ich.

»Er wird es nicht tun, wenn er weiß, dass sie eine Reporterin sind. Aber Sie finden ihn jeden Tag beim Lunch in *Millie's Tap Room* am Culver Boulevard. Er ist immer um eins da und sitzt an der Bar. Direkt unter dem Fernseher. Nach ein paar Drinks wird er redselig.«

Was sie meinte, war klar – Nate würde eher mit etwas herausrücken, wenn er glaubte, ich sei nur eine attraktive Frau in einer Bar. Vielleicht eine, die Verständnis für die Lage seines Freundes hatte, die vielleicht dachte, dass der Verkehr mit Siebzehnjährigen höchstens ein Kavaliersdelikt sei und kein schrecklicher Machtmissbrauch.

Ich sah mich um. Die Nachrichtenredaktion war zur Mittagszeit fast leer. Die wenigen Anwesenden achteten nicht auf mich. Sie hatten keine Ahnung, dass ich mit Meg Williams sprach – der Frau, die die Lunte angezündet hatte und dann verschwunden war. Warum hatte sie es getan? Hatte sie Cory wirklich gezielt ins Visier genommen, oder gab es einen anderen Grund, den ich noch nicht kannte? Ich konnte warten und die Nachricht an Frank weitergeben, ihn entscheiden lassen, was er mit Megs Information anfangen wollte – wenn er überhaupt etwas damit anfangen wollte. Oder ich konnte die Gelegenheit nutzen, die sich mir bot. »Wir können uns um Nate Burgess kümmern,

Miss Williams, aber ich würde auch gerne mit Ihnen sprechen. Nennen Sie mir einen Ort, und ich werde da sein.«

Bei der Erwähnung ihres Namens legte sie auf.

Langsam ließ ich das Telefon sinken und überlegte. Dies konnte eine große Sache für mich sein – das Interview mit Nate Burgess, das Frank entgangen war. Ich konnte neue, schockierende Enthüllungen über die Opfer liefern. Einzelheiten darüber, wie Cory sie kennengelernt hatte. Und vielleicht konnte ich Nate dazu bringen, mir etwas über Meg zu erzählen, mir Informationen über sie zu geben, welche ihre Geschichte für die Zeitung doch noch interessant machen würden.

Zehn Minuten später kehrte Frank vom Mittagessen zurück. »Irgendwelche Anrufe?«

»Nein.«

Meine Mutter hatte mir immer eingeschärft, wie ein Mann zu denken. *Ergreife Gelegenheiten wie ein Mann.* Also betrat ich drei Tage später *Millie's Tap Room* und setzte mich an den Ort, den Meg mir genannt hatte. Eine aufgeschlagene Ausgabe der *L.A. Times* mit einer weiteren Geschichte über Cory Dempsey legte ich vor mich auf den Tresen.

Die dämmrige Beleuchtung, der klebrige Fußboden und die Neon-Bierreklame an der Wand standen im Kontrast zu dem teuren Bier vom Fass und den edlen Spirituosen im obersten Regal. Späte Mittagsgäste bevölkerten das Lokal, und ich bekam wackelige Knie, als ich auf meine Armbanduhr blickte. In weniger als zwei Stunden erwartete mich Frank in der Highschool, wo wir einen Termin mit dem Lehrer hatten, der Cory Dempsey betreut hatte. Ich würde meinen Job verlieren, wenn ich Nate nicht dazu bringen konnte, mir etwas zu erzählen, das meine Anwesenheit hier rechtfertigte.

Nate traf pünktlich ein und glitt auf den Hocker neben mir. Ich war beeindruckt, wie gut er immer noch aussah – rötlich braune, grau melierte Haare und ein verwegenes Lächeln, die Zähne anscheinend professionell aufgehellt. Sein Blick glitt über die Zeitung, die ich auf die Theke gelegt hatte, und blieb den Bruchteil einer Sekunde an Corys Namen hängen.

»Das Übliche«, sagte er zum Barkeeper, der nickte und die Bestellung an den Koch weitergab, bevor er ihm ein Glas Whiskey einschenkte.

»Was ist hier zu empfehlen?«, fragte ich.

Er drehte sich zu mir und musterte meinen Körper wie ein üppiges Büfett. »Hängt davon ab, wonach Ihnen der Sinn steht«, sagte er.

Ich deutete auf seinen Whiskey und sagte zum Barkeeper: »Ich nehme auch so einen, bitte. Und eine Portion Pommes frites.«

»Ich hätte die Zwiebelringe genommen, aber wie Sie wollen.«

Ich schenkte ihm ein hinreißendes Lächeln und genoss das Ganze. Die Kontaktaufnahme, den Beginn der Jagd. Die Tatsache, dass er nicht wusste, wer ich war oder was ich von ihm wollte.

Er deutete auf die Zeitung. Neben der Überschrift »Schulleiter bekennt sich nicht schuldig« war ein kleines Foto von Cory abgedruckt. Franks neuester Artikel. »Leichte Mittagslektüre?«

Ich blickte verlegen, als hätte er mich bei etwas ertappt. »Ich muss gestehen, ich bin irgendwie besessen von dieser

Geschichte. Ich hab jeden Zeitungsartikel und jeden Blog darüber gelesen.«

»Na ja, die Medien lieben den Zirkus, und die Leute lesen es gerne.«

»Ich stelle es mir immer wieder vor. Er nimmt ganz normal an Konferenzen teil und geht seinen Aufgaben nach. Und im nächsten Moment trägt er Handschellen.« Ich machte eine kleine Pause und schüttelte den Kopf, als könnte ich es nicht glauben. »Ich meine, wer von uns war nicht in einen heißen Lehrer verknallt? Wie viele von uns wären nicht darauf eingegangen, wenn sie die Chance gehabt hätten? Van Halen haben sogar einen Song darüber geschrieben.«

»Auf keinen Fall«, sagte Nate. »Wenn sie jünger als achtzehn ist, dann halte ich mich fern. Keine Ausnahmen.«

»Ich will nur sagen«, versuchte ich zurückzurudern, »wenn eines dieser Mädchen ein paar Monate älter gewesen wäre, gäbe es diese Geschichte nicht. Das Leben eines Mannes wäre nicht zerstört worden, nur weil er sich zur falschen Zeit in die falsche Person verliebt hat.« Ich drehte mein Whiskeyglas und hoffte, dass ich überzeugend klang.

Nate sah mich an, als würde er seine Worte genau abwägen. »Ob Sie es mir glauben oder nicht, ich kenne den Mann.«

Ich machte große Augen. »Nein.«

Er nahm einen Schluck Whiskey und sagte: »Wir sind zusammen aufs College gegangen.«

Ich beugte mich vor. »Sind Sie noch befreundet?«

Nate lachte kurz auf. »Das waren wir lange Zeit. Ich kenne ihn wahrscheinlich besser als jeder andere. Aber nein, wir sind keine Freunde mehr.«

»Und Sie haben es nicht gewusst?«, fragte ich. »In all den Jahren, nicht mal eine Andeutung? Eine Bemerkung über eine hübsche Schülerin oder eine Fantasie über eine von ihnen?«

Nate schüttelte den Kopf, seine Mundwinkel hoben sich zu einem Lächeln. »Niemals«, sagte er.

»Kommen Sie schon«, erwiderte ich. »Das glaube ich nicht.«

»Sie können es mir glauben.«

»Ich denke, es gab mehr als zwei Mädchen«, sagte ich. »Ich meine, sehen Sie ihn sich an. Vielleicht waren es nicht immer Schülerinnen. Ich bin sicher, es gab viele Orte, an denen er minderjährige Mädchen finden konnte, die bereit waren, sich mit ihm zu treffen. Am Strand, oder vielleicht arbeiteten sie in einem Restaurant, in das er häufig ging.«

»Keine Ahnung«, sagte Nate.

Unser Essen war gekommen, und während ich mich meinen Pommes frites zuwandte, überlegte ich, was ich als Nächstes fragen könnte. Ich hatte nicht viel Zeit, und er war offenbar bemüht, sich von Cory zu distanzieren.

Nate deutete auf die Zeitung. »Ich kann Ihnen zumindest eins sagen: An der Sache ist mehr dran als das, was Sie gelesen haben.«

»Das ist meistens so.« Ich hob mein Glas an die Lippen – der Whiskey brannte in meiner Kehle – und wechselte das Thema. »Ich las irgendwo, dass die Medien mit einer Freundin von ihm sprechen wollen, aber sie können sie nicht ausfindig machen.«

»Meg«, murmelte Nate. »Gott, die war anstrengend. Sie tischte uns ständig Lügen auf, und sie hatte keine Freunde, soweit ich weiß. Sie schlich sich einfach in Corys Leben und ergriff Besitz davon. Überzeugte ihn, sie umsonst bei sich wohnen zu lassen. Er kaufte ihr Klamotten, bezahlte ihre Rechnungen. Sie brachte ihn sogar dazu, ihr eine Vollmacht für sein Konto zu geben. Dann räumte sie es leer.«

»Wo lernte er sie kennen?«

»In einem Coffeeshop. Sie wurden beide von ihren jeweiligen Blind Dates versetzt.« Er schüttelte den Kopf. »Ein bisschen zu viel Zufall.«

Ich aß noch eine von den Pommes, obwohl ich zu nervös war, um Appetit zu haben. »Sie halten es nicht für möglich, dass zwei Menschen gleichzeitig in einem Coffeeshop zu einem Blind Date verabredet sind?«, fragte ich. »Oder dass sie beide versetzt wurden?«

»Ich will sagen, dass Megs Vorlieben und Ansichten ein bisschen zu gut zu denen von Cory passten.«

»Aber warum sollte sie ausgerechnet ihn ins Visier nehmen?«

»Warum sollte sie nicht? Meg arbeitete im *Y* am Empfangstresen. Für ein Mädchen wie sie war Cory ein guter Fang.«

Ich warf ihm einen belustigten Blick zu. »*Ein Mädchen wie sie*?«

Nate hob die Hände und grinste. »Ich meine, Meg hatte nicht gerade viele Möglichkeiten. Community College war für sie das Höchste.«

»Und dennoch behaupten Sie, dass sie Ihren Freund höchst professionell aufs Kreuz gelegt hat«, erinnerte ich ihn.

»Ehemaliger Freund«, korrigierte er mich. »Und ja, ich glaube, sie sah eine Möglichkeit, in einem schönen Haus zu wohnen und einen Freund zu haben, der ihr schöne Dinge kaufte.«

»Das ist kein Betrug«, sagte ich. »Sie hat ihn einfach nur ausgenutzt. Und sie war diejenige, die ihn angezeigt hat. Warum sollte sie das tun, wenn sie gerade dabei war, ihn richtig auszunehmen?«

Nate schwenkte den Rest seines Whiskeys im Glas und schüttete ihn dann hinunter, signalisierte dem Barkeeper, dass er noch einen wollte. »Ich habe ein bisschen herumtelefoniert. Nicht offiziell, wie ein Privatdetektiv es kann. Laut Megs Geschichte war sie in Grass Valley aufgewachsen und vor ein paar Jahren mit ihrem Freund nach L.A. gezogen.« Er schüttelte den Kopf. »Aber keiner da oben hat jemals von ihr gehört.«

»Haben Sie das Cory erzählt?«

»Ich hab's versucht, aber er wollte es nicht hören.«

Ich nahm noch einen Schluck von meinem Drink, war mir aber bewusst, dass ich bei klarem Verstand bleiben musste. »War es nicht offensichtlich, was sie tat?« In dem Moment klingelte mein Handy. Es war Frank. Ich hielt es hoch und sagte: »Tut mir leid, aber da muss ich rangehen.«

Ich ging nach draußen und kniff die Augen zum Schutz vor dem grellen Sonnenlicht zusammen. »Bist du schon bei der Highschool?«, fragte er. »Ich möchte, dass du ins Sekretariat gehst und dir den Zeitpunkt bestätigen lässt, zu dem Cory an der Schule angefangen hat.«

Ich warf einen Blick auf meine Uhr. Es war fast Viertel nach zwei. Ich musste das hier schnell zum Abschluss bringen, wenn ich bis Schulschluss in der Northside sein wollte. »Ich bin gerade unterwegs«, log ich.

»Ich brauche diese Bestätigung, Kat. Wenn ich sie bis

heute Abend nicht habe, wird die ganze Geschichte verschoben, und wir riskieren, dass jemand anders sie zuerst bringt.«

»Ich verstehe.«

Ich ging zurück in die Bar und setzte mich wieder auf meinen Platz, warf noch einmal einen Blick auf die Uhr.

»Haben Sie einen Termin?«, fragte Nate.

»Arbeit«, erklärte ich. »Ich sollte zurück.«

»Aber Sie haben fast nichts gegessen«, sagte er. Dann schob er mir mein Glas zu und sagte: »Trinken Sie aus, und ich werde Ihnen genau erzählen, wie Meg ihn aufs Kreuz gelegt hat.«

Ich blickte noch einmal auf die Uhr und überlegte angespannt, was meine männlichen Kollegen jetzt tun würden. Die sich anscheinend niemals Sorgen machten, ein bisschen zu spät zu kommen. Und die es sich nicht zweimal überlegen würden, irgendwo hinzugehen, wo sie eigentlich nicht sein sollten, wenn sie dadurch einen wichtigen Hinweis für eine Geschichte bekamen. Ich könnte um drei am anderen Ende der Stadt sein. Aller Wahrscheinlichkeit nach saß der Lehrer, mit dem wir sprechen wollten, noch in seinem Klassenraum und korrigierte Klassenarbeiten, wenn ich dort ankam. Und Büroleiter arbeiteten für gewöhnlich bis fünf Uhr.

Ich nahm das Glas und kippte den Rest hinunter, schauderte, als die Flüssigkeit meine Kehle herablief.

Das ist das Letzte, woran ich mich erinnere, bevor ich das Bewusstsein verlor.

Ich wachte mit pochenden Kopfschmerzen in einem Zimmer auf, das ich nicht kannte. Das Licht des frühen Morgens drang durch die heruntergelassenen Rollläden. Im Bett neben mir lag Nate und schlief.

Als ich mich aufsetzte, schien sich der Raum um mich zu drehen. Ich hatte keine Ahnung, wie ich dort hingekommen und was geschehen war. Über meinem Top trug ich ein T-Shirt, das ich nicht kannte, aber von der Taille abwärts war ich nackt. »O Gott«, sagte ich, und eine plötzliche Übelkeit erfasste mich.

Ich schaffte es noch rechtzeitig zur Toilette. Säuerliche braune Flüssigkeit landete im Wasser, der Geruch von Alkohol hing in der Luft. Meine Hände zitterten, und ich spritzte mir kaltes Wasser ins Gesicht. Mein Make-up war verschmiert, ich starrte mich im Spiegel an und versuchte, mich zu erinnern – an irgendetwas, das erklären würde, wie ich von ein paar Schluck Whiskey um zwei Uhr nachmittags in Nates Apartment am nächsten Morgen gelangt war. Ich erinnerte mich an Franks Anruf, daran, wie ich die Bar verlassen hatte, damit Nate unser Gespräch nicht mithörte. Und dann … nichts.

Als ich wieder ins Schlafzimmer kam, saß Nate aufrecht im Bett und lächelte. »Hey. Geht's dir gut?«

»Was haben Sie mit mir gemacht?«, fragte ich. Meine Stimme klang rau, und es kratzte in meinem Hals.

Er hob die Hände. »Hey, wir hatten ein paar Drinks. Du sagtest, dein Boss würde sauer sein, wenn du ein wichtiges Treffen verpasst, aber dass es dir egal sei.« Seine Stimme wurde sanfter. »Ich hab nur versucht, ein guter Freund zu sein. Du scheinst einige Probleme mit deiner Mutter zu haben, die du lösen musst. Ich hab dich einfach reden lassen.«

»Haben wir …?« Ich verstummte und sah mich um. Es

war offensichtlich, dass wir hatten. Meine Kleidung auf einem Haufen am Boden. Eine geöffnete Kondompackung auf dem Nachttisch.

»Ich habe gefragt, und du hast Ja gesagt«, erwiderte Nate. »Ich frage immer.«

»Ich kann mich nicht mal mehr daran erinnern, dass ich die Bar verlassen habe«, sagte ich. »Wie sollte ich mich daran erinnern, Ja zu dir gesagt zu haben?« Ich schüttelte den Kopf und bereute es sofort, denn es fühlte sich an, als würde ein Sack voller Hämmer darin herumwirbeln.

»Du wirst mir wohl glauben müssen«, sagte Nate.

»Ich will nach Hause.«

»Ich kann dich zu deinem Auto fahren, wenn du willst.«

»Nein danke«, erwiderte ich, schnappte meine Sachen und ging zurück ins Badezimmer. »Ich werde ein Taxi rufen.«

»Wie du willst«, sagte Nate.

Ich schaffte es, mich auf der Fahrt zurück zur Bar zusammenzureißen. Mein Auto war das einzige auf dem Parkplatz. Als ich meine Kreditkarte zum Bezahlen des Taxis durchzog, zitterten meine Hände immer noch. Erst als ich hinter dem Steuer meines Wagens in Sicherheit war, ließ ich die Tränen fließen. Innerhalb weniger Stunden war ich ein anderer Mensch geworden. Ein Vergewaltigungsopfer. Jetzt war ich eine von diesen Geschichten, die die Leute lasen und über die sie die Köpfe schüttelten und sagten: *Sie hätte sich doch denken können, was passieren würde.*

Ich checkte meine Mailbox. Vier Nachrichten von Frank. Drei von meiner Mutter. Ich wusste, ich sollte direkt zur nächsten Polizeistation fahren und Nate anzeigen. Aber als ich auf die leere Straße einbog, überlegte ich, was das bedeuten würde. Ich dachte an die Fragen, die ich beantworten müsste. Die Papiere, die ich ausfüllen müsste, gefolgt von einer medizinischen Untersuchung im Krankenhaus. Es würde den ganzen Tag dauern. Dabei musste ich unbedingt zur Northside und den Lehrer auf seinem Weg zur Schule erwischen. So könnte ich Frank noch besorgen, was er brauchte. Mir eine Geschichte ausdenken, warum ich so spät dran war. Um ihm nicht erzählen zu müssen, dass ich nicht dort war, wo ich hätte sein sollen, dass ich ihm Megs Hinweis verschwiegen hatte, damit ich ihn für meine eigenen Zwecke nutzen konnte.

Denk wie ein Mann. Ergreif Gelegenheiten wie ein Mann. Ich machte kehrt und fuhr Richtung Northside High.

MEG

Während der ersten paar Wochen, in denen ich Corys Kreditkarte im Portemonnaie hatte, bemühte ich mich um größtmögliche Transparenz.

Ich benachrichtigte ihn zum Beispiel, bevor ich die Karte im Drogeriemarkt benutzte. Hinterher schrieb ich: 37,43 Dollar für Shampoo plus Rasierklingen für dich. Am Abend legte ich die Quittung auf die Tastatur seines Computers, wo er sie sicher sehen würde.

Cory wurde das jedoch schnell lästig. »Herrgott, Meg«, sagte er eines Abends, zerknüllte die Quittung, die ich ihm hingelegt hatte, und warf sie in den Müll. »Das hier und die ständigen Textnachrichten machen mich wahnsinnig.« Er sprach etwas höher, um meine Stimme zu imitieren: »›Ich habe die Karte für eine Parkuhr in der siebten Straße benutzt – zwei Dollar für zwei Stunden.‹ Ich brauche keinen Livekommentar.«

»Ich will nur offenlegen, was ich ausgebe«, sagte ich. »Es ist schließlich dein Geld.«

»Mach einfach, was du gesagt hast. Kauf die Lebensmittel ein und verlier kein Wort darüber.«

Okay, na dann.

Als ich meinem Ziel immer näher kam, wurde mir klar, dass ich mein Auto verkaufen musste. Den Minivan, der einmal meiner Mutter gehört hatte, meine letzte Verbindung zu ihr. Das Auto hatte mir das Leben gerettet. Es war mein Zuhause, meine Hintertür. Es hatte mir ermöglicht, nach meinen Bedingungen zu leben, wie es mir passte. Aber es hatte auch seine Grenzen, und ich brauchte eins, das mich durchs ganze Land brachte, falls das nötig sein sollte.

Ich dachte mehrere Tage darüber nach, wie ich es am besten anstellen könnte. Wenn es schiefging, saß ich ohne Transportmittel da. Ohne eine Möglichkeit zu verschwinden, wenn die Zeit reif war.

Ich gab eine Anzeige bei *Craigslist* auf: Honda Odyssey, Baujahr 1996, zu verkaufen. 6000 Dollar Verhandlungsbasis. Fragen Sie nach Meg. Dazu schrieb ich meine Telefonnummer.

Ich verkaufte ihn schließlich an eine alleinerziehende Mutter von drei Kindern. Ich betrachtete es als eine Art Ausgleich, dass ich das Auto an jemanden verkaufte, den meine Mutter akzeptiert hätte.

Ich überschrieb ihr den Fahrzeugbrief und übermittelte die Daten online an die Zulassungsstelle. Sie war so freundlich, mich zur Bank zu fahren, wo ich fünftausend Dollar auf mein eigenes Konto einzahlte und fünfhundert Dollar auf Corys Haushaltskonto.

Dann fuhr ich mit dem Bus nach Hause.

»Du bist hier«, sagte Cory, als er später am Abend nach Hause kam. »Wo ist dein Auto?«

Ich seufzte und sagte: »Weg. Am Straßenrand liegen geblieben. Ich hab einen Abschleppwagen gerufen, und sie haben es in eine Werkstatt gebracht. Ein neues Getriebe hätte achttausend Dollar gekostet und eine neue Kraftstoffanlage noch mal fünf. Mehr, als das Auto wert ist. Ich war froh, dass sie mir fünfhundert Dollar dafür gegeben haben. Ich hab das Geld aufs Haushaltskonto eingezahlt. So kann ich zumindest etwas beisteuern.«

»Du hättest mich anrufen sollen«, sagte Cory.

Ich schüttelte den Kopf. »Alles gut. Es ist erledigt.«

»Du brauchst ein Auto, um zum College zu kommen. Und zu deiner Frühschicht.«

Ich zuckte mit den Achseln. »Ich kann den Bus nehmen.«

Es gibt zwei Arten von Menschen – die einen betrachten öffentliche Verkehrsmittel als Segen, die anderen als Fluch. »Das wird dich jeden Tag Stunden kosten«, sagte er schließlich.

»Ich habe wohl keine andere Wahl.«

Cory schüttelte den Kopf. »Und wie willst du die Besorgungen machen? Lebensmittel einkaufen?«

»Ich überleg mir was«, erklärte ich ihm. »Ich kann warten, bis du nach Hause kommst, und abends fahren. Oder es samstags alles auf einmal erledigen.« Ich legte die Arme um seine Taille. »Viele Haushalte kommen mit einem Auto zurecht.«

Er löste sich verärgert von mir. »Ich hab keine Lust, das ganze Wochenende rumzusitzen und darauf zu warten, dass ich mein eigenes Auto benutzen kann.«

»Dann muss ich wohl den Bus nehmen. Und du kannst wieder nach der Arbeit einkaufen«, erklärte ich entnervt. Ich wusste, damit hatte ich ihn.

Im letzten Monat hatte ich dafür gesorgt, dass Cory sich daran gewöhnte, versorgt zu werden. Er musste sich um nichts kümmern, alles erledigte sich auf wundersame Weise wie von selbst. Gefaltete Wäsche in den Schubladen. Sein Lieblingsbier im Kühlschrank. Neue Seife in der Dusche, noch bevor die alte aufgebraucht war.

»Das wird auch nicht funktionieren.«

Mit nachdenklichem Tonfall, als hätte ich gerade eine Idee, erwiderte ich: »Ich könnte jedes Mal ein Auto mieten, wenn ich Besorgungen machen will.«

Cory lachte verächtlich. »Das ist wohl die dümmste Idee, die du bisher hattest. Kein Wunder, dass du kein Geld sparst, so wie du es aus dem Fenster wirfst.« Er seufzte schwer. »Ich fürchte, wir werden dieses Wochenende ein neues Auto kaufen müssen.«

»Nein«, sagte ich mit fester Stimme. »Du hast mir schon genug gegeben, du kaufst mir kein neues Auto.«

»Der Minivan war ein Schrotthaufen. Es war nur eine Frage der Zeit, bis er den Geist aufgibt.«

»Du hörst mir nicht zu«, sagte ich. »Ich will nichts mehr von dir annehmen.«

»Du meine Güte, Meg«, sagte er und klang erschöpft. »Über alles muss man mit dir diskutieren. Nimm einfach das verdammte Auto.«

An dem Wochenende machten wir mit vier Autos Probefahrten und landeten schließlich bei einem acht Jahre alten Honda Accord, den ein Paar – Ted und Sheila –, das ein Kind erwartete und einen größeren Wagen brauchte, für 9000 Dollar verkaufte. Ich begleitete Cory zur Bank, um den Scheck zu holen. Auf dem Rückweg zu Ted und Sheila betrachtete ich den Scheck und überlegte, wie ich weiter vorgehen wollte.

»Aufgeregt?«, fragte er.

»Es ist so viel Geld«, erwiderte ich. »Ich denke immer noch, wir hätten einen Weg finden können, uns deinen Wagen zu teilen.«

»Ich habe gesehen, wie du fährst. Ich werde dich auf keinen Fall mit diesem Auto fahren lassen.«

Ich zuckte mit den Achseln, blickte aus dem Fenster und ließ den Scheck zwischen Sitz und Mittelkonsole gleiten, sodass nur noch der obere Rand hervorlugte.

Als wir bei Ted und Sheila ankamen, ging ich hinüber zum Honda und bewunderte den glänzenden schwarzen Lack. Die grauen Ledersitze würden niemals zum Schlafen benutzt werden.

Im Haus hatte Ted schon alles vorbereitet. »Es sollte nicht mehr als zwanzig Minuten dauern«, erklärte er uns.

Ich ließ den Blick durch den Raum schweifen, die warmen Farben, die bequemen Stühle, die das Fenster mit Ausblick auf die Bucht flankierten, und stellte mir vor, selbst einmal in einem solchen Haus zu wohnen.

»Ted sagt, Sie leiten eine Highschool«, sagte Sheila zu Cory. Das reichte, um ihn von Ted wegzureißen und zu einem Monolog über die *Energie Jugendlicher* zu veranlassen.

Ich trat näher an Ted heran, wobei ich so tat, als würde ich mir die Fotos an der Wand über ihm ansehen, während ich angespannt jede seiner Bewegungen verfolgte.

Mein Timing musste perfekt sein. Bis jetzt hatte alles, was ich tat, Cory den Raum gelassen zu handeln oder nicht. Heute konnte ich es mir nicht leisten, ihm diesen Spielraum zu geben. Cory durfte nicht im Zimmer sein, wenn Ted den Fahrzeugschein ausfüllte, denn ich musste sicherstellen, dass mein Name dort eingetragen wurde.

Ich beobachtete, wie Ted ihn von einem Stapel Papiere nahm. Als er nach seinem Stift griff, sagte ich: »Oje, Cory, ich hab den Scheck im Auto gelassen. Kannst du ihn holen?«

»Ich unterhalte mich gerade«, sagte er und wandte sich wieder an Sheila.

Mein Herz schlug schneller, denn ich wusste, in wenigen Sekunden würde Ted fragen, wessen Namen er im Fahrzeugschein eintragen sollte. Die Zeit schien beinahe stillzustehen, meine Augen folgten Ted, wie er das Datum eintrug, und wanderten dann zurück zu Cory, bevor ich mich an den Ersatzautoschlüssel erinnerte, den ich vor Monaten in meine Handtasche gesteckt hatte. Ich griff hinein, tastete herum, bis ich ihn fand, und drückte mit dem Daumen auf den Alarmknopf.

Das Heulen der Autoalarmanlage schreckte uns alle auf. Ich trat ans Fenster und spähte hinaus. »Ich glaube, da hat jemand versucht, in dein Auto zu steigen«, sagte ich zu Cory.

Mit zwei Schritten war er an der Tür und verließ das Haus, um nachzusehen.

»Vielleicht war es nur eine Katze«, sagte ich zu Ted und machte ein verlegenes Gesicht.

Ted widmete sich wieder dem Formular. »Wessen Namen soll ich hier eintragen?«

Ich trat einen Schritt näher und sagte: »Meg Williams.« Ich buchstabierte meinen Nachnamen und beobachtete, wie er ihn aufschrieb. Dann nahm er seinen Laptop und gab die Daten vom Fahrzeugschein auf der Website der Zulassungsstelle ein.

In diesem Moment kam Cory wieder herein und sagte: »Ich habe niemanden gesehen.«

»Gott sei Dank. Wo ist der Scheck?«, fragte ich.

Er warf mir einen verärgerten Blick zu und ging noch einmal hinaus. Als er wiederkam, waren die Anmeldeformulare bereits abgeschickt.

»Der Scheck lag fast komplett unter dem Sitz«, sagte er zu mir. »Was hattest du vor, ihn verstecken?«

Ich zuckte unsicher mit den Achseln.

Als er Ted den Scheck gab, fiel sein Blick auf den Fahrzeugschein, wo er meinen Namen entdeckte. »Moment. Das ist nicht …« Er verstummte und sah mich verwirrt an.

Ich erwiderte seinen Blick und machte große Augen. »O mein Gott. Ich dachte, als du sagtest …«

»Gibt es ein Problem?«, fragte Ted.

Das Schweigen hing schwer in der Luft, und ich genoss es. »Kein Problem«, antwortete Cory schließlich.

»Ich kümmere mich darum«, sagte ich zu Cory. »Ich mach es sofort. Sobald der neue Fahrzeugschein ausgestellt ist, werde ich den Wagen auf dich ummelden. Du brauchst nichts zu tun.«

Cory nickte, seine Miene war angespannt, und ich fragte mich, ob ich die äußerste Grenze des Möglichen erreicht hatte.

Als wir draußen vor Corys Auto standen, kuschelte ich mich an ihn und sagte: »Ich kann nicht fassen, dass ich dich missverstanden habe.« Dann blickte ich ihm in die Augen. »Ich schwöre, ich bringe es in Ordnung.«

In seinem Gesicht sah ich kurz etwas aufblitzen. Zweifel? Misstrauen? Aber er sagte nur: »Nimm doch das neue Auto. Wir treffen uns zu Hause.«

Ich wartete, bis Cory losgefahren war, bevor ich das Auto aufschloss und den Schlüssel in die Zündung steckte. Der Motor sprang leicht an und war verglichen mit dem Minivan fast lautlos. Als ich das Ende der Straße erreichte, war ich fast versucht, statt nach Hause einfach in die andere Richtung zu fahren. Und nicht mehr anzuhalten. Aber ich wusste, dass die Zeit noch nicht reif dafür war.

Ich hatte gehofft, Cory würde über den Fehler hinwegsehen. *Nicht schlimm, das Auto gehört dir.* Aber das hatte er nicht getan. Seine Großzügigkeit hatte Grenzen, und wenn ich die Sache zu Ende bringen wollte, musste ich diese Grenzen beachten.

Am Montag setzte ich mich gleich morgens an Corys Schreibtisch und öffnete auf seinem Computer die Seite der KFZ-Zulassungsstelle. Auf dem Bildschirm meines Laptops war ein unausgefülltes Anmeldeformular zu sehen, das ich eingescannt hatte. Sorgfältig erstellte ich ein Duplikat, achtete darauf, dass die Schriftart passte und der Text an der richtigen Stelle über der Linie stand – nicht zu hoch und nicht zu tief. In Gedanken überlegte ich mir, was ich heute Abend zu Cory sagen würde, wenn er nach Hause kam. *Ich bin extra früher von der Arbeit los, um bei der Zulassungsstelle zu sein, bevor sie öffnen, und es waren bereits fast fünfzig Leute vor mir! Es hat drei Stunden gedauert, aber es ist erledigt.* Und dann würde ich ihm die Papiere geben, auf denen er als neuer Halter angegeben war, mit meiner Unterschrift darunter. Als Beweis, dass ich mein Versprechen gehalten hatte. *In sechs bis acht Wochen wird der*

Fahrzeugschein mit der Post zugeschickt, würde ich ihm sagen. Bis er merkte, dass das nie passieren würde, wäre ich längst nicht mehr da.

Gerade als ich Corys Namen im Textfeld ein bisschen tiefer schob, meldete sein Computer, dass eine E-Mail eingegangen war. Neugierig wechselte ich zu seinem Posteingang, aber da waren keine neuen Nachrichten.

Ich klickte auf sein Icon oben rechts in der Ecke und stieß auf einen zweiten Account, den ich noch nie gesehen hatte. *SurfGuyLA*.

Es gab nur drei Seiten mit Nachrichten, alle von jemandem namens *StacyB01*. Ich klickte die allererste Nachricht an, scrollte dann nach unten und las Corys erste E-Mail.

> Hi Stacy, hier ist Mr. Dempsey. Ich hoffe, es ist in Ordnung, dass ich wegen des Vorfalls in der Schule heute Kontakt zu Ihnen aufnehme. Damit ich offen sprechen kann, schreibe ich nicht von meinem Schul-Account. Ungeachtet dessen, was heute im Meeting mit Dr. Michaelson gesagt wurde, werde ich die Situation von jetzt an persönlich beobachten. Sie können mir gerne auf diesem Account eine E-Mail schreiben, wenn Sie das Bedürfnis haben zu reden. Ich habe stets ein offenes Ohr.

Stacys Antwort war überschwänglich.

> Vielen Dank, Mr. Dempsey. Das bedeutet mir viel, und ich bin froh, dass ich Ihre Unterstützung habe. Alle sagen, dass Sie der beste Schulleiter sind, den wir jemals hatten, und ich stimme zu.

Es war nicht so sehr die E-Mail selbst, die mich alarmierte, sondern vielmehr die Tatsache, dass Cory es für notwendig gehalten hatte, sie vom Schulserver zu entfernen. Ich schloss die Nachricht und öffnete eine andere, die auf einen Monat später datiert war. *Glückwunsch zu Ihrem wirklich bemerkenswerten Auftritt in The Sound of Music,* hatte Cory geschrieben. Ich erinnerte mich an das Stück. Cory war zu jeder Vorstellung gegangen, mit der Begründung, dass der Schulleiter anwesend sein müsse. Ich war nicht mitgegangen, weil ich keine Lust auf falsche Wiedergaben von *My Favorite Things* und *Do-Re-Mi* hatte. Cory war das ganz recht gewesen, und jetzt verstand ich auch, warum.

Ich hätte dir am liebsten Rosen mitgebracht, aber es hätte merkwürdig ausgesehen, wenn der Schulleiter nur einer Mitwirkenden Blumen überreicht. Egal wie talentiert und schön sie ist.

Danke, Mr. Dempsey, es bedeutet mir viel, dass Sie das sagen. Ich spürte die ganze Zeit Ihren Blick auf mir.
O mein Gott, ich kann nicht glauben, dass ich das meinem Schulleiter schreibe. Aber für mich sind Sie mehr als das. Sie sind auch ein Freund.

Er antwortete um zwei Uhr morgens, und ich stellte mir vor, wie ich nebenan geschlafen hatte, während Cory mitten in der Nacht mit einer Schülerin schrieb.

Ich bin froh, dass du genauso empfindest wie ich. Wahre Freunde sind im Leben schwer zu finden, und ich betrachte dich als wahre Freundin.

In neueren E-Mails tauchten Fotos auf. Selfies, die Cory am Strand gemacht hatte, seine Haare feucht vom Meer, die Brust nackt. Und Stacy, die im Bikini an irgendeinem Pool herumlag.

Vollkommenheit, hatte Cory zurückgeschrieben.

Ich erkannte sie sofort. Das Mädchen vom Schulhof. Die, die am nächsten bei ihm gestanden hatte, deren Hand besitzergreifend auf seinem Arm lag und deren Augen vor Eifersucht funkelten.

Wenn ich nach einem Zeichen gesucht hatte, dass es Zeit war, die Sache zu Ende zu bringen und zu gehen – das hier war es.

Ich druckte je drei Kopien der besonders belastenden E-Mails aus, steckte sie in einen großen Umschlag und schob ihn in meine Handtasche. Dann zwang ich mich, die gefälschte Ummeldung des Autos abzuschließen.

Als ich gerade das Formular ausdruckte, klingelte es an der Tür. Ich kroch vom Büro ins Wohnzimmer, spähte aus dem Fenster und hoffte, es wäre ein Vertreter, den ich ignorieren konnte. Aber es war Nate, der an die Tür hämmerte. »Ich weiß, dass du da bist, Meg. Mach auf.«

Ich öffnete die Tür. »Cory ist bei der Arbeit.«

Nate ging an mir vorbei ins Wohnzimmer. »Ich will zu dir.«

Ich folgte ihm mit den Augen. »Setz dich«, sagte ich.

Er wandte sich mir zu. »Wir müssen reden.«

Ich neigte den Kopf zur Seite und blickte ihn verwirrt an. Meine Handflächen begannen zu schwitzen. »Worüber?«

»Die Wahrheit über dich.«

»Wovon sprichst du?«, sagte ich, in Gedanken fieberhaft nach einer sicheren Position suchend.

»Ich habe einige Anrufe gemacht«, sagte Nate. »Dreißig Dollar für ein altes Jahrbuch bezahlt. Einige Leute im Internet gefunden. Keiner hat jemals von dir gehört.«

Ich blickte zur Straße und sah die alte Mrs. Trout, unsere Nachbarin von gegenüber, die gerade ihre Haustür abschloss, während ihr uralter Basset Dashiell geduldig auf sie wartete.

»Dann habe ich darüber nachgedacht, wie du und Cory euch kennengelernt habt«, fuhr Nate fort, und ich richtete meine Aufmerksamkeit wieder auf ihn. »So was von zur richtigen Zeit am richtigen Ort«, sinnierte er. »Was für ein Zufall.«

»Komm zum Punkt, Nate. Was immer du dir gerade ausdenkst, bitte komm zum Schluss. Ich muss zum Unterricht.«

»Du hast heute keinen Unterricht«, sagte Nate.

Ich trat einen Schritt zurück. »Bist du mir gefolgt?«

Nate sprach mit gedämpfter Stimme und unterdrücktem Zorn. »Schon seit einiger Zeit. Denn nichts stimmt an dir, Meg. Nicht auf dem Papier, nicht im wirklichen Leben. Alles, was du Cory erzählt hast, ist eine Lüge, stimmt's?«

»Ich will, dass du jetzt gehst«, sagte ich.

Nate schüttelte den Kopf. »Du fühlst dich hier ziemlich wohl, was?«

Ich dachte an die E-Mails, die ich gerade entdeckt hatte, und fragte mich, was Nate dazu sagen würde. Ob ich mein Handeln rechtfertigen könnte, indem ich ihm etwas noch Schrecklicheres entgegenhielt. Aber Nate war ein Mann, der Frauen in Bars Drinks und Annäherungsversuche aufzwang. Was immer Cory tat, Nate wäre es egal.

Es war mein Plan gewesen, die nächsten vier bis sechs

Wochen zu nutzen, um Corys Konto in zweitausendfünfhundert Dollarbeträgen leer zu räumen. Weg zu sein, bevor er es merkte. Bevor er sich fragte, wo der Fahrzeugschein blieb. Aber nun müsste ich sofort verschwinden. Heute. Ich würde noch einmal Geld abheben können, aber für mehr war keine Zeit. Ich überlegte, was ich hatte. Das Auto, das noch auf mich zugelassen war; die gefälschten Zulassungspapiere lagen auf dem Schreibtisch in Corys Büro. Mein Laptop. *Nicht genug.*

Ich spürte Wut in mir aufsteigen. Warum mussten Männer wie er immer gewinnen? Männer, die die Regeln missachteten und taten, was sie wollten? Ich blickte wieder aus dem Fenster. Mrs. Trout stand jetzt auf dem Bürgersteig und wartete auf den armen Dashiell, der an einem Baum schnüffelte.

Dann stieß ich einen markerschütternden Schrei aus.

Nate sprang erschrocken von mir weg. »Was, verdammt?«, zischte er.

Ich holte tief Luft und schrie noch einmal. Dann riss ich die Tür auf und rannte aus dem Haus. »Helfen Sie mir!«, rief ich.

Mrs. Trout blickte auf, fassungslos, als sie mich barfuß auf sich zulaufen sah. Nate stand in der Haustür, jegliche Farbe war aus seinem Gesicht gewichen.

»Er hat mich angegriffen«, rief ich und duckte mich hinter Mrs. Trout.

Nate schob sich durch die Tür und näherte sich uns. »Sie lügt.«

»Komm mir nicht näher«, flüsterte ich mit zitternder Stimme. Zu Mrs. Trout sagte ich: »Er hat mich gegen die Wand gedrückt, versucht, mich zu küssen, und mir unter den Rock gefasst …« Ich verstummte, als könnte ich nicht weitersprechen.

Mrs. Trout nahm meinen Arm und sagte: »Wir können in meinem Haus die Polizei anrufen.«

Nate blickte ungläubig. »Du bist vollkommen verrückt, Meg.«

»Ich bin traumatisiert«, konterte ich.

Nate sah von mir zu Mrs. Trout und dann zurück zum Haus, wo die Eingangstür immer noch offen stand. Er hob die Hände. »In Ordnung«, sagte er und ging zu seinem Auto.

Als er weg war, begleitete mich Mrs. Trout zurück ins Haus und saß neben mir, als ich Cory anrief und von ihm verlangte, sofort nach Hause zu kommen.

Zuerst wollte Cory mir nicht glauben. »Nate ist mein bester Freund, schon seit dem College. Er würde so etwas nie tun.«

Aber Mrs. Trout bestätigte meine Geschichte. »Sie kam aus dem Haus gerannt wie eine brennende Katze«, sagte sie mit großen Augen hinter ihren dicken Brillengläsern. »Ich habe fast einen Herzinfarkt gekriegt.«

Als Cory eine Stunde später auf dem Gehweg stand, um sicherzugehen, dass Mrs. Trout und Dashiell heil nach Hause kamen, rechnete ich kurz nach. Zwölf Tage lang zweitausendfünfhundert Dollar pro Tag würden mir dreißigtausend Dollar einbringen.

Cory kam zurück und setzte sich neben mich. »Ich kann es nicht glauben«, sagte er. »Nate hat in der Vergangenheit sicher einige fragwürdige Entscheidungen getroffen, aber ich hätte nie gedacht, dass er mir so etwas antun würde.«

Ich zwang mich, im Kopf bis drei zu zählen, bevor ich ein Stück von ihm wegrückte. »Er sagte zu mir, wenn ich nicht mit ihm schlafen würde, würde er dich davon überzeugen, dass ich dich irgendwie ins Visier genommen hätte. Er sagte sogar, er würde dir erzählen, dass ich dich angelogen hätte, was meine Vergangenheit angeht. Dass mich niemand in Grass Valley kennen würde. Er ist krankhaft eifersüchtig auf dich.« Ich konnte die Befriedigung, die Cory bei diesen Worten erfüllte, geradezu spüren. »Nate will alles haben, was du hast. Er will das Haus, den Erfolg, die Beziehung. Er wollte schon immer *du* sein.«

Später am Abend belauschte ich Corys Teil des Gesprächs. Was immer Nate ihm erzählte, es funktionierte nicht. »Sie hat mir gesagt, dass du das sagen würdest. Dass du versuchen würdest, mich davon zu überzeugen, dass sie eine Betrügerin ist.« Ich hielt den Atem an und hoffte, dass ich Cory gerade genug von Nates Geschichte erzählt hatte, um ihn davon zu überzeugen, dass ich die Wahrheit sagte. Schließlich meinte Cory: »Wir waren lange Zeit Freunde. Du warst immer für mich da. Aber jetzt hast du eine Grenze überschritten. Ich möchte, dass du dich von Meg fernhältst. Halte dich vom Haus fern.« Wieder eine Pause, während Nate wahrscheinlich versuchte, das Ganze zu erklären. »Ich meine es ernst, Nate. Nächstes Mal erstatten wir Anzeige.«

Später in der Nacht wich ich zurück, als Cory sich mir näherte. »Ich kann nicht«, flüsterte ich. »Ich spüre immer noch seine Hände auf mir.«

Ich kehrte ihm den Rücken zu und rollte mich zusammen. Schließlich sagte er: »Du bist in Sicherheit, Meg. Er wird nicht wiederkommen.«

Ich nickte und presste die Lippen aufeinander. *Zwölf Tage*, sagte ich mir.

Die Zeit schien langsamer zu vergehen. Während der nächsten zwölf Tage wachte ich morgens vor Cory auf und blieb abends noch lange wach, nachdem er eingeschlafen war. Ich ging nicht mehr zur Arbeit und zum College. Mit der Begründung, dass ich Angst hätte, das Haus zu verlassen, weil Nate mir folgen könnte. Cory schlug vor, eine einstweilige Verfügung zu erwirken, und ich sagte, ich würde darüber nachdenken. Aber sobald er morgens das Haus verließ, machte ich mich an die Arbeit.

Mein erster Gang an jedem Tag führte zum Geldautomaten, um den Tageshöchstbetrag abzuheben. Wenn ich schließlich die Stadt verließ, würde das Haushaltskonto nahezu leer sein, und ich hätte eine große Summe Bargeld, ein neues Auto, einen Laptop sowie – laut der Website des Community College – einige sehr nützliche Kenntnisse in Webdesign.

Ich meldete der KFZ-Zulassungsstelle eine Adressänderung und bat darum, mir eine Kopie des Fahrzeugscheins an das Postfach zu schicken, das ich neu eingerichtet hatte. Die ganze Zeit über hielt ich Ausschau nach Nate, warf einen prüfenden Blick auf die Straße, bevor ich das Haus verließ, spähte in parkende Autos, um sicherzugehen, dass er nicht irgendwo wartete, um mich wieder zur Rede zu stellen. Es war anstrengend, und ich fiel jeden Abend erschöpft ins Bett, weil ich mich den ganzen Tag zusammenreißen musste.

Ich suchte noch einmal den Computerraum im College auf, um in aller Eile die Fotos von Cory und Kristen einzuscannen und je drei Kopien davon auszudrucken, wobei ich immer wieder einen prüfenden Blick über die Schulter warf. Ich steckte die Kopien der Fotos zusammen mit den ausgedruckten E-Mails von Cory und Stacy in drei separate Umschläge und bewahrte alles in meiner Laptoptasche auf, die ich immer bei mir trug.

Auf die vielen Anrufe von Cal reagierte ich nicht. Dann kamen Textnachrichten. Warum erscheinst du nicht zur Schicht? Geh bitte ans Handy.

Ich versteckte mich im Badezimmer, setzte mich auf den Toilettendeckel und schrieb mit zitternden Händen zurück: Du solltest mich nicht mehr anrufen.

Wie erwartet klingelte mein Handy erneut.

Ich blies mir die Haare aus der Stirn, bevor ich ranging. »Du tust einfach nicht, was man dir sagt, oder?«

Cal klang so besorgt, dass ich beinahe schwach wurde. »Geht's dir gut? Was ist los?«

Ich dachte daran, was ich bereits verloren hatte. Meine Mutter. Mein Zuhause. Warum konnte ich diese eine Sache nicht behalten?

»Ich glaube, wir sollten uns nicht mehr sehen«, sagte ich schließlich. »Ich brauche einen neuen Anfang. Einen Neubeginn.«

»Ich habe dich nie für eine Frau gehalten, die ihre Freunde fallen lässt, sobald sie in einer Beziehung ist.«

Ich fuhr mit den Fingern an den Rändern der weißen Kacheln entlang. Ich war eine Frau, die tat, was immer sie tun musste, um sich zu schützen. »Bitte ruf mich nicht mehr an.«

Ich hatte keine Ahnung, wohin ich gehen würde. Aber ich hielt es für am besten, Kalifornien zu verlassen. Vielleicht

Arizona oder Nevada. Oder vielleicht würde ich auch immer weiter Richtung Osten fahren, bis ich einen Ort fand, an dem ich mich neu erfinden konnte.

Ich kaufte einen großen Werkzeugkasten aus Metall mit Vorhängeschloss und bewahrte ihn in meinem Kofferraum auf. Jeden Tag legte ich weitere zweitausendfünfhundert Dollar hinein. Als Letztes machte ich Kopien von Kristens Vergleichsvereinbarung sowie ihrer Erklärung und steckte auch diese in die drei Umschläge. Ich adressierte einen davon an den Leiter der Schulbehörde, einen an die *Los Angeles Times* und den dritten an den Leiter des Fachbereichs Mathematik – Corys Erzfeind Craig Michaelson. Die Originalfotos von Cory und Kristen versteckte ich hinten in Corys Schreibtischschublade, wo er sie wahrscheinlich nicht bemerken, die Polizei sie aber irgendwann finden würde.

Nach Ablauf der zwölf Tage war ich bereit. Cory fuhr samstags gerne in die Schule, um liegen gebliebene Büroarbeiten zu erledigen. An diesem Samstag schlug ich vor mitzukommen. »Ich werde dich nicht stören«, sagte ich. »Ich will dir nur nah sein.«

Obwohl wir schon Anfang Mai hatten, war es morgens noch kalt. Ich zog eine Jogginghose und einen großen Mantel mit tiefen Innentaschen an. In eine davon steckte ich den Umschlag für Dr. Michaelson.

Als wir ankamen, wartete ich, während Cory das Verwaltungsgebäude aufschloss und seinen Code in die Alarmanlage tippte. »Sind die Toiletten offen?«, fragte ich.

»Ja, den Flur hinunter«, sagte er und knipste das Licht an. Ich blickte in die Richtung, in die er deutete, vorbei an einem langen Tresen, hinter dem einige Schreibtische zusammengestellt waren. An der gegenüberliegenden Wand befanden sich die Postfächer der Lehrer.

»Danke«, sagte ich.

Ich ging auf die Toilette, stand eine Weile am Waschbecken und zählte bis dreißig, wartete, bis Cory sich an die Arbeit gemacht hatte. Dann schlüpfte ich hinaus, hinüber zu den Postfächern und suchte die Namen ab, bis ich den gefunden hatte, den ich suchte. *Craig Michaelson, Fachleiter Mathematik*. Ich schob den Umschlag ins Fach und zählte die Stunden bis Montag, wenn er ihn öffnen würde.

Die Umschläge, die ich gestern in die Post gegeben hatte, würden den Leiter der Schulbehörde und die *L.A. Times* vielleicht nicht vor Dienstag oder Mittwoch erreichen. Meiner Schätzung nach würde Corys Leben spätestens Freitag in die Luft fliegen.

Am Sonntag erfand ich einige Verabredungen – ein Treffen mit Kommilitonen wegen eines gemeinsamen Projekts, anschließend Mittagessen. »Du hast recht«, sagte ich zu Cory. »Ich sollte nicht mehr in ständiger Angst leben. Wieder zur Arbeit gehen. Wieder zum Unterricht gehen. Mich nicht von einem Kerl wie Nate einschüchtern lassen.« Während Cory duschte, packte ich meine Tasche und lud sie in den Kofferraum meines Autos, neben den Metallkoffer mit dem Bargeld.

Ich hatte mir auch etwas für Nate überlegt. Ein Anruf bei dem Reporter, der später über Cory schreiben durfte, und ein Hinweis auf Nate, um auch Aufmerksamkeit auf ihn zu lenken. Vielleicht sogar ein anonymer Anruf bei der Polizei. Es spielte keine Rolle, dass nichts davon stimmte.

Während Cory sich im Fernsehen ein Basketballspiel

ansah, ging ich zum letzten Mal durchs Haus und prüfte, ob ich auch nichts vergessen hatte. Ich legte den Ersatzautoschlüssel wieder in die Schublade in der Küche, im Büro ließ ich Papiere über meinen Schreibtisch verstreut liegen – halb fertige Projekte, Notizen aus Kursen, die ich nicht mehr brauchen würde. Ich wollte Kalifornien verlassen haben, bevor Cory bemerkte, dass ich für immer weg war.

Zurück im Wohnzimmer, schnappte ich meinen Mantel, Schlüssel und Handtasche. »Ich gehe jetzt«, sagte ich.

»Bring Pizza zum Abendessen mit, ja?«, sagte er.

Ich lächelte, als ich die Tür öffnete, vielleicht mein erstes echtes Lächeln seit Wochen. Es war nicht mehr genug Geld auf dem Konto, um eine Serviette zu bezahlen, geschweige denn eine Pizza. »Ich bin um sieben zu Hause«, sagte ich.

Eigentlich wollte ich so schnell wie möglich auf den Freeway und dann einfach fahren. In neun Stunden würde ich in Las Vegas sein, und von da könnte ich überallhin. Stattdessen begab ich mich zum Canyon Drive, wo ich vor unserem alten Haus parkte. Ron Ashtons Porsche 911 stand in der Auffahrt. Es war mitten am Vormittag, und ein paar Leute gingen mit ihren Hunden spazieren oder joggten. In dem neuen Honda fiel ich nicht so auf wie in meinem alten Minivan. Trotzdem hielt ich vorsichtshalber mein Handy ans Ohr und tat so, als würde ich telefonieren, während ich ein letztes Mal das Haus anstarrte. Die Jalousien waren geöffnet, ein Schatten bewegte sich durchs Wohnzimmer und war dann nicht mehr zu sehen. Ich fragte mich, was Ron tun würde, wenn ich an der Tür klopfte. Als er mich das letzte Mal gesehen hatte, war ich ein schlaksiger Teenager mit Brille und mausbraunen Haaren gewesen, jetzt trug ich Kontaktlinsen und blonde Strähnen.

In diesem Moment kam Ron aus dem Haus, stieg in sein Auto und fuhr rückwärts aus der Auffahrt. Ich wandte das Gesicht ab, während ich noch immer so tat, als ob ich telefonierte. Hass stieg in mir hoch. All diese Jahre hatte er in meinem Haus gelebt, während ich in einem Auto schlafen musste. Während meine Mutter unter der Erde lag.

Ich wartete, bis er weg war, bevor ich die Autotür öffnete und auf die hohe Hecke zuging, die das südliche Ende des Grundstücks begrenzte.

Ich blickte über die Schulter, um sicherzugehen, dass mich niemand von der Straße aus beobachtete, als ich an der Seite des Hauses verschwand. Ein hohes Eisentor trennte den Vorgarten vom hinteren Teil, und durch das Tor konnte ich Nanas Rosengarten sehen, der gerade zu blühen begann. Ich versuchte, das Tor zu öffnen, in der Hoffnung, ich könnte mir fünf Minuten nehmen, um mich von dem Ort zu verabschieden, den ich früher einmal geliebt hatte.

Aber es war abgeschlossen. Ich rüttelte ein paarmal daran, griff hindurch und suchte nach einem Riegel, aber alles, was ich ertastete, war ein Vorhängeschloss.

Als ich wieder zum Gehweg ging, stieß ich beinahe mit einer Frau im Trainingsanzug zusammen. Ihr Blick wanderte von mir zum Garten, als ob sie überlegte, woher ich gekommen war.

»Vermissen Sie einen Hund?«, fragte ich sie in gehetztem Tonfall. »Klein, schwarz, mit einem weißen Fleck auf der Brust?«

»Nein«, sagte sie, und ihr Misstrauen verschwand.

»Ich hätte ihn beinahe angefahren. Ich habe angehalten, um ihn einzufangen, aber er ist in die Büsche gelaufen, und jetzt weiß ich nicht mehr, wo er ist.« Ich sah sie besorgt an. »Ich hoffe, es geht ihm gut.« Ich sah auf die Uhr. »Ich muss mich beeilen, aber könnten Sie die Augen aufhalten? Ob er wiederauftaucht?«

»Klar«, antwortete die Frau.

Ich spürte, wie sie mich beobachtete, während ich zurück zum Auto ging, dankbar für Corys großzügiges Kleidungsbudget – Jeans von *7 For All Mankind*, Stiefel von *Franco Sarto* und ein Sweater von *Rag & Bone*. Ich passte besser in diese Gegend als jemals zuvor.

Ich warf einen letzten Blick auf das Haus und wusste, dass ich wahrscheinlich nie wieder zurückkehren würde. Aber statt traurig zu sein, spürte ich Leichtigkeit. Das Leben war lang, und es konnte viel geschehen. Die Umstände könnten mich eines Tages wieder hierherführen, zurück in Rons Kreise. Und Cory hatte mich gelehrt, wie ich mich auf ihn vorbereiten konnte.

LOS ANGELES

GEGENWART

KAT

Juni

Ich bleibe noch auf der Spendenveranstaltung und behalte Meg im Auge, aber sie und Ron sprechen nicht mehr miteinander. Sie geht ungefähr um elf, und ich warte fünfzehn Minuten, bevor ich mich zu meinem Auto begebe. Ich schreibe eine Textnachricht an meine Mutter, den einzigen Menschen, der noch wach ist und den es interessieren könnte.

Ich habe Meg Williams gesehen. Sie ist zurück.

In Chicago ist es jetzt halb zwei Uhr morgens, aber ich weiß, dass sie noch nicht schläft. Wenn ich als Kind mitten in der Nacht wach wurde, war sie in ihrem Arbeitszimmer und las Zeitungen, Zeitschriften und politische Blogs. Alles, was sie kriegen konnte.

Während ich die kurvige Straße entlang zurück zum Sunset Boulevard fahre, versuche ich, mir Meg auf dem Nachhauseweg vorzustellen. Ich stelle mir vor, wie sie über das Gespräch mit Ron nachdenkt, ahnungslos, dass ich auch dort war und sie beobachtet habe.

Ein paar Monate nach der Sache mit Nate rief ich Connor an, einen der netteren Reporter, die außer mir unter

Frank gearbeitet hatten. »Hat die Polizei mit Nate Burgess gesprochen?«, fragte ich. Schon wenn ich den Namen aussprach, begann ich zu schwitzen, aber ich musste es wissen.

»O ja«, sagte Connor. »Es gab einen anonymen Anruf, kurz nachdem du gegangen warst, mit dem Hinweis auf eine versuchte Vergewaltigung. Die Polizei ermittelte, fand aber nichts. Da es nichts gab, was die Geschichte der Anruferin stützte, werteten sie es als Racheversuch einer verrückten Ex-Freundin.«

Connors Worte trafen mich wie ein Schlag. Meg hatte keine versuchte Vergewaltigung erwähnt. Sprach nicht einmal eine Warnung aus – *Geh nicht allein* oder *Behalte in seiner Nähe deinen Drink im Auge*. Stattdessen machte sie mich glauben, dass Nate mir alle Geheimnisse von Cory verraten würde, wenn ich verschwieg, wer ich war und was ich von ihm wollte. Es war ihr egal, dass sie die junge Reporterin am anderen Ende der Leitung in Gefahr bringen könnte.

Als ich auf den Freeway fahre, der mich nach Hause bringt, kommt die Antwort meiner Mutter. Ich habe die High Heels bereits ausgezogen, und das Gaspedal vibriert unter meinen nackten Füßen.

!!!

Und dann: Das ist deine zweite Chance. Vermassle sie nicht.

Ein vertrautes Gefühl der Enttäuschung. Mit wenigen Worten hat sie mich daran erinnert, dass die meisten Menschen keine zweite Chance brauchen.

Ich habe meiner Mutter nie von der Sache mit Nate erzählt. Sie weiß nur, dass ich an der Cory-Dempsey-Geschichte dran war, und dann nicht mehr. Ich war eine junge, vielversprechende Reporterin bei der *L.A. Times*, und dann nicht mehr. Am nächsten Morgen war ich zur Highschool gefahren, hatte Frank die verlangte Bestätigung besorgt und abgeliefert – an der Grenze zwischen *spät* und *zu spät*. Aber als sich die Geschichte vervollständigte, jeden Tag neue, schreckliche Details bekannt wurden, konnte ich es nicht mehr ertragen. Ich sah ständig Nates Gesicht verschwommen vor mir, das Letzte, woran ich mich erinnerte, bevor ich das Bewusstsein verloren hatte. Wenn man sich an eine traumatische Erfahrung nicht erinnert, lebt man in einer besonderen Art von Hölle. Eine dunkle, gesichtslose Angst, die überall lauert – beim Geruch von Whiskey, einer bestimmten Sorte Barhocker, einem Lied, einem Lachen – und die nach dir greift, wenn du es am wenigsten erwartest.

Ich ließ die Geschichte fallen, und ein anderer junger Reporter aus Franks Team stieg ein. Niemand außer meiner Mutter schien es zu bemerken oder sich dafür zu interessieren.

»Was hast du dir dabei gedacht?«, fragte sie mich, als ich ihr erzählte, dass ich die Zeitung verlassen hatte. »Ich habe eine Menge Strippen gezogen, um dir den Job zu besorgen.«

»Es hat einfach nicht funktioniert«, sagte ich. Ich konnte ihr nicht erzählen, dass mir jeden Morgen schlecht wurde, dass ich panische Angst hatte, trotz der leeren Kondompackung irgendwie schwanger geworden zu sein oder mir eine Geschlechtskrankheit eingefangen zu haben. Ich begann, mich zurückzuziehen, Einladungen zum Essen abzulehnen und nicht mehr mit Freunden auszugehen, bis ich nur noch meine beste Freundin Jenna, die ich von der Journalistenschule kannte, regelmäßig traf.

»Es war nicht das, was ich mir vorgestellt hatte«, sagte ich zu Jenna. »Du kennst es ja. Endlose Faktenchecks. Vierundzwanzig Stunden am Tag auf der Jagd für einen Artikel, über dem dann der Name eines anderen Verfassers steht. Ich will die Freiheit haben, meine eigenen Geschichten zu schreiben.«

Die Tatsache, dass ich eine Zeit lang unter Frank Durham gearbeitet hatte, verschaffte mir am Anfang einige annehmbare freiberufliche Jobs, aber Nate hatte mich verändert. Jahrelang musste ich jedes Mal, wenn ich eine Quelle treffen musste, gegen Panikattacken ankämpfen. Ich wählte deshalb immer einen Ort, an dem viel los war. Ich fühlte mich wohler vor einem Computerbildschirm und richtete mich schließlich auf Dauer dort ein.

Recherchieren wurde meine Spezialität. Ich lernte, wie man tief in die Finanzen eines anderen eintaucht oder obskure alte Akten ausgräbt. Im Lauf der Jahre habe ich diese Fähigkeiten genutzt, um so viel wie möglich über Meg Williams herauszufinden.

Ich bin nicht mehr so naiv wie damals. Meg bloßzustellen und die Betrügereien und Diebstähle aufzudecken, die sie ein Jahrzehnt lang begangen hat, ist meine Chance, aus dem beruflichen Loch herauszukommen, in dem ich mich die letzten Jahre verkrochen habe.

Das schuldet sie mir.

Die Arbeit einer investigativen Journalistin ähnelt dem Gang durch ein Labyrinth – nur eben rückwärts. Ich beginne am Ende und versuche, den Weg zurück zum Anfang zu finden, verwerfe falsche Hinweise und Sackgassen, bis alle Wegweiser eindeutig sichtbar sind. Und um einen Menschen zu verstehen, muss man mit seiner Herkunft beginnen. Denn die Familie, in der jemand aufgewachsen ist, beeinflusst jede Entscheidung, die er trifft.

Ich ging bei meiner Recherche Jahre zurück und benutzte öffentliche Unterlagen. Megs Mutter Rosie erbte 2001 ein Haus in Brentwood von ihren Großeltern väterlicherseits. Brentwood ist ein Stadtteil zwischen Santa Monica und Westwood mit einem bunten Mix aus Luxuswohnanlagen und großen Anwesen. Hier wohnen zwanzigjährige Start-up-Millionäre neben Superstars wie Jennifer Garner und Gwyneth Paltrow. Immobilien wie das Haus, das Rosie geerbt hat, sind Millionen von Dollar wert.

2004 machte Rosie den Immobilienmakler Ron Ashton zum Miteigentümer des Hauses. Acht Monate später unterzeichnete sie eine Verzichtserklärung und machte ihn zum alleinigen Eigentümer. Ein Jahr später starb sie.

Öffentliche Dokumente liefern jedoch nur ein Gerüst und sagen nichts über die beteiligten Menschen aus.

Dafür muss man mit denjenigen sprechen, die sie gekannt haben könnten.

Ich brauchte eine Person, die ihre Nase gerne in anderer Leute Angelegenheiten steckte. Die Kommen und Gehen der Nachbarn beobachtete. Wer ein- und wer auszog. Wer sich um fünf Uhr morgens lauthals auf der Auffahrt stritt. Wer mitten in der Nacht betrunken nach Hause kam. In jeder Nachbarschaft gab es so eine Person, man musste nur an genügend Türen klopfen, um sie zu finden. Ich sprach mit vielen Haushälterinnen und wohlhabenden Damen beim Mittagessen, aber keine wollte mir eindeutig sagen, ob sie die Familie Williams gekannt hatte oder nicht.

Schließlich fand ich Mrs. Nelson, die im Haus direkt

hinter dem Grundstück am Canyon Drive wohnte. »Ich habe hier fast fünfzig Jahre gewohnt«, sagte sie, nachdem ich mich als alte Freundin von Meg vorgestellt hatte, die gerade versuchte, sie ausfindig zu machen. »Ich kann mich gut an die Familie Williams erinnern.«

Wir nahmen in den weißen Rattan-Sesseln auf Mrs. Nelsons Sonnenterrasse Platz, mit Aussicht auf eine große Grasfläche, die von einer hohen Hecke begrenzt wurde. Dahinter stand das Haus von Megs Familie. »Ich erinnere mich an Megs Mutter Rose. Sie war eine couragierte und attraktive junge Frau.« Sie senkte die Stimme. »Ruperts und Emilys Sohn – Rose' Vater Dean – hatte Probleme mit Drogen. Er war jahrelang immer wieder in Entzugskliniken.« Sie seufzte. »Sie sagten es nie, aber ich bin sicher, deshalb ist Rupert nie in Rente gegangen. Er arbeitete, bis er fast achtzig war.«

»Was ist mit Dean passiert?«, fragte ich.

»Oh, es war tragisch. Er starb bei einem Autounfall, unmittelbar nachdem Rose die Highschool beendet hatte, glaube ich. All die Jahre, all das Geld, das sie ausgaben, um ihm zu helfen, und dann endete es so.«

Ich nahm einen Schluck von der Limonade, die sie angeboten hatte, und stellte mir vor, wie schmerzlich das gewesen sein musste. »War das der Zeitpunkt, zu dem Rose das Haus am Canyon Drive erbte?«

Mrs. Nelson schüttelte den Kopf. »Erst als ihre Großmutter Emily 2001 starb.«

Da musste Meg dreizehn gewesen sein. »Als ich mit Meg befreundet war, lebten sie nicht in dieser Gegend, das steht fest.«

»Nachdem Emily gestorben war, lebten Rose und Meg

nur hin und wieder hier, wenn das Haus gerade nicht vermietet war. Ich hatte den Eindruck, sie konnten die Hypothek nicht bedienen, und ich kann mir vorstellen, dass auch eine beträchtliche Erbschaftssteuer anfiel«, erklärte Mrs. Nelson. »Sie zogen 2004 oder 2005 endgültig weg, aber ich glaube nicht, dass sie es freiwillig taten.«

»Wie kommen Sie darauf?«, fragte ich.

»Ich war im Garten und hörte Rose durch die hintere Hecke schreien. ›Du hast mich angelogen!‹ Sie schrie das immer wieder.«

»Wen schrie sie an?«, fragte ich.

»Den Mann, der da jetzt lebt. Ron Soundso.« Sie machte eine abfällige Handbewegung. »Er ist so ein Angeber, mit seinem Sportwagen und gegelten Haaren. Er sagte: ›Du hast sieben Tage, um das Haus zu räumen, oder der Sheriff übernimmt es für dich.‹ Es hat mir das Herz gebrochen. Rose liebte das Haus.« Mrs. Nelson rümpfte empört die Nase. »Hin und wieder treffe ich ihn. Er sagt immer Hallo, aber ich ignoriere ihn. Ich grüße *niemals* zurück.«

»Wissen Sie, wo sie hingezogen sind?« Ich hatte über 2004 hinaus nichts über sie herausfinden können. Keine Adresse, kein Energieversorger. Ich wusste, dass sie die Gegend nicht verlassen hatten, denn Meg hatte die Highschool beendet. Aber wo hatten sie gelebt?

Mrs. Nelson schüttelte den Kopf und sah mich mit ihren wässrigen Augen traurig an. »Keine Ahnung.«

Durch intensive Recherche und mit dem Namen ihrer Mutter konnte ich Megs Spur bis nach Seattle verfolgen, wo sie die ersten sechs Monate lebte, nachdem sie Los Angeles verlassen hatte. Von Seattle ging Meg nach Salem, Oregon, und dann nach Phoenix. Ich redete mit Menschen, die sie in dem ersten Jahr, nachdem sie Los Angeles verließ, betrogen hatte. Sie sprachen von einer Frau, die schwere Zeiten durchgemacht hatte, oder einer Frau, die eine toxische Beziehung hinter sich hatte. Und wenn sie verschwand, hatte sie immer etwas mitgenommen, das ihr nicht gehörte.

Sie stahl fünfzigtausend Dollar und den Verlobungsring meiner Mutter.

Sie verkaufte meine Harley, einfach so. Das Geld behielt sie.

Meg Williams war anscheinend immer die, für die man sie halten sollte. Das Bild, das man von ihr hatte, veränderte sich ständig, wie ein Hologramm, und war niemals völlig klar. In Seattle war sie eine Collegestudentin gewesen. In Oregon eine Fotografin. In Phoenix eine Hundesitterin. Nach Phoenix verschwand sie einfach. Keine neue Wohnadresse, keine neue Handynummer, keine Sterbe- oder Heiratsurkunde, keine Gerichtsakten. Im Lauf der Jahre habe ich gelernt: Wenn eine Person nicht auf einer dieser Datenbanken auftaucht, gibt sie sich große Mühe, um dort nicht zu erscheinen.

Zusätzlich zu meinem Google Alert für Meg beobachtete ich Ron Ashton, verfolgte, wie er sein Bauunternehmen zu einem der größten in Los Angeles machte, seine erfolgreiche Bewerbung für den Stadtrat und kürzlich seine Kandidatur für den Senat von Kalifornien.

Trickbetrüger mögen es nicht, wenn sie selber Opfer eines Betrugs werden. Der Verlust ihres Zuhauses in der Kindheit war Megs offene Wunde. Jeder Kriminelle hat eine, sie wirkt wie ein Leuchtfeuer, das ihn immer wieder nach Hause zurückruft. Natürlich war es möglich, dass

Meg erwachsen geworden war, eine Therapie gemacht und sich weiterentwickelt hatte. Aber das glaubte ich nicht.

Zu Hause schließe ich die Tür so leise auf, wie ich kann, meine Schuhe baumeln an der anderen Hand. Die Wohnung ist dunkel bis auf die Tischlampe, die Scott für mich angelassen hat. Ich lege meine Schlüssel auf den Tisch und gehe in mein Büro, ohne mir die Mühe zu machen, das Kleid auszuziehen. Ich will meine Eindrücke so schnell wie möglich festhalten. Was Meg anhatte. Mit wem sie sich unterhielt. Wie lange sie mit Ron sprach. Wenn ich den Roman schreibe, will ich, dass meine Leser die Häppchen schmecken, die Musik hören und die sanfte Brise durch die offenen Verandatüren spüren.

Eine weitere SMS von meiner Mutter. Würde gerne lesen, was du bisher hast!

»Herrgott, geh ins Bett, Mama«, sage ich in den stillen Raum und bereue, dass ich ihr geschrieben habe.

Ich bin ein visuell denkender Mensch, deshalb arbeite ich auf Papier und nicht am Computer. Meine Aufzeichnungen sind wie eine komplizierte Landkarte mit Pfeilen, die Gedanken mit Namen und Daten verbinden. Ich habe schon über hundert Seiten – handgeschriebene Notizen, Skizzen, Interviews –, aber nach zehn Jahren ist das alles nichts Neues mehr.

Ich öffne vorsichtig die untere Schublade und hole heraus, was ich bereits geschrieben habe – dreiundfünfzig Seiten, doppelter Zeilenabstand, Times New Roman –, der Anfang eines Romans, mit dem ich mich aus Zeitmangel seit über einem Jahr nicht mehr beschäftigt habe.

Was würde meine Mutter sagen, wenn sie wüsste, dass

das alles ist? Ich bin eine typische frustrierte Journalistin, die ihre nutzlose Recherche in Fiktion verwandelt. Eine Geschichte über eine Trickbetrügerin, die durchs Land reist und zahlreiche Menschen um ihr Geld bringt. Wenn ich sie nicht in der *New York Times* bloßstellen kann, dann eben auf ihrer Bestsellerliste.

Ich lege alles wieder in die Schublade. Es ist ein alberner Traum, und ich kann es mir nicht leisten, ihn zu verfolgen.

Ich schleiche ins Schlafzimmer – Scott ist nur eine dunkle Beule unter der Decke –, ziehe mich aus und mache es mir neben ihm bequem. Ich habe Scott vor fünf Jahren kennengelernt, als mein Bankkonto von einem Online-Datenleck betroffen war und Diebe fast eintausend Dollar stahlen. Er war der Detective, der meinen Fall bearbeitete.

»Solche Fälle nehmen immer mehr zu«, sagte er, als er meine Anzeige entgegennahm. »Alle sagen, ihre Website sei sicher, aber das kann man unmöglich versprechen.«

»Von jetzt an mache ich alles nur noch auf Papier«, sagte ich zu ihm.

Er lachte, und mir gefiel, wie er Lachfältchen um die Augen bekam und sich Freude auf seinem ganzen Gesicht ausbreitete. »Ich weiß nicht, ob das wirklich sicherer ist«, sagte er. »Ich halte Sie auf dem Laufenden, aber rechnen Sie nicht heute oder morgen mit neuen Erkenntnissen.«

Den Dieb haben wir nie erwischt, aber Scott und ich wurden Freunde und arbeiteten irgendwann sogar gemeinsam an ein paar Fällen. Ich hatte hart daran gearbeitet, das Trauma durch Nate zu bewältigen, aber es fiel mir immer noch schwer, Männern zu trauen. Als Scott mich zur L.A. County Fair einlud, ermutigte meine Therapeutin mich, es auf einen Versuch ankommen zu lassen. Und als ich Scott sagte, ich würde unter der Bedingung mitkommen, dass ich für mein Essen selbst bezahlte, zuckte er nur mit den Achseln und sagte: »Meinetwegen kannst du hinter den Tresen gehen und es dir selbst zubereiten. Ich bin einfach nur froh, dass du Ja gesagt hast.«

Ich dachte, er würde es nur ein paar Monate aushalten und dann genug davon haben, dass ich darauf bestand, jeden Abend – allein – zu Hause zu schlafen. Dass mich dunkle Orte wie Kinos oder Bars beunruhigten.

»Du bist es wert«, sagte Scott immer wieder. »Lass dir Zeit.«

Nach einer Weile begann ich, ihm zu vertrauen, erzählte ihm ein bisschen darüber, was mir passiert war. »Hast du es gemeldet?« Ich wusste, dass er das fragen würde.

»Es ist kompliziert«, sagte ich. »Es war im Zusammenhang mit einer größeren Story, an der ich gerade arbeitete. Ich habe mich heimlich mit jemandem getroffen, den ich nicht hätte treffen sollen, um an Informationen zu kommen. Ich war jung und hatte Angst und wollte es nur hinter mir lassen.«

Die Wahrheit war, dass ich keine Beweise hatte. Ich war am nächsten Tag zur Arbeit gegangen und hatte so getan, als wäre nichts geschehen. Es gab keine Zeugen. Keine medizinische Untersuchung und keinen Polizeibericht. *Wenn es wirklich so war, wie sie sagt, warum hat sie so lange gewartet, bis sie es jemandem erzählt?* Meine Aussage hätte gegen Nates gestanden, und ich wollte Nate nie wiedersehen.

Scott senkte die Stimme. »Statistisch gesehen melden nur fünfunddreißig Prozent aller Frauen eine Vergewaltigung. In noch weniger Fällen kommt es zur Verurteilung.« Er blickte finster. »Ich finde, es ist immer den Versuch wert, die Sache strafrechtlich zu verfolgen. Natürlich bin ich keine Frau und kein Opfer, deshalb kann ich nicht wirklich etwas dazu sagen.«

Ich habe ihm nie erzählt, dass ich Meg zum Teil die Schuld gab. Stattdessen verbarg ich meinen Zorn hinter der Entschlossenheit, sie zu finden, ihre Geschichte zu erzählen und ein bisschen von der Handlungsfähigkeit zurückzugewinnen, die ich verloren hatte.

Ich verliebte mich in Scotts ruhige Art, seine Zuverlässigkeit, seinen Sinn für Humor. Meine Mutter war nicht davon begeistert, dass ich eine feste Beziehung einging – *Denk daran, wie schnell eine Karriere enden kann, bevor sie überhaupt begonnen hat* –, aber es war mir egal. Dank Scott begannen meine Wunden allmählich zu heilen.

Als er in Schwierigkeiten geriet, kurz nachdem wir uns verlobt hatten, zögerte ich deshalb nicht, ihm zu helfen. Nach allem, was er für mich getan hatte – gelegentliche Hinweise für meine Geschichten gehörten genauso dazu wie all seine Unterstützung, die mir dabei half, aus meinem Schneckenhaus herauszukommen und wieder Vertrauen zu haben –, würde ich ihn nicht im Stich lassen, wenn er mich brauchte.

In letzter Zeit drängt Scott mich jedoch, unsere Hochzeit zu planen. Dinge wie Namensänderungen und gemeinsame Bankkonten zu besprechen. Und je mehr er mich drängt, desto widerstrebender reagiere ich. Ich fühle mich sicher in dem Raum, den wir geschaffen haben. Miteinander verbunden und doch getrennt. Und ich weiß nicht, ob es daran liegt, dass ich ihm nicht vertraue oder dass ich mir selbst nicht vertraue.

Ich kuschele mich an ihn und schließe die Augen, aber meine Gedanken arbeiten weiter. Er wird nicht erfreut sein zu hören, dass ich mich wieder mit der Meg-Geschichte beschäftige, denn er will mich nicht wieder in diesem Kaninchenbau verschwinden sehen – er hält ihn für eine Sackgasse.

»Sie hat gegen kein Gesetz verstoßen«, erinnert er mich immer gerne.

»Sie hat dreißigtausend Dollar und ein Auto gestohlen.«

»Er hat ihr Zugriff auf das Geld erteilt. Es wäre unmöglich, sie strafrechtlich zu verfolgen. Deshalb hat er es auch nie getan. Sie ist keine Trickbetrügerin, sondern einfach eine wütende Frau. Und aus gutem Grund.«

Ich kann Scott nicht erklären, dass es für mich mehr ist als nur eine Story. Ich will in Megs Gedanken kriechen, in ihr Leben, und alle Puzzleteile zusammensetzen, Stück für Stück. Herausfinden, wie sie Menschen manipuliert, in ihr Leben eindringt und dazu bringt, ihr zu vertrauen. Ich will wissen, wo sie die letzten zehn Jahre gewesen und warum sie zurückgekommen ist. Und dann will ich allen davon erzählen. Ihr etwas nehmen, so wie sie mir alles genommen hat.

KAT

Juni

Wie ich vermutet habe, ist Scott nicht begeistert. »Hältst du das für eine gute Idee?«, fragt er beim Frühstück.

Ich zerpflücke den Muffin vor mir und sage: »Was meinst du? Es ist eine wirkliche Geschichte, nicht einer von diesen Mini-Artikeln, die ich in den letzten zwei Jahren produziert habe.«

Aber ich bin ein bisschen irritiert. Denn seine Frage zielt darauf ab, ob wir es uns leisten können, dass ich die Aufträge für kurze Artikel und Lektorat-Jobs aufgebe, die die investigativen Storys ersetzt haben, bei denen es manchmal Monate dauert, bis ich sie geschrieben und verkauft habe.

Vor ein paar Jahren geriet Scott in Schwierigkeiten, weil er gespielt und über fünfzehntausend Dollar Kreditkartenschulden angehäuft hatte, die wir gemeinsam abzahlen.

»Mithilfe von Megs Geschichte könnten wir die Schulden in kürzester Zeit komplett tilgen.« Mittlerweile bin ich eine Meisterin darin, die Klippen dieses heiklen Themas zu umschiffen, ohne meinen heimlichen Groll zu zeigen, dass auch ein Teil meines Einkommens dafür draufgeht. Geld, das ich nicht verdiene, indem ich wirkliche Geschichten recherchiere und veröffentliche, sondern indem ich irgendwelchen Mist schreibe, der unten auf Websites erscheint. *Wie man aus seinem Garten einen Schmetterlingsgarten macht* oder *Zehn geniale Tipps für Ihre nächste Auslandsreise.*

»Das habe ich nicht gemeint«, sagt er. »Ich mache mir Sorgen, was es mit dir macht. Wenn du dich wieder damit beschäftigst – diesen Menschen, dieser Zeit in deinem Leben. Du hast so hart daran gearbeitet, es hinter dir zu lassen.«

»Ich kann damit umgehen«, erkläre ich und frage mich, ob es stimmt. Ich spüre bereits den Sog, der durch Megs Nähe entsteht.

»Ich finde immer noch, du solltest deinen Roman zu Ende schreiben. Was du bisher hast, ist großartig.«

Ich schiebe seine Worte beiseite. »Auf die Art werden wir die Schulden nie zurückzahlen.«

Als ich einwilligte, ihn zu heiraten, wusste ich, dass ich einige meiner Träume für unsere Beziehung opfern müsste, um eine gute Partnerin zu sein. Scott half mir, mit meinem Problem fertigzuwerden. Also war es nur fair, wenn ich ihn nicht mit seinem alleinließ. Aber er zerstörte eine Menge Vertrauen, als er mir schließlich gestand, wie tief er in Schwierigkeiten steckte. Wie viel er bereits beiseitegeschafft hatte, um nicht aufzufliegen. Dinge, die er verkauft hatte, weil er die Wahrheit unbedingt vor mir verbergen wollte.

Ich bin lange mit zu seinen wöchentlichen Treffen der Anonymen Spielsüchtigen gegangen. Dort lernte ich nicht nur Strategien, um ihn zu unterstützen; ich weiß jetzt auch, wie viel Glück ich habe und wie viel schlimmer es hätte sein können. Die Geschichten, die ich bei den Treffen hörte, sorgen dafür, dass ich meine Enttäuschung herunterschlucke. Doppelt belastete Häuser, Insolvenzen, verspielte Ausbildungsrücklagen – dagegen sind fünfzehntausend Dollar ein geringer Preis.

Aber für mich hat es gereicht, die Hochzeit aufzuschieben, mit der Erklärung, dass Scott mehr Zeit brauche, um sich zu erholen. Und da Meg wieder da ist, bin ich froh, dass wir gerade nicht mit Gästelisten, Tafelaufsätzen und Probeessen beschäftigt sind. Wir haben genügend Zeit zu heiraten, nachdem meine Geschichte erschienen ist. Nachdem *Meg Williams* ein Begriff geworden ist.

Der Google Alert, der vor drei Monaten in meinem Posteingang eintraf, verwies mich auf eine Website von *Apex Realty*, einem in Los Angeles ansässigen Immobilienhandel, auf der Megs Foto zu sehen war.

Meg Williams – bringt Sie nach Hause. Darunter ein kurzer Lebenslauf mit den wenigen Fakten, die ich bereits kannte. Geboren und aufgewachsen in Los Angeles, Kalifornien, Tochter einer alleinerziehenden Mutter, die hart arbeitete, um ihre Tochter großzuziehen. Diese Arbeitsmoral brachte Meg mit in den Mittleren Westen, wo sie während der letzten zehn Jahre als Top-Maklerin tätig war. Sie hat zahlreiche Auszeichnungen erhalten, darunter den President's Award, mit dem Makler ausgezeichnet werden, die zum oberen Prozent im Hinblick auf vierteljährliche Provisionen gehören. Meg ist darauf spezialisiert, genau die Immobilie zu finden, die Ihren Bedürfnissen entspricht, und durch ihr hartes Verhandlungsgeschick haben ihre Kunden in den letzten zehn Jahren Millionen von Dollar gespart.

Ich schnaubte. Vor zehn Jahren hatte Meg Williams nicht am Anfang einer erfolgreichen Karriere in der Immobilienbranche gestanden, sondern Cory Dempseys Leben in die Luft gejagt. Jetzt ist Meg zurück in Los Angeles und freut sich darauf, Sie in allen Immobilienangelegenheiten zu unterstützen.

Auf der Seite waren außerdem eine Reihe von Immobilien in Michigan gelistet, die sie angeblich verkauft hatte, die billigste davon für knapp unter vier Millionen Dollar. Außerdem enthielt die Website fast zwanzig begeisterte Kundenempfehlungen.

Ganz unten standen eine Telefonnummer in Los Angeles und ein Link zu der Immobilienfirma, für die sie in Michigan gearbeitet hatte. Als ich ihn anklickte, kam ich auf die Website der Firma in Ann Arbor. Ein hübsches Ladenlokal war zu sehen, es gab jedoch keine Links zu anderen Maklern, nur eine Telefonnummer, Fotos von Immobilien, die zum Verkauf standen, sowie deren Listenpreise.

Als ich dort anrief, wurde ich direkt zur Mailbox weitergeleitet. Eine Frauenstimme sagte: »Sie sind mit *Ann Arbor Immobilien verbunden.* Wir sind gerade unterwegs, um Kunden unsere Immobilien zu zeigen. Bitte hinterlassen Sie eine Nachricht, wir rufen Sie so schnell wie möglich zurück.« Ich legte auf, ohne eine Nachricht zu hinterlassen.

Ich war mir sicher gewesen, dass die Lizenznummer auf Megs Website gefälscht war. Um eine echte Maklerlizenz zu bekommen, musste man monatelang lernen, diverse Prüfungen ablegen und Fingerabdrücke abgeben. Umso erstaunter war ich, als ich sie auf der Website der kalifornischen Aufsichtsbehörde für Immobilien- und Maklerangelegenheiten als lizensierte Maklerin aufgeführt fand, die vom *Apex*-Büro in Beverly Hills aus arbeitete.

Nach der Spendenveranstaltung warte ich ein paar Tage, bevor ich Meg anrufe. Sie nimmt nach dem dritten Klingeln ab.

»Hi Meg, hier spricht Kat Reynolds«, sage ich und nenne ihr den falschen Nachnamen, den ich manchmal benutze. »Ich hoffe, Sie können mir helfen … Ich denke darüber nach, ein Haus in der Gegend zu kaufen, und Sie wurden mir wärmstens empfohlen.«

»Das ist großartig«, sagt sie. »Aber im Moment habe ich bereits sehr viele Kunden. Kann ich Sie an einen meiner Kollegen verweisen?«

Laut dem Staat Kalifornien wurde Megs Lizenz vor sechs Monaten erteilt. Egal, wie gut sie ist – auf keinen Fall kann sie es sich jetzt schon leisten, Aufträge abzulehnen.

»Das ist schade«, sage ich. »Ron Ashton hat Sie mir empfohlen, ich hoffte, wir könnten einen Termin für Ende der Woche vereinbaren.«

Sofort ändert sich ihr Tonfall. »Sie sind mit Ron befreundet?« Ich höre Papier rascheln, dann sagt sie: »Wissen Sie, was? Ich glaube, ich könnte Sie noch dazwischenschieben. Wir besprechen, wofür Sie sich interessieren und wie viel Sie ausgeben wollen, und ich werde versuchen, einige Besichtigungen für Donnerstagnachmittag zu arrangieren. Würde das passen?«

»Das klingt großartig«, antworte ich.

Am Donnerstag treffen Meg und ich uns im *Apex*-Büro, und sie führt mich in einen Konferenzraum. Auf einem großen Glastisch liegt ein Ordner mit fünf Immobilien, alle in der Westside. Die billigste ist ein winziger weißer Bungalow zum Preis von 1,2 Millionen Dollar.

Meg trägt ein rosa Seidentop und eine schwarze Anzughose, unter deren Saum High Heels mit Metallspitze hervorlugen. Ihre blonden Haare sind im Nacken zu einem lockeren Knoten geschlungen, ganz anders als auf dem Highschool-Foto, das ich vor langer Zeit sah, und es ist aufregend, ihr so nahe zu sein. Sie setzt sich auf den Stuhl aus Chrom und Leder mir gegenüber und sagt: »Diese Immobilien sind alle seit mindestens sechs Monaten auf dem Markt, lassen Sie sich also nicht durch die Preise abschrecken. Ich denke, sie sind alle verhandelbar.«

Ich blättere die Seiten durch und tue so, als ob ich die Angaben zu jedem Haus läse – die Wohnfläche, ob es einen Wäscheraum oder einen eigenen Parkplatz gibt –, aber ich nehme nichts davon wahr. In Wirklichkeit beobachte ich, wie sie mich beobachtet. Ob sie sich daran erinnert, dass sie vor zehn Jahren bei der *L.A. Times* angerufen hat? Würde es sie kümmern, welche Folgen dieser Anruf für mich hatte? Als ich bei der letzten Seite des Ordners angekommen bin, schließe ich ihn und sage: »Wollen wir zusammen fahren?«

Meg strahlt. »Ich fahre.«

Ihr schwarzer Range Rover ist nicht mit dem gebrauchten Honda zu vergleichen, den Cory Dempsey ihr vor langer Zeit gekauft hat. »Erzählen Sie mir von sich«, sagt sie, als wir uns in den Verkehr auf dem Santa Monica Boulevard einfädeln. »Was machen Sie?«

Ich habe lange und gründlich über eine Geschichte nachgedacht, die ich ihr erzählen könnte. Etwas, das es mir ermöglicht, frei über meine Zeit zu verfügen, aber nichts, was sie zum Nachprüfen googeln könnte. »Ich arbeite im Moment nicht«, sage ich und werfe einen Blick auf sie, um zu sehen, wie das ankommt. Schließlich will sie mir gleich einige Immobilien zeigen, die über eine Million Dollar kosten sollen. »Ich habe als Kundenbetreuerin für eine Bank gearbeitet. Und ich hab es gehasst. Aber dann starb meine Tante Calista und hinterließ mir eine beträchtliche Summe. Genug, um ihnen zu sagen: Ihr könnt mich mal.«

Scott hatte Einwände dagegen. »Du hast keine Ahnung, wie diese Leute vorgehen«, sagte er, als ich ihm meinen Plan erklärte. »Sie geben dir die rechte Hand und greifen dir mit der linken in die Tasche.«

»Die einzige Möglichkeit, diese Geschichte zu bekommen, ist, nah an sie heranzukommen. Aus erster Hand zu erfahren, wie sie vorgeht. Das weißt du auch.«

»Du könntest so viele andere falsche Biografien benutzen«, argumentierte er. »Du könntest dich als Makler-Kollegin ausgeben oder als jemand mit weniger Geld, der eine Mietimmobilie sucht und kein Millionenhaus. Du musst dich nicht zu ihrem nächsten Ziel machen.«

»Ich muss die Mühe wert sein.«

»In Ordnung. Aber sei vorsichtig. Wenn sie denkt, dass du Geld hast, wird sie dich bis zum Abend vollständig umgekrempelt haben.«

»Sie kann mich nicht betrügen, wenn ich damit rechne«, erklärte ich. »Ich glaube, ich kann mich mit ihr anfreunden. Sie dazu bringen, mir zu vertrauen. Vielleicht sogar mir zu erzählen, wo sie all die Jahre gewesen ist.«

»Ich glaube, du verwechselst die wirkliche Meg mit jemandem, den du erfunden hast. In der realen Welt haben Trickbetrüger keine Freunde. Alles, was sie sagen, ist eine Lüge, und ihr einziges Ziel ist es, so viele Menschen wie möglich auszunehmen.«

»Wenn doch jeder von uns das Glück hätte, eine Tante Calista zu haben«, sagt Meg.

Ich lächle. Calista ist meine Lieblingstante väterlicherseits. Nicht reich, aber zum Glück auch nicht tot. »Sie war ziemlich eigen«, erzähle ich Meg. »Calista hat nie geheiratet. Sie arbeitete als Anwaltsgehilfin, studierte Jura und war in den Siebzigern die erste Frau, die in ihrer Anwaltskanzlei Partner wurde.« Ich verändere meine Position im Sitz, sodass ich Meg besser ansehen kann. »Sie würde es vernünftig finden, dass ich in eine Immobilie investiere.«

Es ist aufregend, unter die Oberfläche meines Daseins zu tauchen und mich als jemand anders auszugeben, und einen Moment lang verstehe ich, warum Meg es tut. Der Reiz eines neuen Lebens, einer neuen Geschichte ist verführerisch. Wie leicht könnte es sein, einfach dabeizubleiben.

Sie biegt links von der Hauptstraße in eine Gegend mit kleinen Häusern und großen Bäumen ab und hält vor einem weißen Gebäude mit großen Fenstern und einem vertrockneten Vorgarten. »Dieses hier muss ein bisschen renoviert werden, aber es hat eine gute Substanz.«

Sie folgt mir, während ich durch das Haus wandere, und weist auf besondere Ausstattungsmerkmale hin. Als wir wieder draußen sind, fragt sie mich: »Was denken Sie?«

Ich rümpfe die Nase und sage: »Es ist mir ein bisschen zu renovierungsbedürftig.«

Das nächste Haus befindet sich in Venice. »Als Jugendliche habe ich mit meiner Mutter in dieser Gegend gewohnt«, sagt sie, während wir durch das Zentrum von Santa Monica fahren und die Häuser immer schäbiger werden, je weiter wir nach Süden kommen.

Bei diesem Geständnis werde ich aufmerksam. »Wirklich? Wo?«

»Nirgendwo lange genug, um mich an eine Adresse zu erinnern.«

»Haben Sie immer in Los Angeles gelebt?«, frage ich.

Sie schüttelt den Kopf. »Ich war in den letzten zehn Jahren in Michigan und bin gerade wieder zurückgekommen.«

»Muss schön sein, wieder zu Hause zu sein.«

Sie lacht gezwungen. »Ja und nein«, sagt sie. »Man hat diese Vorstellung, wie sein Leben zu Hause früher war, und denkt, dass es wieder so sein wird, wenn man zurückkommt.« Wir halten an einer roten Ampel, und sie sieht mich traurig an. »Aber so ist es nicht. Niemand ist noch am selben Ort. Nichts ist so, wie man es zurückgelassen hat. Es ist beunruhigend. Die Menschen, die ich kannte, sind weg. Ich musste nicht nur mein Geschäft von Grund auf neu aufbauen, sondern auch einen neuen Freundeskreis finden.« Sie schweigt einen Moment lang. »Ich vermisse meine Mutter«, gesteht sie. »Obwohl ich noch einige Jahre hier gelebt habe, nachdem sie gestorben war, kommt mir die Lücke, die sie hinterlassen hat, irgendwie größer vor. Offensichtlicher.«

Ich weiß, wie sich Einsamkeit ins Leben schleichen kann. Das Gefühl, dass es niemanden gibt, der einen versteht oder die Dinge begreift, die einen nachts wach halten. »Wie alt waren Sie, als sie starb?«, frage ich, obwohl ich die Antwort schon kenne, weil ich vor einigen Jahren die Sterbeurkunde ihrer Mutter ausfindig gemacht habe.

Die Ampel wird grün, und wir beschleunigen. »Es war im Dezember meines letzten Highschool-Jahres. Da ich fast achtzehn war, konnte ich ein paar Monate so tun, als ob ich es bereits wäre. Am meisten bedaure ich, dass sie dachte, sie hätte mich enttäuscht, als sie starb.«

Wie schrecklich, damit leben zu müssen, wenn es stimmt. »Inwiefern?«

»Wir haben unser Haus verloren«, sagt sie. Ich bemerke, wie ihre Hände das Lenkrad fester umklammern und die Haut über den Fingerknöcheln weiß wird. »Wir hatten am Ende nichts mehr.« Sie wirft mir einen kurzen Blick zu. »Wir lebten eine Weile in unserem Auto.«

Scott hat mich gewarnt, dass Meg genau das tun würde – sich verletzlich zeigen, indem sie mir etwas erzählt, das Mitgefühl erregt, und ich muss mich bemühen, nicht in die Falle zu tappen. Ihr Geständnis erklärt, warum ich sie nicht finden konnte, aber ihre Worte beschreiben nicht das, was tatsächlich passiert ist. Sie haben ihr Haus nicht verloren, ihre Mutter unterschrieb eine Verzichtserklärung zugunsten Ron Ashtons.

»Genug von meiner traurigen Geschichte«, sagt Meg und deutet auf den Verlobungsring an meinem Finger. »Haben Sie schon einen Hochzeitstermin festgelegt?«

Ich blicke auf meinen einkarätigen Platinring, den wir sechs Monate lang abgezahlt haben, und drehe ihn an meinem Finger. »Noch nicht.«

»Wie heißt er? Wie haben Sie sich kennengelernt?«

»Er heißt Scott, und er war mein Kollege bei der Bank«, erzähle ich Meg.

»Wie lange sind Sie schon zusammen?«, fragt sie. »Entscheidet er mit, was Sie kaufen?«

Es ist so leicht, die Wahrheit ein bisschen zu drehen, die Dinge nur ein wenig zu verrücken, um unsere angespannte finanzielle Lage zu verbergen. Mietzahlungen mit Kreditkarte verwandeln sich in das Erbe einer Tante. Eine Verlobung, die sich schon zwei Jahre hinzieht, ist plötzlich neu und aufregend.

»Wir sind seit fünf Jahren zusammen. Und nein, er sagt, es ist mein Geld, meine Entscheidung.«

»Das klingt, als sei er es wert.«

Es war ein holpriger Weg mit ein paar Rückschlägen, aber Scott und ich haben es jetzt geschafft. »Er ist der Beste«, sage ich, aber es kostet mich mehr Mühe, als mir lieb ist, wirklich überzeugt zu klingen.

»Wir könnten zusammen Mittag essen, wenn wir fertig sind«, schlägt Meg vor. »Ich lade Sie ein.«

Wir entscheiden uns für ein japanisches Restaurant in Sawtelle mit einer Außenterrasse, über die sich Lichterketten spannen. Es ist fast zwei Uhr nachmittags, und wir können uns einen Tisch aussuchen. Meg führt mich zu einem in der hintersten Ecke und bestellt eine halbe Flasche Weißwein. Während wir darauf warten, dass sie gebracht wird, studieren wir die Speisekarte.

»Woher kennen Sie Ron?«, fragt Meg.

Ich überlege genau, was ich antworte, um ihr nichts zu liefern, dem Ron widersprechen könnte. »Ich traf ihn bei einer Spendenveranstaltung vor noch gar nicht langer Zeit. In den Hollywood Hills. Es war ziemlich spektakulär.«

Sie blickt mich kurz an. »Was Sie nicht sagen. Ich war auch da.«

Ich sehe sie nachdenklich an, als ob ich versuchte, sie

einzuordnen. »Deshalb kamen Sie mir bekannt vor. Aber kein Grund, besonders beeindruckt von mir zu sein. Scotts Eltern hatten die Karten schon vor Monaten gekauft, aber da sein Vater krank wurde, sind wir stattdessen hingegangen. Ich bezweifle, dass Ron sich überhaupt an mich erinnert, ich habe nur ungefähr fünf Minuten mit ihm gesprochen. Aber lange genug, um ihm zu erzählen, dass ich eine Immobilie suche. Und er gab mir Ihren Namen. Tut mir leid, wenn Sie dachten, ich hätte eine offiziellere Verbindung zu ihm …« Ich verstumme.

Meg greift über den Tisch und drückt meinen Arm. Ihre Hand ist warm und weich. »Überhaupt nicht. Ich war nur zur Unterstützung meiner Freundin Veronica da. Ihr Mann ist sein Wahlkampfmanager.«

Die Bedienung kommt mit dem Wein und nimmt unsere Bestellung entgegen.

»Was halten Sie von Ron?«, frage ich, als sie wieder gegangen ist.

Sie zuckt mit den Achseln. »Ich hoffe, ihn als Kunden zu gewinnen. Wie Sie habe ich nur ein paar Minuten mit ihm gesprochen.« Sie sieht weg. Ihr Blick fällt auf einen tonlosen Fernseher, der an der Wand hängt und auf dem gerade eine Gruppe von Frauen demonstriert. Während die Menge sich vorwärtsbewegt, strecken sie ihre Fäuste in die Luft und halten #metoo-Plakate in die Höhe. »Männer werden uns immer zeigen, dass sie die Macht haben.« Sie deutet zum Fernseher. »Finden Sie das nicht auch furchtbar anstrengend?«

Ich finde vieles furchtbar anstrengend. Spielschulden zurückzuzahlen, für die ich nicht verantwortlich bin. Den Job, der mich auslaugt. Die Folgen der Vergewaltigung, die ständig an mir nagen, denn selbst nach zehn Jahren und obwohl die täglichen Panikattacken und die Nachtangst der Vergangenheit angehören, wache ich nachts immer noch voller Scham auf. Nicht Scham darüber. Ich schäme mich nicht dafür, dass ich es geschehen ließ, sondern dafür, dass ich zulasse, dass es weitergeht, weil ich ihn nicht angezeigt habe. Ich lasse zu, dass es anderen passiert, so wie Meg zugelassen hat, dass es mir passiert.

Meg spricht leise. »Wünschen Sie sich nicht, Sie könnten sich einen Teil dieser Macht zurückholen?«

Ich sehe sie an, frage mich, was sie eigentlich sagen will. »Was würden Sie damit tun?«

»Sie zur Verantwortung ziehen.«

Als wir wieder im Auto sitzen, dreht sie sich zu mir und sagt: »Ich hab das Gefühl, Ihnen hat keine der Immobilien gefallen, die wir heute angesehen haben.«

»Stimmt«, gebe ich zu. »Sie sind alle zu teuer.« Ich frage mich, wie lange ich die Scharade mit der Haussuche noch fortsetzen kann.

»So ist es in Los Angeles«, sagt sie und startet den Motor. »Ich werde sehen, ob ich etwas Billigeres finden kann, aber dafür müssen wir vielleicht bis raus nach Culver City gehen oder runter nach Westchester.«

»Das macht nichts«, erwidere ich. Ich bin mit allem einverstanden, solange ich in ihrer Nähe bin und sie zum Reden bringe.

Beim Abendessen zu Hause spreche ich das Thema Immobilienbetrug an.

»Geht's um Meg?«, fragt Scott.

Ich überlege, was ich bisher weiß. Rosies Vorwurf *Du hast mich angelogen*. Megs Geständnis *Wir mussten in unserem Auto wohnen*. »Es ist nur ein Bauchgefühl, aber zu vieles hat mit Ron Ashton zu tun, das ist nicht zu übersehen. Im Moment denke ich, es könnte um eine Art Immobilienbetrug gehen.«

Er wirft mir einen warnenden Blick zu. »Pass auf, was du mir erzählst.«

»Nein, das sind nur vage Vermutungen. Soweit ich weiß, hat sie noch nichts getan. Aber wir sollten es vertraulich behandeln, nur vorsichtshalber.«

»Ich bin kein Reporter, Kat. Für mich gibt es keine ›vertraulichen‹ Informationen. Wenn ein Verbrechen geplant ist, muss ich etwas unternehmen.«

Ich hob die Hände. »Im Moment sammle ich nur Informationen. Ziehe alle Möglichkeiten in Betracht.«

Scott nickt und nimmt sich ein Stück Pizza. »Es gibt viele Arten von Immobilienbetrug«, sagt er und beißt ab. »Etwa eine gefälschte Unterschrift auf einer Verzichtserklärung, um Geld aus einer Immobilie zu ziehen.«

Durch eine Verzichtserklärung kam Ron an das Haus. Es ist unwahrscheinlich, dass er auf so etwas hereinfallen würde.

Scott erwärmt sich für das Thema und fährt fort: »Manchmal machen Leute auch verlassene Häuser ausfindig, wechseln die Schlösser aus und versuchen, sie an ahnungslose Opfer zu verkaufen. An den meisten großen Betrügereien sind mehrere Leute beteiligt – ein Gutachter, der bereit ist, eine Immobilie viel höher zu bewerten, Kreditberater, die gefälschte oder überhöhte Kreditverträge aufsetzen.«

Ich beiße von der Pizza ab und denke nach. Möglich,

dass Meg ein Team zusammengestellt hat, aber sie scheint mir nicht jemand zu sein, der gerne mit anderen zusammenarbeitet. Sie würde hier in Kalifornien Leute brauchen, die auf ihrem Gebiet etabliert sind. Und ich glaube nicht, dass sie die hat.

»Aber Banken verlangen eine Menge Sicherheiten, wenn sie Geld verleihen«, sagt Scott. »Gutachten. Kreditwürdigkeit. Versicherungsnachweise.«

»Wie ist es bei Bargeldgeschäften?«, frage ich.

»Das eröffnet wesentlich mehr Möglichkeiten.«

»Warum?«

Scott wischt sich den Mund mit einer Serviette ab. »Bei einem Barangebot und auf Drängen eines korrupten Maklers kann der Käufer auf Absicherungen verzichten – wie die Abnahme und Wertgutachten – und hat dann eventuell eine Immobilie mit großen Problemen am Hals.«

»Warum würde der Makler des Käufers so etwas zulassen?«, frage ich.

»Der Makler des Käufers erhält vielleicht Schmiergeld. Seine Provision plus ein Prozent des Erlöses des Verkäufers.« Er kaut und denkt nach. »Oder er benutzt eine rechtmäßige Transaktion, um an seine persönlichen Daten zu kommen. Sozialversicherungsnummer. Bankdaten. Fast alles wird online erledigt, ein kluger Makler findet eine Möglichkeit, Zugriff zu bekommen.« Scott deutet auf das letzte Stück Pizza, und ich lehne ab. Er nimmt es und sagt: »Ich an deiner Stelle würde versuchen herauszufinden, wo sie gewesen ist und was sie gemacht hat. Trickbetrüger versuchen es immer wieder auf dieselbe Tour. Was immer sie vorhat, es ist wahrscheinlich, dass sie es schon einmal gemacht hat.«

Nach dem Abendessen schaltet Scott den Fernseher ein. Ich setze mich an meinen Schreibtisch, blättere meine Aufzeichnungen durch und ordne die Seiten neu, um eine neue Perspektive zu gewinnen. Als ich auf eine Notiz zu einem Telefongespräch mit einer Quelle bei der Bauaufsichtsbehörde stoße, halte ich inne. Ich hatte ihn nach meinem Gespräch mit Mrs. Nelson angerufen, der Nachbarin, die hinter dem Haus im Canyon Drive wohnt. Er hatte Ron Ashton *zwielichtig* genannt. »Oder vielleicht eher *skrupellos*«, hatte er gesagt. »Er brachte Menschen, die in finanziellen Schwierigkeiten steckten, dazu, unter dem Vorwand umfangreicher Renovierungen ihre Häuser zu refinanzieren. Wenn das Geld ausging, machte er sich aus dem Staub.«

»Jetzt nicht mehr?«

»Vor ungefähr einem Jahr besserte er sich. Seitdem gab es keine Beschwerden mehr.«

Ich kritzele Seesterne auf den Rand der Seite und stelle mir Rosie vor, eine alleinerziehende Mutter, die keine Familie mehr hat, einem Mann wie Ron vertraut und alles verliert. Was hat das mit ihr gemacht? Was hat das mit ihrer Tochter gemacht?

Vorne in jedem Ordner habe ich eine Übersicht, eine Art Schnellüberblick über wichtige Fakten, Namen, Daten und Orte. In Megs Ordner drängen sich bis zu zehn Jahre zurückreichende Informationen. Ich fahre mit dem Finger über die Namen, die ich vor so langer Zeit gesammelt habe. *Cory Dempsey. Cal Nevis. Clara Nelson.*

Nate Burgess.

Ich starre den Namen an, erinnere mich an sein Gesicht und daran, wie seine Wohnung roch, bis die Buchstaben vor meinen Augen verschwimmen. Erinnere mich daran, dass es fast zehn Jahre her ist und ich nicht mehr die Person bin, die ich damals war.

Es war meine Therapeutin gewesen, die vorgeschlagen hatte, etwas Fiktives zu schreiben, weil es mir bei der Bewältigung helfen würde. »Wenn Sie einen fiktiven Bericht über etwas schreiben, haben Sie die Kontrolle. Sie entscheiden, wie es endet. Ich möchte, dass Sie aufschreiben, was Ihnen an dem Tag passiert ist, aber so, dass Sie alles unter Kontrolle haben.«

Als Erstes schrieb ich eine kurze Szene – ich sitze im Auto statt in der Bar, warte, bis Nate hineingeht, und fahre dann weg. Im nächsten Szenario kippe ich Nate meinen Drink ins Gesicht. In der folgenden Version stoße ich ihm das Knie zwischen die Beine und werfe ihn zu Boden.

Es war aufbauend, aber es löschte nicht aus, was geschehen war, sondern zeigte mir, dass Gerechtigkeit für Männer wie Nate genauso eine Illusion ist wie Fiktion.

Dann richtete ich meine Aufmerksamkeit auf Meg und schrieb weiter, erfand eine Vorgeschichte ähnlich der, die ich recherchiert hatte, und fragte mich, wo bei ihr der Wendepunkt gewesen war. Der Auslöser dafür, dass sie sich Cory Dempsey vornahm und anschließend Karriere als Trickbetrügerin machte.

Ich lege die Notizen wieder in den Ordner und räume ihn weg. Als Scott einzog, haben wir verabredet, dass der Arbeitsplatz heilig ist und keiner von uns unaufgefordert die Unterlagen des anderen anrührt. Auch wenn ich seit über einem Jahr keine große Story mehr hatte, räume ich immer noch alles weg, für den Fall, dass Scott unbeabsichtigt etwas sehen könnte.

Mein Handy neben mir auf dem Schreibtisch meldet eine

SMS von Meg. Es war schön, Sie heute kennenzulernen. Ich gehe mittwochmorgens zu einem Yoga-Kurs in Santa Monica. Wollen Sie auch kommen? Während ich das lese, schickt sie einen Nachtrag. Falls du es noch nicht gemerkt hast, ich versuche gerade, eine Freundin zu finden. Mit einem lachenden Emoji, damit es locker klingt, aber ich empfinde überraschenderweise ein bisschen Sympathie für sie.

Gerne, schreibe ich zurück. Und füge hinzu: Falls du es noch nicht gemerkt hast, ich versuche gerade, eine Freundin zu sein.

MEG

Juni

Neunzehn Wochen vor der Wahl

Welche Eigenschaften muss ein Trickbetrüger haben? Viele würden Charisma sagen. Andere vielleicht Intelligenz oder die Fähigkeit, zu lügen und zu manipulieren. Andere würden auch sagen, dass er oder sie in der Lage sein muss, schnell zu reagieren, schnell die Strategie zu ändern, wenn etwas schiefgeht.

Die Antworten sind alle nicht falsch, aber es sind nicht meine Antworten.

Voraussetzungen für einen guten Betrüger sind Geduld und Vertrauen.

Ich muss jeden Job, jede Identität, die ich annehme, mit etwas Wahrem beginnen. Etwas Realem. Veronicas und Davids Transaktion ist ein gutes Beispiel dafür. Wenn man sie fragt, dann würden sie beide schwören, dass ich genau die bin, die ich zu sein vorgebe. Ich brauchte fünfundvierzig Tage, um ihr Vertrauen zu gewinnen. Die meisten Trickbetrüger wollen – oder können – sich nicht so viel Zeit nehmen.

Aber nur so nistet man sich im Leben anderer Leute ein. Nur so wird man eine von ihnen, ein Mitglied ihres engsten Kreises.

Heute ist mein erster Termin mit Ron, ich nehme ihn mit zu einem Doppelhaus am Strand von Malibu. Wegen größerer baulicher Probleme ist es schon seit über zwei Jahren auf dem Markt. Der Makler, der es anbietet, stammt aus dem Valley, und er sagte mir unverblümt, was mich erwartet. »Ich wäre froh, wenn ich es endlich verkaufen könnte«, gestand er. »Ich sitze schon seit einer Ewigkeit auf diesem Angebot. Aber ich muss Sie darüber aufklären, dass die Stützen unter dem Haus zu erodieren beginnen. Sie müssen in jedem Fall ersetzt werden. Deshalb der niedrige Preis von 5,5 Millionen.«

»Das spielt für meinen Käufer vielleicht keine Rolle«, sagte ich. »Er ist Bauunternehmer, so etwas sollte ihn nicht abschrecken.«

Dass meine Wahl auf die Immobilie fiel, hatte viele Gründe, nicht zuletzt die abgelegene Lage. Es ist eine lange Fahrt von Beverly Hills, durch Santa Monica und den Coast Highway hoch. Die Zeit im Auto wird es mir ermöglichen, meine Geschichte zu erzählen und anzudeuten, dass bei einigen Transaktionen in Michigan Korruption im Spiel war. Um Ron zu verstehen zu geben, dass mein Berufsethos genauso wenig ausgeprägt ist wie seins.

Aber ich muss zugeben, dass ich ziemlich nervös bin. Ich habe ihn jahrelang in Gedanken verteufelt, in ihm das Monster gesehen, das mir den Rest meiner Kindheit gestohlen hat. Jetzt muss ich mich an ihn kuscheln und Teil seines engsten Kreises werden. Mit ihm herumscherzen, ihn für seinen Geschäftssinn und seine Klugheit bewundern. Ihn bestimmen lassen, wer ich seiner Vorstellung nach bin, und dann dieser Vorstellung entsprechen. Ich werde in einem Maße schauspielern müssen wie nicht mehr, seitdem ich die Wahrheit über Cory Dempsey entdeckte.

Noch sammle ich Informationen, mache mich damit vertraut, wie Ron tickt, finde seine Gewohnheiten und Schwachpunkte heraus. Aber eines weiß ich sicher – Ron hat viel Geld und viel Macht, und mein Ziel ist es, Canyon Drive zu benutzen, um ihm beides zu nehmen.

Etwas nördlich der Pepperdine University biege ich vom Pacific Coast Highway in eine kleine Zufahrtsstraße ab. Die Häuser hier stehen direkt am Wasser, sind auf Betonstützen gebaut, die sie hoch über Sand und Wellenbrecher heben. Immobilien an diesem Abschnitt kosten mindestens zehn Millionen Dollar, abhängig von der Quadratmeterzahl und davon, ob sie mit Glas, Chrom und weißem Marmor ausgestattet wurden. Die Strandhäuser der Sechziger- und Siebzigerjahre mit ihren hölzernen Pfählen, verzogenen Holzfußböden und schwergängigen Schiebetüren gehören der Vergangenheit an.

»Das Haus wurde zu einem Zweifamilienhaus umgebaut. Einige Arbeiten sind nicht so qualitativ hochwertig ausgeführt, wie die Adresse es erfordert, deshalb der niedrige Preis von sieben Millionen Dollar«, erkläre ich ihm und erhöhe den Preis bewusst um ein paar Millionen. Wenn er niedriger wäre, wüsste er, dass mit dem Haus etwas nicht stimmt.

Wir betreten einen hellen Raum mit Vinylboden in Holzoptik und Lampen von *Home Depot.* »Die zweite Wohnung oben ist absolut identisch. Man erreicht sie über eine Außentreppe an der Südseite des Hauses. Es gibt zwei Garagenplätze.«

Ron geht auf die Glasschiebetür zu, öffnet sie und tritt hinaus auf eine Redwood-Terrasse. Für den Bruchteil einer Sekunde stelle ich mir vor, dass in diesem Moment eine der Stützen nachgibt und er dreißig Meter tief auf die Felsen unter uns stürzt. Er dreht sich lächelnd um. »Ich könnte jede Wohneinheit für mindestens sechstausend im Monat vermieten. Gibt es eine Waschküche?«

Ich lehne mich an eine winzige Kücheninsel und deute nach links den Flur hinunter. »Waschmaschine und Trockner übereinander in einem Raum dort hinten.«

Wir gehen langsam durch beide Wohneinheiten, wobei Ron sich zu den Lichtverhältnissen äußert. Den hohen Decken. Den Küchen, beide weiß gefliest und mit weißen Geräten. »Man muss fast nichts mehr machen«, staunt er. »Wie lange ist es schon auf dem Markt?«

»Einen Monat«, lüge ich. »Vom Makler habe ich den Eindruck gewonnen, dass die Verkäufer langsam nervös werden. Sie dachten, es würde um diese Zeit schon verkauft sein.«

»Wenn es ein Einfamilienhaus wäre, sicher«, sagt er. »Ich denke, der Preis ist ein bisschen zu hoch.«

»Der Markt bestimmt den Preis, nicht der Verkäufer«, zitiere ich. Sieben Millionen, zwei Millionen, zehn Millionen … Es spielt keine Rolle, denn ich werde nicht zulassen, dass diese Transaktion so weit gedeiht.

Unsere Blicke begegnen sich, und ich habe schlagartig dasselbe Gefühl wie an dem Abend bei der Spendenveranstaltung – ich kann nicht glauben, dass ich nach so vielen Jahren endlich an diesem Punkt angelangt bin.

»Wir machen ein Angebot«, sagt Ron. Unter uns schlagen die Wellen gegen die Stützen, die sich langsam auflösen. »Sagen wir fünf Millionen.«

Ich nicke und schiebe die Tür zu, sodass das Meer nur noch gedämpft zu hören ist. »Ich fahre zurück ins Büro und mache die Papiere fertig.«

Zwei Tage später rufe ich Ron an. »Wir müssen aus der Malibu-Immobilie aussteigen.«

»Was? Warum?« Im Hintergrund höre ich die Geräusche eines geschäftigen Wahlkampfbüros, leises Stimmengewirr, Telefonklingeln.

»Ein Kollege von mir, der für Inspektionen zuständig ist, kennt das Haus. Offenbar sind die Stützen stark beschädigt. Irgendetwas mit dem Beton, der nicht richtig verdichtet wurde, und Erosion durch Salzwasser. Sie wollen gar nicht wissen, was es kosten würde, sie zu reparieren.«

Er atmet schwer aus. »Herrje. Warum haben sie das nicht angegeben?«

»Ich weiß es nicht, aber ich habe schon mit meinem Büroleiter darüber gesprochen. Er setzt sich mit dem Büroleiter des Maklers in Verbindung, und ich garantiere Ihnen, es wird eine verdammt hohe Strafzahlung zur Folge haben.« Ich senke die Stimme ein bisschen, obwohl ich ganz allein zu Hause bin und nur der Rasenmäher meines Nachbarn in der Ferne zu hören ist. »Hören Sie, es gibt da draußen jede Menge Makler, die dieses Geschäft durchdrücken würden, ihre Provision kassieren und Sie die Konsequenzen tragen lassen. Aber so arbeite ich nicht.«

»Das weiß ich wirklich zu schätzen. Deswegen einen Prozess zu führen wäre im Moment ein Albtraum. Soll ich irgendetwas tun? Papiere unterschreiben?«

»Sie müssen sich um nichts kümmern«, erkläre ich.

»Sie sind die Beste, Meg. Danke, dass Sie auf mich aufpassen.«

Ich lege auf und verfasse eine kurze Nachricht an den Makler. *Ich hab mein Bestes getan, aber der Kunde hat sich entschieden, kein Angebot abzugeben.* Ich sende sie ab und lehne mich in meinem Stuhl zurück, zufrieden damit, wie gut dieser erste Teil gelaufen ist. Ich habe bei unserem ersten Termin alles erreicht, was ich wollte. Am wichtigsten ist, dass Ron jetzt glaubt, dass ich den Schutz seiner Interessen über meine eigenen stelle. Dadurch wird es ihm später leichterfallen, meinen Rat anzunehmen.

Geduld und Vertrauen.

KAT

Juli

Yoga wird zu einer wöchentlichen Gewohnheit. Genau wie der anschließende Brunch mit Megs Freundin Veronica.

»Du bist in den besten Händen«, sagt Veronica jedes Mal, wenn wir auf meine Haussuche zu sprechen kommen. »Sie wird etwas Tolles für dich finden.«

Eines Morgens, während leere Teller auf dem Tisch vor uns verstreut sind, fragt Veronica: »Warum die lange Verlobungszeit, Kat?«

Ihre Frage kommt mir vor wie ein Test. Meg hat uns gerade erzählt, wie jemand einmal versuchte, ihr Auto zu knacken, während sie darin schlief, und Veronica hat berichtet, wie ihr Mann David einmal betrunken am Steuer erwischt wurde. Frauen schließen Freundschaften auf der Grundlage gegenseitigen Vertrauens, und wenn ich dazugehören will, muss ich etwas von mir preisgeben. Ich höre Scotts warnende Stimme in meinem Kopf. *Nichts Persönliches. Nicht die Namen deiner Eltern oder auch nur den Namen des Hundes, den du als Kind hattest.*

Mit der Wahrheit ist es folgendermaßen: Alles um sie herum scheint ebenfalls wahr zu werden. Eine winzige Tatsache – ein einziges wahres Detail – kann sich ausbreiten und alle Lügen wirklich erscheinen lassen, die ich erzählt habe. »Scott hatte ein Glücksspielproblem«, sage ich und kann kaum glauben, dass ich es ausgesprochen habe. Aber während ich es ihnen erzähle, weiß ich, dass es die richtige Entscheidung ist. Denn ich spüre, wie sie mir näherkommen und dabei ihre eigenen Mauern fallen lassen. Der schnellste Weg, mit einem anderen Menschen eine Verbindung aufzubauen, ist, verletzlich zu sein. »Hauptsächlich online. Aber wir sind es gemeinsam angegangen, und er ist seit zwei Jahren auf Entzug. Deshalb lassen wir uns mit der Hochzeit Zeit. Lassen die Dinge sich setzen, bevor wir sie wieder aufrühren.«

Meg sieht betroffen aus. »Ist die Erbschaft deiner Tante ein Problem für ihn?«

Veronica schaltet sich ein. »Tante? Erbschaft?«

Ich informiere Veronica schnell über Tante Calista, Wohltäterin ihrer ums Überleben kämpfenden Nichte. Dann wende ich mich an Meg und improvisiere: »Große Summen sind kein Trigger für Scott. Es ist mehr der Adrenalinkick beim Gewinnen, der ihn lockt. Aber er hat das Programm befolgt, und wir haben ein paar starke Leitplanken eingebaut. Ich hätte einfach gehen, ihn verlassen können. Aber er hat mir dabei geholfen, eine wirklich harte Erfahrung zu bewältigen, die ich vor langer Zeit gemacht habe. Es wäre eine übertriebene Reaktion gewesen, nicht zu ihm zu stehen. Er ist ein guter Mensch und arbeitet hart. Ich glaube an ihn.«

Meg blickt wehmütig. »Ich liebe Wiedergutmachungsgeschichten.«

Das Gespräch geht weiter, aber ich muss daran denken,

was ich offenbart habe. Dass ich etwas Wahres über mich preisgegeben habe, im Tausch gegen ein Scheibchen von Megs Vertrauen. Es war ein kalkuliertes Risiko, das ich eingehen musste.

Meg zeigt mir weitere Immobilien – meistens drei oder vier in der Woche. Ich finde immer irgendeinen Grund, warum keine davon mir richtig zusagt. Als wir gerade wieder ein winziges Haus in Westchester besichtigen, das dringend renoviert werden muss, sagt Meg: »Sei ehrlich… Du willst gar kein Haus kaufen, oder?«

Ich spähe gerade in einen Schrank, als sie das sagt, und erstarre. Dann drehe ich mich zu ihr um und erwidere: »Du hast wahrscheinlich recht. Obwohl, eigentlich *will* ich das schon…«, gebe ich zu. »Es ist nur… Ich sehe gerne diese riesige Summe auf meinem Kontoauszug. Zum ersten Mal in meinem Leben fürchte ich mich nicht davor, den Umschlag jeden Monat zu öffnen. Ich habe mein ganzes Leben von Scheck zu Scheck gelebt. Es ist schön, etwas Luft zu haben.«

Meg lehnt an dem Tresen in der Küche. »Ich verstehe«, sagt sie. »Es gibt Kraft, finanzielle Sicherheit zu haben.«

»Aber ich mag deine Gesellschaft.« Was mehr der Wahrheit entspricht, als ich zugeben möchte. Meg hat immer Geschichten zu erzählen, von Geschäften, die fast geplatzt sind, einem Kunden mit absurden Wünschen – *einen Weinkeller und ein Zimmer für Sexspielzeug, wenn Sie das finden können*. Ich glaube kein Wort davon, aber ein Teil von mir ist beeindruckt, wie gut sie ihre Geschichte ausgeschmückt hat. Wie leicht ihr jemand, der nicht weiß, wer und was sie ist, glauben könnte. So gehen Menschen wie

Meg vor. Sie erschaffen eine unglaubliche Fantasiewelt, und wenn man erst einmal darin lebt, kümmert man sich nicht mehr darum, was real ist und was nicht.

»Um ehrlich zu sein, bin ich irgendwie erleichtert«, gibt Meg zu. »Die Häuser in dieser Preislage sind deprimierend. Ich hätte nicht gewollt, dass du dein Geld für eins davon ausgibst.«

Als wir wieder im Auto sitzen, machen wir uns auf den Weg zurück zum *Apex*-Büro in Beverly Hills, wo mein Wagen steht. »Schon komisch, wie unterschiedlich man die Dinge betrachten kann«, sagt sie. »Meine Mutter hätte einen Mord begangen, um in einem dieser Häuser zu wohnen. Ich hätte es auch.«

Vor ungefähr einem Jahr schrieb ich einen Artikel für einen Psychologie-Blog mit dem Titel »Zehn einfache Möglichkeiten, um Vertrauen aufzubauen«. Ich habe so viele davon benutzt, wie ich kann. Ich war pünktlich, habe ihre Körpersprache imitiert und ihr großzügig Informationen über mich geliefert, wie mein Geständnis über Scott. Das alles ermöglicht es mir nun, meine nächste Frage zu stellen: »Was genau ist passiert?« Ich hoffe, dass sie bereit ist zu antworten. »Du erwähntest, dass du dein Zuhause verloren hast.«

»Es ist im Grunde ein Klischee. Meine Mutter verliebte sich in den falschen Mann«, sagt sie und blickt dabei weiter geradeaus auf die Straße. »Sie bedauerte es sehr, auch meinetwegen.«

»Hat er …?« Ich verstumme.

»Nein, nichts dergleichen. Er sah mich kaum an. Ich war ein schwieriger Bücherwurm und verkroch mich meistens in meinem Zimmer, wenn er da war. Aber seinetwegen verloren wir unser Zuhause. Eigentlich unsere ganze Familiengeschichte. Du kannst nicht viel mitnehmen, wenn du in einem Auto lebst.«

»Ging deine Mutter rechtlich dagegen vor?«

Meg schüttelt den Kopf und blickt über die Schulter, um die Fahrbahn zu wechseln. »Meine Mutter hatte kaum einen Vierteldollar zum Telefonieren. Sie war unheilbar krank. Sie hatte einfach nicht mehr genug Zeit, um das alles zu klären.«

»Wie hat er es gemacht?« Wir haben immer noch nicht seinen Namen genannt, und ich hüte mich zu offenbaren, dass ich weiß, von wem wir sprechen.

Sie schweigt, und ich fürchte, dass ich zu weit vorgeprescht bin. Aber dann sagt sie: »Meine Mutter musste das Haus umfinanzieren – um an Geld zu kommen. Aber sie war nicht kreditwürdig und bekam allein kein Darlehen. Deshalb bot er an, mit zu unterschreiben, und wollte dafür als Miteigentümer eingetragen werden.«

Ich setze mich aufrechter hin und ahne, worauf es hinausläuft. Meg hat offenbar meinen Gesichtsausdruck gesehen, denn sie sagt: »Ich weiß, was du denkst. Aber sie glaubte ihm, als er sagte, es könnte ihnen beiden gemeinsam gehören. Er würde alle Reparaturkosten übernehmen – und glaub mir, es waren viele nötig. In der Bibliothek im Erdgeschoss gab es Schimmel. Schäden durch das Erdbeben 94 waren nie behoben worden. Er sagte, er würde es für wenig Geld reparieren lassen und dann könnten sie es entweder vermieten oder verkaufen und sich den Gewinn teilen. Die Summe hätte unser Leben verändert.«

»Aber so ist es nicht gekommen?«

Meg schüttelte den Kopf. »Er log uns an. Erzählte uns,

dass er das Darlehen bei der Bank nicht umfinanzieren könne, solange sie als Eigentümerin eingetragen sei. ›Fünfundvierzig Tage‹, sagte er. ›Nur um das Darlehen zu sichern. Dann wirst du sofort wieder als Eigentümerin eingetragen.‹«

»So funktioniert das aber nicht«, sage ich und erinnere mich an einen Fall, an dem Scott vor einigen Jahren arbeitete. Ein junger Mann, der seine Großmutter überredete, etwas Ähnliches zu tun, und dann das Haus ohne ihre Einwilligung verkaufte, um seinen Drogenkonsum zu finanzieren. »Die Banken interessiert es nicht, wer als Besitzer eingetragen ist, sondern nur, wer haftet.«

Sie blickt grimmig. »Jetzt weiß ich das auch. Aber damals? Ich war noch ein Kind, und meine Mutter war der Sache nicht gewachsen.« Sie schweigt einen Moment lang und sagt dann: »Das war das härteste Jahr meines Lebens. Sie versuchte, es als großes Abenteuer erscheinen zu lassen – ›Wir können gehen, wohin wir wollen, jederzeit‹ –, aber tatsächlich bedeutete es, dass wir auf Strandparkplätzen übernachteten und gelegentlich ins Obdachlosenheim gingen. Im Herbst meines letzten Highschool-Jahres wurde meine Mutter krank. Sie kam in die Notaufnahme und …« Sie verstummt. »Danach ging es ziemlich schnell. Zu Weihnachten war sie tot.«

Ich habe lange darüber nachgedacht, was Meg und ihre Mutter aus ihrem Haus vertrieben haben könnte, und mir alles Mögliche vorgestellt – dieses Szenario war nicht dabei. Ein Teil von mir wünscht, ich hätte nie gefragt. Die Vorstellung, wie Meg und ihre Mutter im Auto schlafen, während der Mann, der dafür verantwortlich ist, in ihrem Haus wohnt – es ist schwer, dabei kein Mitgefühl zu haben.

Ich kann nicht so tun, als sei dies nur eine weitere ihrer Geschichten, denn zu viel davon passt zu den Dingen, die ich schon weiß. »Es tut mir so leid«, sage ich.

Meg zuckt mit den Achseln. »Es ist lange her. Zeit, es hinter sich zu lassen, verstehst du?«

Sie lügt. In Wahrheit ist das der Grund, warum Meg zurückgekehrt ist.

»Würdest du ihn nicht am liebsten umbringen? Oder irgendwie dafür bezahlen lassen?« Meine Worte hängen in der Luft wie eine Einladung.

»Männer und Rechenschaft«, sagt sie. »Das ist wie Feuer und Wasser.«

Wir fahren eine Weile schweigend weiter, dann fragt sie mich: »Was hast du als Nächstes vor? Wenn du schon kein neues Haus kaufen willst, was dann?«

»Ich werde etwas anderes finden müssen, um meine Tage auszufüllen«, sage ich und habe Mühe, nicht mehr daran zu denken, was Meg mir gerade erzählt hat. Die Wut, die sie viele Jahre zerfressen haben muss und die uns hierhergeführt hat.

Meg wirft mir einen kurzen Blick zu. »Nichtstun ist nichts für dich?«

Ich starre aus dem Fenster und versuche, wieder in meine Rolle zu schlüpfen. »Vielleicht könnte ich noch ein paar Yogakurse machen. Ehrenamtlich im Tierheim helfen.« Plötzlich fällt mir die Absurdität der Situation ein: zwei Frauen, die Netze aus Lügen und Manipulationen umeinander spinnen und dabei nie genau wissen, welche Fäden gerade um wen gewickelt werden.

Meg lacht. »Denk dran, Arbeit ist ganz schön anstrengend.« Sie tritt auf die Bremse, der Verkehr staut sich vor einer kaputten Ampel. Ich kann die Umrisse eines Verkehrspolizisten an der Kreuzung erkennen, die weißen Handschuhe leuchten in der Sonne.

Ich ändere die Position in meinem Sitz, sodass ich sie ansehen kann. »Aber es muss doch Spaß machen, Zugang zu schicken Häusern und reichen Kunden zu haben. Woran arbeitest du noch? Irgendetwas Interessantes?«

»Nur Ron, und er nimmt fast meine gesamte Zeit in Anspruch. Er sagt, er sucht ein Renditeobjekt, und er macht mich wahnsinnig damit. Apartmenthäuser. Zweifamilienhäuser. Wohnungen über drei Stockwerke. Nichts gefällt ihm. Er will eigentlich gar kein Investitionsobjekt.«

»Was dann?«

»Was alle Männer wie er wollen. Macht. Status. Unter seinesgleichen respektiert und beneidet werden. Das bekommt er nicht von einem Zweifamilienhaus in Culver City.« Meg lässt das Auto vor uns nicht aus den Augen. Sie trägt eine große Sonnenbrille, was es mir schwer macht, ihren Gesichtsausdruck zu deuten. »Er zahlt bar, deshalb halte ich durch. ›Warum Banken mit hineinziehen?‹, sagt er. Aber Ron unterscheidet sich nicht von den anderen reichen, mächtigen Männern, mit denen ich schon Hunderte Male zusammengearbeitet habe.« Sie lacht kurz auf. »Ich weiß, wie ich mit ihnen umgehen muss.«

»Und wie?«, frage ich. Der Verkehrspolizist gibt uns ein Zeichen, und wir fahren über die Kreuzung.

Sie lächelt. »Ich erzähle ihnen, was sie hören wollen.«

Nach dem Abendessen ruft Meg mich an. »Ich habe nachgedacht«, sagt sie, als ich abnehme. »Ich weiß, dass du eigentlich nicht arbeiten musst, aber was würdest du davon halten, eine Zeit lang meine Assistentin zu sein? Es wären wahrscheinlich zwanzig Stunden die Woche, Immobilien suchen und ansehen, etwas Papierkram. Da heutzutage alles online stattfindet, müsstest du keinen Fuß in ein *Apex*-Büro setzen. Und du hättest flexible Arbeitszeiten, sodass wir mittwochs trotzdem Yoga machen und mit Veronica brunchen können.«

Ein Freund von Scott hat früher als verdeckter Ermittler für das Drogendezernat gearbeitet. *Auf jeden Fall besser als ein Schreibtischjob*, sagte er immer. Er stand morgens auf, zog Jeans und Hoodie an und begab sich in die Gegend, wo er an dem Tag zu tun hatte. Dort trieb er sich mit Junkies und Dealern herum in der Hoffnung, ihr Vertrauen zu gewinnen, damit sie ihn irgendwann zu dem Dealer an der Spitze der Nahrungskette führten.

Bisher habe ich immer aus der Entfernung recherchiert, meine Quellen, das Internet und öffentliche Akten benutzt, um eine Geschichte zusammenzubasteln. Aber ich weiß, dass das bei Meg nicht funktionieren wird. Ich habe keine Quellen, und das Internet liefert nur, was die Menschen über sie wissen sollen. Um zu erfahren, was Meg vorhat, muss ich meine Komfortzone verlassen und dazugehören.

»Das würde ich sehr gerne«, sage ich zu ihr.

MEG

Juli

Siebzehn Wochen vor der Wahl

Reden wir einen Moment über Kat. Jung, reich und unsicher, welche Richtung sie ihrem Leben geben soll.

Außerdem ist sie eine ziemlich gute Lügnerin.

Von dem Moment an, als sie mich anrief und behauptete, ich sei ihr von Ron empfohlen worden, vermutete ich, dass Kat nicht die war, die sie vorgab zu sein. Mein Verdacht wurde bestätigt, als ich ihr kurz nach unserem ersten Treffen folgte. Ich saß im Auto vor ihrem Doppelhaus und beobachtete ihre Nachbarin, eine junge Frau Ende zwanzig, die auf dem kurzen Weg von der Haustür bis zu ihrem Auto gleich drei Fußgänger anlächelte.

Mein Lieblingstyp.

»Hey«, sagte ich am nächsten Morgen zu ihr, als wir zusammen in der Schlange bei *Starbucks* standen. »Sie sind Kats und Scotts Nachbarin, stimmt's?«

Sie sah mich mit glänzenden, vertrauensvollen Augen an. »Ja«, antwortete sie.

»Ich wusste, ich kenne Sie!« Sie war über die Begegnung genauso erfreut wie ich. »Ihr Haus hat mir immer besonders gefallen«, gestand ich. »Wie lange wohnen Sie schon dort?«

Die Frau legte die Stirn in Falten und dachte nach. »Drei Jahre vielleicht? Ich bin unmittelbar vor Scott eingezogen.«

Die Schlange bewegte sich langsam vorwärts. »Scott ist so ein Schatz. Ich wünschte, sie hätten schon einen Hochzeitstermin. Hat Kat Ihnen erzählt, wie sie sich kennengelernt haben?«

Die Frau lächelte. »Natürlich. Sehr süß.«

»Was für ein Zufall, hm?« Vage Fragen, die Kenntnis andeuten, können eine Menge anstoßen.

Sie zuckte mit den Achseln. »Ich erinnere mich, dass Kat etwas davon sagte, dass sie Scott bei einem Fall kennengelernt hat. Aber ich erinnere mich nicht an Details. Ich bin mir sicher, dass an den meisten seiner großen Fälle viele Reporter dran sind.«

Mir drehte sich der Magen um. Obwohl ich den Verdacht gehabt hatte, dass Kat mir nicht die Wahrheit sagte, rechnete ich nicht mit einer Reporterin und einem Polizisten. Ich behielt den nachdenklichen Tonfall bei, als versuchte ich, mich an etwas zu erinnern. »Ermittelte er nicht auch im Fall ihrer letzten großen Geschichte?«

»Das weiß ich nicht«, gestand sie. »Um ehrlich zu sein, kann ich mich nicht an den letzten großen Artikel von ihr erinnern. Ich glaube, es ist eine Weile her. Aber wenn Sie Kat Roberts googeln, werden Sie es sicher finden.«

Kat Roberts. Nicht *Reynolds*. Ich staunte einen Moment über die Ähnlichkeiten zwischen uns – genau wie ich hatte sie nur ein paar ausgewählte Details über sich verändert.

Es ist nicht leicht, eine andere Version von sich selbst zu spielen, und obwohl mein Herz raste und ich schwitzende Hände hatte, musste ich anerkennen, wie gut sie es machte.

»Was darf es sein?«, fragte die Barista.

»Kaffee, schwarz, bitte.« Ich wollte nur so schnell wie möglich raus. Zu Kats Nachbarin sagte ich: »Es war schön, Sie zu treffen!«

Sie lächelte, als sie an den Tresen trat, um ihre Bestellung aufzugeben. Ich schnappte meinen Kaffee und rannte hinaus, als müsste ich zu einem wichtigen Termin.

Instinkt ist etwas Merkwürdiges. Wir ahnen, dass es ein Problem gibt, ohne es genau benennen zu können, spüren, wo eine Gefahr droht. Frauen werden von klein auf dazu erzogen, ihn zu verleugnen. Sie werden gezwungen, Beweise für ihren Instinkt zu erbringen, oder werden angehalten, ihn komplett zu ignorieren – um den Frieden zu bewahren, das Wohlergehen anderer über das eigene zu stellen.

Ich habe lange gebraucht, um diesen anerzogenen Impuls zu überwinden. Achtzugeben, wenn mir etwas seltsam erscheint. Und mein Instinkt hat mich bei Kat nicht getäuscht. Die Erbschaftsgeschichte war gut – für einen Außenstehenden unmöglich nachzuprüfen –, aber es fehlten Details, durch die ich mich länger hätte täuschen lassen. Eine Erbschaft, die ausreicht, um sich ein Haus in Los Angeles zu kaufen, würde sich auch auf andere Weise im Leben zeigen. Vielleicht ein neues Auto oder bessere Kleidung. Schmuck. Oder teure Strähnen von einem edlen Friseursalon. Aber Kat hatte nichts davon. Sie fuhr einen zehn Jahre alten Honda. Sie trug Yogakleidung von *Old Navy*, nicht von *Lululemon*. Make-up von *Sephora*, nicht von *Neiman Marcus*.

Meine Gedanken begannen, darum zu kreisen, wie ich sie loswerden konnte. Zu beschäftigt sein, um ihr noch mehr Immobilien zu zeigen. Ihre Anrufe und SMS nicht mehr beantworten, eine Mauer errichten, die Kat von meinen Plänen fernhielt.

Aber dann kam mein Instinkt ins Spiel. Sie zu verbannen würde sie nicht aufhalten. Sie würde mich weiterhin ins Visier nehmen, verfolgen, möglicherweise Informationen an Scott weitergeben. Aber wenn ich sie in meiner Nähe behielt, hätte ich Kontrolle über die Geschichte. Dann könnte ich dafür sorgen, dass sie nur die Dinge sah, die ich ausgewählt hatte. Deshalb machte ich sie zu meiner Assistentin.

Ich bin keine Idiotin. Ich weiß, dass Kat über mich schreiben will, um zu enthüllen, wer ich bin und was ich mache. Ich durchschaue ihr Mitgefühl und ihre sensiblen Fragen, deren Antworten sie wahrscheinlich schon seit Jahren kennt. Aber ich habe ebenfalls einen Plan, und Kat wird ein nützlicher Teil davon werden.

Es wird leicht sein, sie mit den Informationsbrocken zu füttern, die ich ihr geben will. Und weil sie so nah an mir dran ist, wird sie unmöglich das ganze Bild sehen können. Als würde man unter dem Eiffelturm stehen – von dort aus betrachtet, ist es nur ein Haufen sich überkreuzender Stahlstreben. Erst aus der Entfernung erkennt man, worum es sich eigentlich handelt.

KAT

Juli

Scott reagiert genauso, wie ich es erwartet habe. »Du hast keine Ahnung, was es bedeutet, undercover zu arbeiten. Das bedeutet, dass man rund um die Uhr im Einsatz ist. Wir müssen noch Rechnungen bezahlen.«

Was er eigentlich meint: Wie sollen wir genug Geld zum Leben haben und meine Schulden abbezahlen, wenn du nicht sechs oder sieben beschissene Artikel in der Woche produzierst? Ich verkneife mir eine scharfe Antwort. »Ich werde abends arbeiten. Wenn ich nicht mit Meg zusammen bin. Man muss keine Leuchte sein, um tausend Wörter über positives Denken zu schreiben oder sich fünf neue Methoden auszudenken, um die Bauchmuskeln zu definieren. Im Übrigen will Meg mich bezahlen.«

Er rollt mit den Augen. »Sie bezahlt dich nicht dafür, dass du mit ihr rumhängst. Du wirst zwanzig Stunden in der Woche tatsächlich für sie arbeiten müssen.«

»Wir können unsere Ausgaben einschränken. Weniger essen gehen. Mehr zu Hause bleiben. Es ist nur für ein paar Monate«, sage ich.

»Das weißt du nicht.«

Ich weiß es. Meg ist nicht nach Los Angeles zurückgekommen, um Immobilien an Menschen wie Veronica und ihre Freunde zu verkaufen. Ich bin mir fast sicher, sie hat es auf das Haus im Canyon Drive abgesehen und benutzt die Ablenkung durch die bevorstehende Wahl zu ihrem Vorteil. Sie will es ausnutzen, dass Ron nicht so konzentriert ist, wie er es sein sollte.

»Spätestens zu Thanksgiving wird es vorbei sein«, versichere ich ihm. »Vier Monate. Und wenn nicht, lasse ich die Sache fallen und nehme einen bezahlten Job an.«

Scott nickt, und ich nehme ihn fest in die Arme. Im neuen Jahr wird alles anders sein. Das spüre ich.

Der Job besteht hauptsächlich darin, Immobilien für Kunden zu suchen, die Meg durch Veronicas Freunde findet. Ich benutze den MLS – den Multiple Listing Service –, eine Immobiliendatenbank, in der jedes Haus hinterlegt ist, das zum Verkauf steht, sowie seine Verkaufsgeschichte. Ich kann jede Immobilie in Los Angeles aufrufen und alle Käufer und Verkäufer der letzten Jahrzehnte einsehen.

Das erste Objekt, das ich mir ansehe, ist das Haus am Canyon Drive. Aber ich erfahre nichts, was ich nicht schon wusste. 1954 von Rupert und Emily Williams gekauft, 1986 umfinanziert, 1993 wieder umfinanziert. 2004 mit der Tilgung im Verzug und im selben Jahr eine Verzichtserklärung zugunsten von Ron Ashton.

Ich habe mir Sorgen gemacht, dass Meg mich von Ron fernhalten könnte, um zu verbergen, was genau sie mit ihm vorhat. Aber kurz nachdem ich angefangen habe, lädt sie mich zu einer Besichtigung mit ihm ein. Er betritt das

Apex-Büro in einer Wolke aus Eau de Cologne und Wichtigkeit.

»Schön, Sie wiederzusehen, Mr. Ashton«, sage ich, um nicht zu offenbaren, dass dies unsere erste Begegnung ist. Meiner Erfahrung nach geben Politiker niemals zu, sich nicht an jemanden zu erinnern, und Ron ist keine Ausnahme.

»Gleichfalls«, sagt er, während sein Blick ein bisschen zu lange auf meiner Brust verweilt. Ich kreuze die Arme und setze ein Lächeln auf.

»Ich zeige euch heute ein Mehrfamilienhaus in der Nähe der Universität«, sagt Meg, während wir zur Garage von *Apex* gehen.

»Das ist Makler-Sprache für ›Gegend mit geringen Einkommen‹«, erklärt Ron und geht schnurstracks auf die Beifahrertür zu.

Ich hatte zwar die Absicht, hinten zu sitzen – nicht nur wegen meiner Rolle als Assistentin, sondern auch, um die beiden nebeneinander besser im Blick zu haben. Aber die Tatsache, dass er mir den Vordersitz nicht mal anbietet, zeigt mir, dass Ron ausschließlich als Käufer hier ist und alles mitnehmen will.

Ich schnalle mich an und sage: »Was genau suchen Sie, Mr. Ashton?«

Ron macht sich nicht die Mühe, mich anzusehen, als er antwortet. »Mein Traum wäre es, etwas zu finden, das renoviert werden muss – im Herzen bin ich Bauunternehmer –, die Schmarotzer und Drogensüchtigen rauszuschmeißen, schnell und billig zu renovieren, die Miete zu verdoppeln und an Studenten zu vermieten, die zu dumm oder zu betrunken sind, um irgendwas zu merken.« Er lacht. »Mein Wahlkampfmanager David würde mich umbringen, wenn er wüsste, dass ich das gerade gesagt habe. ›Optik ist alles.‹ Ich darf Meg nicht einmal ein Kompliment wegen ihres Outfits machen oder ihr sagen, dass sie die besten Beine hat, die ich in den letzten zwanzig Jahren gesehen habe. Denn sobald die Medien so etwas in die Finger kriegen, gibt es kein Zurück.«

Ich weiß nicht, ob es Rons Tonfall ist oder die bedenkenlose Art, mit der er Meg zum Objekt macht, aber es wirft mich in meine Vergangenheit zurück, und mir schießen vertraute Bilder durch den Kopf. Die Art, wie Nate mich ansah, sein Blick über meinen Körper wanderte. Wie er unter dem Tisch sein Knie gegen meins presste. Mich mit einer Hand auf meinem Rücken zu seinem dunklen Auto führte, der Geruch der teuren Ledersitze ähnelte dem Geruch von Megs Auto, sodass ich mich beinahe übergeben muss.

Ich öffne das Fenster und praktiziere leise die Atemtechnik, die mir bei diesen Panikattacken hilft, bevor sie mich überwältigen können. Ich hatte über ein Jahr keine mehr, und während ich atme, erinnere ich mich daran, dass ich in Sicherheit bin. So schrecklich Ron auch sein mag, ich bin nicht allein mit ihm. Er ist nicht Nate.

»Wenn man für ein öffentliches Amt kandidiert, muss man sich an die Regeln halten«, neckt Meg, die meine zunehmende Angst nicht bemerkt.

Wir fahren eine Weile schweigend weiter. Als wir eine Autobahnunterführung erreichen, unter der ein paar Obdachlose ihre Zelte aufgeschlagen haben, kann Ron sich eine Bemerkung nicht verkneifen: »Diese Lager sind überall«, sagt er. »Drogensüchtige, Vergewaltiger, Irre.«

Meg blickt ihn an. »Was wollen Sie dagegen tun?«, fragt sie.

Er seufzt. »Da wir sie nicht einfach irgendwo anders hinverlegen können – zum Beispiel in ein Internierungslager in der Wüste –, sollen der Bürgermeister und Stadtrat das Problem lösen.«

»Was, kein Sozialprogramm?«, fragt sie.

»Wir haben Grundzüge davon«, räumt er ein. »Aber nur, weil wir müssen. Ich vertrete das Big Business. Deshalb wählen mich die Leute. Klar, L.A. ist eine liberale Enklave, aber viele Bewohner von Malibu, Brentwood und Pacific Palisades gehören zum oberen Prozent der Einkommensskala. Sie stellen Schilder in den Vorgarten, auf denen *Black lives matter* und *Love is love* steht, aber sie wollen diese Initiativen nicht unterstützen, wenn es sie mehr Steuergelder kostet. Los Angeles ist die Hauptstadt der Lippenbekenntnisse und Illusionen.«

Meg fährt über Landstraßen, da der Spätnachmittagsverkehr den Freeway nahezu unpassierbar macht, und das ständige Stop-and-go in Culver City und dahinter verstärkt meine Übelkeit noch. Genau wie Rons Eau de Cologne, das in meine Haut zu dringen scheint.

»Ich nehme an, dies alles unterliegt Ihrer Schweigepflicht als Maklerin, richtig?«, sagt er zu Meg.

Unsere Blicke begegnen sich im Rückspiegel. »Natürlich«, antwortet sie und zwinkert mir dabei fast unmerklich zu, während sie vor einem Wohnblock in der Normandie Avenue hält – ein Klotz aus Beton und Graffiti, vom Verfall gezeichnet.

»Kat und ich werden draußen warten und die Sonne genießen«, sagt Meg. »Ich habe angerufen und veranlasst, dass der Hausverwalter Wohnung vier für Sie öffnet.«

»Bin gleich wieder da.« Er springt die vorderen Stufen

hoch, sein teurer Anzug bildet einen starken Kontrast zum rissigen Putz, dem rostigen Geländer und dem Müll, der vor dem Gebäude liegt. Als er weg ist, sage ich: »Er ist schrecklich. Wie hältst du es aus, so viel Zeit mit ihm zu verbringen?«

Meg seufzt und lehnt sich gegen das Auto: »Ob du es glaubst oder nicht, ich habe schon mit Schlimmeren zusammengearbeitet.«

Wer? Wann? Was hast du gemacht, und machst du es gerade wieder? Die Fragen tanzen in meinem Kopf, und am liebsten würde ich sie ihr stellen. »Es gibt gar keine *Schweigepflicht* bei Immobilienmaklern, oder?«

»Natürlich nicht. Ich darf nur niemandem Rons Finanzen offenlegen – Vermögenswerte, Kontodaten, Bankleitzahl –, der nichts mit dem Deal zu tun hat.«

Ich suche in ihrem Gesicht nach einem Hinweis dafür, was sie im Sinn hat. Will sie vielleicht sein Bankkonto leer räumen? Doch ihre Miene lässt sich nicht deuten, als sie ihr Gesicht in die Sonne hält.

Wir stehen eine Weile schweigend da, in der Ferne sind der Verkehrslärm und der Krach eines Müllwagens zu hören. Dann sagt sie: »War alles in Ordnung mit dir da hinten im Auto? Du sahst aus, als würdest du an der nächsten Ampel aussteigen und weglaufen.«

Sie sieht mich an, und ich frage mich, was sie sagen würde, wenn ich ihr von Nate erzählte. Welche Rolle sie dabei spielte und ob sie vielleicht das Bedürfnis hätte, es wiedergutzumachen. Sie hatte kein Problem damit, Cory Dempseys Leben auseinanderzunehmen, und offenbar plant sie etwas Ähnliches mit Ron. Was würde sie für mich tun? Die Frage durchfährt mich wie ein Stromstoß. »Bei Männern wie ihm fühle ich mich eingeengt«, sage ich schließlich. »Als könnte ich nicht mehr klar genug denken.«

»Hat dich jemand verletzt?«

Ich genieße die Wärme der Sonne auf meinen Schultern und bin froh, hier draußen zu sein statt irgendwo da drinnen eingesperrt mit Ron. »Ja, aber das ist lange her, und ich rede nicht gerne darüber.« Ich muss mich daran erinnern, dass ich nicht hier bin, um mich Meg anzuvertrauen. Sie hat es nicht verdient, meine Geheimnisse zu erfahren, egal wie gerne ich ihr dieses eine vielleicht erzählen würde.

Meg sieht mich besorgt an. »Ich hätte dich nicht mitgenommen, wenn ich das gewusst hätte.«

»Und warum hast du mich mitgenommen?«, frage ich. »Du brauchst keine Hilfe.« Meg würde nichts aus einer Laune heraus tun. Jede Entscheidung, jede Handlung ist genau überlegt.

»Für einen Mann wie Ron zählen Äußerlichkeiten. Haushaltshilfen, Leibköche, Parkservice und Assistenten, die hinter ihm herhuschen. Es ist alles ein Teil der Fassade, die ich aufbauen muss.«

Ich sehe sie scharf an. »Zu welchem Zweck?«

Sie grinst und sagt: »Eine hohe Provision natürlich.« Als ich ihr Lächeln nicht erwidere, fügt sie hinzu: »Du siehst enttäuscht aus.«

Ich erröte. »Nein. Ich hasse einfach Leute wie ihn, die immer alles bekommen, was sie wollen.«

Sie blickt zur Ecke des Gebäudes, wo Ron auf einem Seitenweg erscheint. Dann stupst sie mich mit der Schulter an. »Geht mir genauso«, sagt sie, stößt sich vom Auto ab und geht zur Fahrerseite.

Erst später, als ich wieder zu Hause bin und heiß geduscht habe, um den Geruch von Rons Eau de Cologne abzuspülen, wird mir bewusst, dass der ganze Ausflug eine Art Vorstellung war. Meg hat mir Ron auf dem Silbertablett serviert, garniert mit seinen schrecklichsten Eigenschaften, und mich dadurch auf ihre Seite gezogen, trotz meiner guten Vorsätze.

Sie behauptet, dass sie mich mitgenommen hat, damit Ron sich wichtig fühlt. Aber vielleicht war der wahre Grund, dass ich aus erster Hand erfahren sollte, was für ein Mensch Ron ist. Damit ich alles verstehen werde, wenn sie mit ihm fertig ist.

Aber ganz egal, für wen sie nun gedacht war – Megs Vorstellung war perfekt.

Auch eine Frau wie Meg muss ihren Lebensunterhalt verdienen, und ich sehe nie, dass sie irgendein Haus verkauft. Sie beauftragt mich mit endlosen Suchen für Käufer, die immer zu verschwinden scheinen, bevor sie eine einzige Immobilie angesehen haben, sodass ich mich frage, ob sie überhaupt existierten.

Wie versprochen verbringe ich abends ein paar Stunden mit Schreiben. Heute Abend sitze ich an einem Artikel über die Menopause für ein Online-Magazin über Frauengesundheit, das zu neunzig Prozent aus Anzeigen und zu zehn Prozent aus schlechtem Content besteht, während Scott ein Baseballspiel ansieht.

Als ich fertig bin, wende ich mich dem Stapel Post zu. Einige Rechnungen und eine Notiz von Scott: *Deine Mutter rief mich auf dem Handy an, weil du keinen ihrer Anrufe oder SMS beantwortet hast. Bitte gib ihr ein Zeichen, dass du noch lebst, damit sie mich nicht mehr nervt.*

Ich weiche ihr schon seit ein paar Monaten aus. Sie ist auf einen Artikel von mir gestoßen – »Keine Zeit zum Kochen? Kein Problem!« –, und ihre Reaktion darauf hat mich getroffen. Hältst du es wirklich für eine gute Idee, dich mit solchen Dingen zu beschäftigen? Als ob ich eine Wahl hätte.

Ich werfe ein paar Reklamebroschüren weg und wende mich den Rechnungen zu. Als Scott einzog, beschlossen wir, sie uns zu teilen. Scott bezahlt jeden Monat die Gas-, Kabel- und Internetrechnung, ich Wasser und Strom. Die Miete zahlen wir abwechselnd, und ich bin froh, dass er in diesem Monat dran ist.

Dass die Gasrechnung schon da ist, erinnert mich daran, was fehlt. Ich gehe den Stapel noch einmal durch, überprüfe alles erneut, sehe dann in der Schublade nach, in der ich alle wichtigen Papiere abgeheftet habe, um sicherzugehen, dass ich nichts übersehe.

Unsere Kontoauszüge sind nicht gekommen. Das ist merkwürdig, denn sie kommen immer ein paar Tage vor den Rechnungen, und ich prüfe meine immer, bevor ich irgendetwas bezahle. Scott und ich haben zwar getrennte Konten, aber bei derselben Bank. Unsere Abrechnungen werden am selben Tag abgeschickt, und ich kann mich nicht erinnern, dass die Auszüge jemals nicht kurz nach Monatsbeginn kamen.

Mein Magen zieht sich zusammen, wie immer, wenn so etwas passiert. Selbst nach zwei Jahren, in denen Scott total offen zu mir war, werde ich in Gedanken immer noch allzu leicht in eine Zeit zurückversetzt, in der er den ganzen Abend weg war, um mit Freunden zu spielen. An die unbezahlten Nebenkostenrechnungen und die Abschaltungen erinnert. Und daran, dass ich den Verlobungsring meiner Großmutter verkaufen musste, damit er seinen Buchmacher bezahlen konnte.

Wir haben diese Dinge während seiner Therapie besprochen, und Scott hat mir uneingeschränkten Zugriff auf alles erteilt. Seine Kontoauszüge, Handy und Computer. Anfangs habe ich noch jeden Abend alles überprüft, doch mit der Zeit hatte ich die ständige Überwachung satt.

Genau da könnte Scott rückfällig geworden sein.

Ich werfe einen prüfenden Blick durch die Tür, um sicherzugehen, dass er sich nicht vom Sofa bewegt hat, und öffne dann seinen Laptop. Eine schnelle Durchsicht seines Browserverlaufs ergibt nichts Ungewöhnliches. Seine E-Mails sind ebenfalls uninteressant. Ich gehe in die Küche, wo sein Handy auf dem Tisch liegt, und scrolle durch seine Nachrichten.

Wieder nichts. Die letzte Nachricht an Karl, seinen Sponsor bei den Anonymen Spielsüchtigen, hat er heute Morgen um neun verschickt.

Ich gehe zurück ins Wohnzimmer und sage: »Unsere Kontoauszüge sind noch nicht gekommen.«

Er verfolgt weiter das Spiel. »Vielleicht ist es an der Zeit, sich für Onlinebanking anzumelden.«

»Du erinnerst dich vielleicht, dass mir beim letzten Mal jemand tausend Dollar gestohlen hat. Und ich muss dich wohl nicht auch daran erinnern, dass Onlinebanking nicht gut für deinen Entzug ist.«

Scott antwortet nicht, aber sein Kiefer ist angespannt.

»Was glaubst du, wo sie sind?«, frage ich.

Seine Miene wird abweisend. »Wie kommst du darauf, dass ich das weiß?«

Ich schwanke zwischen Angst und Sorge. Hat er sie an sich genommen, um etwas zu verbergen, das ich nicht sehen soll? Vielleicht hat er sein Konto überzogen, um neue Spielschulden zu bezahlen. Oder vielleicht sucht er auch nach einer Möglichkeit, sich Geld von mir zu leihen, ohne mich fragen zu müssen. »Ich will nur wissen, was du denkst, das ist alles.« Ich halte die Luft an und studiere sein Gesicht auf der Suche nach Anzeichen für ein Schuldgefühl.

Aber ich sehe keine. Er hält das Spiel an, seine Miene ist ernst. »Hast du mal an die Möglichkeit gedacht, dass deine Freundin, die Betrügerin, dir nach Hause gefolgt ist? Es war vielleicht ein Fehler, ihr diese blödsinnige Geschichte über eine Erbschaft von Tante Calista zu servieren.«

»Warum sollte sie riskieren, erwischt zu werden?«, frage ich.

Er seufzt. »Postbetrug ist nicht besonders schwer. Mit dem richtigen Schreiben bekommst du alle möglichen Informationen. Ein Kontoauszug wäre für jemanden wie Meg Gold wert.« Er blickt zur Vorderseite unseres Hauses. »Und unser Eingang ist nicht gerade sicher«, fügt er hinzu.

Ich sinke aufs Sofa und denke daran, was ich an dem Tag gesagt habe, als ich ihr erklärte, ich würde doch kein Haus kaufen. Eine Bemerkung quält mich jetzt: *Ich sehe gerne diese riesige Summe auf meinem Kontoauszug*. Eine Einladung, vorbeizukommen und selber nachzusehen.

Mein Herz rast bei dem Gedanken, was ein kompromittiertes leer geräumtes Bankkonto in meinem Leben anrichten würde. In Scotts Leben. Keiner von uns besitzt viel – Meg wäre mit Sicherheit enttäuscht von dem, was sie dort findet. Und dann befällt mich eine weitere Sorge.

»Wenn sie es war, würde sie nicht nur feststellen, dass

es keine Erbschaft gibt. Sie würde auch sehen, dass der Name, den ich ihr genannt habe, falsch ist. Sie müsste mich nur googeln, um herauszufinden, wer ich bin und was ich mache. All die Mühe, die es mich gekostet hat, eine Beziehung zu ihr aufzubauen … umsonst. Und meine Geschichte könnte ich auch vergessen.«

»Wenn sie weiß, wer du bist, hast du größere Probleme als eine verlorene Geschichte«, sagt Scott. »Du versuchst, sie gezielt zu entlarven. Eine Trickbetrügerin lässt dich damit nicht davonkommen. Sie wird dich dafür bezahlen lassen wollen.«

Zum ersten Mal denke ich, dass mir die ganze Sache über den Kopf wachsen könnte.

KAT

Juli

Ich sitze an einem Lektoratsauftrag, der am Nachmittag fertig sein muss. Mein Verstand ist vor Erschöpfung ganz benebelt. Ich bin um zwei Uhr morgens mit Nachtangst aufgewacht – mit rasendem Puls und schweißgebadet – und konnte nicht wieder einschlafen.

»Alles in Ordnung?«, murmelte Scott.

»Schlecht geträumt.«

»Es liegt an der Story«, sagte er. »Du beschäftigst dich wieder mit den Leuten von damals, und dein Körper reagiert darauf. Er erinnert sich.«

»Vielleicht«, flüsterte ich. Im Traum hatte ich mit Ron und Meg im Auto gesessen, und sie hatten abwechselnd versucht, mich dazu zu bringen, aus einer Flasche zu trinken. »Schlaf weiter.«

Stattdessen stand ich auf, um einen Job zu beenden, für den ich bezahlt wurde und den ich liegen gelassen hatte. Ich machte nur eine kleine Pause, um eine Tasse Kaffee zu trinken, die Scott mir eingeschenkt hatte, bevor er zur Arbeit ging.

Als Jenna, meine beste Freundin von der Journalistenschule, mich um zehn anruft, bin ich dankbar für die Unterbrechung.

»Hey«, sage ich.

»Passt es gerade? Ich hab etwas Zeit vor der nächsten Redaktionssitzung.« Jenna ist vor einem Jahr nach New York gezogen, um eine Stelle bei der *New York Times* anzunehmen. Nachdem sie weg war, ging ich unserem kleinen Kreis von Ex-Kommilitoninnen, die sich hier draußen niedergelassen hatten, verloren. Es ist schwer, sich über ihre Artikel in *The Atlantic* oder der *Times* zu freuen, wenn man selbst noch ganz unten kämpft. Meine Mutter drängt mich ständig zu *netzwerken*. Leute zu treffen. *Du kannst dich nicht im Kokon deiner Beziehung mit Scott verstecken und dich ewig auf Jennas Kontakte verlassen.*

»Deine Story über Korruption in der New Yorker Staatsanwaltschaft war großartig«, sage ich jetzt zu Jenna.

»Danke. Sie wurde beinahe nicht gebracht. Lange Geschichte. Aber erzähl mal, wie es bei dir läuft. Woran arbeitest du gerade?«

»Meg ist wieder da«, antworte ich.

Sie atmet hörbar ein. »Wirklich? Erzähl mir alles.«

Ich setze sie ins Bild, erzähle ihr von dem Google Alert und dass ich Meg bei einem von Ron Ashtons Spendenveranstaltungen aufgespürt, mich dann als potenzielle Käuferin ausgegeben und mit ihr angefreundet habe. »Sie hat mich als ihre Assistentin eingestellt«, sage ich.

»Wie läuft es?«

»Hängt davon ab, wen du fragst«, antworte ich. Dann erzähle ich ihr von den fehlenden Kontoauszügen. »Scott hält es für möglich, dass sie weiß, wer ich bin, und mich jetzt vielleicht ins Visier nimmt.«

»Könnte ziemlich riskant für sie sein, wenn sie das tut«, sagt Jenna.

»Das denke ich auch. Außerdem hat sich in den zwei Wochen, seit die Auszüge verschwunden sind, nichts geändert. Meg und ich verbringen täglich mindestens vier Stunden zusammen, und ich kann keine Veränderung in ihrem Verhalten mir gegenüber feststellen.«

»Was glaubst du, wo sind die Kontoauszüge?«, fragt Jenna.

»Vielleicht sind sie einfach in der Post verloren gegangen«, erwidere ich. Aber bereits während ich die Worte ausspreche, klingen sie für mich nicht überzeugend. Es ist absolut möglich, dass eine Frau, die bedenkenlos eine junge Reporterin mit Nate zusammenbrachte, genau die Art von Opportunistin ist, für die Scott sie hält.

»Also, nachdem du dich das nun all die Jahre gefragt hast: Wie ist sie so?«

Ich denke darüber nach, was ich darauf antworten soll. Über den vorsichtigen Tanz, den wir beide vollführen – jede von uns lügt, sagt nicht, wer sie ist und was sie will, immer eine unbedachte Bemerkung vom Abgrund entfernt. Dann denke ich an Megs scharfsinnigen Humor. Ihre Verletzlichkeit.

»Wenn ich nicht wüsste, wer sie ist und was sie getan hat, wäre ich wahrscheinlich mit ihr befreundet.«

»Ich glaube, Scott ist zu Recht besorgt«, sagt Jenna. »Ganz egal ob sie weiß, wer du bist, du musst auf jeden Fall vorsichtig sein.«

»Mach dir keine Sorgen.«

Aber mein Bild von Meg hat sich seit ihrer Rückkehr verändert. Sie ist nicht mehr die oberflächliche Trickbetrügerin, die sie viele Jahre in meiner Vorstellung war, sondern eine Frau, die Männer wie Ron genauso hasst wie ich. Die immer darauf besteht, das Mittagessen selbst zu bezahlen, und schließlich noch dreißig Prozent Trinkgeld gibt. Die an der Ampel das Fenster herunterkurbelt, um dem Obdachlosen, der dort steht, fünf Dollar zu geben.

»Wem wirst du die Geschichte anbieten? Und wann?«

»Ich weiß nicht«, antworte ich ausweichend. Ich habe an *Vanity Fair* oder *Esquire* gedacht. Es ist genau die Art von großer, sensationeller Story, die ihnen gefallen würde – eine schöne, geheimnisvolle Trickbetrügerin –, aber alles, was ich bisher habe, sind ein paar Behauptungen von vor zehn Jahren und viele Leerstellen. »Ich muss wissen, wo sie gewesen ist und was sie gemacht hat, um eine Vorstellung davon zu bekommen, was sie jetzt macht.«

»Wo, sagt sie, war sie?«

»Michigan. Hat dort Immobilien verkauft«, antworte ich. »Sie hat eine Website mit Fotos von Häusern, die sie verkauft hat, und Kundenbewertungen.

»Gefälscht?«

»Beinahe sicher. Aber es ist eine Sackgasse.« In den Wochen seit Megs Rückkehr habe ich kein Unternehmen in Michigan finden können, das unter dem Namen *Ann Arbor Realty* operiert. Eine Bildersuche der Angebote auf ihrer Website führte immer zu *Zillow* oder *Redfin,* mit anderen Maklernamen versehen. »Ich komme nicht weiter«, gebe ich zu. »Auf keinem Portal finde ich irgendetwas, von dem Meg nicht will, dass es gefunden wird.«

»Ich werde einen von unseren Rechercheuren darauf ansetzen, ganz inoffiziell. Mal sehen, was wir finden können.«

Ich habe gehofft, dass sie das anbieten würde. »Wirklich?«, sage ich. »Das wäre toll. Ich brauche nur einen Hinweis – einen Namen, einen Ort. Den Rest kann ich übernehmen.«

»Deiner Mutter gefällt das alles bestimmt«, sagt sie.

Ich seufze und starre aus dem Fenster. »Sie sitzt mir ständig im Nacken, textet mich mit Vorschlägen voll und bietet mir an zu lesen, was ich geschrieben habe. Als ich ihr erzählte, dass ich undercover arbeiten würde, bekam sie praktisch Zustände.«

Jenna lacht. »Sie meint es gut.«

Ich weiß, dass Jenna recht hat, aber die Sache mit meiner Mutter geht tiefer. Die Erwartungen, die ich nie erfülle, die Enttäuschung darüber, dass mein großer Durchbruch bei der *L.A. Times* nur von kurzer Dauer war, während meine ehemaligen Kommilitoninnen heute für bedeutende Medien schreiben. Statt sich für Jenna zu freuen, als sie bei der *New York Times* angestellt wurde, war das Erste, was meine Mutter sagte: »Warum hast du dich nicht für den Job beworben?«

»Und wie geht es Scott?«

»Es geht ihm gut«, sage ich.

»Wann wollt ihr heiraten?«, fragt sie. »Ich will sichergehen, dass ich dann auch Urlaub habe.«

»Ich weiß es nicht. Wir sind beide so beschäftigt. Vielleicht können wir uns endlich um einen Termin kümmern, nachdem ich die Meg-Geschichte verkauft habe.«

»Das klingt, als würdest du einen Termin beim Gynäkologen machen. Versuch, dich ein bisschen zu freuen.«

Ich muss lachen. »Ich freue mich ja. Ich habe nur viel zu tun. Im Grunde habe ich zwei Jobs.«

Jenna schweigt eine Weile, als würde sie darüber nachdenken, was ich ihr gerade erzählt habe. »Solange das alles ist … Ich weiß, ich hab's schon mal gesagt, aber es ist keine Schande, seine Meinung zu ändern.«

»Scott geht es großartig«, sage ich. »Hält sich an das Programm. Alles ist gut, ich schwöre.«

Jenna wartet kurz, bevor sie sagt: »Ich muss mich beeilen. Rufst du mich am Wochenende an?«

»Mach ich.«

Nachdem sie aufgelegt hat, starre ich das Telefon an. Mir fehlt eine Freundin. Eine, die ich zum Mittagessen oder kurz auf einen Kaffee treffen kann. Bei der ich nicht immer auf der Hut sein muss, ob Lügen und Manipulation in die Gespräche einfließen. Das ständige Täuschen und Schauspielern fordert einen emotionalen Tribut. Ich muss wieder daran denken, was Scotts Freund, der verdeckte Ermittler, immer sagte. *Wenn man nicht aufpasst, verliert man nach einer Weile die Grenze aus den Augen. Dann sagt man nicht mehr* ich *oder* sie, *sondern nur noch* wir.

MEG

Juli

Fünfzehn Wochen vor der Wahl

Sechs Wochen arbeite ich bereits an dem Job, und ich muss zugeben, ich fange an, mir Sorgen zu machen. Die bevorstehende Wahl ist meine Deadline. Und es ist wie bei jeder sich drohend abzeichnenden Deadline … Je näher man ihr kommt, desto mehr gerät man in Panik, dass man die Teile vielleicht nicht rechtzeitig zusammenbekommt.

Ich fange an, mich zu fragen, ob es einen Schwachpunkt in meinem Plan gibt. Noch nie war ein Job so persönlich. So sensibel. Noch nie habe ich so viel in das Ergebnis investiert. Dies ist mein Opus magnum, und ich bin vollkommen ins Stocken geraten.

Zum Glück habe ich Kat, die uns mit Immobilien auf Trab hält, die Ron gefallen könnten. Wenn sie dachte, dass der Job hauptsächlich aus Yoga, Mittagessen und ein bisschen Papierkram besteht, dann hat sie sich getäuscht. Sie muss tatsächlich arbeiten.

Ich bin mindestens dreimal in der Woche mit Ron unterwegs, schlage hier und da eine Stunde aus seinem straffen Wahlkampfprogramm heraus, angeblich auf der Suche nach der perfekten Immobilie zur Ergänzung seines Bestands. Aber eigentlich muss ich ihn zum Reden bringen, denn ich kann den ersten Teil meines Plans – der sich um Canyon Drive dreht – nicht durchführen, bevor ich genau weiß, welche Entscheidungen Ron im zweiten Teil treffen wird.

Wir haben uns unzählige Wohnungen und Doppelhäuser angesehen, aber ich habe nicht die Absicht, ihm irgendetwas zu verkaufen. Mein Plan hängt jedoch davon ab, dass Ron genau das denkt.

Ich habe Kat nach Immobilien suchen lassen, die im Preis zwischen drei und zehn Millionen liegen, und Ron hat sich alle unvoreingenommen angesehen. Jedes Mal, wenn ich ihn frage, ob der Preis für ihn in Ordnung ist, folgt eine beiläufige Bemerkung über seinen Geschäftsführer Steve, der dafür sorgt, dass er zahlungsfähig ist und nicht ins Gefängnis kommt.

Nicht hilfreich.

Mitte August, eine Woche bevor ich das Objekt am Canyon Drive unbedingt auf den Markt bringen muss, drehe ich deshalb den Spieß um. Statt ihm Fragen zu stellen und darauf zu hoffen, dass er mir sagt, was ich wissen muss, habe ich mir eine Möglichkeit überlegt, wie er freiwillig die Informationen liefert, die ich brauche. Denn wenn ich sie nicht bald bekomme, wird es zu spät sein, um irgendetwas auf den Markt zu bringen.

»Ich wollte immer in Immobilien investieren und sie nicht einfach nur verkaufen«, erzähle ich Ron. Wir sind auf dem Rückweg vom Valley, wo wir ein Apartmenthaus für drei Millionen Dollar besichtigt haben, und stecken auf der 405 nach Santa Monica im Verkehr fest. Im Auto führen wir immer die produktivsten Gespräche. Und damit meine ich Gespräche, in denen er frauenfeindlichen, rassistischen Unsinn von sich gibt, während ich dazu nicke und mir vorstelle, wie alles enden wird.

»Dann sollten *Sie* das Haus kaufen, das wir uns gerade angesehen haben«, sagt er. »Für meinen Bestand liegt es zu weit außerhalb von L.A., aber für Sie wäre es eine nette kleine Investition.«

»Theoretisch eine gute Idee«, erwidere ich. »Aber ich habe nicht genug Geld dafür, und ich bin nicht besonders kreditwürdig.«

Ich frage mich, was Ron denken würde, wenn er wüsste, wie viel Geld ich wirklich habe. Dass ich absolut kreditwürdig bin, denn wenn man ständig Leute betrügt, ist es wichtig, seine Rechnungen pünktlich zu bezahlen.

»Ich hab im Internet über Sie recherchiert«, gebe ich zu. »Unmittelbar nachdem wir uns kennengelernt haben. Ich habe gelesen, dass Sie das Geschäft Ihres Vaters übernommen haben, als Sie fünfundzwanzig waren, und das größte Bauunternehmen in Los Angeles daraus gemacht haben.« Ich werfe ihm einen Blick zu. »Ziemlich beeindruckend, was Sie geschafft haben. Aber nicht jeder hat so viel Startkapital. Und wenn die Banken mir nichts geben ...« Ich verstumme in der Hoffnung, dass er den Satz beenden wird.

»Wenn die Banken Ihnen nichts geben, müssen Sie kreativ werden. Sie sollten Ihr eigenes Immobilienbüro gründen, nicht für eine andere Firma arbeiten. Dann können Sie das Geld hin und her schieben, wie Sie wollen.«

Bei der Erinnerung daran, wie Ron uns auf *kreative* Weise unser Zuhause gestohlen hat, wird mir ganz heiß in der Brust. Wie meine Mutter und ich in unserem Auto wohnen, in Obdachlosenheimen oder im Umkleideraum der Highschool duschen mussten. Wie wir uns Essen bei der Tafel geholt haben, uns einmal im Monat den Luxus von Big Macs von *McDonald's* gönnten. Ich umklammere das Lenkrad, so fest ich kann, zwinge mich dann dazu, mich zu entspannen, und denke daran, dass Ron das Haus im Canyon Drive ebenfalls verloren haben wird, wenn ich fertig bin. »Ich verstehe nicht, was Sie mit ›kreativ‹ meinen«, sage ich. »Entweder hat man das Geld, oder man hat es nicht.«

Ron verändert die Position in seinem Sitz und sieht mich an, seine Geständnis-Haltung, wie ich sie inzwischen nenne. In dieser Position schwingt er gerne Reden über Politik (*Die Demokraten und ihre sozialistisch-liberale Agenda*), das Obdachlosenproblem in Los Angeles (*Man sollte sie alle zusammentreiben und so viele wie möglich festnehmen*) und Frauen (*Ich bin kein Sexist, aber sorry, kann ich jetzt keiner Frau mehr ein Kompliment machen, ohne dass man mir sexuelle Belästigung vorwirft?*). »Es ist ein Balanceakt«, sagt er. »Eine der einfachsten Möglichkeiten, um flüssig zu sein, besteht darin, meine Immobilien beim Finanzamt unterzubewerten und bei den Banken überzubewerten. Dadurch ist meine Steuerschuld niedrig und meine Kreditwürdigkeit hoch.«

Ich werfe ihm einen zweifelnden Blick zu. »Ist das nicht Steuerbetrug?«

Er lacht und sagt: »Das Finanzamt erwartet gar nichts anderes. Glauben Sie mir, wenn es ihnen nicht gleichgültig wäre, würden sie sich darum kümmern. Aber sie haben weder das Geld noch das Personal, um jeden zu verfolgen. Und wir machen es alle, jeder Einzelne von uns.«

Der Verkehr fließt wieder, und ich beschleunige.

»Wenn Sie Ihr eigenes Unternehmen haben, gibt es viele Möglichkeiten, schnell an Geld zu kommen«, fährt Ron fort. »Vor sechs oder sieben Jahren hatte ich eine großartige Investment-Gelegenheit, war aber nicht flüssig genug. Da das Geschäft aber zu gut war, um es sich entgehen zu lassen, habe ich Geld aus dem Pensionsfonds meines Unternehmens genommen.«

Ich sehe ihn mit hochgezogenen Augenbrauen an, und er hebt die Hände. »Ich habe es zurückgezahlt. Aber das Geld lag auf einem Konto, das ich verwaltete, also habe ich es geliehen, nur für eine Weile. Kein Schaden, kein Verstoß. Wenn Sie vorankommen wollen, müssen Sie bereit sein, so etwas zu tun.«

»Der Wahlkampf hat Ihnen wahrscheinlich auch viele Möglichkeiten eröffnet. Das Spendenaufkommen ist unglaublich hoch.«

Er setzt sich wieder so hin, dass er nach vorne blickt, und ich befürchte, das war es für heute mit den Vertraulichkeiten. Aber dann kichert er. »Unser Mittagessen heute? Mit einer Kreditkarte bezahlt, die ein Wahlkampfspendenkonto belastet.«

Ich lache. »Soweit ich weiß, ist das illegal.«

Er zwinkert mir zu. »Es ist nur illegal, wenn Sie erwischt werden.«

Wenn mein Leben ein Film wäre, dann wäre dies der Moment, in dem der Soundtrack für den Raubzug einsetzt – zuerst die Bassgitarre, dann kommen Bläser und Trommeln dazu – und uns mit seinem schnellen Rhythmus auf Rons unausweichliches Ende zutreibt. Die Kamera würde mein Gesicht in Großaufnahme zeigen, wo ein kleines Lächeln andeutet, dass meine Sorgen gerade verfliegen. Und genau wie im Film gibt es keine Zeit zu verlieren.

»Ich glaube, ich habe genug gehört«, sage ich. »Glaubhafte Abstreitbarkeit und so.«

Er grinst mich an. »O nein. Jetzt sind Sie eingeweiht. Wenn Sie langfristig meine Maklerin werden, müssen Sie auch meine Geheimnisse bewahren.«

Ich sehe ihn fragend an. »Wollen Sie, dass ich eine Verschwiegenheitserklärung unterschreibe?«

»Die brauche ich nicht. Bei der Anzahl von Immobilien, die ich kaufe und verkaufe, verdienen Sie mindestens eine Million jährlich an Provisionen. Meiner Erfahrung nach ist das für jeden ein hinreichender Verschwiegenheitsgrund. Nächstes Jahr um diese Zeit zahlen Sie bar für ein Objekt. Sie werden sehen.«

Sie werden sehen. Die Worte schwirren mir durch den Kopf wie Schmetterlinge.

KAT

Juli

Als Meg und ich wie immer nach dem Yoga mit Veronica beim Sushi sitzen, erlebe ich, wie gut Meg ihre Sache macht, und bekomme eine erste Ahnung davon, was sie vielleicht vorhat.

»Wo veranstaltet Ron nächste Woche sein Fundraising-Dinner?«, fragt Meg.

»In einem Haus in Beverly Hills. Ein riesiges Anwesen in The Flats.«

»Hat er schon mal etwas in seinem eigenen Haus ausgerichtet?«, fragt Meg.

Bei der Erwähnung des Hauses am Canyon Drive blicke ich auf, aber Meg sieht Veronica unverwandt an.

»Es ist zu klein«, sagt Veronica. »Und die Leute, hinter denen wir her sind, bevorzugen Chrom und klare Linien. Rons Haus ist mehr englischer Landhausstil.«

Meg sieht besorgt aus.

»Was ist?«, fragt Veronica.

»Ich finde es nur schade, dass Ron nicht standesgemäßer wohnt. Es sind gerade so viele Immobilien auf dem Markt, die ein bisschen mehr Klasse haben, verstehst du?«

»Hm, wahrscheinlich«, sagt Veronica.

»Ich würde es ihm selbst sagen, aber ich bin Verkäuferin. Alles, was wir sagen, ist suspekt.«

Ich tunke ein Stück Sushi in Sojasoße und verfolge das Gespräch.

Meg fährt fort. »Die Gegend, in der er wohnt, ist nett. Aber jeder weiß, dass diejenigen, die richtig Geld haben, nördlich des Sunset Boulevards wohnen.«

»Ich bezweifle, dass Ron so kurz vor der Wahl umziehen will.«

»Klar. Nur ...« Meg verstummt, als ob sie nicht wüsste, wie sie sagen soll, was sie sagen muss. »Bei der Spendenveranstaltung, zu der du mich mitgenommen hast, habe ich eine Unterhaltung mitbekommen, die mir zu denken gab.« Sie blickt aus dem Fenster, als würde sie versuchen, sich genau zu erinnern. »Es war ein älteres Ehepaar ... Sie hatte kürzere graue Haare ... Du weißt, von wem ich spreche.«

Veronica schüttelt den Kopf, und ich muss beinahe lachen. Meg beschreibt neunzig Prozent der Menschen auf dieser Veranstaltung.

Meg sagt: »Mein Gott, ich kann nicht glauben, dass ich mich nicht an ihre Namen erinnere. Nicht nur reich, sondern richtig wohlhabend. Und er ist irgendeine große Nummer ...«

»Die Morgensterns?«, tippt Veronica.

Meg schnippt mit den Fingern und sagt: »Ja! Danke. Jedenfalls sagten sie, dass Ron der Unterschicht angehöre und sich als jemand aus der Oberschicht ausgebe.« Meg rümpft die Nase. »Sie sagte: ›Angeblich ist er ein erfolgreicher Bauunternehmer, und trotzdem wohnt er in einer Gegend, wo die Häuser so dicht beieinanderstehen, dass man hören kann, wenn die Leute im Pool schwimmen oder grillen.‹« Meg nimmt eine Lachsrolle, steckt sie sich in den Mund und kaut. Nachdem sie geschluckt hat, sagt sie: »Im Lauf der Jahre habe ich gelernt, dass reiche Leute sich über die komischsten Sachen Gedanken machen.«

Veronica sieht besorgt aus, aber Meg zuckt mit den Achseln und sagt: »Aber das ist schon in Ordnung. Ich meine, wen kümmert es, wo er wohnt, stimmt's?«

Dann wechselt sie das Thema und äußert sich zum bevorstehenden Urlaub unserer Yogalehrerin. »Ich glaube, wenn man auf Spring-Break-Stimmung steht, ist Cabo genau der richtige Ort.«

Aber Veronica hört nicht zu. Nicht wirklich. Megs wohlkalkulierte Bemerkungen sollen Veronica dazu bringen, David zu sagen, dass Rons wichtigste Unterstützer ihn nicht als ebenbürtig betrachten. Und sie hat äußerst geschickt und unauffällig erklärt, woran das liegt: an seinem Haus.

Nach dem Mittagessen nimmt Veronica vor dem Restaurant ein Taxi, und ich warte noch mit Meg darauf, dass der Parkservice ihr Auto bringt. Meinen Wagen habe ich drei Straßen weiter an einer Parkuhr abgestellt. Auf der Straße vor uns kommt der Verkehr vor einer roten Ampel zum Stehen.

»Hey, Blondie, passen die Vorhänge zum Teppich?« Der Zuruf kommt aus einem Cabrio direkt vor uns. Drei Männer – Jungs eigentlich – sehen Meg grinsend an.

Verärgert mache ich eine steinerne Miene, wie die meisten Frauen es in solchen Situationen machen: Wir tun so, als würden wir die sexuelle Belästigung von Jungs nicht hören, die bereits gelernt haben, dass sie weitgehend ungehindert durchs Leben gehen werden.

Meg wendet sich jedoch mit einem aufgesetzten Lächeln an denjenigen, der das gesagt hat. »In meinem Wohnzimmer, meinst du?«

Ihr Gesicht strahlt Selbstbewusstsein aus, als sie einen weiteren Schritt auf das Auto zugeht, und ich muss innerlich darüber lachen, wie mühelos sie den Spieß umdreht.

»Macht man das überhaupt?«, fragt sie und wendet sich an mich. »Zueinanderpassende Teppiche und Vorhänge wäre ziemlich viel in einer Farbe.«

»Die meisten Menschen haben heute überhaupt keine Vorhänge mehr«, sage ich, »sondern eine Art Rollo.«

Meg nickt und beugt sich zu dem Jungen im Auto hinunter, der rot wird. Er wirft einen Blick auf die Ampel in der Hoffnung, dass sie bald umspringt. »Manche Leute haben Fensterläden«, sagt sie.

»Mach das Dach hoch«, murmelt der Jugendliche dem Fahrer zu.

Sein Freund lacht und sagt: »Die Ampel wird gleich grün.«

»Fensterläden sind wirklich schön«, sage ich.

Meg drängt sich noch näher an das Auto. »Du willst also wissen, ob der Bodenbelag in meinem Haus zu meiner Fensterdekoration passt? Möchtest du ein Haus kaufen? Ich verkaufe Immobilien und kann dir gern meinen wöchentlichen Newsletter schicken, wenn du willst.«

In dem Moment wird die Ampel grün, und auf dem Gesicht des Jungen breitet sich Erleichterung aus. Beim Anfahren können wir seine Freunde lachen hören. »Sie hat's dir gegeben«, sagt einer von ihnen.

Meg tritt vom Bordstein zurück und lacht. »Jemand muss sie ja erziehen«, sagt sie.

Unabhängig davon, ob sie weiß, wer ich in Wahrheit bin, unabhängig davon, ob ich mich zur Zielscheibe gemacht habe – mit Meg zusammen zu sein ist immer unterhaltsam.

Ich drehe mich zu ihr um. »Rons Haus also«, sage ich ohne Umschweife. »Es wäre toll, das anzubieten.«

Meg lächelt mich an und sagt: »Es ist ein tolles Haus.«

Es ist dein Haus, würde ich am liebsten sagen.

Sie kreuzt die Arme vor der Brust und fährt fort. »Ich habe vielleicht die perfekten Käufer dafür. Ich lasse zuerst Veronica den Keim legen und werde es dann bei Ron ansprechen.«

Ich sehe sie scharf an. »Kannst du beide Seiten des Geschäfts vertreten?«

»Im Grunde schon, auch wenn manche das ein bisschen zwielichtig finden. Aber ich denke, dass wir es wahrscheinlich gar nicht auf dem Markt anbieten müssen und schnell verkaufen können, wenn meine Käufer ein gutes Angebot machen. Ich bezweifle, dass Ron scharf darauf ist, zweimal die Woche Leute zu Hausbesichtigungen zu empfangen.«

Der Mitarbeiter des Parkservice fährt ihr Auto vor, und sie gibt ihm Trinkgeld.

»Ich habe gar nicht gewusst, dass du neue Kunden hast«, sage ich und frage mich, wo sie sie aufgetrieben hat. Sie unternimmt eigentlich nichts von dem, was andere Makler so tun, um sich zu etablieren, Klinkenputzen, Hausbesichtigungen und Ähnliches. »Wer sind sie?«

Sie lächelt schmallippig und antwortet: »Kann ich nicht sagen, tut mir leid. Es sind Geschäftsleute, und sie wollen anonym bleiben.« Bevor ich fragen kann, woher sie sie kennt, wirft sie einen Blick aufs Handy, um die Uhrzeit zu checken. »Außerdem bin ich spät dran. Wir reden später, okay?«

Sie schlüpft hinters Lenkrad, ist in Sekunden weg und lässt mich stehen. In Gedanken gehe ich alle Möglichkeiten durch, wie sie ihren Plan durchführen will.

Als ich kurz nach eins heimkomme, brenne ich darauf, die Möglichkeiten zu recherchieren, wie ein Makler einen Verkauf manipulieren kann. Insbesondere wenn das Haus nicht auf den Markt kommt.

Ich setze mich an meinen Schreibtisch, öffne meinen Computer und gebe die Parameter in die Suchleiste ein. Da mein Computer langsam lädt, stehe ich auf und hole mir eine Cola light aus der Küche. Als ich wiederkomme, ist der Bildschirm immer noch leer.

Die Seite kann nicht geladen werden. Prüfen Sie Ihre Internetverbindung und versuchen Sie es noch einmal.

Ich sehe mir den Router an, der grün blinkt, und versuche es noch einmal. Immer noch nichts.

Ich gehe ins Wohnzimmer, um zu sehen, ob unser Kabelfernsehen funktioniert. Vielleicht gibt es eine Störung. Ich schalte den Fernseher an und werde von einem schwarzen Bildschirm begrüßt.

»Mist.« Ich wähle die Nummer der Kabelgesellschaft und schlage mich durch eine Reihe automatischer Wahlmöglichkeiten, bis ich schließlich eine lebende Person am Apparat habe. »Ich würde gerne eine Störung melden«, sage ich.

»Postleitzahl?«, fragt eine Frauenstimme.

Ich gebe sie an und höre, wie die Frau sie eintippt. Schließlich sagt sie: »Ich sehe in Ihrer Gegend keine Ausfälle.«

»Es muss einer vorliegen, denn weder Internet noch Kabelfernsehen funktionieren bei mir.«

»Wie lautet Ihre Kundennummer?«, fragt sie.

Ich hole den Karton heraus, in den Scott und ich Dinge legen, die wir schreddern wollen, finde die Rechnung vom letzten Monat und lese sie vor. Schließlich sagt sie: »Ich werde Sie mit einem Account-Manager verbinden, der kann Ihnen helfen.«

Ich bin wieder in der Warteschleife und schaue erneut in den Karton, um die Abrechnungen vom Kabelfernsehen herauszusuchen. Ich gehe fünf Monate zurück – bei allen ist der untere Teil abgerissen, also sind sie vermutlich bezahlt. Eine leise Stimme in meinem Kopf erinnert mich jedoch daran, dass Spieler gut im Täuschen sind.

Die Account-Managerin ist in der Leitung, ich schildere noch einmal mein Problem und spüre, wie ich Kopfschmerzen bekomme. Schließlich sagt sie: »Sie sind mit der Zahlung sechzig Tage im Rückstand, deshalb wurde Ihr Anschluss gesperrt. Sie können entweder jetzt sofort mit Kreditkarte zahlen oder mit einer Zahlungsanweisung in unser Büro kommen. Es sind vierhundertdreiundsiebzig Dollar und vierundneunzig Cents fällig, damit wir den Dienst wiederaufnehmen.«

Ich lasse mich aufs Sofa fallen und schließe die Augen.

»Miss Roberts?«, fragt die Frau. »Was möchten Sie machen?«

»Ich zahle mit Kreditkarte«, antworte ich.

Sobald ich fertig bin, rufe ich Scott auf dem Handy an.

»Ich habe gerade über vierhundert Dollar bezahlt, damit unser Kabel- und Internetanschluss wieder freigeschaltet wird«, sage ich, als er abnimmt.

»Was?«, sagt Scott.

»Warum hast du die Rechnung nicht bezahlt?«

»Ich *habe* die Rechnung bezahlt.«

»Verarsch mich nicht, Scott, sie war sechzig Tage überfällig.«

Scott atmet schwer aus und sagt: »Na schön, ich gebe zu, ich war einen Monat in Verzug. Dachte, ich hätte es bezahlt, hatte ich aber nicht. Aber als die nächste Rechnung kam und ich es merkte, habe ich alles zusammen bezahlt.«

»Das ist komisch. Als ich eben mit ihnen telefoniert habe, hatten sie keinen Zahlungseingang.«

»Wenn du mich die Rechnungen online bezahlen ließest wie jeder andere Mensch auf der Welt, wäre das nicht passiert.«

»Jetzt gib nicht mir die Schuld«, sage ich. »Wir waren uns mit Dr. Carter darüber einig, dass jede Art von Online-Zahlung ein Trigger für dich sein könnte. Es ist für deine Heilung am besten, wenn du deine finanziellen Dinge offline regelst.« Bevor er mit mir streiten kann, fahre ich fort. »Viel mehr irritiert mich allerdings, dass du die Kontrollabschnitte trotzdem in den Karton gelegt hast, sodass es so aussieht, als hättest du bezahlt. Es ist nicht schlimm, dass du es vergessen hast, wir alle haben viel zu tun. Aber dass du versucht hast, es zu verbergen, ist ein Problem.«

»Weil ich wusste, dass du etwas daraus machst, was es einfach nicht ist.«

Ich starre aus dem Fenster und bin verunsichert. Scotts

Geschichte klingt plausibel. Es gibt keine Anzeichen dafür, dass er gespielt hat. Sein Handy und sein Computer sind sauber. Er ist immer dort, wo er sagt, und ich sitze eher mitten in der Nacht vor meinem Computer als er. Als er mir letzte Woche seinen Kontoauszug gezeigt hat, gab es darauf keine ungewöhnlichen Kontobewegungen. Der Kontostand war niedriger, als ich gehofft hatte, aber es gab keine großen Barabhebungen oder andere Warnsignale, die darauf hindeuten würden, dass er nicht genau das tut, was er sagt – sich an das Programm halten.

Aber trotzdem, so fängt es an – mit unbezahlten Rechnungen und Anrufen von Schuldnern.

Er fährt fort. »Du ignorierst das größere Problem. Du willst nicht erkennen, dass Meg hinter alldem steckt. Und wie es scheint, nimmt sie jetzt auch mich ins Visier.«

»Was sollte Meg mit unserer Kabel- und Internetrechnung anfangen?«

»Du wärst überrascht«, sagt er. »Schecks waschen, die Zugangsdaten benutzen, um etwas anderes zu kaufen.«

Ich versuche, die Sache aus Scotts Sicht zu sehen, aber mein Gefühl sagt mir, dass sie nicht so arbeitet. Meg braucht unser Geld nicht. »Ich weiß, du machst dir Sorgen. Aber ich glaube nicht, dass es so ist.«

»Prima«, gibt er in scharfem Ton zurück. »Ich nehme an, du kennst dich in diesen Dingen besser aus als ich.«

»Ich verbringe jeden Tag Stunden mit ihr«, sage ich. »Glaubst du, du bist der Einzige, der einen Menschen durchschauen kann?«

»Du denkst, dass du sie kennst«, sagt er. »Aber du kennst sie nicht. Nicht wirklich.«

KAT

August

Scott fing an, darauf zu drängen, dass ich meine Bankgeschäfte wieder online regle. Nach einer Woche gab ich nach. »Nur weil ich kein Onlinebanking machen kann«, sagte er, »heißt das ja nicht, dass du auch darauf verzichten musst. Außerdem ist es viel praktischer geworden. Du hast die völlige Kontrolle über alle Kontobewegungen. Niemand ist dazwischengeschaltet. Jemand wie Meg hat keine Chance, an dein Geld zu kommen.«

Er hat mich daran erinnert, auch weiterhin auf der Hut zu sein, wenn ich mit Meg unterwegs bin. »Lass deine Handtasche nie aus den Augen, wenn du mit ihr essen gehst. Leih ihr niemals dein Handy. Lass sie nicht mal alleine in deinem Auto sitzen. Sie könnte sich deine Zulassungspapiere schnappen und dir alle möglichen Probleme bereiten.«

»Du musst nicht auf mich aufpassen«, erwiderte ich. Tatsächlich jedoch vergaß ich immer öfter, dass Meg nicht diejenige war, für die sie sich ausgab, wenn ich Zeit mit ihr verbrachte. Und dass ein Großteil ihrer Vergangenheit komplett erfunden war.

Aber jeder Abend mit ihr bringt neue Erkenntnisse. Heute

gehen wir zu einem Open-Air-Konzert im Park. Und wenn wir nebeneinander in Klappliegestühlen sitzen und uns eine Flasche Wein teilen, scheint mir das eine vielversprechende Gelegenheit zu sein, etwas mehr über ihre mysteriösen Käufer herauszufinden.

Ich treffe sie auf der großen Rasenfläche, auf der die Bühne steht. Während sich der Park nach und nach mit Menschen füllt, die sich mit ihren Decken, Stühlen und Kühlboxen unter den hohen Maulbeerfeigenbäumen niederlassen, geht langsam die Sonne unter, und es wird kühler.

»Kalt?«, fragt Meg, als sie sieht, wie ich ein Zittern unterdrücke. Die Band betritt die Bühne, und ein Gespräch nach dem anderen um uns herum verebbt.

»Ein bisschen«, flüstere ich. »Die letzten Wochen war es so heiß, dass ich dachte, ich bräuchte heute keine Jacke.«

Tatsächlich habe ich sie absichtlich zu Hause gelassen, weil ich weiß, dass Meg immer eine im Kofferraum hat. »Die Winter in Michigan hinterlassen ihre Spuren«, hat sie einmal zu mir gesagt.

»Ich habe eine im Auto, wenn du möchtest«, bietet sie an und kramt ihre Schlüssel aus der Tasche. »Sie liegt im Kofferraum.«

Mit einem Anflug von Triumph nehme ich die Schlüssel und laufe zurück zum Parkplatz. Ich habe zehn Minuten, um mich umzusehen. Als ich noch Megs Kundin war, hatte sie eine Aktenmappe für mich mit den Immobilien angelegt, die sie mir zeigen wollte. Für Ron hat sie auch so eine. Ich hoffe, im Auto etwas zu finden. Wenn nicht eine dieser Mappen, dann vielleicht eine Visitenkarte oder eine handschriftliche Notiz. Irgendetwas, das mir verrät, wer die potenziellen Käufer sind. Denn sobald ich das weiß, finde ich vielleicht auch heraus, ob und wie sie möglicherweise mit Meg zusammenarbeiten.

Ich schließe das Auto auf und fange mit dem Rücksitz an, der jedoch leer ist. Auch in den Taschen an der Rückseite der Sitze finde ich nichts, nur eine Packung Papiertaschentücher und einen Kugelschreiber.

Als Nächstes greife ich unter die Sitze. Vielleicht hat sie dort ja ihre Handtasche versteckt, so wie ich. In ihrer Geldbörse finde ich eventuell ein paar Visitenkarten mit Namen, die ich morgen überprüfen könnte. Oder vielleicht steckt in einer Seitentasche noch die Rechnung eines Restaurants, dem ich einen Besuch abstatten kann. Irgendetwas, das mich auf die richtige Fährte bringt. Ich brauche nur einen einzigen Anhaltspunkt, dem ich nachgehen kann.

Aber da ist nichts außer Schmutz, ein paar Laubblättern und einem alten Coupon von einer Reinigung.

Hinter mir fängt die Band an, einen Song von Fleetwood Mac zu spielen.

Ich mache mit dem Handschuhfach weiter, wo ich unter der Gebrauchsanweisung für das Auto und einer Straßenkarte von Kalifornien einen Zettel finde. Am oberen Rand hat sie in ihrer vertrauten Handschrift etwas notiert. *Tante Calista – $$ – Summe unklar*.

Der Rest des Wagens gibt nichts mehr her. Schnell verstaue ich alles wieder dort, wo ich es gefunden habe, und nehme die Jacke aus dem Kofferraum. Sie ist ein wenig schwerer als die Jacken, die man in Kalifornien normalerweise trägt, aber sobald ich hineinschlüpfe, entspannen sich meine Schultern, und mir wird wärmer. Dann schaue ich mir den Kofferraum noch einmal genauer an. Vielleicht finde ich ja hier etwas. Aber er ist ebenfalls leer. Ich verriegele die Türen, sehe auf die Uhr meines Handys, bevor ich es in die Innentasche der Jacke stecke, und gehe zurück zum Konzert.

Als ich mich durch die geparkten Autos schlängle, klickt links von mir ein Feuerzeug. Ich unterdrücke einen Schrei und springe erschrocken zur Seite.

Zwischen zwei SUVs steht halb verdeckt ein Mann und raucht eine Zigarette.

Als er den Schrecken in meinem Gesicht bemerkt, hebt er die Hände, die Glut seiner Zigarette ist ein heller Punkt in der Dunkelheit. »Tut mir leid, wenn ich Sie erschreckt habe«, entschuldigt er sich. »Ich habe mich hier nur schnell versteckt, um eine zu rauchen.«

Ich schenke ihm ein schwaches Lächeln. Fest umklammere ich Megs Autoschlüssel und beeile mich, durch die Reihen von geparkten Autos wieder zurück zum Konzert zu kommen. Ich muss mehrmals tief durchatmen. *Nur ein Kerl, der eine Zigarette raucht. Nichts weiter.*

Als ich wieder bei Meg bin, habe ich mich von meinem Schreck schon fast erholt. »Danke«, sage ich, während ich mich in meinen Liegestuhl fallen lasse und ihr die Autoschlüssel zuwerfe.

Sie drückt mir einen Plastikbecher mit Wein in die Hand. »Ich muss mal schnell auf die Toilette«, erklärt sie mir.

Dann schnappt sie sich ihr Handy und hängt sich die Handtasche über die Schulter, die ihr immer wieder gegen die Hüfte schlägt, während sie geht.

Die Band, die das Publikum mit Songs von Blondie, den Go-Go's, Fleetwood Mac und Joan Jett anheizt, ist phänomenal. Es dauert nicht lange, bis auch wir aufspringen, tanzen und aus voller Kehle mitgrölen.

Für ein paar Stunden vergesse ich meine unbeantworteten Fragen, vergesse Scotts Bedenken und seine Fehltritte. Sogar meine wachsende Sorge, dass ich mich an Meg als Person womöglich zu sehr gewöhnt habe, um ihr noch objektiv zu begegnen, schiebe ich beiseite. Irgendwann bemerke ich, dass sie mich mit einem Lächeln im Gesicht beobachtet. Wen sieht sie, wenn sie mich anschaut? Eine wohlhabende Frau, die noch herausfinden muss, was sie mit ihrem Leben anfangen will? Oder eine Journalistin, die sich zu tief in ihre Geschichte verstrickt hat?

Ich schließe die Augen und entscheide, dass es mir egal ist.

Nach dem Konzert bin ich heiser, und mir tun alle Knochen weh. »Das war toll«, sage ich zu ihr.

Meg hakt sich bei mir unter. »Danke, dass du mitgekommen bist.« Sie drückt meinen Arm. »Lust auf Kuchen?«

»O ja.« Wir gehen zurück auf den Parkplatz, der von Straßenlaternen und den Rücklichtern der wegfahrenden Autos in ein mattes Licht getaucht wird.

»Fahr mir nach«, sagt sie. »Es gibt da einen fantastischen Laden in Santa Monica, der die ganze Nacht geöffnet hat.«

Als ich in mein Auto klettere und das Handy auf die Mittelkonsole lege, bemerke ich eine Benachrichtigung meiner Bank.

Ein neues Gerät will auf Ihr Konto zugreifen. Sollten das nicht Sie sein, kontaktieren Sie bitte Ihren Account-Manager.

Ich sehe hinüber zu Meg, die sich in ihrem Auto gerade den Gurt über die Brust zieht, und dann wieder auf mein Handy. Laut Zeitangabe wurde der Versuch unternommen, kurz nachdem ich ihr Auto durchsucht und das Handy in die Jackentasche gesteckt hatte. Also genau dann, als Meg kurz zur Toilette gegangen war.

Ein Hupen zieht meine Aufmerksamkeit auf sich. Meg gibt mir ein Zeichen, ihr zu folgen.

Ich lege mein Handy wieder auf die Mittelkonsole und fahre ihr nach.

Während ich ihr auf die Main Street in Santa Monica folge, werde ich immer wütender – weniger auf Meg als vielmehr auf mich selbst, weil ich so unvorsichtig war. All die Geschichten, die sie mir über ihre Vergangenheit erzählt hat, die feinen Fäden, die sie zwischen uns gesponnen und an denen sie mich näher zu sich herangezogen hat. Wie sie mich permanent abgelenkt und dafür gesorgt hat, dass ich mich auf ihr großes Herz anstatt auf ihren scharfen Verstand konzentriere.

Scott hatte versucht, mich zu warnen. Du versuchst, sie gezielt zu entlarven. Eine Trickbetrügerin lässt dich damit nicht davonkommen. Sie wird wollen, dass du dafür bezahlst.

Während ich auf einen freien Parkplatz fahre, beruhige ich mich damit, dass Megs Versuch fehlgeschlagen ist. Und nun bin ich gewarnt.

Obwohl es schon fast Mitternacht ist, dauert es zwanzig Minuten, bis wir einen Tisch bekommen. Mit den übrigen Wartenden stehen wir vor der Tür und machen Small Talk, während ich in Gedanken ganz woanders bin. Ich stelle mir

Meg vor, wie sie zusammengekauert auf einer der schummrigen öffentlichen Toiletten im Park sitzt, umgeben von den kalten und feuchten Betonwänden. Wie sie auf ihr Handy starrt und versucht, sich mit meinem gestohlenen Bankauszug in mein Konto einzuloggen. Durchs Fenster wehen die Geräusche des Konzerts zu ihr herein und hallen von den kahlen Wänden wider. Sie weiß, dass es mindestens zwei Stunden dauern wird, bevor ich eine Benachrichtigung von der Bank bekomme, und glaubt, aus dem Kreis der Verdächtigen auszuscheiden, weil sie sich in meiner Nähe aufhält.

»Und was willst du mit deinem Leben jetzt anfangen?«, fragt sie mich jetzt. »Mal abgesehen von deinem neuen aufregenden Job als Maklerassistentin.« Ihre Wangen sind noch gerötet vom Konzert, und sie sprüht nur so vor Energie.

Ich habe gerade keine Lust mehr zu lügen, also beschließe ich, ihr zur Abwechslung einmal die Wahrheit zu sagen. »Tatsächlich schreibe ich an einem Roman.«

Sie sieht überrascht aus und will mich gerade etwas fragen, als ihr Name aufgerufen wird. Wir folgen der Bedienung quer durchs Café. Nachdem wir so lange draußen gestanden haben, kommt uns die Luft hier drin stickig vor.

Wir setzen uns einander gegenüber, und die Bedienung drückt uns die Speisekarten in die Hand.

»Ich glaube, ich nehme den Apfelkuchen«, sagt Meg und blättert die Karte um. »Dazu einen koffeinfreien Latte macchiato.«

»Für mich dasselbe Getränk, aber mit einem Kirschstrudel.«

Wir geben der Bedienung die Karten zurück und sehen uns über den Tisch hinweg an. »Ein Roman also! Wovon handelt er?«, fragt sie.

Plötzlich werde ich waghalsig. Ich will wissen, wie clever sie wirklich ist. Wie schnell sie umschalten und überspielen kann, was sie tut und wer sie wirklich ist. »Es ist ein Thriller über eine Trickbetrügerin.«

Megs Augen weiten sich, dann lacht sie so laut, dass es den Restaurantlärm übertönt. »Das klingt toll. Und welche überraschenden Wendungen wird die Geschichte nehmen? Oder willst du das nicht verraten?«

Wir grinsen beide. »Ich weiß es noch nicht genau. Aber wenn es so weit ist, verrate ich es dir.«

Falls das, was ich gesagt habe, sie irgendwie beunruhigt, zeigt sie es nicht. Ihre Arme liegen völlig entspannt auf dem Tisch, während von den anderen Tischen Gesprächsfetzen zu uns herüberwehen.

Plötzlich vermisse ich Jenna so sehr, dass es fast wehtut. Ich male mir aus, wie es wäre, jetzt mit ihr hier zu sitzen statt mit Meg. Nicht ständig auf der Hut sein zu müssen. Dieses Stück Kuchen nach einem tollen Konzert genießen zu können, ohne mich in alle Richtungen absichern zu müssen. Nicht lange darüber nachdenken zu müssen, was ich sagen und was ich nicht sagen kann.

Stattdessen sitzt da Meg. Eine Frau, die aussieht wie eine Freundin. Die sich verhält wie eine Freundin. Die aber keine Freundin ist.

»Alles okay bei dir?«, fragt sie. »Du bist irgendwie stiller als sonst.«

Ich starre auf eine riesige Tafel über dem Tresen, auf der in großen bunten Buchstaben Speisen und Getränke aufgelistet sind. Dann sehe ich ihr direkt ins Gesicht. »Jemand hat versucht, sich in mein Bankkonto zu hacken.«

Ich beobachte, wie sie reagiert. Obwohl ich sie nicht den Bruchteil einer Sekunde aus den Augen lasse, ist in ihrem Gesicht außer Überraschung und Sorge nichts zu erkennen.

»Du solltest sofort dein Passwort ändern.« Sie deutet auf mein Handy, das auf dem Tisch liegt. »Willst du es jetzt gleich machen?«

Ich schüttle den Kopf. »Da kommt niemand ran. Es ist durch eine doppelte Authentifizierung gesichert. Aber ich werde morgen trotzdem anrufen. Sicher ist sicher.«

Sie nimmt ihr Glas und trinkt einen Schluck Wasser, bevor sie das Gespräch wieder aufnimmt. »Und warum siehst du dann immer noch so besorgt aus?«

»Bei uns zu Hause ist außerdem Post verschwunden. Kontoauszüge. Wir haben Rechnungen bezahlt, aber das Geld ist nie angekommen. Scott glaubt, dass es jemand auf uns abgesehen hat.«

Sie sieht mich erschrocken an. »Habt ihr schon die Polizei informiert?«

»Noch nicht«, entgegne ich. »Aber nach dem, was heute passiert ist, wird Scott das sicher tun.« Ich lasse die Drohung in der Luft hängen und suche in ihrem Gesicht nach Reaktionen. Ein Aufblitzen von Sorge. Ein Zucken. Irgendetwas, wodurch sie sich verrät. Ich denke wieder an die hastige Notiz: *Tante Calista – $$ – Summe unklar*.

Unser Kuchen wird gebracht, und eine Weile lang essen wir schweigend. Schließlich sagt Meg: »Ich will dir nicht zu nahe treten, aber glaubst du, Scott könnte wieder angefangen haben zu spielen?«

Ich sehe von meinem Teller auf, und mir kommt eine

schreckliche Erkenntnis: Dass ich ihr vor langer Zeit einmal die Wahrheit gesagt habe, holt mich nun ein. So arbeiten Trickbetrüger – sie sammeln Informationen und benutzen sie gegen einen, wenn man am verletzlichsten ist. Als wollte Meg mir sagen: *Nicht ich bin es, wegen der du dir Sorgen machen solltest.*

Ich hätte mir irgendeinen anderen Grund ausdenken können, weshalb Scott und ich unsere Hochzeit noch hinausschieben. Aber ich habe mich entschieden, die Wahrheit zu sagen, ohne zu ahnen, wie geschickt sie diese gegen mich verwenden würde.

Meg zeigt auf meinen Ring. »Wie oft nimmst du den ab?«, will sie wissen. Ich muss verwirrt aussehen, denn sie fügt erklärend hinzu: »Ich habe mich nur gefragt, ob er vielleicht die Möglichkeit hatte, den Stein auszutauschen, ohne dass du es merkst.« Sie hebt abwehrend die Hände. »Tut mir leid, aber wenn er wieder spielt, könnte er genau so etwas versuchen.«

Der Verlobungsring meiner Großmutter fällt mir wieder ein. Es dauerte lange, bis ich bemerkte, dass er verschwunden war. Scott behauptete hartnäckig, die Putzfrau habe ihn genommen, bis er schließlich zugab, ihn verkauft und seine Schulden damit bezahlt zu haben.

»Ich bin zu weit gegangen. Entschuldige bitte«, sagt sie. »Aber wenn du willst… Ich kenne da jemanden im Diamond District in der Innenstadt, der sich den Ring mal ansehen könnte. Nur um sicherzugehen.«

Ich schiebe mir noch einen Bissen Kuchen in den Mund, ohne ihn wirklich zu schmecken, und überlege, was das wohl für ein Jemand ist, den Meg da kennt. Wahrscheinlich könnte er den Stein blitzschnell selbst austauschen. »Ich nehme ihn nie ab«, behaupte ich, obwohl das nicht stimmt. Ich nehme ihn ab, wenn ich ins Fitnessstudio gehe. Wenn ich zur Maniküre gehe. Tatsächlich habe ich ihn schon sehr oft abgenommen. Wenn Scott etwas damit hätte machen wollen, hätte er es problemlos tun können.

»Ich will es nicht schlimmer machen, als es ist«, fährt Meg fort. »Aber versprich mir, dass du vorsichtig bist. Wenn dein Bauchgefühl dir sagt, dass irgendetwas nicht stimmt, dann solltest du darauf hören.«

»Du hast ja recht«, sage ich. »Aber ich glaube nicht, dass es Scott war.«

Meg akzeptiert das und nickt. Sie schiebt sich ein Stück Apfelkuchen in den Mund und sagt kauend: »Na, dann ist ja alles gut.«

Als ich wieder zu Hause bin, schleiche ich mich leise in die Wohnung, um Scott nicht zu wecken, und gehe direkt an seinen Computer. Bevor ich es nicht selbst überprüft habe, kann ich Megs Verdächtigungen nicht abschütteln. Eine lange Liste von Websites taucht auf, die jedoch alle unverdächtig sind. Die Seite der Bank ist auch nicht dabei. Danach kontrolliere ich sein Handy. Auch dort keinerlei Hinweise, dass er versucht hat, sich in mein Konto einzuloggen. Meine Erleichterung verwandelt sich in Schuldgefühle, und ich frage mich, ob ich je damit aufhören werde, ihn als Erstes zu überprüfen.

Ich höre, wie er sich im Bett umdreht, und mir wird klar, wie leichtsinnig es war, seine Warnungen in den Wind zu schlagen. Zu glauben, ich würde mit Meg schon klarkommen. Sollte es zu ihrer Strategie gehören, zwischen Scott und mir Zweifel zu säen, den Riss in unserer Beziehung so breit werden zu lassen, dass ich anfange, ihm zu misstrauen, dann geht ihr Plan auf.

Aber noch habe ich das Geschehen unter Kontrolle. Ich weiß, wer Meg ist und was sie tut. Mein Konto ist gesperrt. Ihr Versuch fehlgeschlagen.

Ich schlüpfe aus Megs Jacke und logge mich in mein E-Mail-Konto ein, um den Zeitpunkt des Angriffs noch einmal zu überprüfen. Ganz oben in der Eingangsliste ist eine Mail von Jenna mit dem Betreff *Reading, PA*.

Neugierig klicke ich sie an.

> Meine Assistentin hat ein DBA für ein Unternehmen namens *Life Design by Melody* ausfindig gemacht, das auf jemanden namens Melody Wilde registriert ist. Eine Überprüfung beim Bundesstaat Pennsylvania ergab, dass das DBA von einer Meg Williams beantragt wurde. Und jetzt kommt's … Bei der ganzen Geschichte geht es auch um eine Immobilie. So ist meine Assistentin überhaupt erst darauf gestoßen. Dieses Haus wurde für zwanzigtausend Dollar an Megs Unternehmen verkauft. Ich kenne mich mit den Immobilienpreisen in Pennsylvania ja nicht aus, aber zwanzigtausend sind nicht viel Geld.

Ich lasse mich in meinen Stuhl zurücksinken und denke nach. Ein DBA – ein anderer Begriff für *fiktiver Geschäftsname* – und der Verkauf einer Immobilie weit unter ihrem Marktwert. Sofort fallen mir Megs mysteriöse Käufer ein. Vielleicht sind es gar keine Unternehmer, die ihre Privatsphäre schützen wollen oder mit Meg unter einer Decke stecken. Vielleicht ist es Meg selbst.

READING, PENNSYLVANIA

VOR ZWEI JAHREN

MEG

Renatas Haus war ein zweistöckiges Gebäude mit Bleiglasfenstern, deren Einfassungen bei näherem Hinsehen dringend renoviert werden mussten. Als ich den von Windlichtern gesäumten Gartenweg entlangging, wehten mir mit der kühlen Septemberbrise Musik und Gelächter entgegen.

Auf der Veranda blieb ich stehen und strich mir den Rock glatt. Niemand dort drin wusste, dass ich die Kleider, die ich trug, erst vor zwei Wochen in einem Secondhandladen in Philadelphia erstanden hatte oder dass der Name auf der Visitenkarte, die in meiner ansonsten leeren Geldbörse steckte, nicht meiner war. Die Grundsteine hatte ich schon vor Wochen gelegt, einen nach dem anderen, und mir akribisch eine passende Hintergrundgeschichte aufgebaut, damit dieser Abend – diese Party – exakt so verlaufen würde, wie ich es geplant hatte.

Die Leute im Haus warteten auf eine Frau namens Melody Wilde – frisch geschieden, Raumdesignerin und Life Coach der New Yorker Prominenz. Auf die Frau, die für die wunderbare Neugestaltung von Renatas Wohnzimmer verantwortlich war, welche lediglich darin bestanden hatte, dass ich mir im Internet ein paar Musterbücher bestellt und einen sehr guten und sehr teuren Polsterer beauftragt hatte, teilweise bezahlt von meinem eigenen Geld, damit der Eindruck eines beträchtlichen Preisnachlasses entstand. Danach musste ich nur noch ein paar beiläufige Bemerkungen über Sarah Jessica Parker fallen lassen.

Als ich meinen Mantel in Renatas Flur aufhängte, war ich so nervös, dass ich Magenschmerzen hatte, wie immer, wenn ich eine Zielperson zum ersten Mal traf. Es gab so viele Details, die ganz genau stimmen mussten, so vieles, das schiefgehen konnte. *Sie wirkt wahre Wunder*, hatte Renata jedem erzählt, der es hören wollte, und die Lügen, die ich ihr aufgetischt hatte, damit immer weiter gefestigt. Sie so lange poliert, bis sie heller glänzten als die Wahrheit.

Sechs Monate zuvor war ich kurz davor gewesen hinzuschmeißen. Das ständige Umziehen. Die Einsamkeit, die das, was ich tat, mit sich brachte. Wie lange würde es noch gut gehen, bis ich einen Fehler machte und mir alles um die Ohren flog?

Und dann stieß ich auf Celia.

Celia M. > Geschiedene Mamas

8. Juli

Eines habe ich über Misshandlungen gelernt – sie hören nie auf. Obwohl ich Phillip verlassen habe, findet er immer noch Mittel und Wege, mich zu quälen. Nein, er wirft mich nicht mehr aus dem Auto und lässt mich dann um ein Uhr nachts alleine nach Hause laufen. Aber durch den Rechtsstreit mit seinen Anwälten, die immer irgendwelche neuen lächerlichen Vorwände finden, alles hinauszuzögern und die Sache in die Länge zu ziehen, demütigt er mich Tag für Tag aufs Neue. Es ist nicht dasselbe wie die körperlichen Misshandlungen, denen ich ausgesetzt war, aber genauso zerstörerisch, weil ich immer noch in ständiger Angst lebe. Er hat mich noch immer in seiner Gewalt, kontrolliert mich, und solange die Scheidung sich weiter hinauszögert, wird das auch so bleiben. Langsam geht mir das Geld aus. In ein paar Monaten kann ich meinen Anwalt nicht mehr bezahlen. Ich weiß nicht, wie lange ich noch so leben kann.

34 Kommentare

Ich konnte spüren, wie sich mein Interesse regte, ein sachtes Kitzeln in meinem Hinterkopf. *Die da.*

So fing es immer an. Irgendjemand schüttete im Internet sein Herz aus, und ich begann, mir Notizen zu machen. Auf diese Online-Selbsthilfegruppe für Geschiedene war ich schon vor ein paar Jahren gestoßen. (Anfangs waren es noch Frauen mit Kinderwunsch gewesen, dann wurde der Chat zu einem Forum für Mütter, dann für geschiedene Mütter. Eine deprimierend vorhersehbare Entwicklung.) Ich war als Margaret W. beigetreten, mit einer schlafenden Katze als Profilbild, das ich mir irgendwo heruntergeladen hatte, eine dreißigjährige Frau, deren nichtsnutziger Ehemann sie mit zwei kleinen Kindern sitzen gelassen hatte und die nun ihren Leidensgenossinnen hilfreiche Ratschläge gab.

Über Celias Website fand ich Phillips Website, und die hatte mich schließlich zu seiner Schwester Renata geführt –

Mitte vierzig, kinderlos, mit einer ungesunden Leidenschaft für Inneneinrichtung.

Renata würde ihnen erzählen, wir hätten uns auf einer politischen Kundgebung kennengelernt. Sie sei dort gewesen, um Wähler zu registrieren. Ich sei dort gewesen, weil ich neu in der Stadt und auf der Suche nach Bekanntschaften gewesen sei. Tatsächlich hatte ich Renata schon vor meinem Umzug nach Reading online gründlich unter die Lupe genommen – ihre Interessen recherchiert, in Secondhandläden und Outlet-Centern nach Kleidern gesucht, die ihrem Stil entsprachen, und eine fiktive Firma gegründet. Alles passte so nahtlos zu Renata, dass ihr unser Zusammentreffen vorgekommen war, als wäre sie einer alten Freundin begegnet.

Es sind diese winzigen Details, mit denen ein Job steht oder fällt. Unter gar keinen Umständen darf der Verdacht aufkommen, man könnte nicht diejenige sein, für die man sich ausgibt. Sobald die sichtbaren Details nicht richtig zusammenpassen, ist es egal, was für eine Hintergrundgeschichte man sich aufgebaut hat. Es ist wie bei einem verstimmten Klavier. Schlägt man zu häufig den falschen Ton an, bemerken es die Leute irgendwann.

Ich tat so, als würde ich etwas in meiner Handtasche suchen, und rannte im wahrsten Sinne des Wortes in sie hinein. Der Inhalt meiner Tasche entleerte sich auf den Rasen, und als sie mir half, meine verstreuten Sachen wieder einzusammeln, warf ich ihr die Brocken hin, von denen ich wollte, dass sie sie schluckte – dass ich nach einer Trennung an einem Scheideweg gestanden hatte, dass meine Mutter hier in der Nähe aufgewachsen war und mein Umzug mehr sentimentale als praktische Gründe hatte.

»Wenn mein Geschäft erst einmal läuft und ich mich hier etabliert habe, wird es sicher einfacher, Leute kennenzulernen«, seufzte ich. »Dann werde ich auch wieder einen Grund haben, morgens aufzustehen und rauszugehen.«

»Was arbeiten Sie denn?«

»Ich bin Raumdesignerin und Life Coach«, sagte ich und lachte. »Ich weiß, das klingt ein wenig anmaßend.«

»Über Coaching weiß ich nicht viel, aber ich liebe Inneneinrichtung«, gestand sie mir. »Ich bin geradezu besessen davon.«

Ich lächelte. »Es ist etwas ganz Besonderes, sich einen Raum vorzunehmen und ihm ein völlig neues Aussehen zu geben. Was ich tue, ist allerdings ein bisschen mehr, als nur Zimmer zu dekorieren. Ich gestalte den physischen und emotionalen Raum meiner Kunden neu.« Ich beugte mich näher zu ihr. »Ich habe auch schon für einige Promis gearbeitet«, verriet ich ihr. »Aber meine liebsten Aufträge sind die kleinen. Die, bei denen man weiß, dass die Kosten noch eine Rolle spielen. Was man tut, bekommt dadurch eine viel größere Bedeutung.«

Ich konnte sehen, wie Renatas Interesse an mir mit jedem Wort wuchs. Ich wusste, dass sie sich ihre Traumeinrichtung nicht leisten konnte und dass ihr Mann sich weigerte, für etwas zu bezahlen, das er als *Frivolität* bezeichnete. »Haben Sie eine Visitenkarte?«, fragte sie. »Ich würde mich darüber gerne noch etwas ausführlicher mit Ihnen unterhalten.«

Als ich ankam, war Renatas Party schon in vollem Gange. Gleich nachdem ich das Haus betreten hatte, musste ich anerkennend feststellen, dass sie tatsächlich ein Gespür für

Raumdesign hatte. Kerzen, die gebündelt auf diversen Flächen standen, tauchten den Raum in magisch flackerndes Licht und verliehen dem gelben Stoff, mit dem ich ihre Sessel und das Sofa hatte neu beziehen lassen, einen goldenen Schimmer. In kleinen Gruppen standen Leute herum, die Weingläser in den Händen hielten und Häppchen probierten, die herumgereicht wurden.

Renata kam auf mich zugeeilt, um mich zu begrüßen. »Ich bin so froh, dass Sie kommen konnten. Alle lieben die neuen Bezüge. Ich mache jede Wette, Sie werden allein heute Abend mindestens drei neue Kunden gewinnen.« Sie senkte die Stimme. »Ich hoffe, es ist nicht schlimm, dass ich verraten habe, dass ursprünglich Sarah Jessica Parker diesen Stoff gekauft hatte – es ist mir einfach so rausgerutscht.«

Ich lächelte. »Das ist schon in Ordnung. Schließlich ist es kein Geheimnis, dass ich für sie gearbeitet habe. Vor ein paar Jahren hatten wir sogar eine Doppelseite in *Vanity Fair*. Sie wird sich freuen zu hören, dass der Stoff eine so schöne neue Verwendung gefunden hat.« Ich ließ den Blick durch den Raum schweifen, bis ich Phillip entdeckte, der am Rand stand und sich mit einem anderen Gast unterhielt. Er war größer, als ich erwartet hatte, trug ein Hemd und dunkelblaue Slacks, die um die Hüfte ein wenig spannten. Offensichtlich wusste er das Leben ohne Celia zu genießen.

Renata folgte meinem Blick. »Das ist mein Bruder Phillip«, klärte sie mich auf. »Er ist der Geschäftsführer und Firmengründer von *Prince Foods*. Kennen Sie die Supermarktkette?«

»Ich liebe diese Geschäfte«, sagte ich. Tagsüber hatte ich

eins besucht, und als ich durch die Reihen ging, waren mir sofort die hohen Preise und zahlreichen Bio- und gentechnikfreien Produkte aufgefallen. »Sie haben wirklich das beste Sortiment weit und breit.«

Renatas Stimme wurde weich. »Er ist ein großartiger Kerl, macht aber gerade eine schlimme Scheidung durch.« Mit einem Blitzen in den Augen sah sie mich an. »Vielleicht sollten Sie beide sich etwas näher kennenlernen.«

Ich schüttelte den Kopf. »Ich bin noch nicht so weit«, entgegnete ich. »Es ist noch zu früh.«

Renata wischte meine Bemerkung beiseite. »Wer sagt denn, dass gleich heute etwas passieren muss? Lernen Sie ihn einfach mal kennen und warten Sie ab, was geschieht.«

»Dann lassen Sie mich vorher aber noch einen Drink holen.«

Renata führte mich zur Bar, wo ein Barkeeper verschiedene Weine und Biere ausschenkte. »Ich werde mal schnell die Sitzordnung ein klein wenig ändern«, sagte sie und ging.

Mit einem Weißwein in der Hand schlenderte ich an der Wand entlang durch den Raum, wobei ich immer wieder an meinem Glas nippte. Bei einer Annäherung durfte ich keinen Fehler machen und musste exakt den richtigen Ton treffen. Im Kopf ging ich die Schritte noch einmal durch. Ich stellte mir Celia unter all den Leuten vor. Wie sie über Insiderwitze lachte, sich zum Mittagessen verabredete oder zum Tennis im Club. Ich fragte mich, was sie heute Abend wohl machte, während ihre alten Freunde und Bekannten sich alle hier versammelt hatten, um teuer aufgehübschte Sitzmöbel zu feiern. Wie viele von ihnen hatten sich nach ihrem Befinden erkundigt oder machten sich Gedanken darüber, was Phillip ihr antat? War auch nur einer der Ansicht, dass es nicht fair war? Machten sie sich Sorgen um Celia? Oder war sie aus ihrem Blickfeld, das nur auf Macht und Einfluss ausgerichtet war, spurlos verschwunden?

»Das Abendessen ist serviert«, rief Renata vom anderen Ende des Raums. »Bitte sucht euch eure Plätze.« Dann sah sie mich an und zwinkerte mir zu.

Die Tafel wirkte vornehm und intim zugleich, geschmückt mit Blumen in niedrigen Kristallvasen, die aussahen, als hätte sie sie in ihrem Garten frisch geschnitten. Neben mir nahm Phillip Platz, schüttelt seine Serviette aus und legte sie auf seinen Schoß. »Renata sagt, Sie sind Raumdesignerin und Life Coach?«, bemerkte er und hielt mir die Hand hin. »Die Kombination ist mir neu. Phillip Montgomery.«

»Melody Wilde«, stellte ich mich vor und schüttelte sie.

Wir nahmen unsere Gabeln und aßen den Salat, während die Gespräche um uns herum von einem Thema zum nächsten sprangen. Schließlich fragte er: »Und wie hat es Sie in unsere Stadt verschlagen, Melody?«

Ich legte die Gabel beiseite und trank einen Schluck Wein, als müsste ich überlegen, wie viel ich von mir preisgeben wollte. »Möchten Sie die kurze oder die lange Fassung hören?«

Er legte den Kopf schief. »Warum fangen Sie nicht mit der kurzen an?«

Ich erzählte ihm von meiner Mutter und davon, dass sie immer zurück in ihre Heimat gewollt hatte. »Ich hatte mich gerade erst von meinem Mann getrennt. Aus verschiedenen Gründen war ziemlich schnell klar, dass es keine so gute Idee wäre, in derselben Stadt wie mein Ex zu bleiben, und Reading schien mir für einen Neuanfang so gut wie jeder andere Ort zu sein.«

»Und die lange Version?«, forderte er mich auf.

Ein Kellner nahm meinen fast leeren Salatteller und ersetzte ihn durch eine Schüssel mit Tomatencremesuppe. Ich aß ein paar Löffel, während ich noch nachdachte, und sagte schließlich: »Die lange Version ist, dass mein Mann mit der finanziellen Regelung unserer Scheidung nicht sonderlich glücklich war. Er dachte, ich schulde ihm mehr als das, was ihm zugeschrieben wurde. Daher habe ich beschlossen, den kommenden Lebensabschnitt lieber anderswo zu verbringen, anstatt mir permanent anzuhören, ich hätte ihn um seinen rechtmäßigen Anteil betrogen.« Lächelnd aß ich noch ein paar Löffel Suppe. »Ich fürchte, die lange Version ist auch eher kurz.«

Phillip, der gegessen hatte, während ich sprach, sah mich an. »Wenn eine Beziehung auseinandergeht, ist es manchmal für alle Beteiligten das Beste, wenn einer in eine andere Stadt zieht.«

»Erzählen Sie mir etwas von sich«, sagte ich. »Leben Sie schon lange hier?«

»Schon mein ganzes Leben. Ich habe an der Penn studiert, bin danach wieder nach Hause gezogen, habe geheiratet, mein Unternehmen gegründet, Kinder bekommen.« Er senkte den Blick auf seine fast leere Suppenschüssel. »Ich mache gerade selbst eine ziemlich belastende Scheidung durch.«

Einen kurzen Moment lang legte ich ihm die Hand auf den Arm, nur eine ganz leichte Berührung, und sagte: »Das tut mir furchtbar leid.«

Renata auf der anderen Tischseite hatte die Geste bemerkt und hob die Augenbrauen.

»Es war längst überfällig«, fügte er hinzu. »Aber sie nimmt es sich sehr zu Herzen, was alles ziemlich schwierig macht.«

Ich trat auf die Bremse. »Lassen Sie uns über ein erfreulicheres Thema sprechen«, sagte ich. »Womit vergnügen Sie sich denn hier so in der Freizeit?«

Phillip schob seine Suppenschüssel zur Seite. »Das Übliche. Abendessen mit Freunden, Poker mit den Jungs, Angelausflüge, Golfclub.«

»Auf dem College war ich mit einem Golfer zusammen«, sagte ich. »Damals war ich gar nicht schlecht.«

Eigentlich war es ein Golfprofi aus Boise gewesen, und am Ende unserer Beziehung war ich um dreiundvierzigtausend Dollar reicher und stolze Besitzerin der Diamantohrringe, die ich an diesem Abend trug. Aber das war nur ein unwichtiges Detail. Phillip schien begeistert. »Wir sollten bei Gelegenheit eine Runde spielen.«

»Es wäre mir ein Vergnügen«, sagte ich.

Der Suppengang war beendet, und es ging mit Lachs und Spargel in Knoblauch-Zitronen-Butter weiter.

»Renata hört gar nicht mehr auf zu schwärmen, was für einen guten Preis Sie ihr für diese Sessel gemacht haben«, meinte Phillip.

»Ich fürchte, dank ihr grassieren etwas unrealistische Gerüchte über mich. Ich habe nur ein paar gut betuchte Kunden, die hin und wieder ihre Meinung ändern. Mittlerweile ruft mich so ziemlich jeder an, den sie kennt.«

Er aß einen Bissen Spargel. »Aber das ist doch gut so, oder etwa nicht?«

Ich seufzte und schob mit der Gabel mein Essen über den Teller. »Natürlich bin ich ihr dankbar, aber wenn ich ehrlich bin, hatte ich gehofft, mir ein wenig freinehmen zu können.«

»Erzählen Sie mir ein bisschen mehr über das, was Sie da machen.«

»Mit Inneneinrichtung habe ich angefangen, als ich fünfundzwanzig war und direkt von der Hochschule für Design kam. Zunächst hatte ich nur vereinzelte Aufträge, konnte meinen Kundenstamm mit der Zeit aber immer weiter ausbauen. Es gibt in New Jersey Wohngegenden, die es mit Philadelphia und seiner Umgebung durchaus aufnehmen können. Leute, die bereit sind, für einen Flurteppich oder hochwertige Tischleuchten ein Vermögen auszugeben.« Ich trank einen Schluck Wein. »Das Life Coaching hat sich dann daraus ergeben. Ich hatte ein paar B-Promis als Kunden und stellte fest, dass sie mehr brauchten als nur eine Neugestaltung ihrer Stadtvillen. Ihr komplettes Leben musste generalüberholt werden. Keine täglichen Barbesuche, nicht mehr durch die Gegend vögeln, mehrmals die Woche Yoga und entschlacken – Sie wissen, wovon ich spreche.« Er nickte. »Das Problem berühmter Menschen ist häufig, dass sie so sehr auf den äußeren Anschein achten, dass ihr Inneres aufgrund der mangelnden Aufmerksamkeit verkümmert. Also habe ich eine Ausbildung zum zertifizierten Life Coach gemacht und angefangen, mich als Life Designerin zu vermarkten.« Ich zuckte mit den Achseln. »Von da an ging es ziemlich steil bergauf. Wenn es gut läuft, verdiene ich über eine Million Dollar im Jahr.«

Phillip schien beeindruckt. »Erstaunlich für jemanden, der nicht viel älter als dreißig sein kann.«

»Zweiunddreißig«, schlug ich noch drei Jahre drauf. »Aber danke. Wenn man die richtige Idee hat und bereit ist, hart zu arbeiten, spielt das Alter keine Rolle.«

»Ich fürchte, in Reading werden Sie nicht allzu viele Promis treffen.«

»Meine aktuelle Liste an Life-Coaching-Kunden ist so lang, dass ich gar keine neuen brauche. Ich fahre gerne hin und wieder nach New York, wenn ich dort gebraucht werde. Ansonsten kümmere ich mich hier um meine Aufträge als Raumdesignerin. Projekte, die mir Spaß machen.« Ein Lächeln breitete sich auf meinem Gesicht aus. »So wie ich im Moment dastehe, kann ich es mir leisten, wählerisch zu sein.«

Als ich die Worte aussprach, verspürte ich tatsächlich einen Anflug von Stolz. Diese letzte Behauptung an sich war richtig. Für eine Frau, die nie aufs College gegangen war und mehrere Jahre im alten Minivan ihrer Mutter gelebt hatte, war es schon beachtlich, das von sich sagen zu können.

»Haben Sie eine Visitenkarte?«, fragte er. Dann hob er lachend die Hände. »Nur um ein Treffen auf dem Golfplatz auszumachen. Ich brauche keine neue Inneneinrichtung und auch kein Life Coaching, Gott bewahre.«

»Man sollte nichts kategorisch ablehnen, das man nicht probiert hat. Immerhin bin ich darauf spezialisiert zu helfen, wenn es im Leben zu einschneidenden Umbrüchen kommt. Und eine Scheidung zählt definitiv dazu.«

»Vielleicht fangen wir einfach mal mit einer Partie Golf an. Wenn Sie mich fragen, gibt es nichts Besseres, um einen klaren Kopf zu bekommen, als achtzehn Löcher zu spielen.«

Mit einem Lächeln legte ich die Gabel neben den Teller. »Das klingt fantastisch.« Ich zog die Visitenkarte aus meiner Geldbörse und gab sie ihm. »Dann freue ich mich, bald von Ihnen zu hören.«

Es dauerte ein paar Wochen, aber schließlich fanden Phillip und ich dann doch noch einen Termin für unsere Golfrunde. In der Luft lag bereits die für den Spätherbst typische beißende Kälte, und als wir im Pro-Shop auf meine geliehenen Schläger warteten, sagte Phillip: »Spätestens in einem Monat wird der Platz für diese Saison wahrscheinlich schließen.«

»Und womit vertreiben Sie sich die Zeit im Winter?«

»Ich schaue mir Golfturniere im Fernsehen an«, sagte er.

Ein Mann in einer grünen Baumwollweste, in die das Logo des Clubs gestickt war, stellte eine Golftasche neben mir ab. »Stephen steht schon als Caddie bereit, Mr. Montgomery.«

»Ich denke, wir machen das heute selbst«, erklärte ihm Phillip. Und zu mir sagte er: »Ich hoffe, das ist Ihnen recht?«

Ich zuckte mit den Schultern. »Ich kenne es nicht anders.«

Es war schon ein paar Jahre her, und ich hoffte, dass mein Ballgefühl schnell wieder zurückkommen würde. Golf hatte mir nie wirklich Spaß gemacht, trotzdem hatte ich eine Zeit lang jedes Wochenende mehrere Stunden auf dem Golfplatz zugebracht, um den Kontakt zu einem Mann aufzubauen, dem neunzigtausend Dollar von seiner alten Tante ein Loch in die Tasche brannten.

Ich legte den Ball am ersten Loch auf, holte aus und

traf ihn mit einem satten, befriedigenden Schlag, sodass er in einem hohen Bogen über die Fläche segelte. »Ich hatte schon Angst, ich hätte es verlernt«, sagte ich zu Phillip.

»Sie machen das wie ein Profi«, lobte er. »Sie haben am College gespielt, sagten Sie?«

»Mein damaliger Freund war in der Männermannschaft. Er hat es damals geschafft, mich für diesen Sport zu begeistern. Nachdem wir uns getrennt hatten, habe ich noch ein paar Jahre weitergespielt, aber dann kam das Leben dazwischen. Ich lernte jemanden kennen, der kein Golf spielte, und wir verbrachten unsere Wochenenden mit anderen Dingen.«

Phillip legte mit einem verstohlenen Grinsen den Ball für seinen nächsten Schlag auf. Den Rest spielten wir schweigend. Phillip lochte einen Schlag unter Par ein, ich einen darüber.

Wir hängten uns die Taschen über die Schultern und spazierten zum nächsten Loch. Ein böiger Wind wehte. Die Kronen der Bäume schwankten, und Schäfchenwolken jagten über den Himmel.

Phillip sah mich an. »An dem Abend bei Renata deuteten Sie an, Ihre Scheidung sei nicht ganz einvernehmlich gewesen.«

Vorsichtig platzierte ich meinen Ball auf dem Tee. Endlich waren wir bei dem Thema angelangt, wegen dem wir heute hier waren. »Es gab einiges an Vermögen aufzuteilen, und die Auseinandersetzungen darum wurden recht hitzig«, sagte ich. »Es gab Gewinner und Verlierer und viele verletzte Gefühle. Aber am Ende lief alles gut für mich, und ich bin mir sicher, das wird es für Sie auch. Sie befinden sich momentan in der schlimmsten Phase einer Trennung. Mitten in den Verhandlungen. Man streitet um jede Kleinigkeit.«

Ich holte über dem Ball aus, schlug hart und sah zu, wie er in einem weiten Bogen nach links ins Rough flog.

»Dafür werden Sie Ihr Pitching-Wedge brauchen«, meinte er, bevor er wieder aufs Thema zurückkam. »Ich würde gerne etwas mehr über den Vergleich erfahren, den Sie geschlossen haben. Bei Renata erwähnten Sie, er sei zu Ihren Gunsten ausgefallen.«

»Das ist richtig«, sagte ich und ließ den Driver zurück in meine Tasche gleiten. »Mein Ex ist nicht der Typ Mann, der gerne hart und viel arbeitet. Trotzdem wollte er von allem die Hälfte.« Ich drehte mich zu Phillip um, damit er die berechtigte Wut in meinem Gesicht sah. »Ich habe mich fast zu Tode geschuftet, um mir mein Geschäft aufzubauen. Warum sollte ihm genauso viel davon zustehen wie mir? Wo war er, als ich sieben Tage die Woche gearbeitet habe? Oder wenn ich gegen Kunden prozessierte, die sich weigerten zu bezahlen? Er lag den halben Morgen im Bett, traf sich mit Freunden zum Mittagessen, unternahm Ausflüge nach Vegas und kaufte Autos, Klamotten und andere Dinge.« Ich atmete tief durch. »Also habe ich ein klein wenig nachgeholfen, damit der Vergleich zu meinen Gunsten ausfiel.«

Während ich sprach, zeichnete sich in Phillips Gesicht unverhohlene Zustimmung ab. Ich hatte die finsteren Gedanken, die ihm nach den Treffen mit seinem Anwalt nachts durch den Kopf gingen, laut ausgesprochen und damit voll ins Schwarze getroffen. Ich wusste ziemlich genau, was ich sagen musste. Celia hatte es mir verraten.

Phillip schlug ab, dann meinte er: »Ich will nicht indiskret sein, aber wie haben Sie es angestellt? Meine Anwälte sagen, es gebe keine Möglichkeit, die Gesetze, die die Verteilung des gemeinsamen Eigentums regeln, zu umgehen. Hinzu kommt, dass ich ihr auch noch einen ordentlichen Batzen an Alimenten zahlen muss.«

»Wenn ich ehrlich bin, rede ich darüber nur ungern«, entgegnete ich. »Sagen wir einfach, ich musste ein bisschen kreativ werden.«

Er wurde neugierig. »Ich wäre für jeden Tipp dankbar. Es wird auch unter uns bleiben. Das verspreche ich Ihnen.«

Ich ließ seine Bitte eine Weile so stehen, als ob ich darüber nachdenken würde, dann schüttelte ich den Kopf. »Ich würde wirklich gerne helfen. Aber was ich getan habe, war nur zu neunundneunzig Prozent legal. Ich würde mich und eine sehr gute Freundin einem unnötigen Risiko aussetzen. Ich hoffe, Sie verstehen das.«

Damit wollte ich seine Fantasie anregen. Er sollte sich verschiedene Szenarien ausmalen, eines gewagter als das andere, damit die Einfachheit meines Vorschlags, wenn ich ihn ihm später unterbreiten würde, unwiderstehlich wäre.

Während wir uns von einem Loch zum nächsten spielten, erzählte Phillip mir von seinem Job, wie die Lebensmittelindustrie funktionierte und von seinen erwachsenen Kindern.

»Sie leben ihr eigenes Leben. Ich bin froh, dass Celia und ich uns nicht auch noch um das Sorgerecht streiten müssen.«

»Ja, das wäre in der Tat noch schlimmer«, stimmte ich ihm zu.

Typisch für Männer wie ihn, akzeptierte Phillip mein Nein natürlich nicht. Er stieß das Thema immer wieder an und versuchte unerbittlich, es im Zentrum unseres Gesprächs zu halten.

Vielleicht fällt es Ihnen leichter, wenn ich Ihnen sage, dass ich sehr viel Erfahrung damit habe, wichtige Informationen vertraulich zu behandeln.

Wenn ich das mit Celia nicht geregelt bekomme, werde ich das Haus, das schon seit drei Generationen in Familienbesitz ist, wohl verkaufen müssen.

Ich ließ ihn zappeln bis zum siebten Loch, dann gab ich nach.

Mit einem Seufzen – als hätte ich mich zu etwas entschlossen, das ich später bereuen würde – sagte ich: »Was ich getan habe, war im Grunde ganz einfach. Ihnen muss jedoch klar sein: Würde die Sache auffliegen, hätte das ernsthafte Konsequenzen.« Ich wollte das Risiko schon jetzt klar betonen, damit er es sich später nicht noch einmal anders überlegte. »Es gibt bessere, legale Wege, wie Sie ihr den Großteil des Geldes vorenthalten können. Indem Sie es beispielsweise Ihren Kindern schenken.«

Er schüttelte den Kopf. »Die würden es für Autos und Partys verschleudern. Kinder sollten sich ihr Vermögen selbst erarbeiten, nicht einfach nur erben.«

Hinter uns näherte sich eine Vierergruppe. »Phillip!«, rief einer der Männer. »Stört es euch, wenn wir überholen?«

»Nein, nur zu«, sagte Phillip. »Tut mir leid, dass wir heute so langsam sind.«

Die Golfer – alle in eine Kombination aus Kaki und Pastelltönen gekleidet – musterten mich, aber ihr Gruß beschränkte sich auf ein stummes Nicken. Phillip und ich stellten uns etwas abseits, bis sie über das Fairway verschwunden waren und wir unser Spiel sowie das Gespräch wieder aufnehmen konnten.

»Ich will wissen, wie Sie es gemacht haben«, sagte er, während er einen seiner Schläger mit einem weichen grünen Handtuch sauber rieb.

»In New Jersey hatte ich eine sehr enge Geschäftspartnerin«, erklärte ich ihm. »Sie ist Möbeldesignerin, und ich habe ihr im Laufe der Jahre viel abgekauft. Es war alles ganz einfach. Über acht Monate hinweg habe ich mehrere Stücke bei ihr in Auftrag gegeben und im Voraus bezahlt. Die Rechnungen habe ich behalten. Damit lag mein Geld auf ihrem Konto, und ich konnte gegenüber meinem Ex-Mann ein niedrigeres Vermögen angeben, das dann Grundlage für den Vergleich war.«

»Wie viel hat Ihre Freundin für Sie verwahrt?«

Ich zupfte meinen Golfhandschuh zurecht. »Das würde ich gerne für mich behalten, wenn es Ihnen nichts ausmacht.«

Phillip schien fasziniert von der Idee zu sein, und ich stellte mir vor, wie er die Lücke in Gedanken mit einer obszön hohen Summe füllte.

»Aber die Anwälte Ihres Mannes forderten doch sicher auch die Hälfte dessen, was Sie bei Ihrer Kollegin ›gekauft‹ hatten.«

Ich zog meinen Driver aus der Golftasche. »Wir konnten die Sache ohne Anwälte regeln.«

»Wie haben Sie das denn eingefädelt?«

»Ich gab vor zu kooperieren. ›Machen wir es uns nicht unnötig schwer. Wir können die Angelegenheit doch auch regeln, ohne den Großteil unseres Vermögens den Anwälten in den Rachen zu schieben.‹« Ich zuckte mit den Achseln. »Weshalb, glauben Sie, musste ich die Stadt verlassen und mein Geschäft komplett verlagern? Die Einzigen, die von langen Scheidungskriegen profitieren, sind die Anwälte. Sobald Anwälte eingeschaltet sind, dauert es mindestens ein Jahr, bis alles geregelt ist.«

Phillip schwieg, und ich bereitete meinen nächsten Schlag vor. Ich ließ mir Zeit, damit er sich alles gut überlegen konnte. Ich holte aus und spürte, wie sich die Muskeln in meinem Rücken verspannten. »Wann ist Ihr Bewertungsstichtag?«, wollte ich wissen. Der Bewertungsstichtag – der für gewöhnlich vom Gericht festgelegt wird – ist der Tag, an dem die beiden Parteien eine Aufstellung ihres Vermögens einreichen müssen.

»In ungefähr acht Monaten«, sagte er. »Direkt vor unserer Anhörung. Das Gericht hat das aufgrund meines Aktienportfolios so festgelegt, um eventuelle Wertschwankungen berücksichtigen zu können.«

»Dann haben Sie also noch einen gewissen Spielraum.«

»Eigentlich sollte ich in diesem Augenblick damit beschäftigt sein, meine Liste zusammenzustellen.«

Wir gingen zum Grün. Unsere Bälle lagen knapp zwei Meter voneinander entfernt mit fünfzehn Meter Abstand zum Loch. Ich nahm meinen Putter und schlug auf den Ball, aber genau in diesem Moment kam von hinten eine Windböe und trieb ihn am Loch vorbei.

Phillip positionierte sich schweigend zum Ball und platzierte ihn sauber vor dem Loch.

Als er fertig war, sagte ich: »Ihre Anwälte werden alles überprüfen. Das heißt, Sie können Ihr Geld nicht in fiktiven Waren anlegen, die nie geliefert werden. Die Hälfte von jedem Vermögenswert geht an Ihre Ex-Frau – egal ob es sich dabei um Bargeld oder einen Chihuly-Kronleuchter handelt. Sie müssen Ihr Geld für eine Dienstleistung ausgeben. Für etwas, bei dem sie nicht verlangen kann, dass Sie es verkaufen oder ihr die Hälfte geben.« Ich schenkte ihm ein breites Lächeln. »Etwas wie Life Coaching.«

Phillip stöhnte.

Ich lachte. »Lassen Sie mich erklären, weshalb gerade das ideal für Sie wäre.«

Ich zog mein Smartphone aus der Golftasche, tippte die Webadresse ein von *Life Design by Melody* und reichte es ihm.

Phillip nahm eine Lesebrille aus der Tasche und begann zu scrollen. Dann hielt er mir das Handy unter die Nase. »Es wird ein Passwort verlangt.«

»Oh, tut mir leid«, entschuldigte ich mich.

Um diese Website zu erstellen, hatte ich eine Woche gebraucht und Fotos von Innenarchitekten aus dem ganzen Land zusammengeklaut. Bei den Kundenbewertungen waren mehrere Promis aufgeführt, die in den Medien sehr präsent waren. Jennifer Lopez, Sarah Jessica Parker, Neil Patrick Harris und Lin-Manuel Miranda. Und auch das Zusammenbasteln der Bilder, die ich zur Untermauerung meiner Geschichte brauchte, dauerte mehrere Tage – ich mit Neil Patrick Harris lachend in einem sonnigen Straßencafé, ich Arm in Arm mit J.Lo auf dem Bürgersteig in Brooklyn und ein drittes von mir in Sarah Jessica Parkers fantastischem Stadthaus auf der Upper East Side.

Ich nahm mein Smartphone und gab das Passwort ein. »Einige meiner Kunden sind ziemlich berühmt und legen

Wert auf ihre Privatsphäre. Ich kann mich auf Ihre Diskretion verlassen?«

»Absolut«, versicherte er mir und klickte auf Jennifer Lopez' überschwängliche Bewertung. Melody hat mein Leben verändert, sowohl innerlich als auch äußerlich. Es geht nicht nur darum, Dinge zu kaufen und gekonnt zu arrangieren. Die innere Landschaft ist dabei mindestens genauso wichtig. Die mentale Beziehung, die wir zu den Gegenständen aufbauen. Oder zu anderen Menschen. Melody gestaltet Existenzen.

Er überflog noch ein paar weitere Bewertungen, bevor er mir das Handy wieder zurückgab. »Beeindruckend«, sagte er. »Dann erklären Sie mir mal, wie es funktionieren soll.«

»Es ist ganz einfach. Sie beauftragen mich als Ihren Life Coach. Ein bisschen Raumdesign wird auch dabei sein, da ich so normalerweise arbeite. Ziel ist es, Ihr flüssiges Kapital zu verringern. Je weniger Sie auf der Bank haben, umso weniger müssen Sie teilen.« Ich dachte an Celia, die sich auf Phillips fettes Bankkonto verließ, um ihre Rechnungen und den Anwalt zu bezahlen. Sicher tat ich ihr hier einen großen Gefallen, denn je mehr Phillip bereit wäre, mir zu überweisen, umso mehr würde sie gegen ihn in der Hand haben, wenn die Sache ans Licht kam. »Ich verlange dreißigtausend Dollar im Monat dafür, dass ich rund um die Uhr zu Ihrer alleinigen Verfügung stehe – dazu kommen die Kosten für Innendesign und Renovierungsarbeiten. Diesen Betrag können wir variieren, je nachdem wie viel Sie in Sicherheit bringen möchten. Der Großteil Ihrer Ausgaben wird unter dem Deckmantel in das Coaching fließen, dass Sie sich in einer von großen Veränderungen geprägten Lebensphase befinden – schließlich ist das für Sie das Ende einer dreißigjährigen Ehe. Ich werde unsere Sitzungen akribisch dokumentieren, und Sie können natürlich jederzeit das Konto einsehen. Sobald der gerichtliche Vergleich abgeschlossen ist, überweise ich Ihnen das Geld zurück auf ein Offshore-Konto, das Sie später eröffnen werden.«

Phillip stieß die Luft aus und deutete auf mein Smartphone. »Und es gibt wirklich Leute, die dreißigtausend Dollar für so etwas hinblättern?«

»Psychische Gesundheit ist ein riesiger Markt. Und ich wage sogar zu behaupten, dass ich meinen Kunden wirklich helfe. Zumindest glauben sie das.«

»Aber nichts von alledem würde ich wirklich in Anspruch nehmen müssen, oder?«

»Nein. Es sei denn, Sie möchten, dass ich Ihr Geld behalte – was ich natürlich gerne tun würde«, fügte ich mit einem Augenzwinkern hinzu.

Phillip begann zu rechnen. »In den nächsten acht Monaten kämen auf diese Weise nur zweihundertvierzigtausend Dollar zusammen. Könnten Sie Ihre monatliche Rechnung nicht auf fünfzigtausend Dollar aufblasen? Das würde eher dem entsprechen, was ich gerne auf die Seite legen würde.«

Auf die Seite legen. In Sicherheit bringen. Euphemismen eines korrupten Mannes, dessen Deadline bedrohlich näher rückte. Diese Art Mann war mir am liebsten.

»Selbstverständlich.« Ich hielt kurz inne. »Damit alles legitim erscheint, müssten Sie den Leuten allerdings davon erzählen, dass Sie mich beauftragt haben. Es ist wichtig zu demonstrieren – insbesondere Ihren Anwälten, die jeden Ihrer Schritte genau beobachten werden –, dass alles in lauterer Absicht geschieht.« Ich schnappte mir meine Golftasche und hängte sie mir über die Schulter. »Lassen Sie uns die Runde beenden.«

Nachdem ich meine Schläger im Pro-Shop wieder abgegeben hatte, lud Phillip mich zum Abendessen ein. Im Westen ging bereits die Sonne unter. Die Luft war eisig, und ich verschränkte die Arme vor der Brust. »Das Spiel heute hat mir großen Spaß gemacht, und Abendessen klingt fantastisch.« Ich sah hinab auf meine weißen Golfschuhe, für die ich über hundert Dollar bezahlt hatte, und dann wieder ihn an. »Aber ich will ehrlich sein. Ich finde dich durchaus attraktiv, bin aber noch nicht so weit, dass ich mich in etwas Neues stürzen kann. Ich habe gerade erst meine eigene Scheidung hinter mich gebracht und möchte in deiner nicht zwischen die Fronten geraten.« In Phillips Augen flackerte Wut auf, aber nur für einen kurzen Augenblick. Ein Nein war er nicht gewohnt. »Ich verbringe gerne Zeit mit dir«, fuhr ich fort. »Aber könnten wir für den Anfang einfach nur Freunde sein? Ich bin gerade dabei, meine Firma hier zu etablieren. Und das möchte ich aus eigner Anstrengung tun, nicht als die Frau, die mit dem mächtigsten Mann der Stadt liiert ist.« Ich strich ihm mit den Fingern sanft über den Arm. »Ich sage nicht *Nein*. Ich sage nur *Nicht jetzt*. In Ordnung?«

Er nickte. »Natürlich. Eine Freundschaft fände ich sehr schön.« Er räusperte sich verlegen. »Ich weiß deine Offenheit von vorhin sehr zu schätzen. Mir ist klar, dass das nicht leicht für dich war, und ich bin dir dankbar für deine Hilfe.«

Ich nahm seine Hand und drückte sie. »Dass du mir vertraust, ehrt mich. Du machst gerade eine sehr schwierige

Zeit durch. Also versuch, es dir nicht noch schwerer zu machen, als es ohnehin schon ist.«

Er ließ den Blick über den Parkplatz schweifen, der sich zunehmend leerte. »Dann muss ich mich jetzt nur noch um das Haus am See kümmern.«

Ich hob ruckartig den Kopf. »Welches Haus am See?«

Das Haus am See lag eine Stunde außerhalb der Stadt und war der einzige Vermögenswert, den Celia wirklich gerne für sich wollte. Als ich mich erneut in die Scheidungs-Chatgruppe einloggte, weil ich nachschauen wollte, ob sie das Haus irgendwann einmal erwähnt hatte, stieß ich auf einen Eintrag, der bereits ein paar Monate alt war.

Celia M. > Geschiedene Mamas

Ich habe es getan. Ich habe als Teil des Vergleichs Anspruch auf das Haus am See erhoben. Die Sache ist nämlich die, dass Phillip es gar nicht haben möchte. Er hasst dieses Haus mit seinen veralteten Leitungen, Armaturen und Geräten, den bunt zusammengewürfelten Möbeln und dass man dort, wie er behauptet, »nichts tun kann, außer aus dem Fenster zu starren«. Aber ich liebe das Haus. Mit den Kindern war ich jeden Sommer dort, und es waren himmlische Wochen. Kein Phillip. Keine Wutausbrüche, weil ich dem Gärtner zu viel Trinkgeld gegeben hatte. Kein Gezanke, ob die Haushaltshilfe einen Tag mehr in der Woche kommen sollte oder nicht. Zu dritt haben wir gespielt, gepuzzelt und lange Spaziergänge um den See gemacht. Manchmal, wenn Phillip geschäftlich unterwegs war, verbrachten wir sogar

Weihnachten dort. Es war wie im Märchen. Ein Traum. Für mich ist das Haus am See das Zuhause, das unser Haus in Reading nie war.

Als wir zwei Tage nach unserer Golfpartie telefonierten, erklärte mir Phillip, das Haus am See hätten sie erst nach ihrer Hochzeit gekauft, aber der Vertrag sei auf seinen Namen ausgestellt. Sie hatten weder einen Kredit dafür aufgenommen, noch war es mit einer Hypothek belastet. Wenn er wollte, konnte er das Haus, das zweihundertfünfzigtausend Dollar wert war, also einfach verschenken.

Aber das wollte er nicht.

»Du könntest es deinen Kindern überschreiben«, schlug ich vor.

»Auf gar keinen Fall. Die würden Celia nur umsonst dort wohnen lassen.«

Rons Abschiedsworte für meine Mutter kamen mir in den Sinn: *Es gibt immer einen Gewinner und einen Verlierer, Rosie.*

Seit unserem Golfnachmittag hatte ich ein paar Nachforschungen angestellt, gab meiner Stimme aber bewusst einen beiläufigen Ton, damit mein Vorschlag unverbindlich klang. »Ich habe da eine Idee«, sagte ich. »Du könntest es mir zu einem extrem günstigen Preis verkaufen, sagen wir zwanzigtausend Dollar? Und sobald die Scheidung über die Bühne ist, kaufst du es zurück und kannst es erneut verkaufen. Aber wir müssten das ziemlich schnell in die Wege leiten, damit der Kaufvertrag zum Bewertungsstichtag rechtsgültig ist.«

Am anderen Ende der Leitung blieb es still. Ich wartete. Wir hatten uns von Fairness und Rechtschaffenheit schon so weit entfernt, dass das Haus am See kein großer Schritt mehr sein dürfte. Nur noch eine weitere Kleinigkeit, die er seiner Frau mit meiner Hilfe stehlen konnte.

Schnell unterbrach ich das Schweigen und bot ihm einen Ausweg. »Du kannst auch Nein sagen, wenn dir das zu riskant erscheint. Ich bin sicher, du kannst das auch über deine Anwälte regeln und deine Frau zwingen, dich auszubezahlen. Oder sie bieten ihr als Ausgleich für die Immobilie ein paar Aktien deiner Firma an. Wenn du dich für diesen Weg entscheidest, wird das Haus allerdings mit seinem vollen Marktwert in den Vergleich mit einfließen.«

»Kann ich das überhaupt?«, fragte er. »Es zu einem so niedrigen Preis verkaufen?«

»Es ist vielleicht schwer zu glauben, aber das geschieht andauernd«, erklärte ich ihm. »Immobilien dürfen zu einem beliebig niedrigen Preis verkauft werden. Es fallen dann am Ende zwar mehr Steuern an, aber wenn es dir das Haus wert ist, gibt es Wege, diese zu umgehen.«

»Ich will das Haus nicht. Ich will nur nicht, dass sie es bekommt.«

Meine Entschlossenheit verhärtete sich zu einem Stein in meiner Brust. »Dann lass uns dafür sorgen, dass sie es nicht bekommt.«

Eine Woche nach unserer Golfpartie tauchte ich mit einem Umzugslaster und ein paar Helfern unangekündigt bei Phillip zu Hause auf. »Was wird das?«, wollte er wissen, als er mir die Tür öffnete.

Ich gab den Männern ein Zeichen, kurz beim Transporter zu warten, und folgte ihm in den Flur. »Kannst du mir bitte zwei Zimmer zur Verfügung stellen, in denen du dich nur selten aufhältst? Wir müssen die Möbel rausräumen und anfangen.«

»Warte mal… Wie bitte?«

Über die Schulter sah ich zu den drei Kerlen, die ich angeheuert hatte und die gelangweilt in der kühlen Morgensonne herumlungerten. »Du kannst mir nicht einfach nur Geld überweisen, Phillip. Wir müssen zumindest den Anschein erwecken, dass ich meinen Job mache. Und ein Teil davon ist nun mal, dass ich deinen Lebensraum neu gestalte. Entscheide dich für zwei Zimmer, dann nehmen wir die Möbel, die Teppiche und die Vorhänge raus, legen Abdeckplanen aus, malen ein paar Farbproben an die Wände, und wenn irgendjemand nachfragt, kannst du ihm zeigen, wo wir angefangen haben.«

Phillip sah sich in seiner ganz in Marmor gehaltenen Eingangshalle um, als suche er dort nach einer Antwort. »Okay«, meinte er. »Das Wohnzimmer und das Arbeitszimmer.«

»Großartig«, sagte ich und winkte den Umzugshelfern zu. »Zeig ihnen, wo's langgeht.«

Phillip stand neben mir, während die Männer die beiden Zimmer ausräumten. Ledersofas, antike Schränke, Beistelltischchen, Tiffany-Tischlampen, Kunstwerke, teure Teppiche. Alles wurde fein säuberlich verpackt und in den Transporter geladen.

»Wo bringst du die Sachen hin?«, wollte er wissen.

»Ich habe einen Lagerraum angemietet. Wir lagern die Möbel dort ein, und wenn alles geregelt ist, bringen wir sie wieder zurück.«

»Brauchst du Geld für die Unkosten?«, fragte er. »Umzugshelfer, Lagerraummiete…«

»Nein. Das ist mit deinem Vorschuss bereits abgedeckt.«

Ich winkte ihm zu, als ich die Auffahrt wieder hinunterfuhr, dicht gefolgt von dem Laster, der bis unters Dach vollgepackt war mit Phillips wertvollsten Antiquitäten.

Die ich natürlich sofort verkaufte.

Eines meiner Opfer, ein Geologe (*fünfundzwanzigtausend Dollar plus eine Fender Stratocaster*), hatte mir einmal erklärt, dass die tektonischen Platten sich unablässig unter uns verschieben. Sie sind immerzu in Bewegung, auch wenn wir nichts davon spüren.

Im Laufe der Jahre habe ich über dieses Phänomen oft nachgedacht und mir vorgestellt, wie wir alle unser Leben leben, immer nur den nächsten Schritt im Blick, ohne die stufenweise Verschiebung direkt unter unseren Füßen je zu bemerken. Und wie wir dann eines Tages aufschauen und feststellen, dass sich alles um uns herum verändert hat.

Der Entschluss, mir Celias Haus am See zu holen, war eine solche Veränderung für mich. Ich wachte häufig mitten in der Nacht auf, dachte aber weder an Phillip noch an den Job, den ich gerade vorbereitete, sondern an Ron. An mein Haus im Canyon Drive. An das Lachen meiner Mutter. Ich fing an, von einer verpassten Möglichkeit zu träumen, die aber plötzlich wieder da war und mir ganz neue Perspektiven eröffnete. Was ich für Celia tat, konnte ich auch für mich selbst tun. Für meine Mutter.

Allerdings brauchte ich für Ron einen anderen Plan. Ich konnte unmöglich einfach so als Life Coach in Los Angeles auftauchen und ihn dazu überreden, mir für zwanzigtausend Dollar das Haus am Canyon Drive zu verkaufen. Ron hatte mit dem An- und Verkauf von Immobilien jahrzehntelange Erfahrung und schon Hunderte solcher Transaktionen abgeschlossen. Ich würde mich steigern müssen.

Ich begann meine Recherchen damit, dass ich noch unausgegorene Ideen in mein Notizbuch kritzelte und mich darüber informierte, unter welchen Umständen Immobilien unter Marktwert verkauft wurden. Wollte ein Eigentümer nicht bewusst unter Preis verkaufen, so wie Phillip, musste man ihn irgendwie davon überzeugen, dass die Immobilie weniger wert war, als dies tatsächlich der Fall war. Beispielsweise mit einem Gutachten, das erhebliche Mängel auflistete. Und dafür brauchte man wiederum einen Gutachter, der bereit war zu kooperieren.

Phillip war ein Wink des Schicksals, eine Art Fallstudie, mit der ich herausfinden konnte, welche Voraussetzungen ich für Ron schaffen musste. Ich konnte ausprobieren, was funktionierte und was nicht. Wenn mir ein Fehler unterlief, dann bei Phillip. Der andere Teil des Jobs – das Life Coaching – sorgte nur dafür, dass ich für meine Zeit auch bezahlt wurde.

Phillip und ich standen Seite an Seite vor dem Vision-Board, das ich für ihn erstellt hatte, ein Durcheinander aus Schlagwörtern, inspirierenden Zitaten und Bildern. Die Idee hatte ich von Pinterest, und offensichtlich war es esoterisch genug, dass Phillip es für seriös hielt.

»Du wirst für das Haus am See ein Gutachten erstellen lassen müssen«, sagte ich.

Phillip sah mich an. »Schadet das nicht unserem Ziel, es unter Wert zu verkaufen?«

Ich schüttelte den Kopf. »Der Richter wird in jedem Fall ein Gutachten sehen wollen. Deine Anwälte auch. Aber ich kann dafür sorgen, dass es genauso ausfällt, wie wir es brauchen. Bis dahin …« – ich händigte Phillip einen Vertrag mit einem Kaufpreis von zwanzigtausend Dollar aus – »… musst du nur an den Stellen, die ich markiert habe, unterzeichnen. Lass das Datum noch offen.«

Phillip überflog das Dokument, das ich mir von einer Immobilien-Website für Direktverkäufer heruntergeladen hatte.

»Es ist ein Standardvertrag«, sage ich. »Als zusätzliche Absicherung habe ich meine Firma als Käufer gelistet und werde auf die Berücksichtigung der meisten Eventualitäten verzichten. Sobald das Gutachten fertig ist, wird es den Wert so weit mindern, wie wir es brauchen.«

Phillip unterzeichnete an den Stellen, die ich ihm markiert hatte. Dann gab er mir den Vertrag zurück.

»Sie machen gute Fortschritte, Mr. Montgomery«, lobte ich ihn und steckte das Dokument in meine Tasche. »Wir werden an der Sache dranbleiben. Die nächste Zahlung ist Ende nächster Woche fällig. Ich schicke Ihnen die Rechnung per E-Mail.«

Zu diesem Zeitpunkt waren bereits drei Monate um, in denen ich hundertfünfzigtausend Dollar verdient hatte, die zweihunderttausend Dollar, die ich für seine Möbel bekommen hatte, nicht mitgerechnet. Es stresste Phillip zunehmend, unseren Plan bis zum Ende durchzuziehen. Er sah abgespannt aus, als würde er nicht besonders gut schlafen. »Ich habe Angst, dass es nicht funktionieren wird«, gestand er mir. »Wenn nun jemand dahinterkommt, was ich da tue? Das wäre nicht nur finanziell der Todesstoß, mein guter Ruf wäre ebenfalls ruiniert.«

Ich legte ihm meine Hand auf den Arm und drückte ihn

sanft. »Sieh mich an.« Als er es tat, sprach ich weiter. »Wir befinden uns gerade in der allerschwierigsten Phase, aber vergiss nicht, dass du nichts Unrechtes tust. Du gibst Geld für deine psychische Gesundheit aus. Willst deinen physischen und emotionalen Zustand verbessern. Du verkaufst ein Haus, das unzählige Schäden aufweisen und damit zu einer Belastung wird, die du dir nicht länger leisten kannst. Außerdem wirst du alles, was du dafür noch bekommst, teilen – zehntausend für dich, zehntausend für sie. Es gibt unzählige Möglichkeiten, die Sache so hinzudrehen, dass du am Ende nicht der Böse bist. Aber dazu darfst du auf gar keinen Fall daran zweifeln, dass das, was du tust, legitim ist. Denn so, wie man sich die Dinge im Kopf zurechtlegt, so vertritt man sie auch nach außen.«

Er nickte, und ich sah, dass er sich wieder einkriegte. Seine Angst legte sich. Ich musste ihn nur noch eine Weile bei der Stange halten.

Dank des Internets war es leicht, Ron Ashton all die Jahre zu folgen. Öffentliche Unterlagen bestätigten, dass er nach wie vor in meinem Haus am Canyon Drive lebte, und den Nachrichten war zu entnehmen, dass er beabsichtigte, für den Senat zu kandidieren. Am Ende war es dann aber ein Beitrag in einem lokalen Immobilien-Blog für Los Angeles, der mir meinen Ansatz lieferte. Es ging darin um einen skrupellosen Makler, dem eine Kundin sexuelle Belästigung vorwarf. Besagter Mick Martin war jahrelang der Makler des in Los Angeles ansässigen Bauunternehmers Ron Ashton gewesen, der Gerüchten zufolge beabsichtigte, für den Senat zu kandidieren. Mr. Ashton wollte dazu keinen Kommentar abgeben.

In meinem Geschäft war es erforderlich, dort Verbindungen zu sehen, wo sonst niemand welche sah. Ich musste dem Geschehen immer zehn Schritte voraus sein und mehrere mögliche Szenarien gleichzeitig berücksichtigen. Im Laufe der Jahre waren meine Instinkte dadurch rasiermesserscharf geworden. Ich täuschte mich nur selten.

Als ich Mick Martin googelte, stellte sich heraus, dass bei der Makleraufsichtsbehörde des Bundesstaates Kalifornien bereits zwei Anzeigen wegen sexueller Belästigung gegen ihn vorlagen. Laut Satzung genügten drei, damit ihm die Maklerlizenz dauerhaft entzogen wurde. Meine Finger flogen über die Tastatur des Laptops, öffneten einen Tab nach dem anderen und gaben immer neue Suchbefehle bei Google ein. *Melden sexueller Belästigung bei der kalifornischen Makleraufsichtsbehörde. Erwerb einer kalifornischen Maklerlizenz.* Und schließlich: *Online-Kurse zum Erwerb einer Maklerlizenz, Kalifornien.*

Ich ließ den Blick durch meine winzige Wohnung schweifen, deren Jalousien ich heruntergelassen hatte, und legte dann in meinem Notizbuch eine neue Liste mit Dingen an, um die ich mich im Zuge meiner Vorbereitungen kümmern musste. Eine Website für ein schickes Maklerbüro. Eine weitere für mich selbst. Eine Liste mit Verkaufsabschlüssen im oberen Preissegment über mehrere Jahre hinweg. Eine Bürotelefonnummer mit einer sympathischen, ansprechenden Ansage auf dem AB. Außerdem besorgte ich mir mehrere Bücher über Immobilienhandel. Schließlich musste ich von Anfang an als Expertin auftreten.

Sobald das Haus am See eine neue eingetragene Besitzerin hätte, wollte ich Pennsylvania den Rücken kehren. Mehrere Monate früher als geplant, aber gelegentlich war es angebracht, ein Projekt vorzeitig zu beenden – sei es, weil man das Wohlwollen anderer überstrapaziert hatte oder, weil das Risiko, etwas zu Ende zu bringen, eindeutig zu hoch für das war, was dabei herausspringen würde. Dieses Mal war der Grund, dass ich bereits einige Zeit vor der Wahl im November vor Ort und in Position sein musste.

Als mir klar wurde, dass ich im Begriff war, meine Karriere dort zu beenden, wo sie begonnen hatte, stieg eine prickelnde Erregung in mir auf.

Es wird oft behauptet, es gebe keinen Weg zurück in die Vergangenheit.

Aber das ist eine Lüge.

LOS ANGELES

GEGENWART

KAT

August

Am nächsten Morgen rufe ich als Erstes die Bank an, die mir versichert, dass mein Konto nicht gefährdet ist und kein Geld abgehoben wurde. Ich bitte trotzdem um eine neue Kontonummer. Wo auch immer dieser Bankauszug sein mag, ich will sichergehen, dass wirklich niemand etwas damit anfangen kann.

Dann öffne ich noch einmal Jennas E-Mail. Ein DBA – kurz für *Doing Business As* – wird in der Regel dann benutzt, wenn eine Person eine Firma unter einem Namen gründen möchte, in dem ihr richtiger Name nicht enthalten ist, wie beispielsweise *Ace Dogwalkers*. Für eine Trickbetrügerin kann ein DBA von großem Vorteil sein, da es jedem, der sich die Registrierungsgebühr leisten kann, erlaubt, seine wahre Identität hinter einem erfundenen Firmennamen und einer anderen Steuernummer zu verbergen. Kennt man den Namen der Firma, kann man über die Website des entsprechenden Bundesstaates in Erfahrung bringen, wer sie gegründet hat. Umgekehrt funktioniert das jedoch nicht. Gibt man nur einen Namen ein – in meinem Fall Meg Williams –, hat man keine Chance.

Ich bin mir ziemlich sicher, dass es sich bei Megs mysteriösen Käufern – dem Unternehmerpaar, das seine Privatsphäre so pedantisch schützt – um Meg selbst handelt, die sich hinter einem DBA versteckt. Irgendwie hat sie einen Weg gefunden, sich ihr Eigentum zurückzustehlen beziehungsweise es zu einem extrem niedrigen Preis zu erwerben.

Anhand der Details, die Jenna mir geschickt hat, mache ich mich daran herauszufinden, wie genau Meg bei dem Hauskauf in Pennsylvania vorgegangen ist. Ich habe eine Adresse an einem See und den Namen des Verkäufers. *Phillip Montgomery*. Als ich ihn google, erhalte ich die üblichen Treffer: Facebook- und Twitter-Einträge. Einen Arzt, einen Schreiner und den Geschäftsführer einer Lebensmittelkette. Auch der Artikel einer Lokalzeitung in Reading ist darunter. »Ortsansässige Geschäftsleute verteilen zu Thanksgiving Essen an Hungernde«. Am Ende folgt noch eine Liste der Beteiligten, aus der zwei Namen hervorstechen: *Phillip Montgomery* und *Melody Wilde*. Der Artikel enthält außerdem ein winziges Foto, das ich vergrößern muss, um etwas zu erkennen. Es zeigt eine Gruppe von ungefähr zehn Leuten hinter einem langen Tresen, alle mit Schürzen und Haarnetzen. Ziemlich weit hinten steht Meg, halb verdeckt von einem großen Mann, aber es ist eindeutig Meg.

Auf der Suche nach Details starre ich sie so lange an, bis sie nur noch aus schwarzen und weißen Pixeln besteht. Wie würde sie reagieren, wenn ich ihr diesen Artikel zeige? Wahrscheinlich würde sie irgendeine Geschichte erfinden, von einem Freund, den sie in den Ferien in Pennsylvania besucht hat. Sie würde behaupten, dem Reporter aus Spaß einen falschen Namen und Beruf angegeben zu haben. Meg ist eine brillante Märchenerzählerin. Sie unterhält mich nicht nur mit Geschichten über ehemalige Kunden oder Geschäfte, die schiefgelaufen sind, sondern auch mit anderen Abenteuern. Die Mutprobe, bei der sie Fallschirm gesprungen ist. Der Urlaub in den Everglades, bei dem ihr Boot um ein Haar von Alligatoren zum Kentern gebracht wurde. Obwohl ich es besser weiß, lasse ich mich jedes Mal in ihren Bann ziehen. Immer wieder muss ich mir klarmachen, dass jedes Wort von ihr eine Lüge ist.

Ich mache ein paar Telefonate und fange mit Phillip Montgomery an. Den Arzt und den Schreiner habe ich direkt ausgeschlossen und konzentriere mich auf den Geschäftsführer von *Prince Foods*. »Hallo. Mein Name ist Kat Roberts. Ich bin Journalistin und würde mit Mr. Montgomery gerne über eine Frau namens Melody Wilde reden.«

»Mr. Montgomery ist im Moment nicht zu sprechen, aber wenn Sie Ihre Nummer hinterlassen, ruft er Sie gerne zurück.« Die Stimme der Sekretärin klingt absolut unverbindlich. Vielleicht leitet sie meine Nachricht tatsächlich weiter, genauso gut könnte sie meine Nummer aber auch in den Papierkorb werfen.

Als Nächstes telefoniere ich mich durch die Liste der ehrenamtlichen Helfer aus dem Artikel. Zunächst erreiche ich niemanden, bis ich dann Frederica Palmieri am Telefon habe, die Besitzerin eines Tanzstudios. »Mein Name ist Kat Roberts. Ich schreibe an einer Story über Melody Wilde und hatte gehofft, Sie könnten mir vielleicht etwas über sie erzählen.«

»Worum geht es in Ihrer Story?« Federica klingt skeptisch.

Ich wähle meine Worte mit Bedacht. »Melody könnte in einen Betrugsfall hier in Los Angeles verwickelt sein.«

Im Hintergrund ist Klaviermusik zu hören, außerdem eine Stimme, die Anweisungen erteilt. »Ich habe noch nie von ihr gehört. Wie sind Sie an meinen Namen gekommen?«

»Ich habe in der Zeitung von Reading ein Foto von Ihnen entdeckt, auf dem auch Melody zu sehen ist. Es ist ein Gruppenbild in einer Suppenküche, das vor zwei Jahren an Thanksgiving aufgenommen wurde. Sie haben dort ehrenamtlich Essen ausgegeben.«

Federicas Stimme wird heller. »Ach ja, richtig. Na ja, wenn ich überhaupt mit ihr gesprochen habe, dann nur zur Begrüßung und zum Abschied.«

»Erinnern Sie sich vielleicht, ob sie mit einem der anderen Helfer bekannt oder befreundet war? Ich würde gerne zu jemandem Kontakt aufnehmen, der sie kannte.«

»Wie Sie schon sagten, das ist zwei Jahre her«, entgegnet sie. »Ich kann Ihnen nicht einmal mehr sagen, was ich letzten Monat gemacht habe.«

»Verstehe. Eine letzte Frage noch. Erinnern Sie sich, wer die Aktion organisiert hat?«

»Renata Davies. Sie ist die Vorsitzende des örtlichen Tafelladens und an vielen kommunalen Veranstaltungen beteiligt.«

Ich notiere mir Renatas Namen, bedanke mich bei Federica und lege auf.

Renata an die Strippe zu bekommen ist deutlich schwerer. Zuerst rufe ich den Tafelladen an, wo man mir zwar sehr freundlich begegnet, aber nicht gewillt ist, Renatas Kontaktinformationen an eine Fremde herauszugeben, die angeblich Journalistin ist. Ich hinterlasse meine Telefonnummer mit der Bitte um Rückruf und hoffe, dass man sie weiterleitet.

Im Internet finde ich sie auf Facebook, und ein kurzer Blick auf die Liste ihrer Freunde eröffnet mir eine interessante Verbindung – Phillip Montgomery ist Renatas älterer Bruder. Ich hinterlasse ihr eine ähnliche Nachricht wie den anderen. Mein Name ist Kat Roberts, und ich würde gerne mit jemandem sprechen, der eine Frau namens Melody Wilde kennt. Jede Information, die Sie diesbezüglich haben, wäre mir eine große Hilfe. Sie können mir gerne auf diese Nachricht antworten oder mich unter der folgenden Nummer anrufen.

Nach dem, was ihrem Bruder passierte, ist es eher unwahrscheinlich, dass Renata jemandem trauen würde, der sie einfach so anruft oder aus den Weiten des Internets auftaucht. In der Regel sind Menschen eher bereit, sich jemandem zu öffnen, wenn sie die entsprechende Person über Freunde oder Bekannte kennen. Genau so geht Meg immer vor. Sie erschleicht sich zunächst das Vertrauen von jemand anderem. Wie beispielsweise Veronica.

Ich nehme mein Handy und schreibe Meg eine Nachricht. Konnte Veronica Ron überreden, sein Haus zu verkaufen? Sind deine Kunden noch interessiert?

An den drei Punkten, die auftauchen, sehe ich, dass sie antwortet, und warte gespannt, was für eine Lüge sie mir als Nächstes auftischt. Veronica war erfolgreich! Wir haben gerade ein Treuhandkonto über 4,5 Millionen Dollar eröffnet. Die Käufer sind überglücklich. In dreißig Tagen schließen wir ab.

Ich muss mich nicht erst ins Immobilienverzeichnis einloggen, um zu wissen, dass für diese Wohngegend 4,5 Millionen Dollar mindestens fünfhunderttausend unter dem Marktwert liegen. Obwohl die Summe um ein Vielfaches höher ist als die in Reading, könnte es sich um denselben Schachzug handeln.

Aber die Sache irritiert mich dennoch. 4,5 Millionen Dollar sind immer noch eine Menge Geld, und nahezu den vollen Preis für ein Haus zu bezahlen sieht mir nicht nach einem Trick aus.

Hinzu kommt, dass mir immer noch nicht klar ist, was sie von mir will. Ich denke zurück an die Spendenveranstaltung vor zwei Monaten. Damals war Meg bereits seit einem halben Jahr in der Stadt, hatte sich eine passende Hintergrundgeschichte zugelegt und die entscheidende Freundschaft mit Veronica gepflegt, die ihr die Tür zu Ron öffnen würde. Warum sollte sie plötzlich umschwenken und mich ins Visier nehmen? Was auch immer da gestern Abend passiert ist, es fällt mir nach wie vor schwer, einen Zusammenhang zu erkennen. Meg macht das schon sehr lange. Bestimmt wusste sie, dass zehn Minuten auf einer öffentlichen Toilette mit meiner Bankverbindung nicht genügen würden, um sich in mein Konto zu hacken.

Es sei denn, sie wollte gar nicht, dass es klappt.

Wenn Meg mich wirklich um mein Geld hätte erleichtern wollen, wäre es ihr gelungen. Aber sie ist nur so weit gegangen, wie es nötig war, um meine Aufmerksamkeit auf den Vorgang zu lenken. Scott und ich waren damit beschäftigt, mit der Bank und dem Netzbetreiber zu telefonieren und alle unsere Konten zu sperren – und mir blieb keine Zeit, unbequeme Fragen zu ihren mysteriösen Käufern zu stellen.

KAT

August

Meg kommt wieder mal zu spät.

Ich stehe vor dem *Le Jardin*, wo ich mit ihr zum Mittagessen verabredet bin, und warte auf sie. Der Nachmittagsverkehr rollt an mir vorüber, und ich halte die Luft an, um die Abgase eines vorbeifahrenden Busses nicht einzuatmen. Als ich gerade beschließe, doch lieber im Restaurant zu warten, klingelt mein Handy. Eine unbekannte Nummer wird anzeigt.

»Spreche ich mit Kat Roberts?« Es ist die Stimme einer Frau mit einem leichten Akzent aus dem Mittleren Westen. Mein Herz rast. *Renata.*

Ich sehe mich um und versichere mich, dass Meg nicht im Anmarsch ist. »Am Apparat.«

»Guten Tag, Miss Roberts. Hier spricht Natalie vom Kundenservice der Citibank. Ich rufe Sie an, um Sie an Ihre überfällige Zahlung zu erinnern.«

Ich stecke mir einen Finger ins Ohr und wende mich von der stark befahrenen Straße ab. »Entschuldigen Sie bitte, was haben Sie gesagt?«

»Hier spricht Natalie von der Citibank«, wiederholt sie.

»Wir haben seit zwei Monaten keine Zahlungen mehr von Ihnen erhalten. Wenn Sie diesen nicht bald nachkommen, müssen wir die Schulden eintreiben lassen.«

»Ich habe gar kein Konto bei der Citibank«, erkläre ich ihr. »Sie sprechen mit der falschen Person.«

»Würden Sie mir bitte die vier letzten Ziffern Ihrer Sozialversicherungsnummer nennen?«

Fast hätte ich gelacht. »Die werde ich Ihnen auf gar keinen Fall geben. Ich habe kein Konto bei Ihrer Bank.«

Aber so schnell lässt Natalie sich nicht abwimmeln. »Der Saldo beläuft sich derzeit auf 31.125 Dollar bei einer Mindestanzahlung von fünfhundert Dollar. Wenn Sie möchten, können Sie die sofort leisten.«

Panik steigt in mir auf, und meine Gedanken springen zurück zu Scotts Warnung vor ein paar Wochen. Sei vorsichtig, wenn du mit Meg zusammen bist. Lass deine Handtasche nie unbeaufsichtigt. Und lass sie nicht dein Handy benutzen.

Habe ich das auch Meg zu verdanken? Versucht sie immer noch, mich abzulenken? Vielleicht ist es eine ihrer Phishing-Expeditionen, um an Informationen zu gelangen, die sie gegen mich verwenden kann. Oder steckt mehr dahinter? Ich werfe einen suchenden Blick nach rechts die Straße entlang, dann nach links, aber da ist nichts. Womöglich parkt Meg in irgendeiner Tiefgarage hier in der Nähe und gibt sich als Natalie von der Citibank aus.

»Wie war Ihr Name noch gleich?«, frage ich und konzentriere mich auf ihre Antwort.

»Natalie«, antwortet die Frau. Aber bei dem Verkehrslärm kann ich unmöglich sagen, ob ihre Stimme vertraut klingt.

»Geben Sie mir die Kontonummer«, bitte ich sie, während ich in meiner Tasche nach einem Stift und einem Stück Papier krame. Ich lege das Blatt Papier gegen die grobe Backsteinmauer hinter mir und schreibe mit. Die Zahlen sind krakelig und unförmig. »Ich habe dieses Konto nicht eröffnet«, wiederhole ich, »und werde auch keine dreißigtausend Dollar bezahlen.«

Natalie lässt sich nicht aus der Ruhe bringen. »Ich verstehe, Miss Roberts«, erklärt sie mir. »Ich werde das in Ihrer Akte notieren. Aber um die Sache zu klären, müssen Sie Anzeige bei der Polizei erstatten und diese dann an uns weiterleiten. Bis das geschehen ist, sind Sie für diese Schulden haftbar.«

Miss Roberts. Plötzlich wird mir bewusst, dass sie mich mit meinem richtigen Nachnamen angesprochen hat. Scott hatte die ganze Zeit recht. Auf diese Art macht Meg mir deutlich, dass sie alles weiß.

In diesem Moment spüre ich, dass jemand hinter mir steht. Als ich mich umdrehe, sieht Meg mich besorgt an. Mir rutscht der Magen in die Kniekehle. »Danke für Ihren Anruf«, sage ich schnell und lege auf.

»Alles in Ordnung?«, fragt Meg, während die Fußgänger auf dem Bürgersteig um uns herumgehen.

Als ich ihr keine Antwort gebe, nimmt sie meinen Ellbogen und führt mich von dem schicken Restaurant, in dem wir essen wollten, weg zu einem am Straßenrand geparkten Foodtruck. Sie bestellt zwei Tacos, dann gehen wir in einen nahe gelegenen Park und setzen uns auf eine Bank.

»Erzähl mir, was los ist«, sagt sie. »Geht es um Scott?«

Ich presse die Lippen aufeinander, während Wut und Scham in mir aufsteigen. Wie konnte ich glauben, mich mit

Meg anfreunden zu können und ihre Verbündete zu werden? Wie konnte ich zulassen, dass sie mir so nahekam? Als ich endlich den Mund aufmache, klingen meine Worte steif und kalt. »Das war eine Frau, die behauptet hat, bei der Citibank zu arbeiten. Sie sagt, ich hätte dort Schulden in Höhe von dreißigtausend Dollar.« Obwohl ich nicht sie am Telefon hatte, bin ich sicher, dass Meg hinter dem Anruf steckt.

Sie lehnt sich zurück, geschockt. »O mein Gott.«

Was für eine Schauspielerin. Mal wieder die besorgte Freundin.

»Du musst Anzeige erstatten.« Ich starre sie an und versuche zu erkennen, worauf sie hinauswill. »Hör mal«, fährt sie fort. »Ich will nicht unnötig Staub aufwirbeln, aber das hier plus das gehackte Konto und die unbezahlten Rechnungen ...« Sie verstummt.

Ich schüttle den Kopf, entsetzt über mich selbst, weil ich ihr von Scotts Spielsucht erzählt und mich ihr damit ausgeliefert habe. »Das war nicht Scott.«

Ich spüre, dass ich mir absolut sicher bin, und hülle mich in dieses Gefühl wie in einen schützenden Mantel. Ich bin nicht naiv. Ich kenne die Statistiken über Rückfälle. Aber in den zwei Wochen seit dem Konzert, nachdem Meg versucht hatte, sich in mein Bankkonto zu hacken, habe ich nachts immer wieder heimlich alle seine Geräte überprüft, und da war nichts. Auf seinen Arbeitscomputer habe ich zwar keinen Zugriff, aber es wäre der helle Wahnsinn, dort etwas zu versuchen. Jeder Tastenanschlag wird überwacht und aufgezeichnet.

»Ich weiß, dass du das glauben möchtest«, sagt Meg. »Und ich möchte es auch. Aber du musst dich schützen, auch wenn das bedeutet, dich einer schmerzlichen Wahrheit zu stellen.«

Wahrheit? Jedes Wort von ihr ist eine Lüge. »Ich glaube nicht, dass der Anruf echt war«, erkläre ich ihr. »Ich glaube, das war Phishing. Jemand hat versucht, an meine Sozialversicherungsnummer zu kommen. So etwas passiert andauernd.« Zuckt sie zusammen? Sieht sie zur Seite? Ich will sie auf die Probe stellen. Sie unter Druck setzen. Herausfinden, wie weit sie mit ihren Beschuldigungen gegenüber Scott geht.

Doch Meg zieht ihr Handy aus der Tasche, öffnet den Browser, und ich sehe zu, wie sie *Citibank* googelt. Sie ruft die Website der Bank auf und hält mir ihr Handy vor die Nase. »Da ist die Telefonnummer. Rufen wir an und überprüfen die Sache.«

Ist das eine Art Test? Glaubt sie, ich würde in ihrer Anwesenheit nicht dort anrufen? Ich wähle und muss mich durch mehrere automatische Ansagen klicken, bis ich schließlich aufgefordert werde, in der Leitung zu bleiben. Während ich warte, dringen schrille Schreie vom Spielplatz herüber und bohren sich in meine wachsende Panik.

Dieses Mal spreche ich mit einem Mann, der sich als Paul vorstellt. Ich lese ihm die Kontonummer vor, die Natalie mir gegeben hat, und entferne mich ein paar Schritte von Meg, um ihm die letzten vier Ziffern meiner Sozialversicherungsnummer zu geben. »Der Saldo beträgt 31.125 Dollar«, verkündet er.

Ich schließe die Augen, die Geräusche vom Spielplatz verschwimmen. Kein Phishing. Echte Schulden – die so hoch sind, dass ich sie niemals werde bezahlen können.

»Frag ihn nach aktuellen Kontobewegungen«, sagt Meg.

Meine Lider klappen nach oben. Ich will wissen, wie sie mich ansieht. Ihre Augen sind groß, voller Mitgefühl und Sorge. Warum möchte sie, dass ich das frage? Was soll ich zu hören bekommen?

Als ich ihm die Frage stelle, rattert Paul mehrere große Bargeldauszahlungen herunter, alle in unserer Gegend, und ein paar Supermarktabbuchungen. »Können Sie mir die Rechnungsadresse durchgeben?«, bitte ich ihn.

Er nennt mir ein Postfach in Brentwood. Ich weiß, wie einfach es ist, ein Postfach online zu eröffnen, und werfe Meg einen schnellen Blick zu.

Pauls Stimme unterbricht meine Gedanken. »Die Kontoauszüge gehen an eine E-Mail-Adresse.« Langsam liest er sie vor. »Calistasnichte@Yahoo.«

Ich starre Meg an, deren Haare vom Wind in ihr offenes, besorgtes Gesicht geblasen werden. Ich muss mich selbst daran erinnern, dass sie diesen Gesichtsausdruck jahrelang perfektioniert hat. »Danke«, sage ich zu Paul und beende das Gespräch. Meg legt mir die Hand auf den Arm, aber ich schüttle sie ab. Ich muss irgendwohin, wo ich nachdenken kann. Ich muss herausfinden, wie sie das geschafft haben könnte.

»Du solltest unbedingt Anzeige erstatten«, sagt sie noch einmal. »Ich kann mit dir kommen, wenn du möchtest.«

Ich sehe sie ungläubig an und stelle mir uns beide auf dem Polizeirevier vor, wo ich neben Meg sitzen würde, die mir bereitwillig hilft, meine Geschichte zu erzählen. Wann würde sie ganz beiläufig etwas über Scotts Spielsucht fallen lassen? Nur eine winzige, subtile Bemerkung, die die Ermittlungen von ihr ablenken würde.

Ich werde Scott davon erzählen müssen. Dreißigtausend

Dollar Schulden kann ich nicht vor ihm verheimlichen. Tief in meinem Inneren meldet sich eine leise Stimme. *Und wenn Meg recht hat? Wenn es doch Scott ist?*

Nicht zum ersten Mal stelle ich mir vor, wie anders mein Leben aussähe, wenn Scott nicht spielsüchtig wäre. Oder wenn ich ihn verlassen hätte, anstatt bei ihm zu bleiben und diese Sache Schritt für Schritt mit ihm durchzustehen. Alles wäre so viel klarer, wenn ich nicht ständig mit diesen Zweifeln kämpfen müsste. Mit diesen Stimmen, die mich im Schlaf heimsuchen und alles infrage stellen, was er sagt, mir zuflüstern, dass es wieder geschehen kann, mich dazu treiben, nach Rissen in unserer Beziehung zu suchen und mich zu fragen, was daran noch echt ist.

In diesem Moment klingelt Megs Handy. Sie wirft einen Blick auf das Display. »Es sind die Käufer von Rons Haus. Da muss ich ran.«

Sie geht ein paar Schritte und dreht mir den Rücken zu.

Großer Gott, sie macht einfach immer weiter. Obwohl sie mir gerade dreißigtausend Dollar gestohlen hat, die ich nicht habe, gaukelt sie mir nebenbei auch noch weiter die Existenz ihrer mysteriösen Käufer vor. Ich frage mich, wer wirklich anruft. Veronica? Irgendjemand sonst? Ich lausche angestrengt, um mitzubekommen, was sie sagt, aber die Geräusche vom Spielplatz und der Wind tragen ihre Worte davon.

Schließlich legt sie auf und kommt zurück zur Parkbank. »Tut mir leid.«

Ich stehe auf und werfe meinen fast unberührten Taco in den Müll. »Ich muss los«, sage ich.

Sie umarmt mich, aber ich bleibe eingehüllt von ihrem teuren Parfüm steif stehen und lasse die Arme hängen. »Ruf mich an, wenn du etwas brauchst.«

Zu Hause warte ich, bis Scott kommt. Ich muss sein Gesicht sehen, wenn ich es ihm erzähle. Muss mich vergewissern, dass meine Loyalität nicht fehlgeleitet ist.

Auf der Fahrt zurück hatte ich den Autopiloten eingeschaltet, und als ich ankam, war das Körnchen Zweifel bereits zu einem kleinen Stein angewachsen, der mir schwer im Magen lag. Es besteht die Möglichkeit, dass er es getan hat. Nur weil ich keine Beweise dafür finde, heißt das noch lange nicht, dass er es nicht getan hat.

Als er endlich nach Hause kommt, genügt ihm ein kurzer Blick. »Was ist passiert?«, fragt er.

Er sieht mich unentwegt an, während ich ihm den Zettel vorlese, auf dem ich mir alle relevanten Informationen zu dem Konto notiert habe. Das Datum der Eröffnung, kurz nachdem ich das erste Mal mit Meg ausgegangen war. Die Höhe der Schulden. Die jüngsten Belastungen und abgehobenen Bargeldsummen und schließlich die hinterlegte E-Mail-Adresse.

»Dieses verdammte Miststück«, zischt er, als ich fertig bin.

Ich starre ihn an und warte auf ein Zeichen, dass er lügt. Auf ein kurzes Aufflackern von Schuldbewusstsein, bevor seine schäumende Wut alles überdeckt.

Aber mein Schweigen irritiert ihn, und er rudert zurück. »Moment mal. Du glaubst doch nicht etwa, dass ich das war?«

»Ich weiß nicht, was ich glauben soll.«

Er steht auf und fängt an, im Zimmer hin und her zu gehen. Seine Stimme wird lauter. »Was soll ich denn noch tun, Kat? Ich habe dir mein gesamtes Leben offengelegt. Du kannst darin herumstöbern, wann immer du willst.

Mein Handy, mein Computer – selbst nach zwei Jahren überprüfst du ihn immer noch täglich.« Er sieht mich an. »Du hast dich mit einer verdammten Trickbetrügerin angefreundet, und ich bin derjenige, dem du misstraust? Diese Frau hat dein Leben infiltriert. Sie hat dich um den Finger gewickelt, geht mit dir auf Konzerte, zum Mittagessen, zum Yoga. Du bist ihre verdammte Assistentin«, faucht er. »Sie hat mehrfach versucht, an deine persönlichen Daten zu kommen – die gestohlenen Bankauszüge, die verschwundene Telefonrechnung –, und trotzdem hast du jedes Mal als Erstes mich im Verdacht, wenn wieder etwas vorgefallen ist.«

Er setzt sich neben mich und nimmt meine Hand. Seine Stimme ist kurz davor zu brechen. »Ich weiß nicht, was ich noch tun kann, um dir zu beweisen, dass ich es nicht war.« In seinen Augen stehen Tränen. »Langsam glaube ich, die Sache wird nie wieder in Ordnung kommen. Du wirst mir nie vertrauen.«

»Scott«, fange ich an.

Aber er hebt die Hand, und ich verstumme. »Ich werde nicht zulassen, dass sie uns das antut.« Er schnappt sich den Zettel mit meinen Notizen. »Jetzt übernehme ich. Morgen leite ich die Ermittlungen ein. Was auch immer Meg vorhat, jetzt ist Schluss damit.«

Der Schmerz in seinem Gesicht bricht mir das Herz. Er hat so hart an sich gearbeitet. Wie sehr muss er darunter leiden, dass ich ihm immer noch misstraue, ganz egal was er tut.

Ich will das nicht mehr.

»Okay«, flüstere ich.

KAT

August

Da ich nicht mehr ans Telefon gehe, wenn Meg anruft, schickt sie mir Textnachrichten.

Geht es dir gut?

Was ist los?

Gib einfach kurz Bescheid, ob alles in Ordnung ist.

Schließlich schreibe ich zurück. Es geht mir gut. Ich bin mit dieser Sache mit dem Konto beschäftigt. Ich habe Anzeige erstattet, und sie haben Ermittlungen eingeleitet.

Und Scott?, schreibt sie.

Ich antworte nicht.

Scott hat sich die Kreditkartenabrechnungen und alles, was damit zusammenhängt, ausgedruckt und mit aufs Revier genommen. Aber obwohl ich froh bin, mich nicht selbst darum kümmern zu müssen, bin ich nicht in der Lage, etwas anderes zu tun. Der Ordner mit den Unterlagen über Meg liegt ungeöffnet in meinem Schreibtisch, und ich habe mehrere Deadlines für Beiträge verstreichen lassen, zu denen ich mich einfach nicht aufraffen konnte. Dabei brauche ich das Geld nötiger denn je.

Nachdem eine weitere Woche vergangen ist, ruft Vero-
nica an und hinterlässt eine Nachricht. Meg sagt, du seist
krank. Wir vermissen dich. Hoffentlich geht es dir bald
besser.

Krank? Ich schüttle den Kopf und stelle mir vor, wie
Meg Veronica von einer Fahrt in die Notaufnahme und
Antibiotika berichtet, während die beiden auf ihren Yoga-
matten sitzen und darauf warten, dass der Kurs beginnt. Im
Geschichtenerfinden ist Meg unschlagbar.

Immer wieder geht mir der Anruf von der Citibank
durch den Kopf, die verdreckte Straße, der Abgasgestank
des vorbeifahrenden Busses, das Knarren der hölzernen
Parkbank. Und dann der Anruf, den Meg entgegengenom-
men hat, kurz bevor ich gegangen bin. Megs Telefonat mit
ihren *mysteriösen Käufern.*

Ich schnappe mir mein Handy, öffne den Chatverlauf
mit Meg und scrolle zurück, bis ich finde, wonach ich ge-
sucht habe. Veronica war erfolgreich! Wir haben gerade
ein Treuhandkonto über 4,5 Millionen Dollar eröffnet. Die
Käufer sind überglücklich. In dreißig Tagen schließen wir
ab.

Ich war zu sehr damit beschäftigt gewesen, überall meine
Sozialversicherungsnummer sperren zu lassen und mit di-
versen Kreditauskunftsstellen zu telefonieren, um mir wei
terhin Gedanken darüber zu machen, dass Meg kurz da-
vorsteht, sich ihr Haus zurückzuholen. Womöglich ging es
ihr gar nicht um meine dreißigtausend Dollar, sondern nur
darum, mich aus dem Weg zu haben, bis der Verkauf abge-
wickelt ist. Nun, den Gefallen habe ich ihr getan.

Ich stelle mir Ron vor, wie er seine Sachen packt und die
Möbel in ein Lagerhaus bringen lässt. Er ahnt nicht, dass

Meg den schnellen Verkauf und seinen Auszug aus dem Haus ihrer Kindheit perfekt arrangiert hat. Aber was wird sie als Nächstes tun? Das Haus still und heimlich verkaufen, dieses Mal zum offiziellen Marktpreis, den Gewinn einstreichen und sich aus der Stadt schleichen? Womöglich wird Veronica zum Yoga gehen und sich fragen, warum die Matte neben ihr leer bleibt. Warum die Telefonnummer, die sie gewählt hat, nicht mehr existiert.

Vor zehn Jahren hat Meg mein Leben mit einem einzigen Telefonanruf aus den Angeln gehoben. Ich habe meinen Job und meinen Platz in der Welt verloren. Sie hat mir mein Sicherheits- und mein Selbstwertgefühl gestohlen. Seit diesem Anruf lebe ich mit seinen Konsequenzen und musste lernen, die Angst als einen ständigen Begleiter zu akzeptieren.

Und nun ist sie zurück und hat sich noch mehr genommen. Denn Meg ist eine Betrügerin, und Betrügerinnen stehlen – wie und wann immer sie können.

Ich habe genug davon, mich selbst zu bemitleiden, genug von meinen Bedenken und dem ewigen Händeringen. Vielleicht habe ich nicht mitbekommen, was sie getan hat, als sie es getan hat, aber das heißt ja nicht, dass ich ihr nicht auch jetzt noch auf die Schliche kommen kann.

Vor zwei Tagen haben wir Anzeige erstattet, und Scott hat die Papiere mit nach Hause gebracht, damit ich sie unterzeichne – *Kat Roberts vs. Meg Williams*. Nun, da die Polizei eingeschaltet ist, wird offiziell ermittelt, und Scott hat versprochen, mir Zugriff auf alles zu verschaffen, was sie über Meg ausgraben.

Sie wird mein Leben kein zweites Mal zerstören.

KAT

September

Scott kommt etwas früher nach Hause, und ich schrecke auf. Ich sitze inmitten unzähliger Notizen zu dem DBA, das Meg als Melody Wilde in Pennsylvania hat registrieren lassen. »Konntest du Kontakt zu Phillip Montgomery oder seiner Schwester Renata aufnehmen? Keiner der beiden ruft mich zurück.«

»Du musst mal eine Pause machen«, sagt er und küsst mich auf die Stirn.

Ich streiche mir eine Haarsträhne hinters Ohr. »Mir geht es gut.«

Er verdreht die Augen. »Du wirst noch zusammenklappen.« Er stellt sich hinter mich und massiert mir die Schultern. »Gönn dir ein bisschen Abstand und überlass uns die Ermittlungen. Ich verspreche dir, sobald wir etwas Neues haben, bist du die Erste, die es erfährt.«

Seine Finger kneten die verspannten Muskeln in meinem Nacken. Ich weiche zurück. »Und was soll ich deiner Meinung nach machen?«, frage ich ihn. »Warten, bis sie in meinem Namen noch ein Konto eröffnet? Und noch mehr Schulden anhäufen?«

Scott zieht seinen Schreibtischstuhl heran, setzt sich und dreht mich von meinen Notizen weg. »Du isst nicht. Du schläfst nicht. Ich will doch nur, dass du eine Pause machst – einen Tag, eine Woche –, um wieder einen klaren Kopf zu bekommen. Arbeite an etwas anderem, dann siehst du die Sache danach mit neuen Augen. Du weißt besser als jede andere, dass einem manchmal nur mit viel Geduld und Spucke ein Durchbruch gelingt.«

»Ich habe dreißigtausend Dollar Schulden. Ich kann es mir nicht leisten, geduldig zu sein.«

Wenn ich nicht an Megs Geschichte arbeite, bleiben mir nur schnöde Beiträge zum Thema Haus und Garten oder Beziehungen. *Ist Ihre beste Freundin eine Trickbetrügerin? Fünf Anzeichen, auf die Sie achten sollten.* Allein bei der Vorstellung würde ich am liebsten in Tränen ausbrechen.

»Na gut, aber zumindest heute Abend nimmst du dir eine Auszeit. Geh duschen und zieh dir was Hübsches an. Ich habe im *Magnolia* um halb sieben einen Tisch reserviert. Der Verkehr ist die Hölle. Wir sollten spätestens in fünfundvierzig Minuten los.«

Ich werfe einen Blick auf mein Handy und frage mich, wo Meg wohl gerade ist. Wahrscheinlich denkt sie, sie wäre mal wieder davongekommen. Sie ahnt nicht, dass eine Anzeige gegen sie läuft und Scott und seine Kollegen hart an ihrem Fall arbeiten. Dass ich Stück für Stück die Puzzleteile der Geschichte zusammensetze, die sie am Ende entlarven wird.

Nachdem ich geduscht habe, springt Scott ebenfalls noch schnell unter die Dusche, während ich mich anziehe. Ich nehme die Tube mit meiner Lieblingshautcreme vom Nachttisch und versuche, die letzten Tropfen herauszuquetschen.

»Mist«, murmle ich, denn ich weiß, dass es Monate dauern wird, bevor ich mir eine neue leisten kann. Dann fällt mir die kleine Reisetube wieder ein, die Scott mir letztes Jahr zu Weihnachten in meine Socke gesteckt hat. Nach einem Ausflug nach Tahoe hab ich sie im Handschuhfach seines Autos gelassen.

»Ich hol schnell was aus deinem Wagen«, rufe ich durch die geschlossene Badezimmertür.

»Was?«, brüllt er über das Rauschen des Wassers hinweg.

Ich ignoriere ihn und schnappe mir die Autoschlüssel, die neben seinem Handy auf dem Flurtischchen liegen. Die kalte Luft draußen legt sich auf meine nassen Haare, aber statt zu frieren, spüre ich, wie sie mich belebt. Mal wieder rauszukommen ist wahrscheinlich genau das, was ich im Moment brauche. Ein paar Häuser die Straße runter entdecke ich Scotts geparkten Wagen. Ich schließe ihn auf, lasse mich auf den Beifahrersitz gleiten und öffne das Handschuhfach.

Hinter ein paar alten Papierservietten finde ich meine Creme und nehme sie heraus. Als ich das Handschuhfach gerade wieder schließen will, entdecke ich in einer Ecke ein Handy.

Ich lasse die Creme in meinen Schoß fallen und drehe es mehrmals hin und her. Es ist klein und schwarz, eines dieser Wegwerfhandys, die aussehen wie ein Smartphone, aber nur mit den nötigsten Funktionen ausgestattet sind – Telefon, E-Mail, Internet. Ich schalte das Display ein in der Hoffnung, dass ein Foto eines Fremden erscheint, dessen verlorenes Handy Scott sicher in seinem Handschuhfach verstaut hat, bis er es ihm zurückgeben kann. Aber es leuchtet nur ein schlichter blauer Hintergrund auf, mit Zeit, Datum und einer Taste zum Entsperren.

Ich klicke sie an, und das Handy erwacht zum Leben. Kein schützendes Passwort. Über Datendiebstahl scheint sich der Besitzer keine Gedanken zu machen.

Es gibt nur ein paar wenige Apps – keine Fotos, keine Kontakte, keine aus- oder eingegangenen Anrufe. Ich wechsle in den Browser, um mir den Verlauf anzusehen.

Als ich die Liste überfliege, stockt mir der Atem. Es sind die altbekannten Namen von Glücksspiel-Websites, die mich in meinen Träumen und dunklen Stunden immer wieder heimsuchen und die mir klar vor Augen führen, dass Scott mich angelogen hat.

Ich scrolle nach unten bis zu dem Datum, an dem das Konzert im Park stattgefunden hat und jemand meine Bankdaten stehlen wollte. Es war Scott, der versucht hat, sich in mein Konto zu hacken.

Hastig wechsle ich zu den Einstellungen, um nachzusehen, mit welcher E-Mail-Adresse das Handy verlinkt ist. Und obwohl ich nichts anderes erwartet habe, obwohl ich gewappnet bin, ist es wie ein Schlag ins Gesicht.

Calistasnichte@yahoo.

MEG

September

Acht Wochen vor der Wahl

Alle Wege führen zurück zum Canyon Drive. Wieder einmal sitze ich in meinem Auto und starre auf das Haus meiner Kindheit. Wie oft habe ich an genau dieser Stelle schon geparkt? Wie viele Stunden habe ich hier gesessen und daran gedacht, wie wir rausgeworfen wurden, unsere Kleider hastig in Müllsäcke stopften? Ich hatte nicht einmal mehr die Zeit, meine Schuhe anzuziehen, weil der Sheriff bereits in unserem Flur stand und die Nachbarn auf ihre Auffahrten und ausladenden Rasenflächen gelaufen kamen, um zu gaffen.

Aber der heutige Tag ist anders. Heute werde ich mit meinen beiden Käufern Gretchen und Rick einen letzten Rundgang durchs Haus machen. Ich habe sie einem Kollegen abgeworben, nachdem ich zufällig hörte, wie er darüber sprach, was sie suchten. Ein paar Telefonate, ein zufälliges Treffen bei einer Hausbesichtigung, ein Schnäppchenangebot unter der Hand, das noch nicht gelistet ist. Wer würde da nicht zuschlagen, bei der harten Konkurrenz, die derzeit auf dem Immobilienmarkt herrscht?

Der Vertrag für das Haus am Canyon Drive wird morgen unterzeichnet. Ron ist bereits in ein Hotel gezogen, bis wir etwas finden, das für einen Senator angemessener ist. Eine notwendige Abkehr von Renditeobjekten, die eigentlich ohnehin nie Teil meines Plans waren. Gleich werde ich mein altes Zuhause betreten – nicht zum ersten, sondern zum letzten Mal.

Das erste Mal hatte ich das Haus vor über einem Monat, Anfang August, wieder betreten, um es Gretchen und Rick zu zeigen. Da Ron auch dabei war, musste ich neugierig und begeistert wirken, als würde ich es zum ersten Mal sehen.

Ich bin früh dran heute. In der Hoffnung, dass Kat sich vielleicht gemeldet hat, werfe ich einen Blick auf mein Handy. Sie hat wochenlang nichts von sich hören lassen und meine Anrufe und Nachrichten ignoriert. Auch Veronica hat nichts von ihr gehört. Mit einem Anflug von Sorge stelle ich mir vor, wie sie versucht, einen Weg zu finden, diese Schulden ganz alleine abzubezahlen. Mit dem, was sie in letzter Zeit geschrieben hat, ist das unmöglich zu schaffen – Artikel über Nagelhautpflege und die Heilkraft ätherischer Öle.

Ich bin mir ziemlich sicher, dass Kat denkt, ich hätte dieses Konto eröffnet und so hoch belastet. Ich habe keine Ahnung, wie viel genau sie darüber weiß, wo ich die letzten zehn Jahre war, aber jeder meiner Jobs deutet darauf hin, dass ich genau das bin, wofür sie mich hält – eine Trickbetrügerin und Opportunistin, die die Realität so verdreht, dass sie ihren eigenen Zwecken dient. Eine Frau, die mit der einen Hand einen Politiker aufs Kreuz legt und mit der anderen einer glücklosen Journalistin ihr Geld stiehlt. Sie wird nun nur noch entschlossener versuchen, mich zu entlarven und etwas zu schreiben, das nicht nur gut bezahlt wird, sondern ihr auch die Türen zu größeren Publikationen öffnet. Aber ich kann ihr deshalb nicht böse sein, schließlich wusste ich von Anfang an, wer sie ist.

Ich gehe meine Schlüssel durch, bis ich den richtigen gefunden habe. »Die Eingangstür ist aus Eiche, geschlagen in einem Wald in Virginia. Sie hat dort wahrscheinlich schon die Siedler von Jamestown begrüßt, bevor sie hierherkam, um für unsere Sicherheit zu sorgen.« Meine Worte sind nur ein leises Flüstern. Unter dem Dach der Veranda riecht es noch genau so, wie ich es in Erinnerung habe – nach Gras und feuchtem Putz, der nie ganz trocknet.

Ich betrete den kühlen Eingangsbereich und lasse den Raum auf mich wirken. Als ich zum ersten Mal wieder hierherkam, war ich überrascht, wie viel sich verändert hatte. Das Holz der Böden, das ich hell in Erinnerung hatte, war dunkel und fleckig geworden. Der gemauerte Kamin war mit Marmor verkleidet, die Küche komplett erneuert worden. Doch als ich am Spülbecken stand und durchs Fenster in den Garten hinausschaute, war der Ausblick noch genau wie in meiner Erinnerung. Der leicht abfallende Rasen, der sich bis zu den hohen Hecken am hinteren Ende des Gartens erstreckte. Der Maulbeerfeigenbaum, der noch dieselbe Form hatte, bis hinunter zu der Gabelung aus zwei dicken Ästen, die gerade so breit war, dass meine Hüfte darin Platz fand. Der perfekte Ort, um zu lesen oder sich vor meiner Mutter und Ron zu verstecken.

Ich führte Gretchen und Rick durch die wichtigsten

Räume im Erdgeschoss, während Ron draußen wartete. Danach stiegen wir gemeinsam die Haupttreppe hinauf und besichtigten auch die oberen Räume. Irgendwie gelang es mir, ihnen alles zu zeigen, ohne mich zu verraten – das große Schlafzimmer mit Bad, den Balkon, der vom oberen Wohnzimmer abgeht. »Und dort befindet sich ein Gästezimmer, ebenfalls mit Bad.« Ich deutete auf die Tür zu meinem alten Zimmer und ließ Gretchen und Rick alleine hineingehen. Ich wollte nicht riskieren, dass die Erinnerung an meine letzten Monate hier mich aus dem Konzept brachte.

Aber nun bin ich alleine. Das Haus ist leer, Rons grässliche Chrom- und Ledermöbel sind verschwunden. Endlich kann ich mich den Geistern der Vergangenheit stellen und mir die Zeit nehmen, mich endgültig zu verabschieden. Vorbei an der großen Treppe mit der Fensternische auf dem oberen Absatz gehe ich durchs Erdgeschoss in eines der Wohnzimmer, das früher komplett mit Bücherregalen ausgekleidet war.

Das Haus ist zwar verändert worden, aber seine Besonderheiten sind noch die gleichen. Als ich die hintere Treppe hinaufsteige, fühlt sich das Geländer an der Wand mit seinen kleinen Vertiefungen und Löchern an wie damals. Ich lasse die Hand darübergleiten und genieße das vertraute Gefühl. Die vierte Stufe knarrt immer noch, genau wie ich es in Erinnerung habe. Eine Minute lang gehe ich auf und ab, nur um dieses Geräusch zu hören. Ich schließe die Augen und stelle mir vor, meine Mutter wäre noch am Leben. Stelle mir vor, sie wäre mit mir im Haus und würde jeden Moment etwas rufen. *Jetzt beeil dich, du kleine Trödelliese.*

Das ferne Bellen eines Hundes in einem der Nachbargärten holt mich zurück. Ich steige die Treppen weiter hinauf und betrete mein altes Zimmer mit dem Mansardenfenster, hinter dem der Garten liegt, und dem begehbaren Kleiderschrank, in dem die Dachschräge im Fünfundvierzig-Grad-Winkel auf den Boden trifft.

Mitten im Raum bleibe ich stehen und versuche, mich in mein jüngeres Ich zurückzuversetzen, aber es fällt mir schwer. Nichts ist mehr, wie es war. Die Farbe der Wand, der Boden, die Zierleisten – alles ist neu, aber aus billigem Material. Die Jalousien sind jetzt aus Plastik anstatt aus Holz, und im Bad hat man die alten Keramikbecken durch welche aus glasfaserverstärktem Kunststoff ersetzt.

Ich gehe zum Schrank und hoffe, dass Ron ihn wider Erwarten unberührt gelassen hat. Als ich nach der Tür greife, erinnere ich mich genau an das von meinen Schuhen verschrammte Innere. An die durchgebogene Stange, an der meine Kleider hingen, und an die Rückwand mit den eingeritzten Markierungen. Ich sehe sie ganz genau vor mir, horizontale Linien mit Nanas verblasster Handschrift.

Rosie 27.8.78

Rosie 17.12.82

Und daneben mit einem dunkleren Stift die Schrift meiner Mutter, so vertraut wie die Kinderlieder, die ich bis heute auswendig kann.

Meggie 4.2.93

Meggie 26.10.98

Aber als ich die Tür öffne, geht die automatische Beleuchtung eines modernen Einbauschranks an, und ich stehe vor einer Reihe laminierter Regale. Die Luft ist steril, der Boden unter meinen Füßen glänzt, und die alten Wandverkleidungen, mit allem, was darauf geschrieben stand, sind wohl schon vor Jahren auf dem Sperrmüll gelandet.

Schnell nehme ich die vordere Treppe zurück nach unten und gehe dann durch das Esszimmer hinaus in den Garten. Es ist der einzige Ort, an dem es noch Spuren der Menschen gibt, die ich geliebt habe. Im Vorbeigehen lasse ich meine Hand über den Stamm des Maulbeerfeigenbaums gleiten. Ganz hinten in einer Ecke stehen noch Nanas Rosen, die in der leichten Brise schwanken, als würden sie tanzen. Sie hat die achtzehn Sträucher vor fast sechzig Jahren gepflanzt, als sie noch eine junge Mutter und ihr einziger Sohn noch nicht in eine Abwärtsspirale aus Drogen und Alkohol geraten war.

Dies ist der einzige Ort, an dem ich sie noch spüren kann – und die Erinnerungen brechen über mich herein. Die langen Nachmittage, an denen wir die Beete umgegraben haben und ich, mit einer Sprühflasche mit Seifenlauge bewaffnet, die Blätter nach Läusen absuchte. Sie hat mir die Namen jeder einzelnen Sorte beigebracht, und leise bete ich sie herunter wie ein Mantra – *Burst of Joy*, *Moonlight in Paris*, *Double Delight*.

Es ist ein kleines Wunder, dass Ron sie nicht herausgerissen und das Rosenbeet in eine Feuerstelle oder einen Whirlpool verwandelt hat. Ich hebe ein paar Blütenblätter vom Boden auf und rieche daran – ein süßer Duft, der mich zurück in die Vergangenheit trägt.

»Meg, sind Sie hier?«

Ricks Stimme im Haus reißt mich zurück in die Gegenwart. Ich lasse die Rosenblätter fallen, und die Wut und der Schmerz, die sich über die Jahre angesammelt haben, verkriechen sich wieder in die Ecken und Winkel meiner Seele.

»Hier draußen«, rufe ich und mache mich auf den Weg zurück ins Haus. Die beiden warten in der Eingangshalle auf mich. Rick ist Partner einer Anwaltskanzlei in der Stadt, und seine Frau Gretchen kümmert sich um den Haushalt. Sie sind kein mächtiges Unternehmerpaar, das anonym bleiben möchte, wie ich Kat erzählt hatte. Letztendlich kommt es nur darauf an, was jemand sehen will. Und namenlose, gesichtslose Kunden, die Wert auf ihre Privatsphäre legen, zwingen einen geradezu, sich eine Geschichte über sie auszudenken. Es ist, als würde man eine Spur aus Brotkrumen legen. Jeder denkt automatisch, dass sie irgendwohin führt.

»Sollen wir in der Küche anfangen?«, frage ich mit einem aufrichtigen Lächeln.

»Sie können die Schlüssel morgen im *Apex*-Büro abholen«, sage ich, als wir fertig sind. »Und ich rufe Sie an, sobald das Haus offiziell Ihnen gehört.«

Ich schaue den beiden zu, wie sie wegfahren. Dann drehe ich mich um, schließe meinen Wagen auf, und da sehe ich ihn. Scott. Kats Verlobten. Er sitzt hinter dem Steuer eines alten Toyota Sedan und beobachtet mich.

Ich erkenne ihn von Kats Profilbild auf Facebook wieder. Sobald ich ihren richtigen Namen wusste, war es leicht, Kat im Internet zu finden, und danach ihn. *Scott Griffin, Beamter beim Betrugsdezernat*. Ich habe die Fälle, an denen er mitgearbeitet hat, recherchiert und mir auf Facebook

Bilder von ihm angesehen – Scott am Strand, Scott beim Skifahren, Scott lachend vor einem riesigen Kaktus in der Wüste. Kein Zweifel, das ist er.

Ich lasse den Blick über ihn hinweggleiten und achte darauf, mich natürlich und gleichmäßig zu bewegen. Erst als ich vom Randstein losfahre, werfe ich noch einen schnellen Blick in den Rückspiegel, und es versetzt mir einen schmerzhaften Stich.

Die beiden arbeiten zusammen.

KAT

September

Ich versuche, die Leere, die Scott hinterlassen hat, zu ignorieren, aber seine Abwesenheit ist in jedem Raum unserer Wohnung spürbar. Ich stehe am Küchentresen, den Bademantel eng um mich geschlungen, und denke über meine nächsten Schritte nach. Währenddessen kämpfe ich gegen den Wunsch an, Meg anzurufen, um ihr zu sagen, dass sie recht hatte, und sie zu fragen, was ich tun soll. Ich kann die machtlose Wut, die sie über Jahre gequält haben muss, jetzt besser nachvollziehen. Eine Wut, die sehr viel mehr schmerzt als der Groll, den ich seit so langer Zeit gegen sie hege. Dieselbe Wut vibriert jetzt auch in mir, ein pulsierender Zorn, der mit jedem Herzschlag durch meinen Körper strömt. Wie weit würde ich gehen, um Scott für das, was er getan hat, bezahlen zu lassen?

Ich verbringe Stunden damit, mich zu fragen, was Meg an meiner Stelle tun würde.

Als Scott aus der Dusche kam, saß ich auf dem Sofa, ungeschminkt, meine noch feuchten Haare struppig. »Du bist ja noch gar nicht fertig«, wunderte er sich.

Dann entdeckte er das Handy, das vor mir auf dem Couchtisch lag.

In schneller Folge zeichneten sich auf seinem Gesicht zuerst Angst, dann Wut und schließlich eine stoische Entschlossenheit ab. Als würde sich hinter seinen Augen ein Vorhang schließen. »Was ist das?«, fragte er.

»Tu das nicht.« Ich war wie betäubt und über den anfänglichen Schock und Schmerz bereits weit hinaus. Stattdessen spürte ich, wie eine eiskalte Ruhe mich einhüllte, und war froh darüber. Ich wollte in dieser schmerzfreien Blase so lange wie nur irgend möglich verweilen, denn ich wusste, die einzige Alternative wäre, den Verrat in allen Einzelheiten noch einmal zu durchleben, wieder und wieder, noch lange nachdem das hier vorbei war.

Er ließ sich auf den Stuhl mir gegenüber fallen und verbarg den Kopf in den Händen. »Es tut mir so leid«, sagte er.

Das alte Lied, zu dem wir wieder und wieder getanzt hatten. Ich kannte es in- und auswendig – die Entschuldigungen, die Selbstanklage, die Reue. Dann die Versprechen. Und wieder würden wir uns aus dem Loch irgendwie herausziehen.

Doch dieses Mal übersprang ich das alles. Die Fragen, was den Rückfall ausgelöst hatte. Wie es wieder angefangen hatte und warum. Die Schuldzuweisungen. Ihm klarzumachen, dass wir die schwierige Phase gemeinsam hätten überwinden können, wenn er mir nur rechtzeitig gesagt hätte, dass er wieder schwach geworden war. Die Worte, die mir eben noch auf der Zunge lagen, verpufften. Da war nichts mehr, das ich ihm noch anbieten konnte.

Als ich meinen Verlobungsring vom Finger streifte und

auf das schwarze Handy legte, fragte ich mich, wie viel ich wohl dafür bekommen würde. War er überhaupt echt? Ich hätte Megs Angebot, ihn prüfen zu lassen, annehmen sollen.

Scott hob den Kopf. »Nein, Kat.«

»Dreißigtausend Dollar«, flüsterte ich. Er zuckte zusammen.

»Ich wollte es zurückzahlen. Ich schwör es dir.«

Der Text war Wort für Wort der, den ich bereits kannte. »Du hast alles getan, um mich glauben zu lassen, ich wäre diejenige, die Mist gebaut hat. Weil ich so unvorsichtig war, Meg zu weit in unser Leben zu holen. Dass ich zu vertrauensselig war. Dabei warst du es, der die Kontoauszüge genommen hat. Der die Rechnungen nicht bezahlt und dann Meg die Schuld in die Schuhe geschoben hat.«

»Ich werde wieder zur Therapie gehen«, sagte er. »Fünfmal die Woche. Gemeinsam schaffen wir das. Ich brauche dich.«

Ich stieß ein schrilles Lachen aus. »Du brauchst meine Kreditwürdigkeit. Du brauchst das bisschen Geld, das ich noch auf meinem Sparkonto habe. Nicht mich.«

»Das ist nicht wahr.«

»Ich glaube, du hast keine Ahnung, was Wahrheit überhaupt ist«, fauchte ich. Ich dachte an all seine Lügen und die gespielte Wut auf Meg. Und dann an Megs stille Besorgnis. Wie sie versucht hatte, mir klarzumachen, was direkt vor meiner Nase passierte.

Wenn eine Trickbetrügerin am Ende vertrauenswürdiger ist als der eigene Verlobte, ist eigentlich alles gesagt.

»Ich will, dass du gehst«, sagte ich. »Noch heute Abend. Ich gebe dir zwei Stunden, um deine Sachen zu packen.

Alles, was hierbleibt, wird verkauft, um die Schulden abzubezahlen, die du gemacht hast.«

Scotts Reue verwandelte sich in Zorn. »Und was ist mit *Ich liebe dich*? Mit *Ich werde dir helfen, deine Sucht zu besiegen*?«

Ich sah ihn ungläubig an. »Schulden im fünfstelligen Bereich würde ich nicht als einen Sieg über die Sucht werten. Du etwa?«

»Und wo zum Teufel soll ich hingehen?«

Ich zuckte mit den Achseln. »Ruf deinen Patenonkel an. Finde einen Freund. Schlaf bei irgendjemand auf dem Sofa. Mir ist das egal.«

»Und wenn ich mich weigere?«

»Dann rufe ich die Polizei. Einer deiner Kollegen wird hier auftauchen, und ich werde ihm erzählen, was du getan hast. Ich gebe ihm dein Handy, auf dem nicht nur der Beweis ist, dass du versucht hast, dich in mein Konto zu hacken, sondern auch der E-Mail-Link zu dem Citibank-Konto. Ich bin mir sicher, auf dem Revier wird man die Sache klären.«

»Das würdest du nicht tun.«

Ich spürte, wie Teile meines alten Selbst von mir abfielen. Wie es an den Kanten splitterte, Ängste und Verdächtigungen abbröckelten. Die Sorgen, die mich nächtelang wach hielten. Die Angst jahrelanger Überwachung. Die ständigen Zweifel. Der endlose Kreislauf von Misstrauen, Hinterfragen und Versichern – das alles fiel von mir ab, und übrig blieb nur eine eiserne Entschlossenheit.

»Die Uhr tickt«, sagte ich.

Während er packte, schlich ich mich aus dem Haus und nahm sein Wegwerfhandy mit. Ich setzte mich ins Auto, überprüfte, ob auch alle Türen verriegelt waren, und duckte mich in meinem Sitz. Mit einem Blick in die Spiegel vergewisserte ich mich, dass niemand die Frau bemerkte, die alleine in einer dunklen Straße in ihrem Auto saß.

Ich stellte mir vor, wie er seinen Schrank und die Kommode ausräumte und seinen Schreibtisch in unserem Büro leerte. Wie er Kleider in eine Reisetasche stopfte und alles, was er mit in die Beziehung gebracht hatte, wieder mitnahm. Das gerahmte Gemälde im Wohnzimmer. Die Schreibtischlampe, die seinem Vater gehört hatte. Den stylischen Grilltoaster, den er einfach hatte haben müssen.

Endlich hatte er sein Auto bis unters Dach mit seinen Habseligkeiten vollgepackt und fuhr weg. Ich wartete noch, bis er um die Ecke verschwunden war, und ging dann zurück in die Wohnung. Ich durchquerte das Wohnzimmer, ging ins Schlafzimmer – das jetzt *mein* Schlafzimmer war – und kletterte ins Bett, wo ich vollständig angekleidet sofort einschlief.

Mein Handy klingelt. Als ich die unbekannte Nummer sehe, krampft sich mir der Magen zusammen. Wieder ein Inkassobüro? Wurde noch ein Konto in meinem Namen eröffnet? »Ja, hallo?«, melde ich mich.

»Spreche ich mit Kat Roberts?«

Ich schließe die Augen und wappne mich für das, was kommt. »Ja, bitte?«

»Hier spricht Renata Davies. Sie hatten mich um einen Rückruf gebeten.«

Ich reiße die Augen auf. Alle Gedanken an Scott sind wie weggeblasen, als ich hektisch nach einem Stift und einem leeren Blatt Papier suche. »Ja, natürlich«, sage ich. »Vielen

Dank, dass Sie sich melden. Ich hatte gehofft, Sie könnten mir vielleicht bei meinen Recherchen zu einer Frau namens Melody Wilde weiterhelfen.«

Es entsteht eine lange Pause. »Ich kann Ihnen sagen, dass sie eine hinterhältige Betrügerin ist, wenn Ihnen das hilft«, sagt Renata mit tiefer, vor Wut bebender Stimme. »Sie ist eines Tages in der Stadt aufgetaucht, hat jede Menge Lügen über sich erzählt und sich so Zugang zu meinem Freundeskreis verschafft. Sie hat meinem Bruder dreihundertfünfzigtausend Dollar gestohlen und ihn davon überzeugt, ihr sein Haus zu überschreiben. Ist das die Art von Information, nach der Sie suchen?«

Vielleicht bekomme ich meine Geschichte am Ende ja doch noch.

Ich telefoniere eine geschlagene Stunde mit Renata, die mir von einer Frau erzählt, die sich als Raumdesignerin und Promi-Life-Coach aus New York ausgab. Sie sagt mir, Meg – oder Melody – habe ihren Bruder Phillip dazu überredet, sich von ihr durch seine Scheidung »coachen« zu lassen, und ihm dabei große Geldsummen abgenommen, die sie für ihn bis nach dem Vergleich verwahren wollte.

»Erzählen Sie mir etwas über das Haus«, bitte ich sie. Es ist das Puzzlestück, das vielleicht Aufschluss darüber geben kann, was Meg gerade im Schilde führt.

»Das Haus am See«, sagt Renata. »Ich hatte ihm geraten, es Celia zu überlassen. Aber mein Bruder ist unglaublich stur, und das Haus lief auf seinen Namen. Es war Teil seines Vermögens.«

»Und wie ist Melody an das Haus gekommen?«

»Er hat es ihr für zwanzigtausend Dollar verkauft, für

einen Bruchteil dessen, was es tatsächlich wert war. Melody hatte ihm erklärt, er könne es von ihr zurückkaufen, sobald der Vergleich abgeschlossen sei, und es dann zum Marktwert wiederverkaufen.«

»Aber er wusste doch bestimmt, dass ihn das jede Menge Steuern kosten würde«, sage ich, in Gedanken nur halb bei dem, was Renata mir erzählt, weil ich bereits überlege, wie Meg Ron dazu gebracht haben könnte, sich auf so etwas einzulassen.

»Melody meinte, sie wisse, wie er um die Steuern herumkomme. Auch eine Lüge. Aber zu dem Zeitpunkt dachte Phillip nur daran, wie er alles behalten konnte, von dem er glaubte, es gehöre ihm«, erklärt sie. »Er dachte nur noch an den Vergleich, und es genügte ihm, dass Melody behauptete, bei ihr habe es auch funktioniert.«

»Betrüger suchen sich häufig Opfer, die emotional angreifbar sind«, sage ich. »Menschen, die so verzweifelt nach einer Lösung für ihre Probleme suchen, dass sie an die vermeintlichen Wahrheiten glauben müssen, die man ihnen verkauft.«

»Sie hat sein Leben zerstört. Und seinen guten Ruf«, sagt Renata. Wobei Meg sicher sagen würde: *Er hat sein Leben selbst zerstört. Ich habe nur die Risse größer gemacht.*

»Ist er damit zur Polizei gegangen?«, will ich wissen.

»Selbstverständlich, aber dort hat man ihm erklärt, eine strafrechtliche Verfolgung der Angelegenheit sei schwierig – genau das waren ihre Worte. Sie sagten, er habe ebenfalls in betrügerischer Absicht gehandelt, deshalb sei es schwer zu beweisen, dass sie ihn getäuscht habe. Mittlerweile haben seine Scheidungsanwälte gekündigt. Niemand will ihn mehr vertreten.«

Es fällt mir schwer, Mitleid mit Phillip Montgomery zu haben. Renata gibt mir Name und Telefonnummer seiner Ex-Frau, die ich als Nächste anrufe. Celia entlarvt ihn als einen Mann, der sie und seine Kinder jahrelang terrorisiert hat. »Ich bin viel zu lange bei ihm geblieben«, erzählt sie mir. »Als ich ging, hatte ich nur einen Koffer mit dem Allernötigsten dabei. Phillip war stinksauer und wechselte sofort alle Schlösser aus. Ich durfte das Haus nicht mehr betreten, nicht einmal, um meine Sachen zu holen. Als wir dann endlich einen Gerichtstermin hatten, war das meiste weg. Im Müll, verschenkt, verkauft, ich weiß es nicht. Meine Kleider waren mir egal, aber es gab ein paar Sachen, an denen ich sehr hing – der Schmuck meiner Mutter, Notizen, Karten, die die Kinder mir im Laufe der Jahre geschrieben hatten. Ihr Verlust schmerzte.«

Vieles an Celias Geschichte kommt mir bekannt vor. Meg und ihre Mutter haben ihre eigene Version davon erlebt. »Was glauben Sie, wie Meg Sie gefunden hat?«

»Ich habe keine Ahnung. Aber das Verrückteste an der Sache ist – vor ein paar Wochen rief mich ein Anwalt für Immobilienrecht an. Er war von einer kalifornischen Kollegin beauftragt worden, mir mitzuteilen, dass mir das Haus am See überschrieben worden sei. Und da es erst nach unserer Scheidung in meinen Besitz gekommen sei, habe Phillip keinerlei Anspruch mehr darauf. Es gehöre mir.«

Ich sitze kerzengerade da, während der Stift reglos in meiner Hand verharrt. »Meg hat Ihnen das Haus *geschenkt*?«

»Und alles, was darin ist«, sagt Celia. »Selbst für die Steuern ist sie aufgekommen.«

Für einen Moment bin ich sprachlos. Megs Großzügigkeit kommt unerwartet, ist aber trotz allem nicht wirklich eine Überraschung. Sicher, Phillips Geld hat sie behalten. Dennoch hat sie für ausgleichende Gerechtigkeit gesorgt, indem sie Celia ein klein wenig der Macht zurückgab, die Phillip ihr gestohlen hatte, und ihn dabei auch noch bloßgestellt hatte. Dasselbe hatte sie für Kristen getan. Und sie ist im Begriff, es für ihre Mutter und sich selbst zu tun.

»Ich konnte es kaum fassen«, fährt Celia fort. »Ich hatte mich schon damit abgefunden, dass ich leer ausgehen würde. Ich war kurz davor, aufzugeben und Phillip alles zu überlassen.«

»Warum?«, frage ich.

»Eine Scheidung ist wie ein Virus, das jede Zelle deines Lebens befällt, jeden Gedanken, jeden Moment. Man sieht alles nur noch unter dem Gesichtspunkt, ob es dem Vergleich nützen oder schaden wird. Das reinste Gift.«

»Aber Sie hätten auf sehr viel Geld verzichtet«, hake ich nach.

»Wie viel ist Ihnen Ihre Freiheit wert?«

Ich versuche immer noch, diese Frage für mich zu beantworten. Das Schamgefühl, das damit einhergeht, wenn man von einem Menschen, dem man vertraut, verraten wird, ist komplex – eine Mischung aus der schmerzhaften Erkenntnis, hintergangen worden zu sein, und der Fassungslosigkeit darüber, dass das Leben, das man zu führen glaubte, sich in Luft aufgelöst hat. Man entfernt die Habseligkeiten des anderen, und zurück bleiben leere Räume, die einen an all die Dinge erinnern, die man einfach nicht gesehen hat. Man muss es den Freunden und der Familie sagen – all die Telefonate und Textnachrichten, die einen zwingen, neben dem Selbstmitleid auch noch das Mitleid der anderen zu ertragen. Darum erzähle ich es zunächst nur Jenna.

Sie reagiert genau richtig. Sie schäumt vor Wut. »Du warst ja hoffentlich bei der Polizei damit.«

Aber davor muss ich noch die Anzeige gegen Meg zurückziehen.

Ich hänge fast fünfzehn Minuten in der Warteschleife, bis ich endlich jemanden am Telefon habe.

»Hallo. Ich hatte vor ein paar Wochen Anzeige erstattet, aber es gab da ein Missverständnis. Ich würde diese Anzeige gerne zurückziehen.«

»Bearbeitungsnummer?«

Ich lese sie ihr vor und stelle mich darauf ein, einen Moment zu warten, bis sie den Fall aufgerufen hat. Aber dazu kommt es nicht. »Das ist keine Bearbeitungsnummer«, erklärt sie mir. »Normalerweise finden Sie die zehnstellige Zahl oben rechts auf der Kopie Ihres Anzeigeformulars.«

Ich sehe mir die Nummer noch einmal an, die Scott aufgeschrieben hat. Acht Ziffern und ein Buchstabe.

»Ich rufe Sie gleich noch mal zurück«, sage ich und lege auf.

Natürlich hat es nie eine Anzeige gegeben. Hätte er Meg tatsächlich in meinem Namen angezeigt, hätten die Ermittlungen irgendwann von ihr weg und zu ihm geführt. Trotzdem rege ich mich über diese weitere Lüge von Scott nicht auf. Denn wenn es keine Anzeige gibt, bin ich noch immer die Einzige, die weiß, wer Meg wirklich ist und was sie tut.

Ich schnappe mir mein Handy und tippe eine Nachricht an Meg. Hoffentlich ist es nicht zu spät, und sie hat sich schon aus dem Staub gemacht.

> Danke, dass du mir die Zeit gelassen hast, mich um meine Probleme zu kümmern. Ich kann jetzt wieder anfangen zu arbeiten.

Aber mein Handy bleibt stumm. Ich stehe auf und gehe in die Küche, um mir eine Cola zu holen. Danach beschließe ich, mir meine Notizen zu den Gesprächen mit Celia und Renata noch einmal durchzulesen. Vielleicht lassen sich ja Gemeinsamkeiten zwischen Megs Betrug an Phillip Montgomery und dem entdecken, was sie bei Ron vorhat. Ein gefälschtes Gutachten? Eine erfundene Bewertung? Irgendetwas, das darauf hindeutet, dass sie sich, als vermeintlich öffentlichkeitsscheuer Käufer getarnt, das Haus am Canyon Drive zurückholt. Denn im Grunde kann ich nicht einmal sicher sein, dass der Verkaufspreis tatsächlich bei 4,5 Millionen Dollar lag. Meg weiß, dass die Details erst Wochen später öffentlich gemacht werden. Sie hätte mir alles erzählen können.

Vielleicht hilft es, wenn ich mir alles noch einmal in chronologischer Reihenfolge ansehe. Angefangen bei Cory Dempsey, dann Phillip und am Ende das, was ich bisher zu Ron habe. Ich sollte auch die wenigen Opfer noch einmal unter die Lupe nehmen, die ich für die Zeit, kurz nachdem Meg Los Angeles zum ersten Mal verlassen hatte, ausfindig gemacht habe. Noch ein klein wenig tiefer graben und herausfinden, ob sie sie aus denselben Gründen ausgewählt hat wie Cory, Phillip und jetzt Ron.

Ich nehme die Mappe mit meinen Notizen aus der Schreibtischschublade und schlage sie auf. Ganz oben auf dem Stapel liegt ein weißes Blatt Papier. Als ich es zur Seite lege, habe ich ein weiteres leeres Blatt vor mir. Mit zitternden Händen blättere ich durch den Stapel, eine leere Seite nach der anderen, bis mein Verstand endlich begreift, was passiert ist.

Scott.

Während ich im Auto darauf gewartet habe, dass er seine Sachen packte, hat er meine Notizen gestohlen und durch einen dicken Packen Druckerpapier ersetzt.

Alles, was ich zu Meg gesammelt habe – Namen, Daten, frühere Adressen, Informationen über ihre Familie –, weg. Zehn Jahre Arbeit einfach verschwunden, und damit auch die Chance, die Story zu verkaufen und meine Schulden zu begleichen. Die Wut kocht in mir hoch, und ich greife nach meiner Coladose. Mit voller Wucht werfe ich sie gegen die Wand, wo sie in einer Fontäne brauner Blasen explodiert, die auf dem Dielenboden zu einer Lache zusammenlaufen.

MEG

September

Sieben Wochen vor der Wahl

Ich bin auf einem Rundgang durch ein kleines Häuschen in Sunset Park, mein viertes an diesem Morgen, und bemühe mich, von möglichst vielen *Apex*-Maklern gesehen zu werden, bevor ich es für heute gut sein lasse. »Hey, Meg«, ruft jemand hinter mir.

Als ich meine Nase aus dem Einbauschrank nehme, den ich gerade inspiziere, und mich umdrehe, sehe ich Guy Cicinelli, einen älteren *Apex*-Makler, der den Kopf durch die Tür des winzigen Schlafzimmers steckt.

»Verfolgen Sie mich?«, frage ich ihn, da ich ihm auch schon bei den letzten drei Hausbegehungen begegnet bin.

Er grinst. »Vielleicht sind wir bald Konkurrenten«, meint er und wirft über meine Schulter einen Blick in den Schrank. »Meine Kunden werden dieses Haus lieben.«

»Meine auch«, behaupte ich von meinen angeblichen Interessenten, einem jungen Paar, das ein erstes gemeinsames Zuhause sucht, und einem Lehrer im Ruhestand, der etwas

Kleineres braucht, das besser zu seiner lausigen Pension passt. Obwohl ich die Stadt in wenigen Wochen verlassen werde, muss ich einen geschäftigen Eindruck machen. *Immer auf der Jagd nach neuen Abschlüssen.*

Guy seufzt. »Es wird einfach nie langweilig, für andere Leute einen Ort zu finden, an dem sie gerne zu Hause wären.«

»Ich weiß, wovon Sie sprechen«, entgegne ich und meine es sogar ernst. Als ich die Bestätigung erhalten hatte, dass Celias Haus am See nun offiziell ihr gehört, empfand ich eine Freude, wie sie nur aufkommt, wenn man etwas absolut Selbstloses und Richtiges getan hat. Man verspürt einen inneren Frieden, als hätten alle Probleme und Leiden dieser Welt plötzlich aufgehört, ihr Chaos zu verbreiten, und für einen seligen Moment steht alles still. *Das ist mein Werk. Mein Geschenk an sie.*

Als wir zurück ins Wohnzimmer gehen, zeigt Guy aus dem Fenster. »Ist das Ihr Interessent, der da im Auto sitzt? Sie wissen, dass er reinkommen kann. Bei Maklerbegehungen tauchen andauernd Interessenten auf.«

»Wen meinen Sie?«, frage ich und sehe hinaus. »Mein Kunde ist nicht hier.«

»Na ja, da parkt ein Mann vor dem Haus«, sagt Guy. »Ich dachte, er gehört zu Ihnen, weil er bei den letzten drei Häusern, die Sie sich angesehen hast, auch da war.«

Der verdammte Scott. Ich verdrehe die Augen. »Nein, das ist kein Kunde. Das ist der Verlobte meiner Assistentin.« Ich gehe wieder raus in den Flur. »Haben Sie die Küche schon gesehen?«, frage ich. »Sie ist umwerfend.«

Guy verschwindet in die Küche, und ich nutze die Gelegenheit, um in den Hinterhof zu gehen, eine große geteerte

Fläche mit einem langen Riss in der Mitte. Guys Käufer werden ihn reparieren müssen. Ich gehe den Pfad zum hinteren Gartentor entlang und tue so, als wollte ich mir die Garage ansehen.

Mein Handy vibriert, und ich bleibe abrupt stehen. Eine Nachricht von Kat.

> Danke, dass du mir die Zeit gelassen hast, mich um meine Probleme zu kümmern. Ich kann jetzt wieder anfangen zu arbeiten.

Nachdem sie wochenlang geschwiegen und alle meine Anrufe und Nachrichten ignoriert hat, will sie nun plötzlich zurückkommen? Vor dem Haus parkt Scott, und Kat will wieder bei mir mitmischen? Am liebsten würde ich laut lachen. Falls das ein abgesprochener Versuch der beiden ist, erneut anzugreifen, wäre er ziemlich plump.

Ich beschließe, mich von hinten an Scotts Auto zu schleichen. Während ich dem Weg hinter dem Haus in südlicher Richtung folge, stelle ich mir vor, wie er zusammenzuckt, wenn ich gegen seine Scheibe klopfe. *Du bist doch Kats Freund. Der Zocker.* Ich kann es kaum erwarten, sein Gesicht zu sehen, wenn ihm klar wird, dass er aufgeflogen ist. Aber kurz bevor ich um die Ecke biege, setzt mein gesunder Menschenverstand wieder ein.

Ihn im Auge zu behalten wird einfacher sein, solange er glaubt, dass sein Plan funktioniert.

Ich mache kehrt und gehe durch das Gartentor zurück ins Haus. Zum Abschied winke ich Guy noch einmal zu und spaziere locker und entspannt durch die Haustür wieder nach draußen.

Am darauffolgenden Tag sitze ich an meinem Schreibtisch, der vom Licht der Nachmittagssonne geflutet wird. Abgesehen vom Zischen der Limonade, die ich mir gerade eingeschenkt habe, ist es still im Haus. Eines der Notizbücher aus Pennsylvania liegt aufgeschlagen vor mir, und ich sehe mir meine Notizen zu dem DBA durch, das ich dort habe registrieren lassen.

Bei jedem Job kommt irgendwann der Punkt, an dem es kein Zurück mehr gibt. Der Moment, von dem an man keine andere Möglichkeit mehr hat, als den Dingen ihren Lauf zu lassen und zu hoffen, dass die Vorbereitungen, die man getroffen hat, ausreichen. Bei Cory kam dieser Moment spät. Damals trat ich die Flucht nach vorne erst an, als ich anfing, Geld von seinem Konto abzuheben. Bei Phillip war es so weit, nachdem ich seine Möbel verkauft hatte. Hätte er seine Meinung geändert und mich gebeten, sie zurückzubringen, wäre ich aufgeflogen, und alles wäre vorbei gewesen.

Manche würden sagen, ich hatte Glück. Aber ich glaube nicht an Glück. Ich glaube an harte Arbeit und daran, jede Chance zu ergreifen, die sich einem bietet.

Heute erreicht die Sache mit Ron ihren kritischen Punkt. Ich muss nur noch eine Website fertig machen und nach Van Nuys fahren, um am Gericht ein weiteres DBA zu beantragen – eine der wenigen Angelegenheiten, die noch zu erledigen sind, um meine Deadline, zwei Wochen vor der Wahl, einzuhalten. Bis dahin sind es noch etwas über dreißig Tage.

Danach werde ich ihm die Mandeville-Immobilie zeigen: zwei Hektar Land mitten in Brentwood, seit über zwei Jahren auf dem Markt, mit nur einem Interessenten, der vor einem Jahr überraschend einen Rückzieher gemacht hat. Ein lästiger Ladenhüter, den der Makler lediglich über einen Schlüsseltresor sichert, dessen Kombination jeder bekommt, der sie haben will.

Kats Nachricht auf meinem Handy lasse ich vorerst unbeantwortet. Ich weiß nicht, was ich davon halten soll. Was denkt sie von mir? Was will sie? Als sie mir erzählt hat, ihr Konto sei gehackt worden, war ich zutiefst beunruhigt. Und dann auch noch die Sache mit der Citibank. Ich bin absolut sicher, dass Scott dahintersteckt, und es ärgert mich, dass sie sich weigert zu akzeptieren, was offensichtlich ist.

Aber ich bin die Letzte, die ihr einen Vorwurf machen sollte. Jede meiner bisherigen Beziehungen war eine Lüge.

Ich starre auf die Website, die ich gerade erstellt habe – fast identisch mit der echten, bis auf einen zusätzlichen Unterstrich am Ende der Adresse.

Dann werfe ich einen Blick auf die Uhr und greife nach meinen Autoschlüsseln. Der Verkehr Richtung Valley ist um diese Tageszeit die Hölle.

Zwanzig Minuten später fahre ich auf dem Sunset Boulevard in Richtung Freeway, als ich schon wieder Scott entdecke. Dieses Mal zwei Autos hinter mir. »Scheiße«, murmele ich und widerstehe dem Drang, einfach abzubiegen und zu versuchen, ihn auf einer der vielen verschlungenen Nebenstraßen abzuhängen.

Mein Herzschlag beschleunigt sich, während ich ohne befriedigendes Ergebnis über meine Möglichkeiten nachdenke. In jeder anderen Situation hätte ich kein Problem damit, dass Scott mir folgt – in den Supermarkt, ins Nagelstudio, zur Frauenärztin –, aber von meinem heutigen Vorhaben darf er nichts wissen.

Mir fällt der Streit mit Nate wieder ein, als er in Corys Haus auftauchte und mir damit drohte, mich auffliegen zu lassen. Damals machte ich mich weder nachts aus dem Staub, noch stritt ich seine Anschuldigungen ab. Ich stellte mich den Vorwürfen, ließ es auf eine Eskalation ankommen und sorgte gleichzeitig dafür, dass ihm die Sache eine Nummer zu groß wurde.

Im Rückspiegel sehe ich, wie das einzige Auto, das uns noch trennt, die Spur wechselt. Scott ist jetzt direkt hinter mir. Damit ist die Entscheidung gefallen.

Ich steige auf die Bremse, und mein Wagen kommt mit quietschenden Reifen auf der linken Spur zum Stehen. Die Autos hinter uns weichen nach rechts aus, und ich wappne mich für den Aufprall. Scott, der keine Zeit mehr hat, um zu reagieren, rauscht in meinen Range Rover, der einen Satz nach vorne macht. Der Schock des Aufpralls vibriert durch meinen gesamten Körper.

Ich nutze das Adrenalin, das mir durch die Venen schießt, reiße die Tür auf und steige aus, während die vorbeifahrenden Autos abbremsen, um zu sehen, was passiert ist. »Was zum Teufel soll das?«, brülle ich und laufe auf Scotts Wagen zu. Als ich an meiner Stoßstange vorbeigehe, sehe ich, dass der Kotflügel eingedellt ist. Ansonsten scheint aber alles noch intakt zu sein. Scotts Auto hingegen ist Schrott. Die Kühlerhaube ist zusammengeschoben, und der Airbag hat sich aufgeblasen. Er selbst scheint Gott sei Dank unverletzt zu sein. Das Letzte, was ich jetzt gebrauchen kann, ist ein Gerichtsverfahren.

Sichtlich erschüttert steigt er aus dem Auto, und ich

muss mich zusammenreißen, um nicht zu grinsen. Ich ziehe mein Handy aus der Tasche und fange an, Fotos zu schießen. Von meiner Stoßstange, von Scotts Wagen, seinem Nummernschild und sogar von Scott selbst. »Ich will nur sicherstellen, dass das hier alles dokumentiert ist«, sage ich. »Meine Anwälte werden Sie in Stücke reißen.«

»Wovon reden Sie? Sie hatten keinen Grund, einfach anzuhalten.«

»Da war ein Hund. Haben Sie den nicht gesehen?«

Scott wirkt verwirrt.

Jemand fährt auf den Seitenstreifen. »Alles in Ordnung bei Ihnen?«, ruft er uns zu. »Soll ich die Polizei anrufen?«

»Nein danke«, sagt Scott.

»Doch«, rufe ich. »Ich möchte, dass das hier ordentlich aufgenommen wird. Dieser Mann ist zu dicht aufgefahren. Es war seine Schuld.«

Der barmherzige Samariter greift nach seinem Handy, und innerhalb von zehn Minuten ist die Polizei da.

Scott wirkt nervös, unsicher, welche Rolle er nun spielen soll. Wird er ihnen erklären, dass er Polizist ist und eine Verdächtige verfolgt? Oder macht er auf Privatperson? Ich bin mir ziemlich sicher, dass das Los Angeles Police Department seine Beamten nicht mit klapprigen Toyota-Kleinwagen ausstattet, daher ist er mir wohl nicht offiziell gefolgt.

Der Polizist kommt zu uns. »Sind Sie unverletzt? Denken Sie, Sie könnten Ihre Fahrzeuge zur Seite fahren und den Weg für den Verkehr frei machen?«

Als wir auf dem Seitenstreifen stehen, werde ich laut. »Dieser Mann ist ungebremst in mich reingerauscht. Er hat nicht auf die Straße geachtet. Jeder andere Fahrer hat den

Hund gesehen, der über alle vier Spuren gerannt ist. Wahrscheinlich war er am Handy.«

Scott schüttelt den Kopf. »Das stimmt nicht«, hält er dagegen. »Sie hat völlig ohne Grund eine Vollbremsung hingelegt.«

Ich wirble herum. »Und warum hätte ich das bitte schön tun sollen?«

Ich warte ab, was er darauf erwidert, aber Scott sieht den Polizisten an und sagt: »Könnte ich Sie bitte einen Moment unter vier Augen sprechen?«

»Auf gar keinen Fall«, kreische ich, kurz davor, hysterisch zu werden. »Keine Verbrüderung hinter meinem Rücken.« Ich zeige mit dem Finger auf Scott und mache ein paar Schritte auf ihn zu. »Deine Sorte kenne ich. Ich weiß genau, was ihr Typen im Schilde führt. Ihr steckt die Köpfe zusammen, und dann ist plötzlich alles meine Schuld. ›Frauen am Steuer‹ und so«, zetere ich. »Aber nicht mit mir. Nicht heute.«

Der Polizist hebt beschwichtigend die Hände. »Bitte beruhigen Sie sich, Ma'am. Vielleicht versuchen wir alle, unser Temperament ein wenig zu zügeln.«

Ich drehe mich zu ihm um. »Erzählen Sie mir nicht, ich soll mich beruhigen. Schreiben Sie lieber Ihren Unfallbericht. Und vergessen Sie nicht, die Nummer Ihres Dienstausweises anzugeben.« Ich fange wieder an zu fotografieren. Meine Stoßstange, den Polizeibeamten und wieder Scott.

Als ich um sein Auto herumgehe, entdecke ich eine Reisetasche auf dem Rücksitz. Ein Kissen. Zerknüllte Lebensmittelverpackungen auf dem Boden. Hinter dem Fahrersitz klemmt ein Grilltoaster. In einer Seitentasche steckt eine Zahnbürste.

Ich weiß, woran man erkennt, dass jemand in seinem Auto lebt.

Am liebsten würde ich triumphierend die Faust in die Luft recken und ein kleines Freudentänzchen auf dem Sunset Boulevard vollführen. Ich werfe einen kurzen Blick auf den Polizisten, der damit beschäftigt ist, unsere Autonummern zu notieren, und gehe so eng an Scott vorbei, dass ich ihn an der Schulter streife. »Sieht ganz so aus, als hätte Kat dich endlich rausgeworfen«, sage ich so leise, dass meine Worte den fließenden Verkehr gerade so übertönen. »Wie sagt man noch gleich? ›Wem die Stunde schlägt‹.« Ich schenke ihm ein zuckersüßes Lächeln. »Deine Zeit ist um, Arschloch.«

Scotts Augen weiten sich vor Überraschung, aber er sagt kein Wort mehr.

Eine Stunde später ist alles geregelt, und Scott muss nur noch auf einen Abschleppwagen warten. Ich bleibe lange genug an der Unfallstelle, bis ich sicher bin, dass auch der Polizeibeamte fährt. Sobald der heutige Tag vorüber ist, kann Scott mich wieder verfolgen, solange er will.

Ich ordne mich wieder in den Verkehr ein und achte darauf, immer ein klein wenig unter dem Tempolimit zu bleiben. Kurz darauf fahre ich in einem weiten Bogen auf den Freeway 405 und Richtung Norden zum Gericht in Van Nuys. Als ich mich in die linke Spur einordne, sinkt mein Adrenalinspiegel allmählich wieder. Sobald das DBA beantragt ist, kann ich mit der zweiten Hälfte meines Plans beginnen.

KAT

Oktober

Gib mir meine Notizen zurück. Es ist meine erste Nachricht an Scott, seit ich ihn rausgeworfen habe, und er antwortet sofort.

Triff dich mit mir.

Das Handy habe ich nicht mehr, falls es das ist, was du willst, schreibe ich zurück. Ich habe es der Polizei übergeben und Anzeige gegen dich erstattet.

Auf dem Polizeirevier hatte ich der Beamtin hinter dem Resopaltresen alles detailliert geschildert, aber sie wirkte eher gelangweilt. Bis ich Scotts Namen erwähnte.

Sie hob den Blick und sah mich durchdringend an. »*Detective* Scott Griffin?«

»Genau der«, sagte ich. »Ich habe Kontoauszüge und das Handy, das er benutzt hat, um das Konto zu eröffnen.«

Sie reichte mir einen Spurensicherungsbeutel und bat mich, das Handy hineinzuwerfen. Ich zögerte. »Das würde ich lieber behalten, wenn es in Ordnung ist. Ich kann es der Polizei vorlegen, wann immer das nötig sein sollte.«

Sie sah mich über den Rand ihrer schwarzen Lesebrille hinweg an. »Das ist leider nicht möglich.«

Scott schreibt zurück. Wir können doch miteinander reden.

Bitte such dir die Hilfe, die du brauchst, tippe ich.

Soviel ich weiß, ist Scott noch nicht suspendiert. Was bedeutet, dass meine Anzeige entweder die letzte in einer sehr langen Liste von Betrugsfällen ist oder Scott ihre Bearbeitung verhindert. Bei der Citibank hatte ich zwar Widerspruch eingelegt, deren Abteilung für Kreditkartenbetrug hat mir jedoch erklärt, ohne die polizeiliche Bestätigung eines Betrugs könnten sie mir die Schulden nicht erlassen. Zumal ein paar der Zahlungen – für Lebensmittel oder die Miete für Juni – auch von mir veranlasst worden sein könnten. Dass nicht ich es war, die das Konto eröffnet hat, scheint dabei niemanden zu interessieren.

Akzeptiere, was du nicht ändern kannst. Das war einer der zwölf Schritte in Scotts Therapie. »Was für ein Schwachsinn«, sage ich laut in die Stille des Raums hinein.

Ich starre auf mein stummes Handy und öffne meinen Chatverlauf mit Meg. Meine letzte Nachricht hat sie immer noch nicht beantwortet, und ich befürchte, dass sie bereits weg ist. Sie hat ihr Handy abgeschaltet und still und heimlich die Stadt verlassen, nachdem sie Veronica irgendeine Geschichte aufgetischt hat, damit diese sich über ihr plötzliches Verschwinden nicht wundert. Falls das Treuhandkonto für den Canyon Drive bereits aufgelöst wurde, gibt es keinen Grund, weshalb sie noch hier sein sollte.

Mein Finger schwebt über den Telefontasten. Ich muss es einfach wissen. Schließlich wähle ich ihre Nummer.

Es klingelt, und ich rechne mit einer automatischen Ansage, die mir verrät, dass die Nummer nicht mehr vergeben oder die Mailbox voll ist.

Stattdessen geht sie ran.

»Es war Scott«, sage ich.

Einen Moment lang bleibt es still, und mir fällt wieder ein, was sie mal in einem Gespräch während einer Hausbesichtigung gesagt hat. *Männer werden uns immer zeigen, dass sie die Macht haben.* Scott hat sehr viel Mühe darauf verwendet, mich mit seinen Lügengeschichten abzulenken. Er hat mich dazu gebracht, meinen Instinkten zu misstrauen und das, was ich mit eigenen Augen sah, nicht mehr zu glauben. Er hat mir eingeredet, oben sei unten, und Gut sei Böse, und hat mich so immer mehr verunsichert. Meg war diejenige, die mir die Augen öffnen und mir zeigen wollte, wer Scott wirklich war – und auch, wer sie war.

»Das tut mir leid«, sagt sie schließlich.

»Ich hätte auf dich hören sollen.«

»Wäre die Sache mit der Kreditkarte glimpflicher ausgegangen, wenn du schon auf das Fehlen des Bankauszugs reagiert hättest?«

Ich überlege, wann das Konto laut Citibank eröffnet worden war. »Nein«, antworte ich. »Vielleicht wären es ein paar Tausend Dollar weniger gewesen, aber das hätte nicht wirklich etwas geändert.« Langsam atme ich aus. »Was er getan hat, will mir einfach nicht mehr aus dem Kopf gehen. Diese Machtlosigkeit … Ich kann nachts nicht schlafen. All die Hinweise, die ich ignoriert habe, lassen mir keine Ruhe.«

»Es ist nicht deine Schuld, dass Scott ein Arschloch ist«, sagt sie ganz ruhig.

»Aber er wird damit durchkommen.«

»Wahrscheinlich«, gibt sie zu. »Nach meinen Erfahrungen kommen Männer wie Scott fast immer ungeschoren davon.«

Mir fällt ein, wie lange sie warten musste, um Ron endlich zur Rechenschaft zu ziehen. »Habt ihr den Kaufvertrag für Rons Haus abgeschlossen?«

»Haben wir«, sagt sie.

Ich spüre, wie es mir die Luft aus den Lungen presst. All die Arbeit, all die Zeit, die ich investiert habe in der Hoffnung, einen Einblick in das zu bekommen, was sie tut. Es ist mir nicht gelungen. Dafür hat Meg gesorgt.

Aber wenn tatsächlich bereits alles über die Bühne gegangen ist, wäre Meg nicht mehr hier. Dann würde sie nicht mehr an ihr Handy und auch nicht mehr zum Yoga gehen. Ich versuche, einen Schritt weiter zu denken, über das Haus am Canyon Drive hinaus. *Wie würde ein echter Erfolg für Meg aussehen?* Vielleicht geht es ihr ja gar nicht um das Haus.

»Ist Ron noch daran interessiert, etwas anderes zu kaufen? Oder will er warten, bis die Wahl vorüber ist?«

»Wir sind noch an ein paar Objekten dran«, erklärt sie mir.

»Ich würde gerne helfen, wenn ich irgendwie kann«, sage ich. »Ich muss mich unbedingt ablenken. Stupide Schreibtischarbeit scheint mir da genau das Richtige zu sein.«

Meg schweigt für einen Moment, als müsste sie darüber nachdenken. »Was hältst du davon, mit mir eine Wanderung zu machen? Ich muss dringend eine Weile raus, und du hörst dich an, als ob dir ein bisschen frische Luft auch guttun würde. In einer Stunde am Temescal Canyon?«

Plötzlich ist da ein Energieschub, als ob mich jemand an

eine Steckdose angeschlossen hätte. »Treffen wir uns auf dem Parkplatz?«

»Okay. Dann bis später«, sagt sie und legt auf.

Ich starre auf meine Notizen zu den Telefonaten mit Celia und Renata und konzentriere mich auf das Haus am See. Wie auch immer das Haus am Canyon Drive den Besitzer gewechselt hat, es muss für Ron in Ordnung gewesen sein. Was wiederum bedeutet, dass der Canyon Drive nicht Megs eigentliches Ziel war, sondern nur der Anfang von etwas Größerem.

MEG

Oktober

Vier Wochen vor der Wahl

Der Temescal Canyon, ein beliebtes Ausflugsziel der Einheimischen, ist nicht allzu weit von meiner Wohnung entfernt. Heute ist ein bewölkter Tag mitten in der Woche, also ist der Parkplatz fast leer. Ich schließe meinen Wagen ab, schlage den Kragen meiner Windjacke hoch und lasse den Blick über die wenigen parkenden Autos schweifen. Es wird mir guttun, das Brennen der Muskeln beim Aufstieg zu spüren und meine Nervosität auszuschwitzen. Ich bin so angespannt, dass es sich anfühlt, als verliefen meine Nervenstränge auf der Haut anstatt darunter. Alles steht und fällt mit dem morgigen Tag. Damit, ob es mir gelingt, Ron eine Vision von sich selbst zu verkaufen, die nur in seinem Kopf existiert. Es muss gelingen, denn für einen Plan B bleibt keine Zeit.

Kats Wagen schiebt sich auf den Parkplatz neben meinem. Ich warte, bis sie ihre Parkgebühr bezahlt und das Ticket auf ihr Armaturenbrett gelegt hat, dann machen wir uns auf den Weg ins Gelände.

»Was ist mit deinem Auto passiert?«, fragt Kat.

Ich drehe mich zu meiner Stoßstange um, die noch immer verbeult ist. »So ein Typ auf dem Sunset. Er war am Handy und ist in mich reingefahren.«

Kat legt besorgt die Stirn in Falten. »Aber dir geht es gut?«

»Klar. Die Karre ist ein Panzer. Sein Wagen hat allerdings ziemlich gelitten.«

Unsere Schritte knirschen auf dem unbefestigten Weg. Ein paar Wanderer kommen uns entgegen und gehen an uns vorüber. Meine Atmung wird freier, meine Schultern entspannen sich, und ich genieße die frische Luft. Ich warte, bis der Pfad ansteigt, bevor ich das Gespräch auf Scott bringe. »Wie geht's dir jetzt mit der ganzen Sache?«

»Ganz okay, denke ich. Es ist ziemlich ruhig in der Wohnung, seit Scott weg ist, deshalb freue ich mich, dass ich mal rauskomme.«

»Hast du Anzeige erstattet?«

»Letzte Woche.«

»Was haben sie gesagt? Können sie etwas tun?« Der Weg wird schmaler, und wir gehen im Gänsemarsch weiter. Ich vorne, Kat direkt hinter mir. Links von uns fällt das Gelände in eine tiefe Schlucht ab. Ich kann ihr Gesicht nicht sehen. Ich stelle mir vor, wie sie versucht, sich nichts anmerken zu lassen, während sie überlegt, was sie mir erzählen kann und was nicht. Denn sicher will sie ihre Lüge aufrechterhalten, dass Scott ein gewöhnlicher Bankangestellter und kein Beamter des LAPD ist.

»Sie *überprüfen* die Angelegenheit. Aber weil mit der Karte auch Einkäufe und die Miete bezahlt wurden, sieht es nicht gut für mich aus.«

Zwischen den Zeilen höre ich heraus, was sie mir nicht erzählen kann. Wie schwer es war, ihn bei seinen Kollegen anzuzeigen, und dass diese ihn höchstwahrscheinlich decken. Schweigend gehen wir weiter, und je steiler es wird, umso schwerer wird unser Atem. Eine Gruppe lachender Frauen kommt uns entgegen, und wir treten zur Seite, um sie vorbeizulassen. Dann gehen wir weiter. »Du bist stärker, als du denkst«, sage ich zu ihr. »Du wirst darüber hinwegkommen und danach noch stärker sein.« Und das meine ich auch so. Aus eigener Erfahrung weiß ich, wie es ist, wenn einem das Herz herausgerissen wird. Alles zieht sich zusammen, und das macht einen härter. Ausdauernder.

Sie antwortet nicht, aber ich weiß, dass sie mich verstanden hat.

Wir steigen hinauf bis zum Wasserfall, dann machen wir kehrt. Der Weg nach unten ist angenehmer, und schon bald erreichen wir eine große Lichtung, auf der ein paar vereinzelte Maulbeerfeigenbäume und in der Mitte ein Picknicktisch stehen. »Sollen wir eine kleine Pause machen, bevor wir wieder in die reale Welt zurückkehren?«, frage ich und deute auf den Tisch.

Sie zuckt mit den Achseln. »Gerne.«

Wir setzen uns. »Was willst du als Nächstes unternehmen?«, frage ich sie.

»Ich habe den Polizeibericht an die Citibank geschickt und das Konto sperren lassen. So kann er zumindest nicht noch mehr Schaden anrichten.«

»Hast du seinen Vorgesetzten informiert?«

Sie sieht zur Seite. »Ja, er hat eine Kopie des Polizeiberichts erhalten.«

Mir gefällt die vorsichtige Art, wie sie sich ausdrückt. Sie macht das besser, als sie glaubt.

»Und das Handy?«, will ich wissen.

»Ist auch bei der Polizei.« Sie schüttelt den Kopf. »Das Wichtigste ist jetzt, dass ich wieder anfange zu arbeiten.«

Ich sehe sie an und überlege, was ich ihr antworten soll. Sosehr ich es genossen habe, Kat in meiner Nähe zu haben, nachdem sie ausgestiegen war, ist vieles einfacher geworden. Die nächsten Wochen werden ein präzises Timing und eine fehlerfreie Performance erfordern. »Gerade läuft nicht viel. Es gibt nichts für dich zu tun.«

»Was ist mit Ron?«, fragt sie. »Will er nichts anderes kaufen?«

»Momentan liegt er in den Umfragen vorn, deshalb will er abwarten und eventuell lieber etwas in Sacramento erwerben.« Ich setze mich rittlings auf die Bank, sodass ich ihr Gesicht sehe. »Hör zu. Vergiss Ron. Vergiss den schlecht bezahlten Job, den ich dir gegeben habe. Jetzt hast du die Chance, dich neu zu erfinden. Verabschiede dich von der Person, die du angeblich bist, und sei die, die du sein willst. Schreib deinen Roman. Geh auf Safari. Kauf dir ein Boot und segle nach Hawaii. Mach was Großes. Geh ein Risiko ein. Überrasche sie alle, vor allem dich selbst.«

»Hast du das getan?«, fragt sie. »Tust du es noch?«

Die Frage wiegt schwer. »Ich verkaufe nur Immobilien«, sage ich schließlich.

Kat sieht zu Boden. »Und wenn ich einfach kein risikofreudiger Mensch bin, mit großen, wagemutigen Ideen?«, fragt sie leise.

»Dann finde heraus, warum du so geworden bist. Mach dir bewusst, wer dir eingeredet hat, dass du so nicht sein kannst, und fang noch mal von vorne an. Du hast nur dieses eine Leben«, erkläre ich ihr. »Wie möchtest du es leben?«

»Warum wurde Rons Haus deutlich unter dem Marktwert verkauft?«, will sie wissen. »Ich habe den Preis recherchiert. Vergleicht man es mit anderen Immobilien in der Gegend, hätte es für mindestens fünf Millionen verkauft werden müssen.«

Meine Augen weiten sich verräterisch. Schnell sehe ich auf meine im Schoß gefalteten Hände. Natürlich ist sie an der Geschichte drangeblieben, trotz ihrer Probleme. Im Grunde hatte ich nichts anderes von ihr erwartet. Ich sehe sie mit festem Blick an. »Beide Parteien waren glücklich mit der Transaktion«, sage ich. »Es gibt nichts, worüber du dir Gedanken machen musst, Kat.«

»Kannst du mir jetzt sagen, wer es gekauft hat?«

Immobilienverkäufe werden öffentlich gemacht, sobald der Besitz überschrieben ist. Das dauert in der Regel zwischen sechs und acht Wochen. Rick und Gretchen Turner werden bald als die offiziellen Eigentümer genannt werden, und ich frage mich, wie lange es dauern wird, bis Kat ihren Hintergrund recherchiert hat. Wie eine Zauberkünstlerin habe ich sie gerade so viel sehen lassen, dass sie dachte, sie würde meinen Trick durchschauen, dabei fand die eigentliche Täuschung hinter ihrem Rücken statt. »Ich muss der Bitte meiner Kunden, sie nicht zu nennen, nachkommen«, sage ich schließlich.

Ständig auf der Hut zu sein ermüdet mich. Wie wir unsere Worte sorgfältig wählen und uns gegenseitig eine Realität vorgaukeln, die nicht existiert. Aber ich habe einen Entschluss gefasst. Sobald das hier vorbei ist, wird Kat Bescheid wissen. Nicht nur über diesen Job, sondern über alle. Über jede meiner Zielpersonen und warum ich sie ausgewählt habe. Ich möchte, dass sie weiß, wie wichtig mir Kristens *Mädchen-Kodex* immer war – man muss anderen Frauen helfen, wo man nur kann. Dass ich niemanden nur deshalb ausgewählt habe, weil er ein leichtes Opfer war.

Ich sehe auf mein Handy. »Ich muss los. Ich muss mir noch ein paar Häuser ansehen.«

Ich werde so froh sein, wenn diese Scharade endlich vorüber ist.

MEG

Oktober

Vier Wochen vor der Wahl

Die Mandeville-Immobilie ist für etwas mehr als sieben Millionen Dollar gelistet und liegt an einer schmalen Straße, die vom Mandeville Canyon abzweigt. »Eine flache Parzelle Land von knapp einem Hektar, wie man sie heute kaum noch findet«, erkläre ich Ron, als wir Beverly Hills Richtung Westen verlassen. Als er mit besorgtem Blick meinen verbeulten Kotflügel ansah, beruhigte ich ihn. *Nur ein kleiner Auffahrunfall auf dem Sunset.*

»Zentral gelegen«, betone ich. »Sie haben dort die Annehmlichkeiten von Brentwood und genießen dennoch die Privatsphäre, die Sie als Senator brauchen werden.«

»Ich habe das Leben im Hotel wirklich satt«, gesteht er mir.

»Das Haus ist noch nicht ganz bezugsfertig«, warne ich ihn. »Aber so wie ich das einschätze, wird man nicht viel hineinstecken müssen. Ich weiß, dass der Preis relativ hoch ist. Aber falls Sie sich für eine Finanzierung entscheiden, haben Sie durch den Verkauf des Hauses am Canyon Drive mehr als genug für eine ordentliche Anzahlung.« Ich werfe ihm einen schnellen Seitenblick zu. »Sollten Sie je als Gouverneur kandidieren, wäre das der ideale Ort für Wahlkampfveranstaltungen und Galadinners. Die Maklerin, eine Freundin von mir, hat mir erzählt, dass Ronald Reagan dort eine Zeit lang gewohnt hat, als er noch in Hollywood arbeitete. Die Vorbesitzer waren alle Mitglieder der High Society.«

Wie vermutet, weckt die Bemerkung sein Interesse.

Ich fahre durch ein offenes, von alten Eichen flankiertes Tor. Das Grundstück wird von einer Steinmauer eingesäumt, die sich zu beiden Seiten zieht, so weit das Auge reicht. Obwohl ich schon mehrfach hier war, an unterschiedlichen Tagen und zu unterschiedlichen Uhrzeiten, war das Gelände jedes Mal genauso verlassen wie jetzt.

Viele dieser einstigen Spitzenimmobilien stehen jahrelang zum Verkauf, weil kein Interessent bereit ist, den Aufwand und die Kosten einer Renovierung in Kauf zu nehmen. Nicht selten gibt es wie bei dieser hier einen Schlüsseltresor, dessen Kombination leicht in Erfahrung zu bringen ist, und man kann sie sich ansehen, ohne dass der zuständige Makler je davon erfährt.

Ich zwinge mich, meinen Griff um das Lenkrad zu lockern und die Muskeln zu entspannen. »Ein Sicherheitstor lässt sich problemlos einbauen«, sage ich. »Das Haus steht erst seit Kurzem leer. Der Verkäufer ist sehr ambitioniert, aber es ist noch nicht richtig auf dem Markt angekommen.«

Vor uns liegt eine gewundene, ebenfalls von Eichen gesäumte Kiesauffahrt. Mit knirschenden Reifen fahren wir sie hinauf und halten vor einer einstöckigen Ranch, die mit einer Kombination aus weißem Holz und Backstein verkleidet ist.

Während wir zur Haustür gehen, platziere ich vorsichtig meine Bemerkungen – eine verheißungsvoller als die andere –, als würde ich ein Kartenhaus bauen. »Hier können bis zu dreißig Wagen geparkt werden«, sage ich. »Hinter dem Haus gibt es einen Pool, ein Pool-Haus mit einer kleinen Wohnung darüber und einen Stall, falls Sie Pferde halten möchten. Es heißt, Reagan sei jeden Tag geritten.«

Dann schiebe ich ihn ins Haus. »Es werden ein paar Renovierungsarbeiten nötig sein – ein frischer Anstrich, neue sanitäre Einrichtungen. Aber das ist in einer Woche zu machen.« Ich weise ihn auf die Hartholzböden hin, den aus Flusssteinen gemauerten offenen Kamin und das offene Wohnzimmer, das direkt in die Küche übergeht. »Fünf Schlafzimmer, alle auf einem Stockwerk. Plus Unterkunft für eine Haushälterin.«

Ich folge ihm durchs Haus, während seine Fantasie anfängt zu arbeiten. »Die Küche ist so groß, dass ein Catering-Team problemlos darin arbeiten kann«, erkläre ich, während wir sie durchqueren. »Und dort hinten sind Anschlüsse für zwei Waschmaschinen und zwei Trockner.«

Wir verlassen das Haus durch den Hinterausgang wieder und stehen auf einer riesigen Steinterrasse mit einer fantastischen Aussicht auf den Canyon. »Die Lichter der Stadt sind so weit entfernt, dass man hier nachts in den Genuss eines traumhaften Sternenhimmels kommt.«

Eine Stunde lang gehen wir das gesamte Grundstück ab, und ich kann spüren, wie sein Interesse wächst – gemeinsam mit meiner Aufregung. Das hier ist das Kernstück meines Plans. Wenn es schiefgeht, bekomme ich für die Zeit, die ich investiert habe, nichts – außer der Provision für den Verkauf eines Hauses, das mir eigentlich gehören sollte.

»Ich weiß, dass Sie die meiste Zeit in Sacramento sein werden«, sage ich, als wir wieder im Auto sitzen. »Aber Sie werden einen Ort brauchen, an den Sie fliehen, an dem Sie neue Energie tanken können. Alle einflussreichen Politiker haben einen solchen Ort. Wie sagt man doch gleich: Zieh dich für den Job an, den du willst, nicht für den, den du hast.« Als wir an der Ampel am Ende des Canyons stehen, lege ich meine letzte Karte auf den Tisch, die ihn hoffentlich überzeugen wird. »Ich denke, finanziell wäre es gut machbar. Mit dem Geld aus dem Verkauf des Canyon-Drive-Hauses werden Sie nicht allzu viel drauflegen müssen – drei Millionen vielleicht. Trotzdem rate ich Ihnen, gründlich darüber nachzudenken. Gehen Sie die Zahlen mit Ihren Finanzberatern durch, aber warten Sie nicht zu lange. Heute Nachmittag finden noch drei weitere Begehungen statt, und das Anwesen wird schnell einen Käufer finden. Allerdings schuldet mir meine Freundin noch einen Gefallen. Sie könnte dafür sorgen, dass unser Angebot als erstes auf dem Tisch liegt. Wenn wir die volle Summe bar bezahlen, hat sie genügend in der Hand, um es vom Markt zu nehmen.«

Während wir zu meinem Büro in Beverly Hills zurückfahren, wo Ron seinen Wagen geparkt hat, gebe ich ihm Zeit, die Sache sacken zu lassen. Sein linker Ellbogen liegt auf der Mittelkonsole. Es wäre ganz leicht, hinüberzugreifen und etwas intimer zu werden. Dem Skandal noch einen weiteren hinzuzufügen, und zwar zum ungünstigsten Zeitpunkt überhaupt. Sexuelle Belästigung seiner Maklerin direkt vor der Wahl.

Als ich mir noch in Pennsylvania überlegte, wie ich am besten an ihn herankommen könnte, hatte ich es tatsächlich in Erwägung gezogen. Und um ehrlich zu sein, wäre ich der Versuchung fast erlegen. Als seine Freundin hätte ich noch viel mehr Schaden anrichten können. Aber sooft ich es mir auch durch den Kopf gehen ließ, es wäre zu weit gegangen. Es hätte den Geist meiner Mutter heraufbeschworen, der mir Dinge ins Ohr geflüstert hätte, die ich nicht hören wollte.

Als wir wieder vor meinem Büro parken, ist Ron so weit. »Bereiten Sie die Papiere vor. Ich werde Steve anrufen, er soll die Summe auftreiben.«

Ich sehe ihn an. »Sind Sie sicher?«, frage ich. »Das ist eine Menge Geld.« Lachend hebe ich die Hand. »Ich weiß. Zuerst versuche ich den ganzen Vormittag, Sie zu überzeugen, und nun will ich Sie plötzlich wieder davon abbringen«, sage ich. »Aber ich möchte nicht, dass Sie etwas tun, bei dem Sie kein gutes Gefühl haben. Wenn Ihnen das Risiko zu hoch ist, suchen wir nach etwas anderem. Sie haken die Sache ab, und wir machen weiter wie gehabt.«

Eine bessere Bemerkung hätte ich nicht machen können. »Risiken machen das Leben doch erst lebenswert«, sagt er. »Reichen wir ein Angebot für den geforderten Preis ein, alles in bar.«

Ich werfe ihm einen skeptischen Blick zu. »Können Sie das Geld so schnell überhaupt beschaffen?«

Ron sieht aus dem Fenster. »David und ich haben im Zuge der Kampagne dafür gesorgt, dass wir im Notfall Zugriff auf etwas Bargeld haben.«

»Und Sie sind sicher, dass Sie das so kurz vor der Wahl riskieren wollen?«, sage ich. »Wenn das herauskommt ...«

Ich verstumme und warte, bis er sich die möglichen Konsequenzen ausgemalt hat.

»Lassen Sie das Geld mal meine Sorge sein, und konzentrieren Sie sich auf den Kauf. Ich möchte, dass die Sache schnell abgewickelt wird. Der Ort wäre perfekt für eine Siegesfeier nach der Wahl. Falls das Haus noch nicht fertig sein sollte, könnte man im Garten Zelte aufstellen und Essen von einem Caterer kommen lassen.«

Ich lächle ihn an. »Ein Mann, ein Wort.«

Ich warte vierundzwanzig Stunden, bevor ich anrufe, um ihm die gute Nachricht zu überbringen. »Sie nehmen unser Angebot an. Der Verkäufer war mit allen unseren Bedingungen einverstanden. Wir können den Vertrag in vierzehn Tagen abschließen – zwei Wochen vor der Wahl.«

»Wie lange wird es mit dem Gutachten dauern?«, will er wissen.

»Das habe ich bereits für Donnertag veranlasst. Wir sollten den Bericht Anfang nächster Woche haben. Wenn alles glattläuft, ist bald alles unter Dach und Fach, und Sie haben das Haus am Wahlabend bereits bezogen.«

»Das wäre fantastisch.«

»Die Verkäufer haben unterschrieben, das heißt, der Vertrag ist in trockenen Tüchern.« Ich überfliege auf dem Bildschirm vor mir noch einmal die Treuhanddokumente und vergewissere mich, dass alles so ist, wie es sein soll. Sieben Millionen Dollar, in bar einzuzahlen auf ein für zwei Wochen eingerichtetes Treuhandkonto unter der Bedingung, dass das Gutachten keine alarmierenden Ergebnisse bringt.

Was es nicht tun wird.

Als Nächstes rufe ich Rons Finanzberater Steve Martucci an und verleihe meiner Stimme einen warmen, flirtenden Unterton. »Hi, Steve. Meg Williams hier. Wie geht es Ihnen?«

»Meg!« Steve kümmert sich bereits seit dreißig Jahren um Rons finanzielle Angelegenheiten. »Herzlichen Glückwunsch zum neuen Kaufvertrag. Sie und Ron sind ein echtes Team geworden.«

»Ich bin froh, endlich etwas für ihn gefunden zu haben«, entgegne ich. »Ron ist nicht einfach.«

Steve lacht. »Wem sagen Sie das. Wie kann ich Ihnen helfen?«

»Ich will mich nur schnell melden und Sie darüber informieren, was wir für die treuhänderische Abwicklung der Mandeville-Canyon-Immobilie von Ihnen brauchen werden.« Meine Stimme wird weich. »Obwohl ich natürlich weiß, dass Sie als alter Profi so etwas schon tausendmal gemacht haben.«

Steve kichert. »Zweitausendmal. Aber Sie sind auch nicht schlecht«, sagt er. »Der Verkauf von Canyon Drive war die reibungsloseste Transaktion, die mir je untergekommen ist. Sie sind wirklich eine gewaltige Verbesserung gegenüber Rons früherem Makler. Ich habe Mick nie sonderlich gemocht.«

Ich denke zurück an den Nachmittag, an dem Mick mir drei Häuser zeigte, kurz nachdem ich nach Los Angeles gekommen war. Die ganze Zeit stand er viel zu dicht neben mir und wartete auf ein Zeichen, dass ich vielleicht offen für mehr sein könnte. Als ich es ihm gab, zögerte er keine Sekunde. »Ja, ich bin auch froh, dass ihn endlich jemand angezeigt hat. Gott sei Dank sind nicht alle Männer so.«

Die Anspielung ist offensichtlich – Steve ist einer von

den Guten. Und wie die meisten Menschen wird er von nun an alles tun, um diesem Eindruck gerecht zu werden. »Welche Treuhandgesellschaft beauftragt ihr beiden denn dieses Mal?«, will er wissen.

Ich habe gründlich nachgeforscht, mit welchen Treuhandgesellschaften Ron in den letzten Jahren gearbeitet hat, und eine ausgewählt, die ihm bekannt ist, deren Beauftragung aber schon einige Zeit zurückliegt. »Orange Coast«, sage ich.

Wenn ein Angebot akzeptiert wurde, bekommt der Käufer vom Treuhandverwalter eine E-Mail, in der steht: *Herzlichen Glückwunsch zu Ihrem neuen Zuhause!* Und dann folgt ein sicherer Link zum entsprechenden Treuhandkonto sowie Instruktionen zur Überweisung des Kaufbetrags.

»Sie sollten den Link für den Transfer auf das Treuhandkonto innerhalb der nächsten Stunde bekommen«, sage ich ihm. »Da die Zeit so knapp ist, habe ich mich versichert, dass man Ihnen die Treuhandunterlagen sowie den vorläufigen Kaufvertrag direkt zuschickt. Wir werden die üblichen drei Prozent des Kaufpreises als Kaution hinterlegen müssen, und sobald das Gutachten fertig ist, mache ich das Datum für die Unterzeichnung fix und schicke es Ihnen.« Obwohl ich im Laufe meiner kurzen Karriere nur zwei solcher Kaufverträge abgeschlossen habe, klinge ich sogar in meinen eigenen Ohren wie ein ausgefuchster Profi.

Als ich auflege, spüre ich große Freude in mir aufsteigen. Mit jahrelanger harter Arbeit kann man alles erreichen, man muss nur entschlossen und fokussiert an einer Sache dranbleiben. Ich schlendere in die Küche, um mir ein Sandwich zu machen, das ich im Stehen esse. An den Tresen gelehnt, starre ich in den Garten hinter dem Haus – ein langweiliges Stück Rasen, das einmal die Woche von einem Gärtner gepflegt wird, bezahlt von meinem Vermieter, den ich noch nie gesehen habe. In einer der hinteren Ecken gibt es eine Feuerstelle, deren Abdeckung mit Pollen und getrocknetem Vogeldreck übersät ist. Darum verteilt stehen vier unbenutzte Gartenstühle.

Ein Lachen weht aus dem Nachbargarten über den Zaun herüber, gefolgt vom lauten Platschen eines Sprungs in den Pool. Das lässt mich an die Aufgabe denken, die nun als Nächstes ansteht. Ich werfe die Reste des Sandwiches in den Müll, setze mich wieder an meinen Computer und gehe in Gedanken die kommenden zwei Wochen durch. Wenn alles glatt läuft, wird es für Ron, sobald die ersten Stimmen abgegeben wurden, keine Möglichkeit mehr geben, sich aus der Affäre zu ziehen.

Zuerst muss ich jedoch ein Gutachten erstellen, in dem exakt das steht, was ich Ron bereits gesagt habe. Und ich muss anfangen zu packen. Wieder einmal werde ich fast alles hinter mir lassen. Mein Blick schweift durch den Raum, und ich stelle mir vor, wie es sein wird, wenn ich weg bin. Wenn Kat alles so vorfindet, wie ich es für sie zurückgelassen habe.

KAT

Oktober

»Komm mich besuchen. Du hast doch jetzt Zeit«, sagt Jenna.

»Schon, aber kein Geld.« Ich drücke mir die Kopfhörer in die Ohren, während ich den Fahrradweg am Strand entlanggehe. Das Auto habe ich auf einem Parkplatz in Santa Monica stehen lassen und bin einfach Richtung Norden losgelaufen. Ich musste den Wind und die Sonne spüren, um meinen Frust abzubauen.

»Du musst dir nur ein Flugticket kaufen. Sobald du hier bist, bezahle ich alles andere.«

Morgens um neun an einem Dienstag ist der Weg menschenleer. Nur vereinzelt schießt ein Radfahrer vorbei und verschwindet dann wieder. Links von mir schlägt rhythmisch die Brandung ans Ufer, und die frühe Oktobersonne wärmt mir den Rücken. »Die Wahl ist in vier Wochen. Ich muss hierbleiben und sehen, was passiert.«

Falls Jenna denkt, dass ich meine Zeit für eine Story verschwende, die mir bereits durch die Lappen gegangen ist, sagt sie es zumindest nicht. Und dafür bin ich ihr dankbar. Ich erreiche den Teil des Radwegs, der vom Strand hoch an den Rand des Pacific Coast Highway führt, und starre in den Tunnel, durch den die Strandbesucher sicher unter der viel befahrenen Straße hindurchkommen – ein quadratisches, schwarzes Loch. Ich mache einen weiten Bogen darum. Vom Highway biegt scharf rechts eine Straße in die Palisades ab, und ich folge ihr mit dem Blick bis zu der Stelle, an der ich mir Meg vorstelle, die sich in ihrer Wohnung, in der ich noch nie war, verschanzt und die letzten Züge eines Betrugs plant, die ich nicht vorhersehen kann.

»Was hat sie deiner Meinung nach vor?«

»Ich habe keine Ahnung. Sie hat mich ausgeschlossen. Sagt, es sei gerade nicht viel los und dass sie mich nicht brauche.«

»Und das glaubst du ihr nicht?«

Lachend lehne ich mich gegen das Metallgeländer und lasse den Blick über den Ozean in die Ferne schweifen, wo im Dunst Point Dume zu erkennen ist. »Was sie über Scott gesagt hat, mag richtig gewesen sein. Aber alles andere sind Lügen.«

»Vielleicht ist sie dir auf die Schliche gekommen.«

Das hat Scott auch gesagt. Er wollte, dass ich glaube, Meg sei mir nach Hause gefolgt, hätte sich Zugang zu meinem E-Mail-Konto verschafft und uns dann bestohlen. Nichts davon war die Wahrheit.

Unter mir auf dem Strand streiten sich zwei Möwen um ein halb aufgegessenes Hotdog-Brötchen. Zerrend und pickend reißen sie das Brot in winzige Fetzen. »Das glaube ich nicht«, sage ich. »Dann würde sie mich nicht in ihrer Nähe haben wollen. Wir gehen wieder gemeinsam zum Yoga und danach mittagessen, schreiben uns Textnachrichten und telefonieren. Alles wie gehabt.«

Tatsächlich kann ich mir aber nicht wirklich sicher sein.

Jennas Stimme am anderen Ende klingt sanft und vorsichtig. »Wenn du diese Geschichte immer noch willst, Kat, bekommst du sie auch.«

»So einfach ist das nicht«, entgegne ich. Alles, was ich einmal wollte, basierte auf der Überzeugung einer traumatisierten jungen Frau, die für das, was ihr passiert war, eine Schuldige suchte. Die der Kette von Ereignissen, die zu ihrer Vergewaltigung führten, folgte, um das Bindeglied zwischen dem *Davor* und dem *Danach* zu finden und es zu durchschlagen.

Mittlerweile bin ich zehn Jahre älter und habe begriffen, dass das Leben nicht linear verläuft, dass Ursache und Wirkung oft nicht klar zu erkennen sind. Ich will diese Story noch immer, aber irgendwann im Laufe der letzten Monate ist meine Motivation eine andere geworden. Jetzt will ich, dass Meg es schafft.

Jennas Stimme holt mich zurück. »Ruf mich an, wenn es vorbei ist. Vielleicht kannst du ja dann kommen. Meine Tür steht dir immer offen.«

»Danke.«

Ich lege auf. Dann mache ich kehrt, und die Morgensonne scheint mir direkt in die Augen. Ich schließe sie und lasse das helle Strahlen alles andere überblenden.

Als ich wieder auf dem Parkplatz ankomme, wartet dort Scott auf mich. Er lehnt an einem mir unbekannten Wagen. Ich halte inne, aber nur für einen kurzen Moment.

»Folgst du mir?«, frage ich ihn.

Er zuckt mit den Schultern. »Ich muss mit dir sprechen.«

»Wessen Auto ist das?«

»Ein Mietwagen. Deine Freundin Meg ist so abrupt auf die Bremsen gestiegen, dass ich in sie reingefahren bin.«

Megs verbogene Stoßstange fällt mir wieder ein. »Vielleicht hättest du ihr nicht folgen sollen. Schließlich hat sie nichts Illegales getan.« Ich schließe mein Auto auf und sehe ihn über das Dach hinweg an.

»Das weißt du nicht«, sagt er.

»Hättest du Beweise, wärst du nicht hier. Was willst du, Scott?«

»Gestern hat sie sich mit diesem Kerl ein Anwesen in Mandeville Canyon angesehen.«

Ich spüre Frust in mir aufsteigen. Jedes Mal, wenn ich zu wissen glaube, wo Meg gerade steht, ist sie plötzlich wieder ganz weit weg – eine sich ständig verschiebende Illusion. Als würde man versuchen, den Horizont zu erreichen. »Na und? Er will ein Haus kaufen. Sie verkauft Häuser.«

»Du weißt, dass das nicht wahr ist«, entgegnet er. »Ich kann dir helfen, Kat.«

»Indem du meine Notizen stiehlst? Mir Geld stiehlst, das ich nicht habe?«

»Ich weiß, dass deine Notizen der einzige Grund sind, warum du noch hier stehst und mit mir redest«, sagt er. »Aber wie bereits gesagt, ich bin ihr gefolgt und weiß Dinge, die dir nützen werden.«

»Dreißigtausend Dollar würden mir nützen.«

Scott ignoriert den Seitenhieb. »Weißt du noch, wie wir uns immer gegenseitig die Bälle zugespielt haben? Einander beim Brainstorming zu neuen Ideen und Hinweisen inspiriert haben?« Er sieht mich so flehentlich an, dass ich wegschauen muss. »Sag jetzt nicht, dass du das nicht auch vermisst.«

»Ich vermisse es nicht.«

»Wenn du die Anzeige gegen mich fallen lässt, können wir zusammenarbeiten. Ich kümmere mich um die Ermittlungen, und du kannst endlich die Geschichte schreiben, der du schon seit zehn Jahren hinterherjagst. Ich kann dir exklusive Insiderinformationen zukommen lassen. Das könnte unser Leben von Grund auf verändern.«

Ich starre in sein mir so vertrautes Gesicht und frage mich, ob er sich noch daran erinnert, dass er mir exakt dasselbe vor ein paar Wochen auch schon versprochen hat. »Und ganz nebenbei wärst du auch noch ein gewaltiges Problem los«, sage ich schließlich.

»Mag schon sein«, gibt er zu. »Aber wenn du die Anzeige nicht zurücknimmst, verliere ich meinen Job und kann dir das Geld nie zurückzahlen.«

Ich weiß, dass er glaubt, was er da sagt. Aber ich weiß auch, dass er nicht dazu stehen wird. Das Geld, das er mir schuldet, wird ihn eine Zeit lang beschäftigen, bis er sich an die Last der Schuld gewöhnt hat und sie nicht mehr spürt.

Ein verbeulter Volvo mit einem Surfbrett auf dem Dach fährt auf den Parkplatz neben mir, und ein älterer Mann steigt aus, dem ein offener Neoprenanzug um die Hüfte baumelt. Er löst die Gurte, nimmt sein Brett vom Dach und verriegelt das Auto. Dann macht er sich im Laufschritt auf den Weg zum Wasser. Cory Dempsey fällt mir ein, der Mann, mit dem alles angefangen hat. Was würde er wohl sagen, wenn er seine Ex-Freundin jetzt sehen könnte, kurz davor, einen zukünftigen Senator zu Fall zu bringen?

Scott gibt nicht auf. »Du hättest den Vorteil, die Mittel der Polizei nutzen zu können – Überwachung, IT-Forensik. Sobald Meg irgendetwas online versucht, können wir es nachverfolgen. Sie hat einen Politiker im Visier. Wir können sie aufhalten, bevor sie noch mehr Schaden anrichtet.«

Am liebsten würde ich laut lachen. Der schlimmste Schaden ist längst angerichtet. Von Ron. Von Scott. »Wie kommt es, dass du nicht suspendiert bist?«, will ich wissen. »Ich habe schon vor über einer Woche Anzeige gegen dich erstattet.«

»Im Moment habe ich noch Freunde, die hinter mir stehen«, sagt er. »Papier ist geduldig. Aber wenn du die Anzeige nicht zurücknimmst, wird keiner von uns bekommen, was er will.«

Scott weiß nicht mehr, was ich will.

»Ich mache dir einen Vorschlag«, sage ich schließlich. »Ich ziehe die Anzeige zurück, dafür kündigst du in deiner Abteilung und suchst dir professionelle Hilfe.«

»Das ist nicht dein Ernst.«

»Es liegt ganz bei dir.« Ich schiebe mich auf den Fahrersitz und steuere meinen Wagen aus der Parklücke. Scott bleibt wie angewurzelt stehen und sieht mir nach, als ich nach rechts auf den Pacific Coast Highway abbiege. Ich fädele mich in den Verkehr Richtung Süden ein und hoffe, dass ich die richtige Entscheidung getroffen habe.

MEG

Oktober

Vier Wochen vor der Wahl

Rons Kaution ist umgehend auf das Treuhandkonto überwiesen worden, und der Rest – vier Millionen aus dem Canyon-Drive-Verkauf und drei Millionen, die Ron aus seiner Wahlkampagne abgezweigt hat – wird in fünf Tagen eingehen, wenn ich bereits auf dem Weg über die Grenze sein werde.

Aber bis dahin steht mir noch ein Treffen mit Ron und seinem Landschaftsgärtner Rico auf dem Gelände der Mandeville-Immobilie bevor. Ich habe versucht, es ihm auszureden. *In vier Wochen ist die Wahl. Konzentrieren Sie sich lieber darauf zu gewinnen.* Jeder Besuch auf der Ranch ist ein Risiko, und die Maklerin wäre wahrscheinlich ziemlich überrascht, wenn sie uns dort antreffen würde.

Ich habe Ron ein Gutachten vorgelegt, das vor einem Jahr von einer damit beauftragten Firma erstellt und dann von mir mit den passenden Daten und notwendigen Details versehen wurde – Sanitärgeräte, die ersetzt werden müssen, neue Dachrinnen an einem der Nebengebäude. Die größeren Mängel, die den vorherigen Interessenten dazu veranlasst haben, wieder auszusteigen – das kaputte Dach, ein veraltetes Heiz- und Lüftungssystem, den Schimmelbefall –, habe ich unterschlagen. Für Ron ist die Immobilie in einem guten Zustand.

Heute steht seine Idee, den Abhang hinter dem Haus neu zu terrassieren, auf dem Plan. Ron ist aufgefallen, dass dort eventuell die Gefahr eines Erdrutsches besteht. Darum wollte er, dass sein Experte einen Blick darauf wirft. Wir parken unsere Wagen in einem Schuppen auf dem Hof und gehen um das Haus herum nach hinten.

Es ist ruhig. Der Verkehr auf dem Sunset Boulevard ist hier nicht mehr zu hören, nur noch der Wind, der durch die Bäume und den Canyon streicht. Über uns dreht ein Falke langsam seine Runden, und ich stelle mir vor, wie es wäre, hier zu leben – friedlich und zurückgezogen, wie in einer anderen Zeit.

Ron ist aufgeregt. Wahrscheinlich sieht er sich schon als Reagan des 21. Jahrhunderts, inklusive des karierten Hemds und Cowboyhuts, die er am Wochenende tragen wird. Ich versuche, mir vorzustellen, wie es ihm den Boden unter den Füßen wegziehen wird, wenn er erfährt, dass nichts von dem, was er glaubt, je real war.

Ich habe diese Immobilie nach sorgfältigen Recherchen hinter Kats Rücken ausgewählt. Mir einen Monat lang Häuser angesehen und immer wieder ausgeschlossen, weil sie entweder zu nahe an der Stadt lagen oder womöglich Käufer finden würden, die bereit waren zu renovieren. Bis ich dann auf das für meine Zwecke nahezu perfekte Mandeville-Anwesen gestoßen bin. Es ist einfach ideal, denn die zuständige Maklerin kümmert sich nicht darum, und seine zahlreichen Mängel sind nicht auf den ersten Blick erkennbar.

Während Ron und Rico über Gartenbau und eine Bepflanzung mit einheimischen Gewächsen diskutieren, bemerke ich ein Auto, das auf das Grundstück fährt und direkt neben meinem parkt. Das Geräusch zuschlagender Türen erregt auch Rons Aufmerksamkeit. »Erwarten Sie jemanden?«

Seit Monaten ist niemand mehr hier gewesen. Ich habe viele Stunden damit verbracht, mit einer plausiblen Erklärung für meine Anwesenheit im Auto auf der Auffahrt zu sitzen. *Ich habe nur schnell angehalten, um zu telefonieren.* Nicht ein einziges Mal ist jemand aufgetaucht. Weder die Besitzer noch ein Verwalter, noch die Maklerin. Nicht einmal ein Fahrzeug, das wenden wollte.

Und ausgerechnet heute, vierzehn Tage vor meiner Deadline – die ich mir schon in Pennsylvania gesetzt habe, als ich noch davon träumte, Ron nicht nur um sein Geld, sondern auch um seinen Wahlsieg zu bringen –, will sich jemand diese Ranch ansehen, von der ich dachte, die Welt hätte sie vergessen.

Meine Gedanken rasen, während ich nach einer Möglichkeit suche, diese Leute, wer auch immer sie sind, wieder loszuwerden und Ron ihre Anwesenheit zu erklären. Interessierte Käufer, falls er doch noch aussteigt? Leute, die falsch abgebogen sind? Mein Verstand jagt von einer Idee zur nächsten und verwirft sie dann wieder.

»Wahrscheinlich ist es Sheila«, sage ich schließlich. »Eine Kollegin. Sie ist mit Käufern in der Gegend und wollte mir ein paar Schlüssel vorbeibringen. Ich bin gleich wieder da.«

Ron nickt und wendet sich wieder Rico zu. Schnell laufe ich zu den Neuankömmlingen in der Hoffnung, sie noch abfangen zu können.

Als ich um die Ecke biege, erkenne ich eine Frau, der ich schon bei diversen Hausbesichtigungen begegnet bin. Sie versucht gerade, den Schlüsseltresor zu öffnen, während ihre Kunden danebenstehen und warten. »Hallo«, rufe ich. »Kann ich Ihnen helfen?«

Sie hebt den Blick. »Keine Sorge, wir wollen uns nur schnell umsehen. Wir werden Ihnen nicht in die Quere kommen.«

»Kann ich Sie einen Moment unter vier Augen sprechen?«, bitte ich sie.

Wir gehen ein paar Schritte zur Seite. »Hören Sie, mein Kunde ist wirklich sehr speziell, was seine Privatsphäre angeht.« Ich bemühe mich, angespannt und leicht verängstigt zu wirken. »Ich habe ihm versprochen, dass wir alleine hier wären, solange er sich mit seinem Gartenbauer den Abhang hinter dem Haus ansieht.«

Die Maklerin scheint Verständnis zu haben. In Los Angeles ist die Bitte um Wahrung der Privatsphäre in bestimmten Kreisen keine Seltenheit, und Makler sind es gewohnt, ihr nachzukommen.

»Wir sind fast fertig«, erkläre ich ihr. »Vielleicht kann ich Sie alle zum Lunch einladen, und Sie kommen heute Nachmittag noch einmal wieder?«

Sie sieht zu ihren Kunden, die auf der Veranda miteinander flüstern. »Wir haben noch zwei andere Objekte hier in der Gegend, die wir besichtigen wollen«, sagt sie. »Die könnten wir uns zuerst ansehen und dann in einer Stunde wiederkommen. Würde Ihnen das reichen?«

Am liebsten würde ich sie umarmen, so erleichtert bin ich. »Danke«, stoße ich hervor. »Sie haben etwas gut bei mir. Und das Mittagessen geht wirklich auf mich.« Ich nehme zweihundert Dollar aus meiner Geldbörse und halte sie ihr hin.

Ohne eine Sekunde zu zögern, schnappt sie sich die Scheine und geht zurück zu ihren Kunden, um ihnen die Situation zu erklären. Zu dritt gehen sie wieder zum Wagen. »Vielen Dank für Ihr Verständnis«, rufe ich ihnen hinterher.

Als sie die Auffahrt hinunter und nach rechts zurück Richtung Highway fahren, lasse ich mich gegen die Hauswand sinken und atme tief durch. Ich will mir gar nicht ausmalen, was passiert wäre, wenn sie sich geweigert hätte zu gehen. Wenn ihre Kunden einen engeren Terminplan gehabt hätten. Oder wir ein wenig später gekommen wären und die drei auf einem Rundgang durch die Ranch angetroffen hätten, von der Ron glaubt, dass sie ihm bereits gehört.

Ich stoße mich von der Wand ab und gehe zurück zu den beiden Männern. »Ist alles geklärt?«, frage ich. Ich will hier so schnell wie möglich fertig werden und verschwinden.

Ron schüttelt den Kopf. »Noch nicht ganz. Ich möchte Rico noch den Bach zeigen, den ich am Ostufer gerne etwas verbreitern würde.«

Widerwillig folge ich ihnen, meine Nerven sind zum Zerreißen gespannt. Während ich sie beobachte, verstreicht die Zeit, und ich frage mich, ob wir es tatsächlich in einer Stunde schaffen werden und ich noch einmal ungeschoren davonkomme. Aber fünfundvierzig Minuten später sitzen wir wieder tatsächlich in unseren Autos. Wirklich entspannen kann ich aber erst, als wir das Grundstück verlassen und zurück in die Stadt fahren.

MEG

Oktober

Zwei Wochen vor der Wahl

Es ist Zeit zu gehen.

Kat sitzt mir gegenüber an dem mit Tellern übersäten Tisch, während sich das Restaurant langsam leert. Sie weiß es nicht, aber es ist unser letztes gemeinsames Mittagessen. Morgen werde ich weg sein, und Kat wird Stück für Stück herausfinden, was ich getan habe.

»Irgendwelche neuen Kunden in Sicht?«, fragt sie. Sie bohrt immer noch nach. Hofft immer noch dahinterzukommen. Und sie ist sehr viel näher dran, als sie glaubt.

Eine Weile spiele ich mit meiner Serviette, dann beschließe ich, ihr zumindest die halbe Wahrheit zu sagen. »Ich denke darüber nach, für eine Weile eine Pause vom Immobiliengeschäft zu machen«, gestehe ich ihr und schaue dabei aus dem Fenster, vor dem Leute mit Einkaufstaschen von teuren Boutiquen vorübergehen. »Vielleicht mache ich Urlaub. Ich bin jetzt schon so lange dabei, und es ist immer wieder dasselbe – wählerische Kunden, geplatzte Treuhandabkommen, Verkäufer, die versuchen, Wasser im Keller oder Fluglärm zu verheimlichen. Der Job laugt einen aus. Ich dachte, wieder hierherzuziehen, sei der Tapetenwechsel, den ich brauche. Aber ich werde das Gefühl nicht los, dass ich etwas anderes gesucht hatte.«

Kat mustert mich mit skeptischem Blick, und ich frage mich, ob sie doch noch einknickt und mir die Fragen stellt, die ihr wirklich unter den Nägeln brennen. *Wie machst du es? Wie wählst du deine Opfer aus? Was hast du mit Ron vor?*

Aber der Moment verstreicht.

»Du gehörst wohl zu der Sorte Mensch, die es nirgends lange aushält«, sagt Kat. »Die ständig umzieht, aber nie ein Zuhause findet.«

Es ist ein Segen zu wissen, dass Kat mich so sieht, wie ich wirklich bin. »Ich habe schon seit dem Tag, an dem meine Mutter gestorben ist, kein Zuhause mehr. Seitdem jage ich dem Geist eines Gefühls hinterher, immer auf der Suche nach einem Neuanfang, der mein Leben wieder in Ordnung bringt. Aber irgendwann muss man aufhören, Geistern hinterherzujagen, und einfach sein Leben leben.«

Ob sie versteht, was ich ihr zwischen den Zeilen damit sagen will? Ich habe genug von all den Lügen und bin bereit, mir eine Bleibe zu suchen – einen Ort, an dem ich mir etwas Eigenes aufbauen kann. Für einen Moment wünsche ich mir, wir könnten ehrlich zueinander sein. Dass ich noch einmal von vorne beginnen und ihr alles erzählen könnte. Angefangen bei dem verregneten Nachmittag im Internetcafé, an dem ich auf dem Bildschirm ein bekanntes Gesicht und eine Möglichkeit entdeckte.

Bevor ich etwas sage, das ich später bereuen werde,

bringe ich das Gespräch schnell wieder auf Kat. »Gibt es etwas Neues bei dir? Hast du etwas von Scott gehört?«

Sie weicht meinem Blick aus. »Nein, und wenn ich ehrlich bin, ist es mir auch lieber so.«

Ich trinke einen Schluck von meinem Zitronenwasser und beobachte, wie sie mit ihrem Besteck spielt. Sie sieht überallhin, nur nicht zu mir. Sie lügt. Aber das macht nichts. Übermorgen wird das alles vorbei sein.

Es gibt nur ein paar wenige Dinge, die ich noch tun muss – packen, einen Flug buchen und ein letztes Mal überprüfen, ob alles so weit vorbereitet ist, dass ich morgen, wenn das Treuhandkonto geschlossen wird, sofort handeln kann.

Gleich morgens wird Rons Finanzberater Steve Anweisung erhalten, das restliche Geld zu überweisen, ohne zu ahnen, dass der reibungslose Ablauf des Canyon-Drive-Deals nur die Vorbereitung für diesen zweiten Deal war. Wenn das Opfer den Link für seine Überweisung erwartet, ist das kein Phishing.

Anfang der Woche habe ich mich als Rons Assistentin ausgegeben und ein paar Anrufe getätigt. Einzelheiten bestätigt. Den zeitlichen Ablauf festgelegt. Eine Pressemitteilung erarbeitet, dank der Ron am eigenen Leib erfahren wird, wie wahr die Worte waren, die er vor so langer Zeit Kat gegenüber geäußert hat. *Sobald die Medien etwas in die Finger kriegen, gibt es kein Zurück.*

Ich fühle mich wie eine Tänzerin, die ihre letzte Vorstellung gibt. Mein Körper schmerzt, und ich sehne mich danach, mich nicht mehr verbiegen und verknoten zu müssen. Ich habe schon so viele Identitäten ausprobiert, dass ich ganz genau weiß, wer ich sein möchte. Wer ich bleiben möchte.

Trotzdem bin ich stolz auf das, was ich geleistet habe. Auf meine Kreativität, die mich so weit gebracht hat. Um eine gerissene Betrügerin heranzuziehen, braucht es ein ganzes Dorf, und in dieser Welt mangelt es nicht an Lehrern, die mir bereitwillig dabei geholfen haben, meine Fähigkeiten zu perfektionieren – überzeugend zu lügen, zu manipulieren und zu vertuschen. Männern das Bild von sich selbst vorzugaukeln, das sie gerne sehen wollen, und mir dann mithilfe ihres Egos zurückzuholen, was sie anderen gestohlen haben.

Kat wirft ihre Serviette auf den Teller und steht auf. »Ich geh dann besser. Ich muss heute Nachmittag noch ein paar Dinge besorgen. Einen neuen Grilltoaster beispielsweise, nachdem Scott den alten mitgenommen hat.«

Ich sehe sie an, und mein Kopf ist so voll mit Dingen, die ich ihr nicht sagen kann, dass ich Probleme habe, klar zu denken. Meine Augen füllen sich mit Tränen, und ich ziehe hastig die Sonnenbrille von der Stirn auf die Nase.

Kat wühlt in ihrer Tasche nach dem Autoschlüssel. Als sie ihn gefunden hat, wirft sie mir einen schnellen Blick zu. »Kann ich dich morgen anrufen?«

»Sicher«, entgegne ich. Ich sehe ihr hinterher, während sie sich an den leeren Tischen vorbeischlängelt, dann ist sie verschwunden. »Mach's gut«, sage ich zu niemandem. So wie ich es am Ende immer tue.

KAT

Oktober

Kurz nach dem Mittagessen erhalte ich eine Textnachricht von Meg. Kannst du vorbeikommen? Ich brauche deine Hilfe bei einer Transaktion mit Ron, die noch offen ist. Dann folgt eine zweite Nachricht mit ihrer Adresse.

Ich stelle meinen halb leeren Joghurtbecher auf dem Küchentresen ab. Obwohl es bereits Nachmittag ist, bin ich noch im Pyjama. Nach meinem Zusammentreffen mit Scott neulich am Strand hatte ich zu Hause sofort nach Häusern in Mandeville Canyon gegoogelt, aber da gab es nichts, das mir ins Auge gesprungen wäre, und in dieser Gegend wurde seither auch nichts auf den Markt gebracht.

Kann in einer Stunde bei dir sein, schreibe ich, bekomme aber keine Antwort.

Schnell schlüpfe ich in ein paar saubere Klamotten. Auf das Duschen verzichte ich ganz, schnappe mir meine Handtasche und meine Schlüssel und fahre los.

Als ich auf Megs Haustür zugehe, taucht die Sonne die Fassade in ein goldenes Licht. Es ist das erste Mal, dass ich hier bin. Vielleicht kann ich zwischendurch ja auf die Toilette verschwinden oder ein Glas Wasser trinken und mich dabei ein wenig umsehen.

Ich klopfe, aber es sind keine Schritte zu hören. Also drücke ich auf die Klingel und warte.

Immer noch nichts.

Ich drehe am Türgriff und stelle fest, dass nicht abgeschlossen ist. Als ich eintrete, stehe ich in einem hellen, geräumigen Wohnzimmer mit einer weißen Sofaecke, einem niedrigen Couchtisch aus Chrom und Glas und einem offenen Kamin, der mit Keramikkacheln verkleidet ist. »Meg?«, rufe ich, aber meine Stimme hallt ungehört von den Wänden wider.

Ich gehe in die Küche. Der Tresen ist leer und glänzt, und als ich die Kühlschranktür öffne, sind die Fächer bis auf eine einzelne Flasche Wasser ebenfalls leer und sauber. Es sieht aus wie in einem Musterhaus, das den Eindruck vermitteln soll, dass jemand darin lebt, aber Schränke und Kommoden sind leer.

»Meg?« Ich werfe einen Blick in den Garten hinter dem Haus, aber sie ist nirgends zu entdecken.

Wo bist du?, tippe ich in mein Handy.

Im Esszimmer steht ein Tisch mit acht ordentlich daruntergeschobenen Stühlen, in dessen Mitte ein Stapel von ungefähr zwanzig Collegeblöcken liegt – und darauf ein Umschlag mit meinem Namen.

Als ich ihn öffne, finde ich darin einen Brief sowie einen Scheck über 31.125 Dollar, ausgestellt auf die Citibank. Wie betäubt starre ich ihn fast eine Minute lang an, bevor ich anfange zu lesen.

Kat,
eine gute Geschichte kann verführen. Die meisten Menschen neigen dazu, sie zu glauben, anstatt sich mit den Gegenbeweisen zu befassen, die sich vor ihnen auftürmen. Dabei ignorieren sie, dass man niemandem, der etwas erzählt, vertrauen kann. Es gibt keine vertrauenswürdigen Geschichtenerzähler.

Hast du je über deinen Namen nachgedacht? Kat – Katze –, ein Raubtier, das seiner Beute hinterherschleicht und nur auf den richtigen Moment wartet, um zuzuschlagen. Hast du dich selbst so gesehen, als du dir die Geschichte von einer Erbschaft ausgedacht hast, von einer neureichen Frau, die nach einer Möglichkeit sucht, ihre Tage zu füllen?

Erstaunt halte ich inne. Dann hatte Scott also doch recht. Natürlich war Meg nicht auf meine Geschichte von der großen Erbschaft hereingefallen – sie war die Trickbetrügerin, die geschickt ihre Netze aus Lügen wob, nicht ich.

Es macht mir nichts aus, dass du mich angelogen hast. Das Schwierigste an dem, was ich tue, ist, das Vertrauen anderer Menschen zu ertragen. Dass ich das bei dir nicht tun musste, war ein Geschenk. Aber obwohl du wusstest, dass ich dir nicht die Wahrheit sage, bereue ich meine Lügen und auch, dass ich auf diese Weise gehen muss. Doch so endet es immer: Ich verschwinde, ohne dass sich jemand verabschieden kann. Nicht einmal ich selbst.

Manchmal war es schwer zu akzeptieren, dass ich nie ein normales Leben führen würde. Nie eine normale Beziehung oder eine Familie haben würde. Aber ich hatte etwas anderes, Größeres. Ein Leben, das sich über den gesamten Kontinent erstreckte. Und ich durfte Menschen kennenlernen, die ich in einem anderen Leben nie getroffen hätte. Natürlich habe ich jedes Mal eine Menge Verwirrung und viele Fragen zurückgelassen. Niemand, mit dem ich mich angefreundet hatte, konnte sicher sein, dass unsere Freundschaft – irgendetwas daran – echt war. Aber jeder einzelne dieser Menschen hat unauslöschliche Spuren in mir hinterlassen. Den Film Casablanca liebe ich wegen Diana in Phoenix. Natalie in Monterey ist schuld daran, dass ich meine Sandwiches am liebsten getoastet esse. Es gibt Kollegen und Nachbarn, mit denen ich mich eine Zeit lang eng verbunden fühlte. Die mich davor bewahrten, in völliger Isolation leben zu müssen. Unter ihnen waren Menschen, die sehr gute Freunde wurden. Keine, zu denen ich weiterhin Kontakt pflegen kann, aber das hindert mich nicht, ihre Zuneigung in meinem Herzen zu tragen.

Mit den Lügen, die ich erzähle, greife ich dem Schicksal ein klein wenig unter die Arme und gebe jenen Macht, denen man sie genommen hat. Diese Notizbücher werden dir einen Eindruck davon vermitteln, was ich getan habe und warum ich es getan habe. Das Entscheidende ist der Kontext.

Die Trennlinie zwischen Gerechtigkeit und Rache zieht immer der, der die Geschichte erzählt.

Männer wie die, die ich ins Visier nehme – korrupt, egoistisch und manchmal auch gefährlich –, findet man überall. In jeder Stadt, in jeder Firma. Und sie tun immer, was sie am besten können: andere ausnutzen. Sobald ich mit einem von ihnen fertig bin, taucht immer irgendwo der nächste auf. Heute weiß ich, welchen Preis ich dafür bezahle, was es meine Seele kostet. Die Nähe zu Korruption und Gier ist wie ein Leben auf einer Atommülldeponie. Irgendwann sickert es in dein Blut und vergiftet dich.

Es gibt noch so vieles, dass ich dir gerne gesagt hätte, aber meine Zeit hier ist um. Drei Dinge musst du jedoch wissen. Erstens: Meine Zuneigung war echt. Ich schätzte unsere Freundschaft sehr und werde sie immer in mir tragen. Zweitens: Menschen, die du liebst, schulden dir ihre Loyalität. Und drittens – und das ist wahrscheinlich das Wichtigste: Wenn du die Schwächen eines Mannes erkannt hast, ist es ganz einfach, sie für dich zu nutzen und das zu bekommen, was du willst.

Lass es dir gut gehen und schreib diese Geschichte – oder einen Roman oder was immer du willst. Meinen Segen hast du.

Die Notizbücher sind in keiner bestimmten Reihenfolge sortiert. Das oberste ist bereits mehrere Jahre alt. Ich schlage die mit Megs Handschrift gefüllten und fein säuberlich datierten Seiten auf. Einige der Einträge sind To-do-Listen – *Telefonanbieter anrufen und Internet installieren lassen* –, andere enthalten Informationen zu Städten, Locations oder Menschen. *Marcos Wagen wurde letztes Jahr zurückgekauft. Flagstaff ist zu klein, es wird nicht funktionieren.* Manche Notizen scheinen auch persönlicher Art zu sein. Erinnerungen an ihre Mutter. Überlegungen zu den Entscheidungen, die sie treffen musste. Einschätzungen der Personen, denen sie begegnete, oder der Männer, mit denen sie zusammen war, und was sie ihnen abknöpfen zu können glaubte – fünfzigtausend Dollar einem Mann in

Fresno, der das Geld seinem sterbenden Onkel gestohlen hatte, hunderttausend einem Kerl in Houston, der mithilfe eines Schneeballsystems seine Kunden betrog. Die Liste ihrer Opfer ist nicht halb so lang, wie ich vermutet habe. Meg hat sich jedes Mal die Zeit genommen, gründlich zu recherchieren, um ganz sicher zu sein, dass die Männer, auf die ihre Wahl fiel, es auch verdienten.

Ich überfliege die Seiten, und es springen mir immer wieder neue Details ins Auge. Strategien, wie man sich einem Opfer nähert und sein Vertrauen gewinnt. Sie hat sogar stichpunktartig notiert, was sie tun wollte, falls jemand ihr auf die Schliche kommen sollte – *Opfer noch stärker an mich binden. Mit anderen Dingen ablenken.* Ich hebe den Blick. Mir sind die mysteriösen Käufer wieder eingefallen, die sich wahrscheinlich als ganz normale Menschen herausstellen werden. Jeder Hinweis, dem ich nachgegangen bin, jede Theorie, die ich hatte, war von Meg vorbereitet und mir zugespielt worden.

Das nächste Notizbuch auf dem Stapel ist ihr erstes, das sie vor über zehn Jahren geschrieben hat. *Ich war zur Gaunerin bestimmt, aber das erkannte ich erst, nachdem ich schon einige Zeit lang eine gewesen war.* Ich entdecke einen frühen Eintrag zu Ron Ashton, in dem ihr Schmerz und ihre Wut so deutlich spürbar sind, dass ich mich frage, wie sie es in den letzten Monaten in seiner Nähe überhaupt ausgehalten hat. Wie viel es sie gekostet haben muss. Ich hoffe nur, es hat sich gelohnt.

Wie sieht Erfolg für Meg aus? Die Antwort auf diese Frage werde ich in einem dieser Notizbücher finden.

Ich arbeite mich durch den Stapel, bis ich im aktuellsten etwas über Megs Rückkehr nach Los Angeles und darüber finde, wie sie sich in Position gebracht hat, um an Veronica heranzukommen. Das Superschnäppchen, das sie und David mit ihrem Haus gemacht hatten, war nichts weiter als eine von Megs Inszenierungen, deren einziger Zweck es war, sich einen guten Ruf als Maklerin zu verschaffen und zu genau der Person zu werden, die Ron brauchte.

Der Verkauf der Canyon-Drive-Immobilie war absolut legal und nur eine Vorbereitung für das gewesen, was danach kommen sollte – Mandeville Canyon und ein DBA für eine Treuhandgesellschaft namens Orange Coast. Ich lese den Entwurf einer E-Mail an Rons Finanzberater:

> Herzlichen Glückwunsch zu Ihrem neuen Zuhause! Die Orange Coast Treuhandgesellschaft freut sich, mit Ihnen zusammenzuarbeiten. Mit dieser Mail erhalten Sie den gesicherten Link zu Ihrem Treuhandkonto und Anweisungen für Ihre Überweisungen.

Ich nehme mein Smartphone und tippe die Internetadresse ein, die oben an den Rand gekritzelt ist. Es erscheint die Website der Orange Coast Treuhandgesellschaft, die die üblichen Links anbietet – Tools und Quellen, Serviceleistungen und eine Warnung vor Überweisungsbetrug. Kriminelle könnten versuchen, Ihr Geld zu stehlen, indem sie sich für uns ausgeben. Bitte rufen Sie uns an, bevor Sie eine Überweisung tätigen. Dann folgt eine Telefonnummer.

In einem neuen Fenster googele ich *Orange Coast Treuhandgesellschaft* und bekomme zwei Links: den zu der Website, die ich gerade geöffnet habe, und dann noch einen weiteren. Ich wechsle zwischen den Seiten hin und her, aber sie scheinen identisch zu sein, bis hin zu der Warnung vor

Überweisungsbetrug. Doch dann sehe ich es – eine der Adressen hat einen zusätzlichen Unterstrich am Ende, und auch die Telefonnummer ist eine andere. Als ich dort anrufe, sagt eine Frauenstimme: »Sie sind verbunden mit der Orange Coast Treuhandgesellschaft. Wenn Sie mit einem unserer Mitarbeiter sprechen wollen, drücken Sie bitte die Eins.« Als ich es tue, wird die Verbindung unterbrochen. Ich versuche es noch einmal, mit demselben Ergebnis.

Als Nächstes suche ich die Maklerin, die für das Mandeville-Canyon-Anwesen zuständig ist. »Hallo«, sage ich, als sie abnimmt. »Hier spricht Kat, Meg Williams' Assistentin bei *Apex* Beverly Hills. Wir würden gerne wissen, wann die Mandeville-Immobilie an eine Treuhandgesellschaft übergeben wurde.«

Die Frau am anderen Ende lacht. »Meine Güte, ich wünschte, sie wäre bei einer Treuhandgesellschaft. Haben Sie einen Käufer für mich?«

Ich sage ihr, dass ich sie noch einmal anrufen werde, und lege, fasziniert von Megs ausgeklügeltem Plan, auf. Sie wusste, dass sie Ron kein Haus würde stehlen können, also täuschte sie ihn, indem sie ihn glauben ließ, dass er eines gekauft hätte. Nachdem ein Treuhandvertrag problemlos abgewickelt worden war, kam niemand auf die Idee, den zweiten infrage zu stellen.

Ich greife wieder zu Megs Notizbuch und blättere hastig eine Seite nach der anderen um, bis mir Megs Trick schließlich vollends klar wird. Sie hat Ron in eine klassische No-win-Situation manövriert: ein falsches Treuhandkonto bei einer nicht existierenden Treuhandgesellschaft. Ein DBA unter dem Firmennamen Orange Coast Treuhandgesellschaft und ein Bankkonto auf denselben Namen, beides von Meg schon im September eingerichtet. Das Wort *Wahlkampfspenden* dreimal unterstrichen. Sieben Millionen Dollar, die auf das Treuhandkonto gingen – und sofort wieder abgehoben wurden. Und dann ist da noch der Entwurf einer Pressemitteilung, die Megs Notizen zufolge gerade herausgegeben wurde.

»O mein Gott«, sage ich in den leeren Raum. Und fange an zu lachen.

MEG

Oktober

Zwei Wochen vor der Wahl

Das Taxi setzt mich am Terminal 2 des Los Angeles International Airport ab. Den Range Rover habe ich gestern meinem Autohändler zurückgebracht und ihm erklärt, dass ich das Land verlassen und meinen Leasingvertrag deshalb kündigen müsse. *Das mit der Stoßstange tut mir wirklich furchtbar leid!* Während der Fahrer mein Gepäck aus dem Kofferraum wuchtet, sehe ich auf die Uhr und hoffe, schnell durch die Kontrollen zu kommen und irgendwo einen Fernseher zu finden.

Auf dem Flughafen wimmelt es von Nachmittagspendlern. In der Warteschlange vor dem Durchleuchten male ich mir aus, wie Kat in mein Haus kommt und meine Hinterlassenschaft findet. Dann denke ich an Ron, der jetzt versucht, das Chaos, in das ich ihn gestürzt habe, irgendwie in den Griff zu bekommen. Und durchlebe noch einmal den Moment, in dem ich ihm gesagt habe, was ich getan hatte.

Es war nicht schwer, ihn zu finden. Er war dort, wo er unter der Woche um 15:30 Uhr immer war: auf seiner Joggingrunde durch den Palisades Park in Santa Monica. Verschlungene Kieswege, die zwischen lockeren Baumgruppen hindurch und an einem Steilhang entlang in Richtung Ozean führten. Der Park war gut besucht. Jogger, Eltern oder Au-pair-Mädchen, die Kinderwagen schoben, ins Gespräch vertiefte Paare beim Nordic Walking. Ich wusste, dass Ron kommen würde. Er war so figurbewusst wie eine Mittvierzigerin mit Minderwertigkeitskomplexen und nutzte die Pausen zwischen Lunchmeetings und dem ersten Cocktail des Abends, um fit zu bleiben.

Ich bemühte mich, Ruhe zu bewahren. Von diesem Moment hatte ich geträumt, seit ich erwachsen war. Jahrelang hatte ich mir vorgestellt, wie man Ron nach einer Razzia in Handschellen abführt. Wie die Polizei seine Firma dichtmacht und er wegen Betrugs verurteilt wird. Doch mit der Zeit wurde mir klar, dass in diesem Land zwei Rechtssysteme existieren – eines für reiche weiße Männer wie Ron Ashton und eines für den Rest der Bevölkerung.

Ich tat so, als würde ich an einem Baum Dehnübungen machen. Als ich ihn in der Ferne kommen sah, stieß ich mich ab und joggte ihm langsam entgegen. Seine Augen strahlten, als er mich erkannte. »Meg«, rief er. Wir blieben beide stehen. »Mit Ihnen wollte ich ohnehin sprechen. Haben Sie meine Nachrichten erhalten?«, fragte er. »Ich brauche die Schlüssel für die Mandeville-Ranch. Wenn bis zur Wahlnacht alles fertig sein soll, müssen die Handwerker jetzt anfangen.«

Ich wischte mir die Stirn trocken. »Das wird leider nicht möglich sein.«

Er sah mich irritiert an. »Gab es Probleme mit den Vorbesitzern?«

In all den Jahren war ich nie dabei gewesen, als ihnen schlagartig klar wurde, was ich getan hatte. Als das falsche Bild, das sie von mir hatten, plötzlich in sich zusammenfiel. »Es gibt kein Haus«, erklärte ich ihm. »Und auch kein Treuhandkonto. Das Geld ist weg.«

Er sah mich weiter irritiert an, geriet aber noch nicht in Panik. »Wovon zum Teufel reden Sie?«

»Sie haben die Ranch am Mandeville Canyon nicht gekauft, Ron. Überprüfen Sie es, dann werden Sie feststellen, dass sie immer noch zum Verkauf steht. Rufen Sie die Maklerin an. Sie wird Ihnen sagen, dass für die Immobilie seit über einem Jahr kein Angebot mehr gemacht wurde.«

Ich sah ihm an, wie er versuchte, meinen Worten einen Sinn zu geben. »Wie ist das möglich?«, fragte er. »Das Geld wurde gestern Abend an die Orange Coast Treuhandgesellschaft überwiesen. Steve hat es mir bestätigt.«

»Das Geld wurde auf ein Konto überwiesen, für das ich die Vollmacht habe, und von dort an den Verein zur Unterstützung von Obdachlosen in Los Angeles weitergeleitet. Das ist eine ganz wunderbare Organisation, die Unterkünfte bereitstellt, sich um die medizinische Versorgung kümmert und Beratungen anbietet. Es werden sogar Jobbörsen veranstaltet.« Ich blinzelte in die tief stehende Nachmittagssonne. »Als einer der Hauptgeldgeber sollten Sie vielleicht mal an einer teilnehmen.«

Einen kurzen Moment lang hingen meine Worte zwischen uns in der Luft. Eine Sekunde, zwei, dann machte es klick. »Das kann nicht sein«, flüsterte er.

Ich sah auf die Uhr. »In ungefähr zwanzig Minuten wird

man auf allen Kanälen darüber berichten. Die Pressemitteilung ist bereits an alle wichtigen Medien rausgegangen. ›Der als Senator kandidierende Ron Ashton spendet sieben Millionen Dollar an die Obdachlosenhilfe.‹« Ich senkte die Stimme. »Obwohl wir natürlich beide wissen, dass das Geld nicht allein Ihnen gehörte. Ein guter Teil davon kam von Ihren Spendern.«

Ein paar Leute im Park erkannten Ron. Ich wies ihn auf einen jungen Mann in unserer Nähe hin, der ein Smartphone in der Hand hielt. »Vorsicht. Was Sie sagen, wird aufgezeichnet.«

»Wie konnten Sie ...«

»Sie fragen sich vielleicht: ›Warum ausgerechnet die Obdachlosen?‹«, unterbrach ich ihn. »Zumindest werden Ihre Stammwähler sich darüber wundern.« Ich holte einmal tief Luft, sog diesen Moment auf und verankerte ihn tief in meinem Gedächtnis. Die frische Nachmittagsbrise mit ihrem leicht salzigen Nachgeschmack. Das ferne Rauschen der Brandung unter uns am Strand. »Erinnern Sie sich an eine Frau namens Rosie Williams? Vor ungefähr fünfzehn Jahren waren Sie ein Paar.«

Er wirkte verwirrt.

»Rosie war meine Mutter«, fuhr ich fort. »2004 haben Sie sich die Besitzurkunde für unser Haus erschlichen – ebenjenes Haus, das ich gerade für Sie verkauft habe. Meine Mutter war unheilbar krank, aber Sie haben uns trotzdem auf die Straße gesetzt. Erinnern Sie sich noch, was Sie zu ihr gesagt haben?« Als er nicht antwortete, wiederholte ich seine Worte von damals für ihn. »›Es gibt Gewinner und Verlierer im Leben, Rosie. In diesem Fall bist du die Verliererin. Akzeptiere den Verlust und sei nächstes Mal klüger.‹«

Ron sah sich um und stellte fest, dass sich immer mehr Leute um uns versammelten.

»Das ist eine Lüge«, sagte er. »So etwas würde ich nie tun.«

»Ach ja? Ich dachte, die Gebäude, die Sie erwerben und dann zwangsräumen lassen, seien ein entscheidender Teil Ihres Geschäftsmodells.«

Ich hielt mein Handy in die Höhe und spielte eine Sprachaufnahme ab. Rons Stimme war zu hören. *Mein Traum wäre es, etwas zu finden, das renoviert werden muss – im Herzen bin ich Bauunternehmer –, die Schmarotzer und Drogensüchtigen rauszuschmeißen, schnell und billig zu renovieren, die Miete zu verdoppeln und an Studenten zu vermieten, die zu dumm oder zu betrunken sind, um irgendwas zu merken.*

Ich drückte auf Stopp. »In Kürze wird in allen Medien von der überraschenden Erklärung die Rede sein, die Sie in Ihrer Pressemitteilung abgeben: ›Vor vielen Jahren habe ich eine Familie, die mir vertraute, für meine Zwecke ausgenutzt‹«, zitierte ich aus dem Gedächtnis. »›Was ich damals getan habe, hat mich nie in Ruhe gelassen, und ich bereue es bis heute. Meine Spende an den Verein zur Unterstützung von Obdachlosen in Los Angeles ist ein Versuch, diesen Fehler wiedergutzumachen.‹«

Rons Gesicht verzerrte sich zu einem Grinsen. »Was Sie getan haben, ist illegal. Sie haben mir mein Geld gestohlen.«

Ich zuckte mit den Schultern. »Mag sein. Das Problem ist nur, dass Sie es zuerst gestohlen haben, was Sie in eine echte Zwangslage bringt. Wenn Sie Ihre Spende nicht zurückziehen, verlieren Sie Ihre Stammwähler und mit ihnen wahrscheinlich die Wahl. Ich nehme an, Sie könnten die Spendengelder als gestohlen melden, behaupten, die Summe sei den Obdachlosen ohne Ihr Wissen gespendet worden. Aber wie wollen Sie erklären, dass Ihr Finanzberater Wahlkampfgelder auf ein Treuhandkonto überwiesen hat?« Ich versetzte ihm noch einen letzten Schlag. »Wenn die Polizei Sie erst einmal auf dem Schirm hat, wird sie Ihre Finanzen sehr gründlich prüfen, sowohl die privaten als auch die geschäftlichen, und diese über viele Jahre zurückverfolgen.« Ich machte einen Schritt zur Seite, um ihm das Ende unseres Gesprächs zu signalisieren. »Es war mir ein Vergnügen, für Sie zu arbeiten. Viel Glück bei der Wahl.«

Ich drehte mich um und joggte in einen der Seitenwege. Als ich einen Blick über die Schulter zurückwarf, stand Ron in seinen strahlend weißen Laufschuhen und dem überteuerten Trainingsanzug immer noch an derselben Stelle – in sich zusammengesunken und an den Rändern irgendwie verschwommen.

Gleich nachdem ich das Taxi zum Flughafen bestellt hatte, schrieb ich meine Nachricht an Kat.

> Kannst du vorbeikommen? Ich brauche deine Hilfe bei einer Transaktion mit Ron, die noch offen ist.

Dann schaltete ich mein Handy aus. Ich wusste auch ohne eine Antwort, dass sie kommen würde.

Sobald ich durch die Sicherheitskontrollen bin, schnappe ich mir meinen Rollkoffer und ziehe ihn an den Gates für Las Vegas und Nashville vorbei. An einer Flughafenbar fallen mir zwei Frauen auf, die nebeneinandersitzen und die Köpfe zusammenstecken. Welche Beziehung sie wohl zueinander haben? Was für einen Plan hecken sie aus? Ein Grundsatz meiner Mutter schießt mir durch den Kopf.

Wenn zwei Frauen zusammenarbeiten, sind sie eine Macht, die man nicht unterschätzen sollte.

Ich finde das Gate für meinen Flug nach Houston mit Anschluss nach Costa Rica und suche mir einen freien Platz. Mir gegenüber sitzt eine ältere Frau, die strickt. Der Wollfaden läuft aus einer Tasche neben ihren Füßen. Ich sehe zu, wie sie die Nadeln klappern lässt, wie ihre Finger geschickt den Faden führen und wie das, was sie da strickt, Reihe um Reihe wächst.

Schließlich kettet sie ab, verknotet die letzte Masche, zieht die Nadeln heraus und steckt ihr Werk in die Tasche. Ich denke über die letzten zehn Jahre nach – Reihe um Reihe, Stadt um Stadt, Betrug um Betrug. Ron war der finale Knoten. Es ist Zeit, diesen Teil meines Lebens wegzustecken.

Ich habe ein Haus gemietet, das auf mich wartet – ein kleiner Bungalow auf einem Hügel mit Blick auf den Strand. Ich stelle mir die Sonne vor, den weichen Sand, das Meersalz, das auf meiner Haut trocknet. Vielleicht lerne ich Surfen oder arbeite in einer Bar und verkaufe Drinks an Touristen. Vielleicht verbringe ich meine Zeit auch mit Lesen auf der Veranda. Und halte eines Tages einen Roman über eine Trickbetrügerin in der Hand, die von einer Stadt in die nächste zieht und davon träumt, den Schmerz ihrer Mutter irgendwann stillen zu können.

KAT

Oktober

Am nächsten Morgen berichten alle lokalen Medien über Rons gigantische und unerwartete Spende an die Obdachlosenhilfe von Los Angeles. Ich bin früh aufgestanden, um mir zu jeder vollen Stunde anzuhören, wie in den Nachrichten über diesen Sinneswandel gerätselt und diskutiert wird, und blicke von Megs Notizbüchern auf, um das neueste Update nicht zu verpassen.

»Nur zwei Wochen vor der Wahl erscheint die Entscheidung des Kandidaten, der aus seiner harten Haltung gegenüber den Obdachlosen nie einen Hehl gemacht hat, doch recht merkwürdig«, sagt Ken Buckley, Sprecher der *Channel Five Morning News*.

»Ja, ich denke, seine Unterstützer werden nicht erfreut sein«, meint seine Co-Moderatorin. »Was halten Sie von Mr. Ashtons Äußerungen? Gibt es irgendwelche Informationen zu der Familie, von der er spricht? Hat sich jemand gemeldet?«

»Bislang noch nicht. Mr. Ashtons Wahlbüro gibt dazu keinen Kommentar ab, und Mr. Ashton selbst ist nicht zu erreichen.« Ken wendet sich einer anderen Kamera zu, um den Beitrag zu beenden. »Bleiben Sie dran und verfolgen Sie mit *News Five* alle weiteren Entwicklungen in dieser Sache. Damit gebe ich ab an Kristy, die noch das Wetter für uns hat.«

Ich drehe den Ton leiser und wende mich wieder Megs Notizbüchern zu. Ich habe die halbe Nacht damit zugebracht, ihre Aufzeichnungen zu Betrügereien in Städten überall in den Vereinigten Staaten durchzusehen, die sehr viel detaillierter sind als meine eigenen verschwundenen Notizen. Ich habe Namen, Orte, alte Websites, die nicht mehr existieren. Und die wenigen Menschen, die ich bislang angerufen habe, waren alle gerne bereit, über Meg, Megan, Melody oder Maggie – je nachdem, wie sie sich damals nannte – zu reden. Ich bin so vertieft in das, was ich aus den Notizen erfahre, dass ich zusammenzucke, als der Summton meines Handys eine eingehende Textnachricht meldet.

Veronica. Hast du etwas von Meg gehört? Weißt du, wo sie ist?

Ich stelle mir vor, was gerade in Rons Wahlkampfteam los ist. Drei Millionen Dollar Wahlspenden von Unterstützern aus dem ganzen Land, einfach weg. Und dann das Chaos, das ausgebrochen sein muss, als sie gemeinsam mit dem Rest der Welt erfuhren, wo es gelandet war.

Es folgt eine zweite Nachricht. Melde dich bitte ASAP, wenn du etwas von ihr hörst.

Eine Zeile aus Megs Brief kommt mir in den Sinn. *Das Schwierigste an dem, was ich tue, ist, das Vertrauen anderer Menschen zu ertragen.* Veronica, die keine Ahnung hat, dass sie von Meg manipuliert und ausgenutzt wurde, tut mir leid. Sie wird sich wahrscheinlich ein Leben lang fragen, was mit ihrer Freundin geschehen ist.

Ich weiß nicht, wo sie ist, schreibe ich zurück. Gestern war ich bei ihr, aber das Haus ist leer. Sie ist weg.

Dann nehme ich das nächste Notizbuch von Megs Stapel und lese weiter.

Zwei Stunden später ruft meine Mutter an. »Bitte sag mir, dass du über diese Sache schreibst.«

Dankbar für eine Pause, lege ich das Notizbuch zur Seite, obwohl ich mich vor diesem Anruf auch gefürchtet habe. »Ja, ich schreibe darüber«, bestätige ich ihr.

»War Meg irgendwie daran beteiligt? Ron Ashton hat diese Spende doch niemals freiwillig gemacht. Wurde er gezwungen? Erpresst? Du hast einen besonderen Zugang zu der Geschichte. Niemand sonst kann aus deiner Perspektive schreiben.«

So ist es immer mit meiner Mutter. Hartnäckig treibt sie mich an, ihren Träumen nachzujagen anstatt meinen eigenen. »Meg hat mit der Sache offenbar nichts zu tun«, erkläre ich ihr. »Alle Berichte, die ich gesehen habe, weisen auf eine Wiedergutmachung für etwas hin, das schon vor sehr langer Zeit geschehen ist. Aber Ron Ashton spricht mit niemandem darüber.«

»Jetzt ist der Zeitpunkt, ihr zu sagen, wer du bist und was du willst. Du hast eine Beziehung zu ihr. Versprich ihr, ihre Identität nicht preiszugeben, wenn sie dir im Gegenzug alles offenlegt. Diese Story wird dir jede Tür öffnen.«

Mein Blick wandert zu Megs Notizbüchern, die alles enthalten, was sie mir hätte erzählen können. »Meg ist verschwunden«, sage ich. »Ich weiß nicht, wo sie ist.«

Meine Mutter stößt die Luft aus, ein scharfer Ton, in dem Enttäuschung, Vorwürfe und Ungeduld mitschwingen – der gewohnte Unmut, mit dem ich inzwischen zu leben gelernt habe. »All die Zeit, die du investiert hast«, sagt sie. »Für nichts und wieder nichts.«

»Es war nicht umsonst.« Ich denke an das, was Meg mir hinterlassen hat. Nicht nur die Notizbücher. Nicht nur das Geld, um Scotts Schulden bezahlen zu können. Sondern vor allem Klarheit.

Ich habe die Seite gefunden, auf der sie ihr Verschwinden aus Cory Dempseys Leben plant. Es war nur eine kurze, an den unteren Rand gekritzelte Notiz: *Times anr. – auf Nates Rolle hinweisen.* Meg konnte nicht wissen, dass die junge Assistentin, die den Hörer abnahm, eine Dummheit begehen würde. *Das Entscheidende ist der Kontext.*

Meg dafür verantwortlich zu machen, dass ich Nate in die Arme gelaufen bin, war so unsinnig, wie einem Blitz die Schuld an einem Waldbrand zu geben. Es war ein unglücklicher Zufall, der alles zu schwarzer Asche verbrannt hat, aus der jedoch neue Triebe sprießen.

»Da Scott ja jetzt kein Grund mehr ist, in Los Angeles zu bleiben, kannst du wegziehen. Mein Freund Michael sagt, beim *San Francisco Chronicle* wird eine Faktenchecker-Stelle frei. Wenn du hart arbeitest, bist du in sechs Monaten wieder dort, wo du vor all den Jahren aufgehört hast.«

Meine Mutter wird sich nie ändern. Ihre Sehnsucht nach dem, was ihr genommen wurde, wird niemals kleiner werden. Aber es ist nicht meine Aufgabe, diese Lücke zu füllen. »Ich muss jetzt los«, sage ich. »Ich überlege es mir.«

Nachdem ich aufgelegt habe, denke ich an die Spendenveranstaltung vor sechs Monaten und meine damaligen Ziele. *Du hast nur dieses eine Leben. Wie möchtest du es leben?*

Nun, ich habe da ein paar Ideen.

EPILOG – KAT

Dezember

Ich gehe ein letztes Mal durch meine leere Wohnung. Die Möbel habe ich verkauft oder weggegeben, meine restlichen Habseligkeiten ins Auto gepackt. Kleider, Fotos, Laptop und Megs Notizbücher.

Als ich damals damit anfing, Meg zu recherchieren, dachte ich, ich wüsste, nach wem ich suche – nach einer gerissenen Strippenzieherin, einer begnadeten Lügnerin, einem Chamäleon. Alle Nachforschungen, die ich zu Trickbetrügern angestellt hatte, führten zu Menschen mit einem angeborenen Talent, zu ihrem eigenen Vorteil zu verschleiern und zu manipulieren.

Das alles traf auch auf Meg Williams zu. Aber sie war noch so viel mehr als nur das.

Im Gegensatz zu den meisten anderen Trickbetrügerinnen war Meg keine Soziopathin. Sie war nur eine Frau, die nicht mehr länger mit ansehen konnte, wie das System uns immer wieder im Stich lässt. Sie hatte es auf Männer abgesehen, die durch und durch korrupt waren. Kleinere Fische ließ sie weiterschwimmen, auch wenn es ein Leichtes für sie gewesen wäre, die vielen Gelegenheiten zu nutzen, die sich ihr boten. Stattdessen konzentrierte sie sich auf Männer wie den Professor, der die Arbeit einer Kollegin unter seinem eigenen Namen veröffentlichte, den Neffen, der seiner Tante die Rente stahl, den Highschool-Leiter und ehemaligen Mathelehrer, der jungen Mädchen nachstellte, und den Ex-Mann, der nicht teilen konnte.

Natürlich hätte Meg mit ihrem Leben auch etwas anderes anfangen können. Sie hätte ihr Geld sparen und aufs Community College gehen können, wie ihr Freund Cal es ihr geraten hatte. Ich habe Cal in Morro Bay ausfindig gemacht, wo er mit seinem Partner Robert lebt. Als ich ihn fragte, ob er Meg gerne noch etwas gesagt hätte, meinte er nur: »Ich hoffe, sie weiß, wie sehr sie geliebt wurde.«

Das scheinen die meisten Menschen so zu sehen, die Meg kannten. Nicht diejenigen, die sie betrogen hat, sondern die, mit denen sie sich anfreundete, damit sie ihr Zugang zu ihren Opfern verschafften. Für eine Trickbetrügerin ist das äußerst ungewöhnlich. Die meisten Betrüger sind nichts weiter als leere Hüllen. Auf dem Weg zu ihrem Ziel, wie auch immer dieses aussehen mag, lügen und manipulieren sie und lassen Freunde und Nachbarn am Ende verletzt und wütend zurück – wenn sie Glück haben. Wenn sie Pech haben, zudem noch mittellos. Aber Meg war anders.

»Sie hat die Studiengebühren für mein letztes Semester bezahlt«, sagte mir eine Frau, die sie als Maggie Littleton kannte. Diese Frau, die nicht möchte, dass ihr Name bekannt wird, hatte sich mit Meg – oder Maggie – am Community College in Spokane angefreundet, wo die beiden einen Kurs in Webdesign belegten. Meg hatte hart daran gearbeitet, ihre Fähigkeiten immer weiter auszubauen, und ihre Anstrengungen hatten sich in Form von gefälschten

Websites oder mit Photoshop veränderten Zeitungsartikeln und Bildern bezahlt gemacht. »Maggie hat immer kostenlos auf meine Kinder aufgepasst. Sie wusste, dass ich Probleme hatte, das Geld für das letzte Semester zusammenzukratzen. Als ich die Schule dann um eine Verlängerung der Frist bitten wollte, sagte man mir, die Gebühren wären bereits beglichen. Meg hatte den vollen Betrag bezahlt, kurz bevor sie aus der Stadt verschwand. Alles, was ich heute habe – meine Firma, mein Zuhause –, verdanke ich ihr.«

Das macht eine Trickbetrügerin zur Künstlerin – wenn jemand, der weiß, was sie getan hat, ihr dennoch nur das Beste wünscht, nachdem sie einfach so verschwunden ist.

Ich hatte ernsthaft darüber nachgedacht, die Geschichte zu veröffentlichen. Ich hätte sie jedem größeren Medienunternehmen anbieten können, und sie hätten sich mit Sicherheit darum gerissen. Eine fünfteilige Serie, einen Podcast, eine Doku – man hätte alles daraus machen können. Aber ich konnte es nicht. Ich wusste, die männliche Perspektive würde eine Geschichte über eine Trickbetrügerin sofort auf die offensichtlichen Teile reduzieren. Als ob das Bemerkenswerteste an Meg ihre X-Chromosomen wären und nicht ihr scharfer Verstand, ihre Genialität oder ihre eiskalte Nervenstärke, wenn man sie in die Ecke trieb.

Ich konnte nicht aufhören, in ihren Notizbüchern zu lesen. Sie wie eine Landkarte zu studieren. Immer wieder entdeckte ich etwas Neues, irgendeine Randbemerkung, die ich bisher übersehen hatte, und je mehr ich las, umso mehr lernte ich. Wie man seinen Wohnsitz ändert und dann nahezu unauffindbar ist oder seinen Namen ändert und sich eine glaubhafte Hintergrundgeschichte zusammenbastelt, die jeder Prüfung standhält. Im Umschlag von Notizbuch Nummer drei war das Passwort zu ihrem Facebook-Profil vermerkt, mit dem sie sich Zugang zu den privaten Chatgruppen verschafft hatte, über die sie an ihre Zielpersonen gekommen war.

Was ich in Händen hielt, war eine Gebrauchsanweisung, die mir erklärte, wie man Megs Job macht und wie man ihn gut macht. Meg Williams, die ich zehn Jahre lang so verzweifelt finden wollte, wird auch jetzt noch mein Leben verändern. Nur nicht so, wie ich anfangs dachte.

Jenna hatte den Kontakt zu einer ihr bekannten Literaturagentin hergestellt, mit der ich letzte Woche sprechen konnte. »Ihre ersten Seiten sind großartig! Schreiben Sie den Roman zu Ende. Ich bin sicher, ich kann ihn verkaufen.«

Ich stehe in der Tür zu dem Arbeitszimmer, das ich mir einst mit Scott teilte, und denke daran zurück, wie wir hier in stiller Eintracht nebeneinander gearbeitet haben. Vielleicht werde ich es eines Tages bereuen, dass ich ihn davonkommen lasse. Aber ich will nicht diejenige sein, die sein Leben zerstört, auch wenn das, was er getan hat, fast meines zerstört hätte. Scott ist nicht wie die Männer, auf die Meg es abgesehen hat. Er ist nicht gierig oder korrupt. Er ist spielsüchtig, und er tut nur, was Süchtige eben tun. Er braucht Hilfe, keine Rache. Ich habe gehört, er arbeitet jetzt beim Sicherheitsdienst einer Bank in Nevada und ist in einem Zentrum für ambulante Therapien in Behandlung, wo er gute Fortschritte macht.

Ron Ashton hat die Wahl haushoch verloren. Nachdem herauskam, dass nahezu die Hälfte seiner großzügigen Gabe an die Obdachlosen aus Wahlkampfspenden stammte, ließen seine Stammwähler ihn fallen, und die Behörde für Wahlkampffinanzierung wurde eingeschaltet.

Was Meg angeht, stelle ich sie mir an einem warmen, sonnigen Ort vor. Ein luxuriöses Haus mit viel Platz und noch mehr Privatsphäre. Wo sie endlich die Freiheit genießt, um herauszufinden, wer sie in Wirklichkeit ist. Und was ihre Träume und Wünsche sind.

Ich habe lange darüber nachgedacht, was sie wohl sagen würde, wenn sie wüsste, was ich vorhabe. Ob sie es vielleicht nicht sogar von Anfang an wollte.

Die Trennlinie zwischen Gerechtigkeit und Rache zieht immer der, der die Geschichte erzählt.

Ich schließe die Wohnungstür ab und stecke die Schlüssel in einen wattierten Umschlag, der an meinen Vermieter adressiert ist. Auf dem Weg nach draußen lege ich ihn in die Schale für die ausgehende Post.

Es hat keine Stunde gedauert, ihn zu finden. Er lebt in Portland und arbeitet als regionaler Verkaufsleiter bei einer Softwarefirma. Ich werde ungefähr zwei Tage brauchen, um dorthin zu fahren. Sicher trifft er sich nach wie vor mit sehr vielen Leuten, Namen und Gesichter verschwimmen. Und an meines, das er vor zehn Jahren nur eine Nacht lang gesehen hat, wird er sich kaum erinnern. Ich habe bereits eine Wohnung gemietet, möbliert versteht sich, und mithilfe von Megs Facebook-Profil konnte ich mehrere Leute identifizieren, die zu Nates neuem Freundeskreis gehören könnten.

Dank Meg wird er nicht einmal ahnen, dass ich ihn im Visier habe.